講談社文庫

ハゲタカ5

シンドローム(上)

真山 仁

講談社

目次

下巻／目次

人生の師　堀貞一郎氏に捧ぐ

ハゲタカ5

シンドローム　上巻

ハゲタカ５　シンドローム・上巻◎主な登場人物

サムライ・キャピタル（投資ファンド）

鷲津《わしづ》政彦《まさひこ》　社長

リン・ハットフォード　会長。鷲津の公私にわたるパートナー

中延《なかのぶ》五朗《ごろう》　副社長。不動産部門のエキスパート

サム・キャンベル　調査部門担当専務

前島《まえじま》朱実《あけみ》　投資事業部マネージング・ディレクター

アンソニー・ケネディ　アソシエイト

母袋《もたい》堅三《けんぞう》　経済産業省 OB。アンソニーのパートナー

堀《ほり》嘉彦《よしひこ》　顧問。元日本銀行理事

首都電力

濱尾《はまお》重臣《しげおみ》　会長・経団連会長　　**安江《やすえ》惣一郎《そういちろう》**　社長

森上《もりがみ》誠《まこと》　原子力本部管理部長　　**郷浦《ごうのうら》秀樹《ひでき》**　広報室社員

萩本《はぎもと》あかね　MP アトムズ（首都電・女子サッカーチーム）選手

磐前《いわさき》第一原子力発電所

串村《くしむら》勝之《かつゆき》　所長　　**能登《のと》三平《さんぺい》**　運転管理第三部長

首相官邸・与党関係者

古谷《ふるや》光太郎《こうたろう》　総理大臣　　**水野《みずの》義信《よしのぶ》**　官房長官

佐伯《さえき》昇《のぼる》　経済産業大臣　　**湯河《ゆかわ》剛《つよし》**　総理事務秘書官（経済産業省）

ベトナム原発プラント輸出交渉団

芝野《しばの》健夫《たけお》　日本交渉団リーダー

後藤《ごとう》武敏《たけとし》　日本原発（首都電力から出向）

北村《きたむら》悠一《ゆういち》　暁光《ぎょうこう》新聞記者

賀一華《ホーイーフア》　上海プレミアムファンド（SPF）マネージャー

松平《まつだいら》貴子《たかこ》　日光ミカドホテル社長

プロローグ

二〇〇九年九月　ニューヨーク郊外タリータウン

退屈で死にそうだった。

ハドソン川上流にある古城ホテル〝鷲の巣城〟で、鷲津《わしづ》政彦《まさひこ》は二ヵ月も無聊な日々を送っている。

この日も、昼近くに起きて遅い朝食を摂り、リンが見たら激怒しそうないい加減な服装で、広大な庭を散歩して暇を潰した。

こんなことなら、リンと一緒にドイツに行けば良かった。

公私にわたるパートナーのリン・ハットフォードは、元ハーバード大学教授の父の体調が思わしくなく、父の故郷バイロイトに帰省していた。

余命を宣告され、妻も亡くし、肉親がリンだけという境遇を考えると、父娘《おやこ》水入らずの時間が貴重だと判断して、鷲津は「留守番」を宣言した。

「鬼の居ぬ間に洗濯」とばかりに、マンハッタンで引っかけたガールフレンドを何度かホテルに招待したが、退屈を紛らわすほどの効果はなかった。

この苛立ちを抑えるには、やはりディールしかない。企業買収のプランを練り、実行する快感は何物にも代えがたい。

この数日、その興奮がやけに恋しい。

企業買収者として、世界的な知名度を得ているおかげで、ひっきりなしに買収依頼が舞い込む。資金提供するし、インセンティブも弾むから、企業を手に入れて欲しいという依頼だ。

だが、鷲津は札束で頰を叩かれるような、請負仕事はやらない。企業買収に必要なのは、強烈な欲望だけだ。難攻不落の敵を絶対に落としたいというような衝動は、自発的なものでないと長続きしない。したがって、その手の要請は、ことごとく退けてきた。

しかし、この数日は、そんな依頼でも、暇つぶしにやってみようかと思い始めている。

こういう時こそ、好きなだけピアノに耽溺すればいいものを、全くその気にならない。

せめてもの救いは、午後三時にアポがあることだ。昨年社員として仲間入りしたアンソニー・ケネディが定期報告に来るのだ。

ニュージャージーから来る奴をいたぶって遊ぶか——。

大統領候補に名が挙がるような大物政治家を身内に持つ一族の一人であるにもかかわらず、アンソニー自身は政治とは無縁で、ハーバード大学で開発経済の博士号を取得した変わり種だった。サムライ・キャピタルに採用されるまでは、アフリカを中心とした貧困撲滅のNGO団体のコーディネーターを務めていた。

初対面の時に、「ハゲタカファンドは、最低な仕事だけど、カネが人を救うのは事実だと思う。だからカネを集める腕を磨こうと考えた」とのたまった。

あっけらかんと言うのが気に入って、鷲津自らアンソニーを鍛えることにした。かつて、右腕として活躍した若者の面影が重なったのも、採用理由かも知れない。

そして今やアンソニーは、日々成長を遂げている。アメリカン・ドリーム社(AD)買収工作後は、ADグループ本社があるニュージャージー州メンロパークに駐在して、AD経営陣とサムライ・キャピタルとのパイプ役を務めていた。

腕時計を見ると、午後二時を過ぎていた。これからシャワーでも浴びてぼうやの来訪に備えるとするか。

アンソニーは約束の一〇分前に到着した。

会う度に、ビジネスマンとしてのたたずまいに磨きがかかってくる。初対面の時は、仕立ての良いスーツを窮屈そうに着ていたが、今は見事に着こなしている。癖のある長髪だけは変わらないが、以前はしじゅう落ち着きのなかった態度にも余裕が出てきた。

アンソニーは大会議室《ウォールーム》に入ってくるなり、世間話もそこそこにADの現状について報告した。

リーマンショックの影響で、今なお世界的な不況が続いている。製造業中心のADは、リストラ効果がうまく発揮できないという悪環境の中にありながら、事業を整理したことで好転の兆しが見えてきたという。基幹事業の一つに据えた宇宙事業にも手応えがあるようだ。

「この逆風の中、ひとまず軌道に乗ったな。見事だ」

「僕は何もしていません。ただ、見ているだけです」

「失礼、褒めたのは現経営陣だ」

早とちりを指摘されてもアンソニーは動じない。彼は厚い報告書を、鷲津に差し出した。

冷めないうちに飲めと紅茶とスコーンを勧めて、鷲津もカップを手にした。

アールグレイを味わいながら、窓の外を眺めた。ハヤブサが滑空している。近くの森に巣があるらしく、時折ペントハウスのベランダで羽を休めている時もある。

イヌワシほど大きくも迫力もないが、それでも猛禽類《もうきんるい》独特の気品があった。

「ボス、チャレンジしたいと思う案件がようやく出てきました」

そう言って、青年はファイルを差し出した。表紙には、日本の企業名が記されていた。

日本電力《Jエナジー》か。

「この春に、オランダ系のアクティビスト・ファンド、オレンジ・アロー・インベストメント（ＯＡＩ）がＪエナジーに対して、保有株を九％から二〇％に引き上げたいと提案したところ、経済産業省が、経済協力開発機構《OECD》が定めた外資規制を行使し、株の買い増しを却下したと話題になりました」

ＯＥＣＤには、「資本移動自由化コードと電力事業における各国の規制等」というルールがあり、電力事業に関しては、加盟国は外資規制を設ける権利があるとしている。ＯＡＩは、この規則《コード》に抵触するとして、保有株の買い増しを認められなかったのだ。

「確かに記事は読んだ。それが、おまえのチャレンジと、どう繫がるんだ」

「ＯＡＩは、半年近く経産省と闘いましたが、結局惨敗しました。で、すっかり持て余してしまった株を売りたいと言ってきました」

「誰が言ってるんだ？」

「ＯＡＩの社長です。鷲津さんに買って欲しいと」

そんな話は初めて聞く。

「いつの話だ？」

「三日前です」

「なのに、俺が知らない理由は」

「すみません、僕が連絡していませんでした」

そもそもそんな重大ごとの相談先が、平社員のアナリストなのが解せなかった。鷲津は黙ってアンソニーの説明を待った。

「ＯＡＩの社長は、実は友人なんです。おまえのボスに買ってもらえると胸がすくんだが、と相談を受けました」

それは光栄なことだ。

「ＯＡＩが株の買い増しをできなかったのは、外資規制のためです。しかし、投資対象としてＪエナジーは魅力的で、体質改善のアイデアを提案していました。それを実行するだけで、株価も上がるし高配当も期待できる。なのに、提案内容の検討すらされずに門前払いだったそうです」

「つまり、恨みを晴らして欲しいんだな」

アンソニーは肩をすくめる。

「というより、自分のアイデアを鷲津さんに実行して欲しいと考えているんだと思います」

上手な説得法だ。これも、アンソニーが社会人として成長した証かも知れない。

鷲津は、Ｊエナジーの企業概要に目を通した。

Ｊエナジーは、日本列島を一〇に分けた地域独占の電力会社から独立した「国策会社」として創業した。国家プロジェクトと言われた巨大ダムや、石炭発電所などを建設し、各電力会社の補完的な電力供給を担ってきた。そして、政府が一九九七年に閣議決定した特殊法人等の整理合理化の流れを受け、二〇〇四年に民営化した。

時価総額は約八〇〇〇億円で、株価は安定しており、事業も順調だった。

ただし、電力会社は民営化されても、国の干渉を受けなければならない。その一つは電気事業法の規定で、もう一つは経産省による暗黙の指導だ。

その結果、経済的合理性よりも安全性や電力供給の安定性、さらには非常時の対策などに莫大な資金が投入されている。

Ｊエナジーが民間企業となった今、経済的合理性を無視した経営はナンセンスで、現状の総資本利益率《ROA》も、株主資本利益率《ROE》も伸びしろがあると、ＯＡＩは指摘している。特に電力会社は、発電所建設に当たって巨額の融資を受けるために、総資産のうちの利益率を示すＲＯＡが低い点を問題視しているようだ。

しかし、経産省は外資規制を楯に、提案内容に一切踏み込むことなくＯＡＩの二〇％の出資を退けている。

だとすれば、日本企業であるサムライ・キャピタルが出資する分には問題はない。

「で、おまえが、ここに目をつけた理由は？」

「ＯＡＩのリポートが指摘するように、経営体質さえ改善すれば、株価を上げることも、ＲＯＡとＲＯＥの向上も難しくありません。それに、株主への配当も安過ぎます」

「そんな企業は山ほどある。なぜＪエナジーに注目したんだ」

日本ではバブル経済崩壊以降、企業は銀行を信用しなくなった。したがって、無駄な融資は受けないし、不確定な設備投資にも消極的だ。

そのおかげで、含み資産や現金保有が高くなるにもかかわらず、それが株主に還元されていない。

Jエナジーの場合も、他企業とさして変わりはなかった。

「他に理由があるんだろ」

「さすが、オヤブン、何でもお見通しだ」

最近、猛勉強しているらしい日本語が返ってきた。勉強のために日本映画を多数見ているらしいが、どうも教材に難がありそうだ。鷲津を「オヤブン」と呼びたがるのも、劇中で尊敬の対象に用いられる呼称だからだそうだ。

「青森県で建設中の原発工事をやめさせたいんです。そうすれば、JエナジーのROAは改善します」

Jエナジーは青森県下北半島に、巨大原子力発電所を建設している。巨額の費用を投入し、借入金が大きく膨らんでいた。もっとも、すでに工事は始まっているし、完成すれば莫大な利益を少なくとも四〇年にわたってもたらすはずだ。

しかも、このところ地球温暖化問題対策の切り札として原発が見直され、一時不要論があった日本でも、新規原発の計画が持ち上がっている。つまり、Ｊエナジーは追い風の中にあるのだ。

なのに、アンソニーはその原発工事をやめさせたいという。しかも、それが真の買収目的だとも。

「おまえは、原発反対派か」

「地球上のすべての原発を止めたいと思っています」

また、アンソニーお得意のきれい事が始まった。

世界の貧困をなくしたい、アフリカを食い物にする企業を潰したい、アメリカの軍事費をゼロにしたい、中国の公害を外圧で改善させたい、生物多様性推進のために森林や自然破壊を止める運動を世界でやりたい――。

アンソニーは、スーパーマンとウルトラマンが力を合わせても出来そうにない壮大な夢を実現する気でいる。鷲津の下で「修業している」のも、カネ集めと企業買収の腕を磨いて、悪徳企業と強欲政府を駆逐するためだと、酒が入るたびに叫ぶような男だった。

「だが、世界は原発建設ラッシュだそうじゃないか」

「だから、原発大国ニッポンの新規原発建設を止めたいんです。でもオヤブン、これは僕の理想追求のためだけじゃない。原発建設をやめれば、Ｊエナジーはもっと優良企業になるんです」

つまり、鷲津の欲望とアンソニーの理想が一度に手に入る案件だと言いたいわけだ。

「俺は、おまえの理想実現のためにカネを使うつもりはない。それに、政治的な思想をビジネスに持ち込むな」

「原発廃止は、政治的思想じゃありません。地球滅亡の危機を予防するためです」

言ってくれる。

「じゃあ、おまえ、まず現大統領を説得してこい」

アメリカ史上初の黒人大統領となった人物に、アンソニーは予備選の時から肩入れした。そして晴れて大統領となった時、「これでアメリカは生まれ変われる」と泣いた。

「何を説得するんですか」

「大統領がグリーン・ニューディール政策を高々と宣言して、アメリカがスリーマイル島原発事故以来見送ってきた新規原発建設の推進を決めたろうが」

アメリカが国際的非難を受けていた地球温暖化対策と、エネルギー安全保障の解決に加え、雇用創出も狙った同政策は、新大統領の目玉として世界に喧伝《けんでん》されている。

「あの政策の肝は、再生可能エネルギーの拡大と強化です」

「だが、実際の発電力を考えると、あれは原発推進宣言だとエネルギーの専門家は言ってるぞ。実際、日本国内の原発関連銘柄が値を上げているのも、その影響だろう」

アンソニーはしばらくふてくされたようにボールペンで顎を叩いている。

「グリーン・ニューディール政策とJエナジー買収とは次元が違います。この際僕の理想は脇に置くとして、それにしてもJエナジーはお買い得だと思いませんか？」

「まあな。面白い案件だと思う。そして、おまえの修業の場としてもいいかも知れんな」

イエッス！　と小さく叫んで、アンソニーが拳を握った。

「ただし、条件がある」

「何ですか」

「原発廃止のための買収は許さない」

「鷲津さんは、原発事故が怖くないんですか」

小僧、おまえはどこまで子どもなんだ。

「一秒先には死ぬかも知れないと思って生きている。だから、怖いものなんてないさ」

「それって、武士道の精神ですね」

「そんな上等なもんじゃない。生きているものは、いずれ必ず死ぬんだ」

アンソニーの目が少年のように輝いている。間違いない、こいつは死ぬまでこういう目で人の言葉や社会の出来事に感動するんだ。

「OAIに対する経産省の回答をもっとしっかり読んでみろ。経産省は、OAIが外資だからというだけで門前払いしたわけじゃない。日本国が国策として進めるエネルギー政策の一環である原発建設に嘴《くちばし》を入れられる可能性を強く懸念している。交渉の席で一言でも原発建設停止と言った瞬間、経産省がしゃしゃり出てきて、必ず潰される」

日本の経済活動には、法律や規制として記されていないが、踏んではならない虎の尾が山のようにある。うっかり踏んだが最後、政官財の様々な方向から矢が放たれ、放逐される。

「じゃあ、原発停止はひとまず諦めます」

面白そうな暇つぶしができた。

「ただし、二〇%出資なんてダメだ。経営権奪取だ」

アンソニーが生唾を飲み込んだ。

「早速計画と戦略を立てます」

「一ヵ月でまとめろ」

「分かりました。オヤブン、恩に着ます！」

アンソニーは立ち上がり、背筋を伸ばして頭を下げた。

「一つだけ、伺ってもいいですか」

「何だ」

「なぜ、オヤブンはこの案件を面白いと思われたんです」

アンソニーの背後の窓の外を、ハヤブサが横切った。

「決まってるだろ。電力事業はボロ儲けできるからだ」

*

ニューヨーク

万雷の拍手の中、日本国の内閣総理大臣が演壇の前に進み出た。堂々たる歩みだ。

国際連合総会議場ホールの床は、緩やかな傾斜がついて扇状地のようになっており、中央にある演壇に自然と視線が集まる構造だ。

世界中から集まった代表団員が総理を見ている。

総理の随行員として演壇の袖から様子を窺う資源エネルギー庁（エネ庁）の湯河剛《ゆかわつよし》総合政策課長は、緊張のあまり武者震いした。

一礼して、総理が演説を始める。国際派を自任するだけあって、さすがに英語力は優れている。その上、育ちの良さのおかげで、こんな大舞台でも緊張していない。

総理は用意された演説文をよどみなく読み上げている。あとは、この男の悪い癖である、アドリブが出ないことを祈るだけだ。

「温暖化を止めるために科学が要請する水準に基づくものとして、二〇二〇年までに、二酸化炭素排出量の一九九〇年比二五％削減を目指します」

その発言に会場がどよめいた。

湯河の頭の中で、何発もの大きな花火が打ち上げられた。

これで、長年停滞を続けてきた湯河の宿願が再起動する。いや、あえて「再稼働」と呼ぼうか。

——総理、地球が酸欠で死にかけているんです。一刻も早く、地球に酸素を返しましょう。
国連気候変動首脳会合で「我が国が、世界をうならせるような削減案を出したい」
と言って総理が演説について助言を求めてきた時に、そう強く訴えた。

総理は湯河の言葉がいたく気に入った。

——地球に酸素を返すって、いいフレーズだね。これから、僕も使わせてもらう
よ。

総理は滅多にない上機嫌で、具体的にはどうすればいいのかと尋ねてきた。

——第一に、地球温暖化の元凶である二酸化炭素を出さなければいいんです。すな
わち、化石燃料の使用を限りなくゼロにする——。

そんなことが可能なのかと、総理はエサに食いついてきた。

——原発です。原発が日本を、いや、地球を救うんです。

東大屈指の秀才と言われた理学部出身の総理は、顎に手を置いて首をかしげた。彼
にとって、そのカードは使いたくないものだからだ。それを承知で湯河はもうひと押
しした。

——総理、今や世界中の原発を日本の三大原発メーカーが製造しているんです。し

かも、地震大国でありながら、あの中越沖地震ですら、原発は安全に停止したんです。

そう押し切ってから、湯河は温暖化対策とは、日本のビジネスチャンスでもあるのだと、断言した。そして、約三〇分にわたって、新しいエネルギー政策のあり方と、日本の産業復興策の切り札としての原発プラント輸出の必要性を強く訴えた。

就任してからまだ間もないにもかかわらず、一刻も早く確かな実績を上げたい総理は、あっさり湯河の手中に落ちた。

そして、この日、自らの名を冠した「原則《ドクトリン》」を宣言した——。

湯河は、原発こそが日本を救うと本気で信じている。

電力燃料を海外からの輸入に頼っていた弱点も、使用済み核燃料を原料としたプルサーマル計画を推進すれば、解決する。

原子力発電所という科学技術の粋を結集した巨大構造物は、ものづくり大国ニッポンのシンボルであり、他国がけっして真似できない切り札だった。

通商産業省に入省後、湯河は、原発推進こそが我がミッションとばかりに、省内外で研鑽《けんさん》を積み活動を続けていた。

しかし、バブル経済崩壊以降、産業界の停滞によって節電意識が高まり、省エネ技術の開発が進む。その結果、国内の電力は供給過剰となり、発電所の削減までもが検討されるようになった。その影響を受けて、開発許可が下りていたにもかかわらず、新規の原発建設に対して電力会社は及び腰になる有様だった。

この閉塞感を何とか打ち破りたい。アイデアを絞り出していた最中に突然降って湧いたのが、温暖化対策という「棚ぼた」だった。

万雷の拍手を受けた総理は嬉しそうに、聴衆に応じている。

脱官僚依存を掲げて戦後初めての政権交代をなしえた総理だったが、湯河は十分な手応えを感じた。この男なら操れる。

自らの名を冠したドクトリンを宣言するほどのお調子者なのだ。その威を借りて、工事が中断している原発に加え、すでに開発許可が下りている青森の原発建設にも着手しよう。

そうすれば、原発輸出プロジェクトも本格化できる。

そしてこれらが実現した暁には、日本は再び世界一の経済大国へと返り咲くはずだ。原発による日本復活という狼煙が高々と上がり、大気圏を突き抜けて宇宙まで届く勢いとなればいい。

東京・内幸町《うちさいわいちょう》

＊

芝野《しばの》健夫《たけお》にとっては、久しぶりの上京だった。

東大阪の町工場マジテックの後処理に追われ、リスタートまでには半年もかかったが、ようやく軌道に乗った。

やれることは、すべてやった。ここから先で一番重要なのは、引き際だ。

芝野がいれば、若者は頼る。未来を切り拓く者は、すべて自分で考え判断し、行動しなければならない。

そんなことを考え始めた矢先に、「どうしても芝野さんに引き受けて欲しい案件がある」と、古くからのつきあいである買収ファンド、アイアン・オックスの加地《かじ》俊和《としかず》社長から呼び出された。

帝国ホテルにほど近いＮＢＦ日比谷ビルのオフィスを訪れた芝野は、応接室の窓から見える日比谷公園を懐かしく眺めた。

木々はまだ青々と茂っているが、乾いた空気には秋の気配が潜んでいる。三葉《みつば》銀行東京本店勤務の時は、時間を見つけては、公園内を散歩していたのを思い出した。

「いやあ、お久しぶりです」

声につられて振り向くとスキンヘッドの加地が、嬉しそうに立っていた。

「どうも、ご無沙汰しています」

「赤間《あかま》でお会いして以来ですから、一年半ぶりになりますかね」

日本最大の自動車メーカー、アカマ自動車に対して、中国の国家ファンドが買収攻撃を仕掛けてきた時に、加地から買収対策の相談を受けたのだ。

「随分、昔の話のように思えます」

「その後はマジテックで、ご苦労されたからね。それにしてもラストの大逆転は、さすが芝野さんと、うなりました」

加地は興奮気味に言うが、褒められるようなことなど何もしていない。

「己の未熟さを痛感しましたよ。企業の数だけ再生方法があると他人には偉そうに言っているのに、これまでの経験や知識を何も活かせられない体たらくでした」

「つくづく中小企業の再生は難しいですな。しかも、マジテックが置かれていた状況は、従来の中小企業では想定外の連続でしたからね。あれをどうにかするなら粘りと、土壇場力しかないですな」

加地はよく「土壇場力」という言葉を使う。追い詰められた時に発揮される火事場の馬鹿力のようなもので、それが事業再生家《ターンアラウンド・マネージャー》の才能なのだという。

だが、今振り返ってみても、そんな素晴らしいものではなかった。当時の社長である藤村浅子《ふじむらあさこ》が繰り返し言っていた「必死のパッチ」という方がずっと的を射ている気がする。

「とにかく座ってください」と芝野をソファに座らせ、加地も腰を下ろした。

「今日、ご足労戴いたのは、マジテックで発揮された土壇場力を、私にも貸して戴きたいと思いまして」

前置きからして、厄介な案件であるのは想像できた。

「ご期待に添えるかどうか分かりませんが、ひとまず聞かせてください」

加地は持参したファイルを開いた。

「お願いしたいのは、ベトナムでの原発プラント輸出交渉の取り纏《と》《まと》めなんです」

ベトナム、原発プラント、輸出交渉の取り纏め――、いずれもが、芝野には異文化だった。

だが、加地は芝野の戸惑いなど気にもせずに、説明を続けている。

「現在、日本の原発メーカーは世界一と言われています。ところが、国内は供給過剰が続いていて、新規計画はありません。さらに、リーマンショック以来続く輸出不振の解消も難しい。そこで、新たなる輸出の目玉として政府が白羽の矢を立てたのが、原発プラントなんです」

到底、自分が関われるような案件ではない。だが、とにかく相手の説明は最後まで聞きたい性分なので、芝野は黙って耳を傾けた。

「現在、ベトナムやトルコでの原発プラント輸出の交渉が続いています。特にベトナムはかなり有力でした。ところが、そこであり得ないことが起きました」

聞けば、経済成長が著しいベトナム政府は、成長に耐え得るだけの電力確保を目指し、一基一〇〇万キロワット級の原発を四基建設しようとしている。すでに二基はロシアが受注したのだが、日本は残り二基の受注を目指していた。

「そこに日本の二つのプロジェクトチームが、攻勢をかけたんです」

窓口はいずれも総合商社で、それぞれが日本の別の原発メーカーと組んでいる。さらには、一方に外務省、もう一方に経産省官僚までが絡み、札束が乱れ飛ぶような受注合戦を繰り広げた。

「そこで、ベトナム政府と日本政府が仕切り直しをして、オールジャパンで原発プラントを一本化して交渉を行うことになりました」

　ところが、参加企業同士で主導権争いが勃発してしまった。

「関係各社の連携がうまくいかず、混乱している上に、ベトナム政府との交渉も迷走している」

「そういう場合は、政府がしっかりと主導権を握るべきじゃないんですか」

「まさしく。ですが、政府は上意下達は出来ても、各企業の思惑を忖度《そんたく》しつつ落としどころを探すのは得意じゃない。で、あなたの出番というわけです」

「加地さん、つまり私に、ベトナムへの原発プラント輸出交渉で要《かなめ》の役をやれと？」

「その通り。事務局長として日本チームをまとめ、厄介なハードネゴシエーターであるベトナム政府とやり合って欲しいんです」

　それは事業再生家の職域を超えている。

「ウチは、プロジェクトファイナンスの主幹事を落札してね。必死なんですよ」

　このスケールのビジネスを扱えるのは、かつての日本興業銀行のような性質の金融機関のはずだ。現在で唯一そのような存在といえば、日本政策投資銀行なのに買収ファンドの音頭取りで推し進めるだなんて……。

「加地さんがそれほどまでにお困りなら、お手伝いしたいのですが、これは無理だ」

「どうして？」

「原発プラントはおろか、電力事業そのものについてさえ私はずぶの素人です。しかも、外国との交渉なんて荷が重過ぎます」

「技術の専門家はおります。私が求めているのは、各社の意見に耳を傾けながら最適解を見つけ、全員が納得する落としどころを用意できる猛者《もさ》です。ここはひとつ日本国のために、大勝負につきあってもらえませんか」

加地は説得がうまい。どれほど拒否しようとも、やがてずるずると加地に巻き込まれてしまうのだろう。

「原発にアレルギーを持つ人もいるでしょうが、技術と安全面では、日本の製品が世界一であるのは間違いない。そして、自動車と家電に続く第三の切り札として、原発が未来の日本を牽引していく。僕はそう確信しているんですよ」

こんなに熱く語る加地は珍しい。何が加地をこんなに熱くしているのだろう。

＊

日光市・湯川

薄暗い早朝に自宅を出ると、息が白かった。東京などは時に汗ばむ陽気の日もあるようだが、日光には秋の気配が訪れている。

湯川の夏の風物詩であるフライフィッシングは、一〇月になれば禁漁期となる。今年の愉しい時間も残りわずかだ。

久しぶりに祖父が愛用したバンブーロッドを手にした松平貴子《まつだいらたかこ》は、奥日光を目指した。今朝は冷え込んだせいで、霧が立ち込めている。

愛車のボルボの速度を落とし、前方に目を凝らして延々と続くカーブを上った。

ミカドホテルという、日本を代表するクラシックホテルの創業家に生まれ、三代目社長を襲ってからは苦労の連続だった。そして文字通り死闘とも言える長い闘いを経て、再びミカドホテルグループのオーナー社長に返り咲いた。

心機一転、新しい歴史を刻むスタートだ、と意気揚々と再建を始めた矢先に、米国の投資銀行の破綻に端を発した世界的な経済危機が起きた。

リーマンショックと呼ばれる世界恐慌の衝撃波は、欧米よりやや遅れたタイミングで日本を襲った。世界不況によって輸出産業が大打撃を受け、それが日本の産業の隅々にまで悪影響を及ぼしたのだ。失業者や非正規雇用者が増加し、国民の消費が一気に落ち込んでしまった。

ホテル業界は景気の影響を最初に受け、ミカドホテルグループもたちまち売上減に直面した。

しかし、貴子や副社長である妹の珠香《たまか》は、冷静に不況を受け止めた。気の遠くなるような努力によって、サービスの質を落とすことなく、不況に強い体質を作り上げた。さらには、顧客との地道なコミュニケーションで信頼関係を深め、前年比一割減程度の落ち込みで乗り切った。

この三日間も、首都電力の幹部研修会の会場として利用があり、久しぶりに賑わった。

首都電力とミカドホテルの関係は古い。創業者である祖父が戦前から、首都電力の経営者と親交があり、その関係は戦後さらに強くなった。長らく続いている勉強会は、単なる研修ではない。日光のミカドホテルという名だたるクラシックホテルで昇進を祝うという意味合いもあった。

昨夜は研修の最終日で、ボードメンバーが揃っての祝宴が催された。そして、将来の首都電力を支える社員が夜遅くまで気炎を上げていた。

本来であれば、彼らをお見送りするために今朝は外出などしている場合ではないのだが、一人の大切な客との約束を果たすために、奥日光の湯川を目指していた。

湯川は、日本で初めてフライフィッシングが行われた場所で、愛好家の間では聖地として愛されている。

長崎のグラバー邸で知られる商人トーマス・グラバーが、故郷スコットランドの川と似ている湯川を気に入り、米国からブルックトラウト（カワマス）を取り寄せて放流しフライフィッシングを楽しんだそうだ。以後、日本の華族の間にもフライフィッシングが広まった。

赤沼茶屋裏の駐車場にボルボを停めると、貴子は道具を手に、湯川に続く小道を歩き始めた。いつの間にか霧も晴れている。水生昆虫の飛翔を確認しながら川沿いを歩いた。よく目を凝らすと、時折大きな獲物の背びれが朝日に光っているのが見えた。

青木橋の手前で、貴子は約束の相手が川に入っているのを見つけた。

首都電力会長、濱尾《はまお》重臣《しげおみ》だ。

従業員四万人のトップにして財界総理でもある濱尾は、日本はおろか、海外にもその名を轟かせている。

世間では、「帝王」や「君主」などと呼ばれる独善的なワンマン経営者という印象があるが、川に立つ姿は人の良さそうな釣り人《アングラー》そのものだ。貴子に気づいて、濱尾は笑顔を見せた。

「やあ、おはよう。今日はさっぱりだ。君が来る前に大物を釣り上げて、自慢しようと思ったんだが」

米国留学時に覚えたという濱尾のフライフィッシングの腕はプロ級で、競技選手の経験を持つ貴子ですら舌を巻くほどの見事なキャスティングを見せる。

「今日のために新しいフライをこしらえてきたんだよ」

濱尾は糸の先につけた疑似餌を見せた。

「クイルウイング・クリケットですか。濱尾さんらしい繊細な出来ですね」

「こいつで、ヤマメを狙うつもりなんだが、湯川の神様はなかなか意地悪だよ」

クイルウイング・クリケットというのはコオロギを擬したフライパターンで、大物を狙う時に用いる。フライフィッシングの楽しみは釣りだけではない。疑似餌と呼ばれるフライをアングラー自身の手で製作するのも幸せな時間だった。

「ご一緒してよろしいですか」

濱尾が頷いてくれたので、貴子は一〇メートルほど離れてから川に入った。

ひんやりとしている。すっかり秋の冷たさだ。

流れがそれなりに速いので、貴子はフライにロイヤルハンピーという甲虫系の疑似餌を選んだ。

そして、いつものように湯川の神様に挨拶をしてから、静かにロッドを振った。

キャスティングのコツは、無の境地になることだ。

川面に一点集中してキャスティングを続けていると、「おっ」という声がした。濱尾が二〇センチほどのブルックを仕留めた。

激しく体を反らして捕らわれまいと抗うブルックを宥《なだ》めながら、濱尾は上手に網に導いた。

湯川全域はキャッチ・アンド・リリースがルールなので、釣り上げた魚は川に戻さなければならない。その際、体、特にエラを傷つけないように注意してやる必要があった。

そのあたりも心得ている濱尾は、手際よくスマホで釣果を記録すると、魚を解き放った。

さて、こちらもそろそろ気合いを入れようと、糸の先に集中した。その直後、川面が少し盛り上がったかと思うと、大きな口がフライを呑み込んだ。

「さすが、貴子ちゃん。超大物のイワナじゃないか！」

濱尾が自分のことのように喜ぶ声が、川に響いた。

気《け》仙《せん》沼《ぬま》市・気仙沼港

*

気仙沼港は戻り鰹《がつお》漁の最盛期を迎えていた。ニューヨーク支局から気仙沼通信局に異動してはや一年になる暁光《ぎようこう》新聞記者、北村悠一《きたむらゆういち》はその日、カツオの一本釣り漁に同行していた。

本当は遠洋まで行きたかったのだが、支局の許可が下りず、近海漁の船に乗り込んだ。それでも醍醐味は充分味わえた。

「ほら、悠ちゃん、一本持っていき！」

港に戻ると、船主で飲み仲間でもある門谷芳雄《かどやよしお》が、はち切れそうに肥えたカツオを一尾、手渡してくれた。

「えっ、いいの⁉」

「もちろん。そのかわり、俺のブロマイド、忘れないでよ」

漁の様子を取材させてもらったお礼に、芳雄が一本釣りで次々とカツオを釣り上げた時のショットを大きく引き伸ばしてプレゼントすると約束したのだ。

「任しとき。じゃあ、これは遠慮なく」

港では、妻のケイコが芳雄の家族と一緒に待っていた。

「悠一！　おかえり！」

船が着岸するのも待てないように、ケイコは跳び上がって手を振っている。身重の体なのにとハラハラしつつも、嬉しい気持ちの方が大きくて、手を振り返した。

「うわあ、凄いのを釣ったのねえ」

もらったばかりのカツオを見せると、ケイコは目をまん丸にして驚いている。

「俺が釣ったんじゃないよ。俺は写真撮ってただけだから。だけど、キツかった。早く通信局にもどって風呂に入りたいよ」

「そう言うと思ってた。お風呂は沸かしたし、ビールも冷えてるよ」

ありがたい。

このところ、東京からニューヨーク、そして気仙沼と毎年職場が替わっているが、ここでの生活が一番性に合っている。

ケイコとの暮らしは充実しているし、新人記者の時は退屈で田舎くさいとしか思えなかった地方での取材活動が、存外に面白いのだ。

気仙沼市を中心に、登米《とめ》市、栗原市、そして南三陸町の三市一町が持ち場だが、知れば知るほど深みにはまる。

他人の不幸と悪行しか追いかけてこなかったこれまでの記者生活は何だったのかと思うほど、日々発見する新ネタに瞠目《どうもく》している。

その一方で、かつてはあれほど血が騒いだ警察取材や行政の不正には、すっかり興味がなくなっていた。それは記者としての劣化なのかも知れない。だが、ニュースの真髄とは、事件ではなく人にあるのではないかと最近は考えるようになった。

帰宅してすぐに、潮風と魚の臭いが染みついた服を脱ぎ捨て、北村は風呂に飛び込んだ。頭まで浸かり疲れをほぐしながら、改めて漁業という仕事について考えた。

遥か昔から日本人の胃袋を満たしてきた魚介を捕る技術は、まさに徹底的に磨かれていた。なのに漁師らの収入は年々下がる一方なのだ。輸入品に勝てないからなどという短絡的な理由ではない。都会で暮らす日本人の多くが、食の尊さを忘れてしまっているからだ。

漁をする門谷に張りつき、船上で捌いたばかりの魚に舌鼓を打ち酒を酌み交わしながら、正しい漁業の実態と問題、そしてポテンシャルをもっと多くの人に伝えるべきだと語り合った。

風呂から出ると、朝食の準備が出来ていた。

「まず、飲むんでしょ。しっかり働いたお父さんにはご褒美が必要だからね。カツオは私では捌けないから、あとでみっちゃんのところへ持っていくわ」

みっちゃんというのは、ケイコと共同でダンススタジオを運営している女性で、彼女の実家は寿司屋だった。

「じゃあ、晩飯のお楽しみだな」

かわりに、北村の帰りを待つ間に市場で分けてもらったというホタテを二人で食べた。ビールは二缶で我慢し、ご飯を一膳平らげると眠気に襲われた。

それでも、記者の習性として仕事場に入った。

通信局の良いところは、職住一体になっているところだと思いながら、パソコンを起動した。

大したメールは来ていないと思ったところで、本社人事部からのメールを見つけた。

一読して、思わず「マジかよ」と声を上げてしまった。

「何、どうかした？」

妻が顔を覗かせる。

「また、異動になった」

「うっそ。まさか、東京に戻るの？」

ケイコも気仙沼での生活が気に入っている。子どもはここで育てたいと言っていた。

「いや、磐前県《いわさき》だ」

「お隣の？　じゃあ、すぐ近所じゃん」

近所と言うが、県北部に位置する気仙沼から見れば遥か南だ。

「磐前県っていっても広いでしょ。どこ？」

「磐前県花岡《はなおか》通信局だって」

住所は、双葉郡花岡町桜の森とある。

グーグルマップに地名を打ち込んだ。

該当する場所には大きな発電所が二ヵ所もある。

北にあるのが、首都電力磐前第一原子力発電所で、南は第二原発だ。

原発に挟まれた通信局――、たった一年で自分をそこに異動させる本社の意図は何なんだろうか。

そうは思ったものの、酔いがほどよく回ったのか睡魔に襲われ、北村はベッドにもぐり込んでしまった。

＊

東京・表参道

麻布テーラーは表参道の交差点に近い路地の一画にある。郷浦秀樹《ごうのうらひでき》は叔父に誘われてその店に行き、生まれて初めてオーダーメードでスーツを仕立てた。

水産加工会社の社長を務める叔父は、「装いは、その人の人格を表す」と考えており、ビジネスマンの仲間入りをする若者にふさわしいスーツを就職祝いに誂えてくれたのだ。

テーラーなどさぞや堅苦しいだろうと緊張していたが、応対してくれた店員は秀樹とさして年齢が変わらず、何でも気軽に尋ねることができた。

秀樹は長身で体格もいいので、シルエットの美しさが強調できるスーツを薦められた。叔父に、「当分、おまえの一張羅だぞ」と言われて、学生の自分では選ばないような服の生地や裏地、ボタンなどを見立ててもらった。

そして、スーツが仕立て上がったという連絡を受けて、今日は叔母と一緒に来た。

「まあ、秀樹ちゃん、よく似合うわ」

試着した秀樹の姿を見て、叔母がはしゃいでいる。

「ちょっと地味かなと思ったんですが、叔父さまのお見立てどおり、秀樹さんがお召しになると、若さとバランスがとれてシックになりますね」

肩や袖などを丹念にチェックしている店員も満足そうだ。

「ちょっとこっちを向いて。稔《みのる》さんに、写メを送るから」

叔母に言われて、秀樹は振り向いてポーズを取った。普段だとふざけるのだが、スーツに悪い気がして、直立不動になった。

「まさに、馬子にも衣装ねえ。壱岐《いき》のお義兄さま、お義姉さまもお喜びになるわ」

続いて叔母は、店員にスマートフォンを渡して、二人並んでの記念写真をねだった。照れくさかったが、今日ばかりは素直に撮ってもらった。

「あと、こちらもお渡しするようにと」

店員が小さなボックスを差し出した。開くと、紺色のカフスボタンと同色のネクタイピンが収められていた。さらに、ネクタイに合わせたポケットチーフも用意されていた。

カフスボタンが収められた箱には二つ折りのメッセージカードが入っていた。

〝秀樹　就職おめでとう！

おまえがこの服を着こなすようになれたら、その時ようやく社会人として一人前になるんだ。

がんばれ。　　稔〟

急に鼻の奥がつんとした。

まずい、感動してるじゃないか。思わずカードを閉じて天井を見上げた。

「秀樹ちゃん、そのカフスとタイピンもつけなさいよ。もう一度、写真撮るわよ」

言われた通りにして、起立した。

「わあ、ますます男前になったわねえ。甥っ子じゃないみたい」

叔母の言葉に苦笑いした瞬間、シャッター音が響いた。

この服に負けないような社会人になる――。

鏡に映る己を見つめながら、自身に問いかけてみた。

果たして自分はもう社会人になる覚悟ができているのだろうか。

第一部　崩壊前夜

1

二〇〇九年一一月九日　東京・大手町

鷲津政彦が率いるサムライ・キャピタル本社は、千代田区の大手町ファーストスクエア・イーストタワー二一階にある。

企業の合併・買収《M&A》に特化した投資ファンドとしては、日本最大の投資額を誇るが、社員は一〇〇人にも満たない。少数精鋭なのは、鷲津が「それ以上は、社員の顔や性格を把握できない」からだ。

「今回の案件《ディール》であなたのパートナーを務める母袋《もたい》堅三《けんぞう》さんです」

M&A部門の責任者《MD》である前島朱実《まえじまあけみ》が引き合わせたのは、まさにアンソニーにぴったりの相棒だった。六三歳の母袋は経済産業省の元技官で、調査部で企業調査や経産省とのパイプ役を担っている。

小柄なのに、標準体重より優に三〇キロはオーバーしていそうな母袋だったが、仕事が精緻なのと頑固な性格は社内一で、周囲からは「堅爺《かたじい》」と呼ばれている。

「母袋さんは英語が得意じゃないから。あなたが頑張って、日本語でコミュニケーションするのよ」

前島に言われた通り、アンソニーは素直に日本語で「よろしくお願いします」と挨拶した。

「こちらこそ、よろしく」

母袋はにこりともせずに返した。アンソニーは、相当鍛えられるだろう。

「では、日本電力《JエナジI》買収に関する現状を報告致します」

ミーティングに同席しているのは、鷲津、アンソニー、中延《なかのぶ》、前島、母袋の五人だけだ。

副社長を務める中延五朗《ごろう》は、元々は不動産売買のエキスパートで、鷲津とのつき合いも長い。東京本社を留守にしがちの鷲津に代わって、経営を取り仕切っている。

サムライ・キャピタルは通常、一つの案件をM&A部門の二人がコンビを組んで担当する。それ以外は、外部の法律家や会計士が適宜参加する。さらに資金調達部や法務部、調査部などは、必要に応じて対応する仕組みだった。

「現在のところ、我が社と友好関係にある三つの投資会社が合計一一%のJエナジー株を買い集めました。各社にも様々なルートから手に入れるようにお願いしてありますので、当方の動きは察知されていないと確信致します」

「つまり、現状二〇%ということか」

「いかにも」

母袋はずり落ちた眼鏡の位置を戻しながら言った。

母袋の堅苦しい説明を聞きながら鷲津は、アンソニーへのアドバイスを思い出した。

まず、オレンジ・アロー・インベストメント（OAI）には、いずれ最高値で引き取るので、当分の間、キープし続けよと指示した。

五%を超える株式を保有した場合、金融商品取引法の「株券等の大量保有の状況等に関する開示制度」、いわゆる五%ルールに則《のっと》って、株式保有を管轄の財務局に届け出る義務がある。

したがって、サムライ・キャピタルがＪエナジーの株を買い集め、総発行株式の五％を超えた段階で、鷲津らの動きはＪエナジーに察知される。

それを防ぐため、まったく資本関係がなく、Ｊエナジーを共同買収する契約も結んでいない企業が三、四％程度を保有して、保有株を積み上げていく。実際は、違法すれすれのやり方だが、そこは何重もの安全装置を入れてあるので、当局が調べても証拠は摑めないはずだ。

さらに、サムライ・キャピタルが株保有していると知られた途端に、証券会社や当該企業で警報が鳴ると考えるべしとアンソニーにはアドバイスしている。

日本でサムライ・キャピタルが株を保有するということは、その会社を買おうとしているという意味だと誰もが信じているからだ。

アンソニーは「かっこいいですね」と嬉しがったが、鷲津は「厄介なだけだ」と返した。

そのため、サムライ・キャピタルは対Ｊエナジーだけではなく、証券アナリストや投資銀行、同業者などに動きの片鱗すら察知させないように努めてきた。

鷲津の帰国についても日本国内の仕事仲間や友人にすら教えていない。

そして、すでに九％を保有していると届け出ているＯＡＩ保有の株は、据え置く方が、何かと都合がいいのだ。

「さて、アンソニー、ここからどうする？」

「えっと」とアンソニーは日本語で話し始めた。

「株の保有が三分の一を超えたところで、株式公開買い付け《ティクオーバー》（ＴＯＢ）を宣言するよう、鷲津さんに言われています。母袋さん、達成はいつ頃になりそうですか」

母袋が怪訝そうに前島を見た。

「アンソニー、それは母袋さんに尋ねることじゃない。ここからは一気呵成《いっきかせい》に株を買い集める第二段階に入るのが妥当だと思う。だから、担当者のあなた自身が達成の時期を出さなければならないの」

アンソニーは「一気呵成」とは何かと英語で尋ねた。前島が英語で答えようとしたので、「日本語で分かりやすい言葉に言い換えてやれ」と鷲津は制した。

「関係者全員で一気にという意味よ」

アンソニーは革張りの戦略ノートにメモしてから、説明を始めた。

「では、基本的なことを共有しましょう。Ｊエナジーの時価総額が、今朝の時点で七四五八億円でした。したがって、経営権奪取のための資金は最低でも四一〇〇億円ぐらい必要です」

「僭越《せんえつ》ですがケネディさん、五〇〇〇億円が最低ラインだと思います」

母袋の見当は的確だ。サムライ・キャピタルがＴＯＢをかけた瞬間に、Ｊエナジーの株価は跳ね上がる。余裕のある資金準備が必要だった。

「資金は、サムライ・キャピタルのファンド７から一〇〇〇億円を使う許可を取りました。残り四〇〇〇億円を外部調達しなければなりません。僕の方で、欧米の複数のファンドや投資銀行から約二〇〇〇億円ほど調達しました。残りはなんとかなりますか」

アンソニーが調達した資金の額に、中延が驚いている。表情には出さないが母袋が分厚いめがねに手を当てて、アンソニーの方を見たのも、同じ意味だろう。母袋が手元の手帳に視線を戻して口を開いた。

「つまり、残り二〇〇〇億円ほどですな。それぐらいなら手配できるでしょう」

「中延さん、私一つ気になっているんですけど」と前島が尋ねた。

「私たちが資金を海外から集めることに、経産省《ＭＥＴＩ》あたりから難癖をつけられる可能性はありませんか」

「そこまではないと思うよ。とはいえ、経産省はウチが電力会社を保有するなんて、言語道断だと考えるだろうから、あの手この手で阻止してくるだろうね」

「そんな権利が、経産省にあるんですか」

　アメリカ人のアンソニーには理解しがたいのだろう。

「あるんですな、これが。少なくともＭＥＴＩはそう思っています。電力会社はすべて自分たちのものだと考えてますから、彼らの命令に従わない企業など断固認めないでしょう。法律、規制、さらには世論まで使って潰しにくるでしょうな」

「アンソニー、悪いな。俺はこの国ではすこぶる嫌われているバナナ野郎だから」

「何ですか、バナナ野郎って」

「見た目はイエローだが、中身はホワイトって意味だ。だから、ウチは外資と同じだと思うだろう。いや、それ以上の厄介な相手だと思うはずだ」

　アンソニーは頬を膨らませて考え込んだ。やがて、全員の視線が自分に集まっているのに気づいて微笑んだ。

「メチャクチャ、やりがいあります。僕、燃えてきました」

　前島が吹き出し、中延が思わず声を上げている。母袋だけが表情を変えない。

「で、王子様、いかがされるんですか」

　鷲津に皮肉られても、アンソニーはまったく気にもせず応じた。

「あと一四％を一週間で奪取して、テイクオーバーしましょう。母袋さん、日本中の証券会社に、株を買いまくってもらうためには、どれぐらいの準備期間が必要ですか」

「お言葉の趣旨が、分かりかねるのですが」

「イッキカセイ、ですよ。皆さんの助言に従えば、内緒で買い集めるのがいいんでしょうが、いずれバレる。だったら、バレる前にたくさん買えばいいし、そのためにはたくさんの証券会社を巻き込んだ方がいい」

「そんなことをしたら、一時間以内に我が社が、Ｊエナジー株を買い漁っているという情報が、証券業界に知れ渡ります」

「それは仕方ないですね。それとも何か、別の策でもありますか」

前島が答えた。

「大株主を密かに回って買い取り予約をして、目標値を超えた段階で、オープンにしてテイクオーバーに行くのが常道だけど」

「なるほど。でも、大株主って言いますけど、どれも三、四％だし、日本の大手金融機関が上位にいますよね。中延さんの説明だと、そういうところが、国に怒られるようなことはしないと思います。だったら、総攻撃の奇襲しかない」

アンソニーの主張は、今回に限ってはいいアイデアかも知れない。

「せめて、電力業界やMETIに根回しすべきでは」

「ノー！　そんなことしたら、相手に守りを固められますよ。そして、テイクオーバーした時は、僕らはニッポンの敵になってる」

母袋は、頭ごなしの否定にも動じず頷いた。

「分かりました。とはいえ、証券会社全社に声をかける必要はありません。外資系を中心に、政府の意向なんて気にしない五社程度を選定して、各社に極秘で買いまくれと命じましょう。中延副社長、いかがでございますか」

「面白そうだ。ケネディさん、あんたの肝っ玉に感動したよ。私も、Jエナジーはウチが買う方が日本のためだと囁《ささや》くような後方支援をやろう。朱実ちゃんは、それでいいのかな」

中延ほど割り切れないのか、前島はテーブルに両肘をついて考え込んでいる。

「私たちがJエナジーを買う追い風が欲しいですね。調査部に頼んで、Jエナジーの欠点を洗い出し、マスコミで叩いてもらおうと思います」

さて、武士道精神を重んじるアンソニーはどう言うだろう。

「大賛成です。マスコミを味方につけられたら、鬼にカネボウです。でも僕、そのあたりが苦手なんです。朱実さんに頼っていいですか」

金棒の言いまちがいだと笑われてもアンソニーは、気にもしない。

「いいだろう。では、一〇日やる。それまでに、メディアチームを巻き込んでマスコミにJエナジーを叩かせろ。前島は、証券会社の選定。母袋さんは、電力業界の動きを調査して、Jエナジーはもっと活性化されるべきじゃないのかという風評を流して欲しい。その間にアンソニーは、資金をしっかりと確保しておけ」

鷲津が宣言すると、全員が大きく頷いた。

「決戦の日は、一一月一九日だ。この日に、我が社がJエナジー株を一気に買い漁る」

2

二〇〇九年一一月一三日　ベトナム・ハノイ

湯河ははらわたが煮えくりかえっていた。

潜水艦に、建設費用のディスカウントにウランの無償提供だと。一体、こいつらは原発開発を何だと思っている。

官民がタッグを組んでベトナムに原発プラントを売り込む――というプロジェクトが暗礁に乗り上げているので助けてやってほしい、と資源エネルギー庁《エネ庁》長官から頼み込まれた湯河は、ハノイにいた。

日本の交渉団が、ベトナム側の交渉責任者にすら会えない状態だったのを、湯河の国際的な原発ムラ人脈を利用して、何とか面会にまでこぎつけた。

ところが、ベトナム首相官邸原発開発担当官のホアン・ヴァム・チェットと名乗った若造は、日本の原発プラント誘致に伴う付帯条項の内容ばかりを気にしていた。挙げ句が、ライバル三ヵ国が提示した条項をひけらかし、それを超える条件提示をしろと言いだしたのだ。

こんな国に原発を建設してやる必要なんてない。

チェットという若造は、何を勘違いしているんだ。

さらに気に入らないのは、日本交渉団代表の芝野とかいうおっさんの煮えきらない態度だ。

アジアでの交渉はもっと強面で高飛車に出るべきなのだ。それが、卑屈な御用聞きのような態度に出るから、相手にバカにされる。

こんな屈辱はごめんだ。もっと高圧的な態度で攻めなければ先が思いやられる。

だが、そんな風に思っているのは、湯河一人だけのようだ。

「困ったことになりましたな。湯河さん、何か方策はありませんか」

芝野は呆れるほど暢気《のんき》だ。

「ウチも巡洋艦やら戦闘機やらをプレゼントしてやったらどうですか」

「何をバカな。アメリカにどやされますよ」

真面目に返されて、湯河はさらにげんなりした。

「本気にしないでください。いずれにしても、奴らの提案はバカげています。あいつらはこっちの足下を見てタカっているんです。まともに取り合ってやる必要なんてない！」

「まあまあ、何もベトナム首相官邸で悪口を言わなくても。ひとまず、ホテルに引き上げて知恵をしぼりましょうか」

芝野の暢気さにますます腹が立ったが、湯河は黙って従った。

ベトナム原発プラント輸出日本交渉団は、ヒルトン・ハノイ・オペラに投宿している。

同ホテルは、ハノイの商業地区の一つであるバディン区にあるが、市街地では珍しい閑静な環境だった。フランス統治時代に建てられたオペラハウスと隣接していることにちなんで、その優雅な雰囲気を踏襲している。

だが、首相官邸で敗色濃厚の宣告をされた日本交渉団にとって、ホテルにもどってからの昼食ミーティングはまるで通夜のようだ。

「しょげている場合ですか！　このままだと、一〇年もかけて粘ってきたベトナム原発入札に敗れるんですよ」

すっかり負け犬気分にとらわれている交渉団に向かって怒鳴ってしまった。

「湯河さん、だからといって、すぐに対策を打つなんて、無理な話だ。ここは焦らず、食事でもして気持ちを穏やかにもどすべきでしょう」

芝野がメニューを広げて言った。

「所詮、あんたら腰掛けにとっては、その程度でしょう。しかし、私や後藤《ごとう》さんは、背中に日の丸を背負って命がけでやってきたんだ。こんな侮辱を受けて食事なんて喉を通るか」

日本原発の後藤が辛そうに俯いてしまった。日本原発は、日本の電力供給を原子力発電でサポートしている独立系国策会社で、そこから派遣された後藤は長い時間をかけてベトナム人たちに原発の運転に向けた技術者教育を行ってきたのだ。

「それはどうかな、湯河さん。後から入ってきた腰掛け代表として言わせてもらうがね、一体、今まであんたらは何をしてきたんです。一〇年かけて信頼を勝ち得て、絶対受注間違いなしと私たちは聞いてきた。それが、これじゃあ入札者の最下位じゃないか」

スキンヘッドの加地が、喧嘩腰で言った。

独立系投資ファンドの代表らしいが、こういう輩《やから》が参加しているのも湯河には不愉快だった。

「あんた、失礼だぞ。我々がどんな思いをして、ベトナムのエネルギー関係者と対峙してきたと思っているんだ。あんたこそ、民間の知恵と交渉力を生かすという官邸からの強い要請で参加を認めたのに、手ぶらで交渉に臨むとはお笑いぐさだ」

「申し訳ありません！　すべては私の責任です」

怒る湯河の隣で後藤が声を絞り出した。いつもは大柄で親分肌の後藤が項垂《うなだ》れて、一回り小さく見える。

「後藤さん、あなたの責任じゃない。そもそも新興国に対して、官邸の考えが甘かったんだ」

そう慰める言葉が虚しかった。

「まあまあ、皆さん。ここで責任の所在をあげつらったところで致し方ないでしょう。とにかく我々は追い詰められた。一週間以内に他国のライバルたちに匹敵する武器を手に入れないと、受注は難しい。では、どうするか。それを考えればいいんです」

芝野という男は、頭が弱いんじゃないのか。そんなに単純な話ならば、誰も苦労しない。

「とにかく何か食べましょう。頭のクールダウンにもなりますよ。戦略会議はそれからです」

芝野の提案を断ったのは、湯河と後藤だけだった。

前菜が運ばれてきた時には、遂にいたたまれなくなり、湯河はレストランを出た。

中庭のベンチで携帯電話を開くと、何件も着信があった。日本からの発信もある。おそらく交渉の首尾を確認したいのだろう。

まったく！　なぜ、こうも裏目にばかり出るんだ。

そもそも、「温暖化対策に原発推進を！」と国連で偉そうに宣言した総理が、なってないんだ。

あの演説が国内で大バッシングされて以来、総理は原発関連にすっかり及び腰だ。

だからといって、総理の意向でスタートした原発輸出は、もはや後には引けない。そんなことは俺が許さない。

「少しよろしいですか」

顔を上げると芝野がいた。返事をする前に、芝野は隣に腰を下ろしていた。

「我々の最大の武器は、原発プラントそのものです。地震大国故の盤石な耐震構造の巨大建造物でありながら、精密機械と変わらぬ精緻な技術を駆使した各製品の品質。そして、一〇年という年月をかけて培ってきたベトナムの原発関係者との信頼関係です。それは、潜水艦よりも、価格競争よりも尊い。そういうキャンペーンを、この国のマスコミや政治家、さらには国民に訴えるしかないのではというのが我々の結論です」

ふざけるな。烏合《うごう》の衆が浅知恵をしぼって解決出来るような問題じゃないんだ。

「あんたは甘い」

「そうかも知れません。しかし、資源であるウランの調達ですら、厳しいのが現状でしょう。潜水艦や半額なんて論外です」

思わず肩でため息をついてしまった。

「湯河さん、にわか仕込みではありますが、私なりに原発について猛勉強しました。その中で、何度も目にしたのが、原発を稼働できる国の基準という一文です。何よりも安全を重視し、自国で責任を負える覚悟と技術力のある国以外は、原発を持つべからずだと」

「それが何か?」

「UAEもベトナムも、原発を持つ資格なんてないんじゃないのかなあと」

良い疑問だ。湯河個人の信条としてならば、異論はない。だが日の丸を背負った官僚としては、それがどうしたという話だ、総理がやれと言うなら、使命を完遂するしかないのだ。

「だからこそ、我々が指導し、サポートをするんです」

「そこがおかしいんですよ。大事なところは日本に任せ、当事者は付帯条項ばかりを気にしている。そんな連中は、原発を持たなくていいんじゃないかなあ」

「我々に撤退しろと言いたいんですか」

「そこまでは言いません。しかし、原発に限らず、入札に際して付帯条項やあり得ないディスカウント、さらに出来もしない約束に目がくらんで大失敗した例を私はたくさん見てきました。つまり、我々はベストを尽くすが、無茶はしてはならないと思うんです」

そんなことを言っていたら、世界の経済戦争で日本は敗北するだけだ。

「原発は世界中で繋がっているというのを、芝野さんはご存知ですか」

「いえ。どういう意味ですか」

「原発事故が地球上のどこかで起きれば、すべての原発を点検しなければならない。なぜならば、他の原発で同様の事故が起きないという保証がないからです」

「なるほど。素晴らしい考えだ」

感心している場合じゃないんだ。本当にこの男にはイライラさせられる。

「言い換えれば、韓国や中国、ロシアのような安全基準に問題の多い国がベトナムやUAEで原発を建設し、未熟な運転員によって事故が起きた場合、世界中の原発が停まるんです」

言いたいことは通じたようだ。少し深刻な表情になっている。

「しかも、経験の浅い国や安全よりコストで受注したプラントが、事故を起こす可能性は高い。それを承知で、我々が撤退したら、犯罪行為ですよ」

「未必の故意、ですか」

そういうことだ。

「だから、何が何でも我が国あるいはフランスが、新興国の原発プラントを建設しなければならない」

「ロシアでも、ダメなんですか」

「まだまし、というレベルです。ロシアは現在は我々同様に軽水炉型の原発を製造していますが、まだ歴史が浅い。その上、年間二、三基しか生産能力がないと言われているんです。そんなところが無理をしたら、やはり事故リスクが高くなる」

「だったら、我が国の安全な原発を採用しましょうと、アピールするしかないのでは？」

　カネに目がくらんだ連中が、そんな正論に耳を貸すとは思えない。彼らに対抗するためには、最低限でも政府開発援助《ODA》や円借款、いや膨大な無償供与ぐらいは覚悟するしかない。

「なぜ、ロシアが潜水艦を付録に付けているか分かりますか」

「ベトナムに潜水艦がないからでしょう」

「中国軍が、沿岸部を脅かすからです。中越関係は見かけ上は穏やかですが、一触即発の危険を孕《はら》んでいます。自国の安全保障のためには、喉から手が出るほど潜水艦が欲しい」

「そんなものを我が国は出せませんよね。出せても、せいぜいおカネでしょう。しかし、それでは泥仕合になるだけだ」

これ以上きれいごとを聞かされるのは我慢の限界だ。湯河は立ち上がった。

「芝野さん、すでに泥仕合は始まっているんです。こうなればカネを積み上げてでも、逆転を狙うしかないんです」

しょせん金融屋崩れには理解できないのだ。怒るだけ無駄だった。

3

二〇〇九年一一月一五日　磐前県立田町《たつたまち》・Jファーム

ホームチームのウィングの選手がインターセプトして敵方をドリブルでかわした直後、ゴールに向かって一気に加速した。

北村は思わず、「すげえ」と声を上げてしまった。

皇后杯全日本女子サッカー選手権大会二回戦――、見るまでは、所詮は女子とナメていた。だが、想像したよりも遥かにハイレベルでエキサイティングだった。

ウィングは、バックスの選手をあっさりと振り切ってゴールキーパーと一対一になった。

「イケぇ〜！」

背後で若い男の声がした。

その声援に応えるかのように、ウィングはシュートを放った。

ゴールネットを揺らしたのは、MPアトムズのスター選手で、北村が取材した新人だった。萩本《はぎもと》あかねといい、今春短大を卒業したばかりなのに日本代表候補で、愛らしい見た目に似合わぬ攻撃性と俊足がセールスポイントだった。

——サッカーは、私にたくさんの夢をくれました。

先週の取材でそう答えていた萩本の笑顔を思い出した。

幼い時に父を事故で亡くした萩本は、三人兄妹の末っ子で、母も兄二人も皆、首都電力の磐前第一原子力発電所に勤務している。

長兄の影響でサッカーを始めると、みるみる頭角を現し小学三年生で男子に交じってプレイしても負けないほどの選手に成長した。

U‐12ジュニアサッカー日本代表選手として、ブラジルのサマーキャンプに参加したり、高校時代にドイツに一年間留学したり、サッカーの経験は豊かだ。

——サッカーを通じて世界中に友達ができました。大好きなことをして、夢のような経験をさせてもらっている。サッカーと母と兄に感謝しています。

米独のプロチームからもスカウトがあったが、萩本はいずれも断り、地元を選んだ。平日は首都電磐前第一原発で働きながら、首都電の女子サッカーチームMPアトムズのメンバーとして大活躍を続けているのだ。

「よし、あかね！　イケぇ～」

また、背後で威勢の良い声がした。

振り返ると、来年から首都電に勤務する内定者の一団がいる。

いかにも新人というような男女が、皆声を限りに応援している。その中でも、スカイブルーのジャンパー姿の若者がひときわ目立った。

「よし、あかね！　イケぇ～」

フィールドを疾走する萩本あかねに向かって、郷浦秀樹は拳を振り回した。

一〇月に開催された内定者の懇親会で、女子サッカーを応援しに磐前県へ行くツアーがあると聞いて、秀樹はその場で参加を決めた。

秀樹は高校までサッカー部で、大学に入ってからもサッカーを続けた筋金入りのサッカーフリークだ。

首都電力には男子サッカーチームがないのだが、女子はなかなかの活躍を見せている。それで、内定が決まったと同時に、MPアトムズのファンクラブにも入会していた。

粒揃いの選手の中でも、秀樹の一押しは、ウィングの萩本あかねだ。とにかく彼女の才能は素晴らしかった。近い将来、サッカー女子日本代表《なでしこジャパン》のエースとなるのは間違いないだろう。その上、可愛いのだから言うことなしだ。

応援旅行を仕切っていたのが筑波大学サッカー部出身の同期女子だったので、その話をすると「じゃあ、試合の前日にあかねとご飯行くから一緒に行く？」と誘われた。

そして、秀樹は昨夜、萩本あかねと会食を果たした。同期の配慮で萩本の隣に座り、話が弾んだ。拍子抜けするくらいおとなしくて可愛いのに、ひとたびフィールドに入ると萩本はまるで稲妻だった。ボールを受けると、ディフェンダーのスライディングをあっさりとかわし、速度をぐんぐん上げていく。その上、体の動きが柔軟で柳に風とばかりにしなやかにかわす。それは驚異的な才能だった。

ずば抜けたドリブラーやストライカーを「ファンタジスタ」と呼ぶが、萩本は、まさにそのものだった。

わずか五分ほどで、萩本が二ゴールを決めた。チームメイトが駆け寄って彼女に抱きついても、本人はあっさり受け流している。

——もっとゴールの喜びを表現すればいいのに。

昨夜の食事の席でも、話題にしたが、「そういうの苦手なんです」と返ってきた。

しかし実際に見る、ピッチでのクールな態度は、かえって新鮮だった。

興奮のうちに前半戦を終え、同期らと缶ビールで乾杯した。

最初は単なる志望リストの一社にすぎなかった首都電だったが、すっかり気に入ってしまった。朝まで飲み明かせる仲間も、こうやってJファームまで一緒に女子サッカーの応援に来て熱くなれる奴らもいる。

自分は良い会社を選んだなあ——。冷たいビールで渇いた喉を潤しながら、しみじみと実感した。

「ちょっといいかな」

毛糸の帽子に革ジャンを着た男にいきなり声をかけられた。

「首都電の人たちだよね」

「まだ、内定もらっただけですから、どうなるか分かりませんけどね」

「いずれにしろ優秀な金の卵だな」

古くさいことを言う人だと思って、改めて男の横顔を見た。

言葉使いからして東京人だろう。といっても妙にやさぐれた雰囲気からして首都電関係者には見えない。

僕と同様のアトムズファンなのか？　いや、それも違うな。

「あの、どちらの方ですか」

「暁光新聞の北村と言います」

新聞記者か。

「どうも、慶應の郷浦です。それで何の取材ですか」

「こっちに異動してきたばっかりでね。土地勘を養いたくて、街ネタ取材をしている。今日は試合があると聞いて、初めて女子サッカーを観に来たんだ。それで、さっきから熱烈な応援をしている郷浦さんが気になってさ。私がイメージしていた首都電の社員とは、ちょっと雰囲気が違ったんで話してみたくなったんだ」

「従業員が四万人以上もいる会社ですから。いろんな人がいますよ」

「そうだね。でも、企業にはそれぞれに色があって、社員も大なり小なり、そういう色に染まるもんだろ」

「今の僕は真っ白ですよ」

「そりゃそうだ。じゃあ聞くけど、数ある企業の中で、なぜ首都電を選んだわけ？」

どう返そうか迷っていたら、応援ツアーを仕切っている広報室員が目ざとく見つけて近づいてきた。

「郷浦君、こちら、お知り合い？」

「いえ、暁光新聞の記者さんだそうです」

「失礼ですが、取材ですか」

広報室員の声が厳しくなった。

「そんな大層なもんじゃないですよ。暁光新聞花岡通信局の北村と言います。赴任したばかりなので、地元の人にいろんな話を伺っているだけです。取材というほど大ゲサなもんではないですよ」

男は思い出したように名刺を差し出した。

「いずれにしても、彼らは微妙な立場ですので。あなたのご取材によって内定取り消しなんてことになってはいけないので、雑談を含めてご遠慮いただけますか」

了解したと言いたげに、記者は立ち上がった。

「郷浦君、ありがとう。率直な意見を聞けてよかった。それにしても、あの萩本選手は凄いね。私もすっかりファンになったよ」

「天才ですよ。いずれなでしこジャパンのエースになります。僕なんか取材するより、彼女に話を聞けばいいじゃないですか」

「実はね、先週取材したばかりなんだ。今日のウチの新聞見てくれたら、インタビュー記事が出ているよ」

「ほんとっすか！　絶対読みます」

この記者に親近感が湧いた。

「あの、北村さん。僕が首都電を選んだのは、公共心《パブリック・マインド》を持って、国の発達を考える男になりたかったからです！」

北村は驚いたようにこちらを見た。

「これは、恐れ入ったなあ。そんな凄い男が今どき入社してくるなんてね。君が首都電を引っ張る立場になった時には、きっと取材させてくれよ」

4

二〇〇九年一一月一六日　東京・大手町

朝、オフィスに向かう車中で、前島から報告があった。

〝朝一番から東証で日本電力《Jエナジー》株が沸騰しています。買収工作が露見した可能性が高いです〟

すぐに携帯電話で呼び出すと、開口一番に「申し訳ありません！」と前島が詫びた。

「漏洩元は、特定できたのか」

「調査中です」

「最初に買い始めた投資家が誰なのか、分かるのか」

「それも調査中です」

早朝にあがってきたアンソニーの報告では、現在の株保有は二八％で、目標値の三四％を下回っていた。今日中に少なくともあと二％は増やせと命じたのだが、こちらの動きが察知されたのであれば、もはや隠すのは得策ではなかった。

ここは〝王子〟の判断を聞いてみるしかないな。

「おはようございます、オヤブン」

電話すると、寝不足と疲労ですっかり嗄《しゃが》れているアンソニーの声が返ってきた。

「さて、王子、これからどうする？」

「どうしたらいいと思いますか」

「それを決めるのは、俺じゃなくておまえだ、アンソニー」

沈黙が続いた。十秒待ったが反応がなかったので電話を切った。

車は堀端から大手町に入った。

地下駐車場に入る手前で、アンソニーが折り返してきた。

「予定通り、あと二％積み上げて、明日勝負にいきます」

「会って話す」

駐車場のエントランスに入ったところで、人が現れた。ひげ面に五分刈りの男は、ジャケットもよれよれで一目で胡散臭いと分かる。

「ご無沙汰しています。日本通信の八島《やしま》です」

八島という記者に会った覚えはないが、相手はいかにも親しげだ。

「待ち伏せとは、古風ですね」

「Jエナジーに、株式公開買い付け《TOB》をかけると伺いましたが」

聞き捨てならない一言だった。

「どこからの情報ですか」

「私の独自のネットワークです」

「そんなネットワークは解体した方がいい。とんでもないガセを掴まされている」

やけに白い歯を見せて八島が一歩近づいた。

「ＯＡＩなんて偽善者のファンドとつるんだって、ろくな事はないですよ」

睨み付けると、不敵な笑みが返ってきた。

はったりか。

「ＯＡＩって、『おまえには、愛想が尽きた、いね（帰れ）！』の略か」

「またまた……。オレンジ・アロー・インベストメントですよ。とにかくウチからは、サムライ・キャピタルが、ＪエナジーにＴＯＢをかけるという記事をまもなく配信します。それについてのコメントを戴けますか」

「ＯＡＩ」

自動ドアが開くと、鷲津はＩＤカードでゲートを通過した。

「鷲津さん、久々に血が騒ぐディールを期待しています」

八島の声を、自動ドアが遮断した。

エレベーターの前で、出迎えにきた前島と鉢合わせした。

「すみません。変なのがいるって聞きました。追い返してきます」

「日本通信の八島と名乗ったが、覚えがない」

「騒動が好きな三流記者です。時々仲間内のアナリストからカネをもらって、ミスリードして投資家を振り回すような輩です」

「情報は確かだったぞ。俺がＪエナジーにテイクオーバーをかけることも、ＯＡＩとの関係も知っていた。まもなくその記事が出るそうだぞ」

前島が部下に「すぐに事実関係を調べて」と命じた。

二一階のフロアでは、アンソニーと母袋が待っていた。二人ともにこりともしない。

「おはよう、諸君。どうやら待ったなしのようだな」

一〇分後に大会議室《ウォールーム》に集合と告げて、部屋に入った。

秘書の村上《むらかみ》に「濃い緑茶とようかん、くれるか？」と告げて、鷲津は椅子に腰を下ろした。

「情報源は不明ですが、最初に買い漁ったのは中華系のようです」

前島はデスクの前で起立している。

「具体的には？」

「上海の賀一華《ホーイーファ》の息の掛かった投資ファンドかと」

嫌なプレイヤーだな。

賀はかつて、日本最大の自動車メーカー、アカマ自動車の買収劇の際に、鷲津にダーティな手段で挑んできた中華系のファンドマネージャーだった。目的のためには、手段を選ばない。そのえげつなさは、ギャングに近かった。

　ますます面倒だった。

「容赦なく買い漁っています。八島は中華系ファンドと親しいので、情報を摑んだのでしょう」

「値はいくらだ」

「まもなく五〇〇〇円に届きそうです」

　一週間前は、四〇〇〇円ほどだった。

「前島はどう思う？」

「撤退すべきだと思います」

　前島は、石橋を叩いても渡らないほどの慎重派だからな。

「手持ちの株を全部売って、サヤを抜けと」

　一株四〇〇〇円前後で購入した株だ。今なら、大きな利ざやが得られる。ある意味賢明な選択と言えた。

「しかし、それはつまらんな。王子は、どう言ってるんだ」

「今すぐ勝負だと、わめいています」

この業界、熱くなったら終わりだ。

「分かった。母袋さんを呼んでくれ」

前島と入れ違いで、村上がお茶とようかんを持ってきた。

「今日は、『おもかげ』にしました」

黒糖のようかんが、朱塗りの皿にのっている。

茶を一口含んだ途端に、両手いっぱいに資料を抱えた母袋が現れた。

「経産省の反応はどうだ」

「先ほどエネ庁の知り合いから連絡がありまして、Ｊエナジー買収を画策しているという噂があるが、本当かと尋ねられました」

これも八島が発信源か。

「それで、何と答えたんです」

「今日は、エイプリルフールじゃないと」

母袋の日頃の言動を知っている者には驚天動地に近いジョークだった。

大会議室《ウォールーム》に向かうと、買収チームのメンバー全員が顔を揃えて待っていた。

アンソニー一人が部屋の隅で電話している。話し声に苛立ちが滲んでいた。

鷲津は、きっかり一分だけ待った。だが、アンソニーの通話は一向に終わる気配がない。

「アンソニー！　会議を始める。電話を切り上げろ」

鷲津に背中を向けたアンソニーは振り向いて、指を一本立てた。あと一分とでも言いたいのだろうか。

「NO！　俺は忙しいんだ。電話を切れ」

鷲津に怒鳴られてもアンソニーは服従しない。その度胸は見上げたものだが、言いかえれば鈍いということでもある。

前島が立ち上がり、アンソニーに近づいてなにやらつぶやいた。それでようやく彼は諦めたようだ。

「失礼しました。午前の終値の二%増しで、二〇〇〇株を売ってくれる約束を取り付けました」

「朱実、株価は？」

「五一二〇円です。まもなくストップ高となります」

市場が開いてからわずか一時間ほどで、七〇〇円近く値上がりしている。

「今すぐ売買担当のスタッフをこちらに五人呼び込め」

「鷲津さん、何をするおつもりですか」

アンソニーとしては面白くないらしい。顔に不満と書いてある。

「前場が終わるまでに、すべての株を売れ」

「何ですって！　そんなことをしたら敵側に株を買い占められてしまうじゃないですか」

「前島、人員の調達」

前島が内線電話の受話器を上げたのを、アンソニーが身を挺して止めた。

「この買収《ディール》の責任者は僕ですよね、オヤブン。ならば、説明なしの売却は認めない」

「こっちの買収工作が露見して、対抗馬が現れた。そのさなかに、日本通信から記事が配信されるんだ。これでは、我々の予算通りにディールできない。だから、売る」

「撤退ですか」

「そうじゃない。敵を追い払うために売る」

「意味が分かりません！」

そうだろうなアンソニー、おまえにはまだ分からないだろう。

前島はアンソニーの手を振り払うと、内線電話でスタッフに招集をかけた。

「少し落ち着け。ちゃんと説明してやる」

アンソニーはすっかりふて腐れている。

「まず、最初に言っておく。理由はどうあれ、TOB情報が漏洩するなんぞ、リーダー失格だ。その上、マスコミへのケアも怠っていた。これもダメだ」

「それは僕の不徳の致すところです。申し訳ありません」

素直だけが取り柄だな、アンソニー。

「二四時間以内に、情報漏洩経路を探ってリポートを出せ。それからディールのことだが、我々のテイクオーバー情報の影響で、株価が急上昇した。日本通信の記事が出れば、明日もストップ高かも知れない。そんな事態になれば、予算オーバーだ」

「でも、まだ、予算は潤沢にあるんです。一気呵成に買い増すべきです」

「潤沢とおっしゃるがな、アンソニー。その予算は、経営権を奪取するための総額なんだぞ。三分の一を獲らないうちに、当初の想定株価を大きく上回ってしまった。これ以上、カネを突っ込ませるわけにはいかない」

「でも、保有株まで売る必要はないのでは」

「保有株を売ればどうなる?」

「相手が買うに決まってます」

「そうだな。そして俺たちには大きな売却益が手に入るぞ」

Ｊエナジーの発行済み株数は、約一億五〇〇〇万株ある。そのうちオ《O》レンジ・ア《A》ロー・イ《I》ンベストメントが保有している分を除くと、サムライ・キャピタルは約一九％、約二八五〇万株を確保している。平均購入価格は約四〇〇〇円。今、すべて売却すれば三〇〇億円余りの売却益が出る。悪くないビジネスだった。

「それでは目的が違います」

「確かに。だが、このまま進めば、賀一華の思う壺だ」

「どういうことですか」

「あいつは株価をつり上げるだけつり上げるつもりだ。そして、ほどよきところで、Ｊエナジーを買いたければ、保有株を一・五倍で売ってやると言ってくるだろうな」

賀は最初からＪエナジーを買う気などない。とにかく、鷲津の買収工作の妨害をしたいだけだ。そのついでに、ぼろいカネ儲けもできるくらいに考えているのが関の山だ。

「敵が、Ｊエナジーを買う気がないと言い切れますか」

「もちろん。ＯＡＩと同様、いずれ経産省から外資規制を楯に待ったがかかるからな。経産省と事を構えてまで突き進むほどのバカでもないだろう。それより俺たちに嫌がらせをして、たっぷり楽しんだ挙げ句、カネをふんだくるつもりなのさ」

アンソニーが考え込んでいる。賀一華と鷲津の因縁については理解しているようだ。

「オヤブンのお考えは分かりました。だとしても、なぜ株を売るんですか」

「株価を正常にもどすためと、俺たちがJエナジー買収を諦めたと相手に思わせるためだ」

俺たちが一気に売却を進めると、さすがに相手も驚くだろう。そして、株買い漁り攻勢が止まるかも知れない。

「そんな簡単にだませますか」

「それは、分からない。一華は気にせず買い漁れと言うかも知れない。その時は、Jエナジー買収をやめる」

驚いたのは、アンソニーだけだった。他の参加者は皆、鷲津の考えを理解しているのだ。

一華が関わった時点で、フェアな買収など期待できなくなる。真っ向から戦えば、カネと時間を失うだけだ。

外資規制があるとアンソニーには言ったが、一華が日本国内の投資家を募って攻める可能性だってある。

　とはいえ、奴にはＪエナジーを買うメリットがない。万が一、賀一華がオーナーとなったとしたら、Ｊエナジーから電力を買う企業はなくなるだろう。つまり、首尾よく買えたところで、彼は電力事業のうまみを吸えないのだ。

　ここは無理せず死んだふりをするに限る。

「アンソニー、テイクオーバー情報を察知された段階で、おまえは負けているんだよ。ならば、次善の策を取るのみだ。今なら、最悪でもボーナスが手に入る」

「連中も売却したら、再チャレンジの可能性があると考えていいですか」

　そうくるか。粘り強いのはいいことだな。

「当然だな。だが、次は相手にバレないようにしろよ」

　壁際にずらりと並んだデスクにスタッフが陣取った。

「よし、まずはサムライ・キャピタル独自で保有している株を全部売れ。株価が落ち始めたら、協力してもらっている証券会社に同様の指示を飛ばすんだ。それを買い漁る奴がいても構わない。どんどん売りまくれ」

　そして、Ｊエナジー株売却が始まった。

5

東京・虎ノ門

前場が引けた午前一一時三〇分、鷲津はアンソニーと前島を連れて虎ノ門に向かった。目指すは、Ｊエナジー本社だ。

ホテルオークラ東京にほど近いＪエナジー本社は、七階建てのレンガ造りのビルだった。築四〇年以上経た建物は、経年と老朽化で、壁の色がくすんで見えた。

到着すると、アンソニーが先頭に立って社屋に入り、受付で名刺を差し出した。

「突然、失礼致します。私、サムライ・キャピタルのアンソニー・ケネディと申します。弊社の鷲津が御社の社長に緊急でお話をしたいことがございまして、お邪魔致しました」

しっかりとした日本語でアンソニーは告げた。

受付の女性が慌てて取りついだ。

暫く待たされた後、細身の男性が受付に現れた。

「大変お待たせ致しました。秘書室長の井岡《いおか》と申します。生憎《あいにく》、社長は外出しておりますので、総務担当常務がお話を伺います」

本当に社長が不在かどうかは分からない。だが、怪しいファンド社長がアポなしで来訪したにもかかわらず、用件も聞かずに取り次ごうとするのは、自社株をサムライ・キャピタルが保有しているという情報を得ているからに違いなかった。

そして、ひとまずは総務担当常務が対応するわけだ。

「ご無理をお願いして恐縮です」

アンソニーはすっかり楽しんでいる。

最上階の役員応接室には、浜田《はまだ》常務と大久保《おおくぼ》経営企画部長が待っていた。いずれもが警戒心を隠そうともしていない。

「突然のお邪魔を失礼致します」とアンソニーが切り出し、訪問の意図を説明した。

「実は、弊社の情報管理部門の責任者から、御社について重大な情報を得たため、お耳に入れるべきだと考えお邪魔しました」

「とおっしゃいますと」

開口一番「買収の挨拶」でもされると思っていたのか、浜田は拍子抜けしたような声を出した。アンソニーが続ける。

「上海系のファンドが、御社の株を大量に買い漁っているという情報です」

「確か、百華《バイファ》集団でしたっけ」

「今は、SPF、上海プレミアムファンドと名乗っています。彼らは、我々サムライ・キャピタルが御社を狙っているような噂を流して、その実、着々と株を買い漁っています。もう二〇％を超えていると思いますよ」

アンソニーが畳みかけた。

「しかしながら、そのSPFというファンドは、いずれにせよ、外資系でしょう。ならば、わざわざ御社にご心配いただかなくとも大丈夫です」

「SPFには、友好関係を結んでいる日本の機関投資家が多数います。彼らが買い集めているんです」

そう言って前島がリストを見せた。そこにはSPFと提携している一三にも及ぶ日本の機関投資家の名が連なっている。ウソでもはったりでもない。正真正銘の情報だった。

大久保と浜田が顔を見合わせている。

「ご存じだと思いますが、今朝の初値から御社株はうなぎ登りに価格が上昇し、ストップ高をつける勢いでした。それが寄り付き直前で一度、五〇〇円ほど押しもどしましたが、ずっと乱高下が続いています」

「それは、すべてその上海のファンドのせいだと」

アンソニーがいかにもと頷いてみせる。

「弊社の情報管理部門の調べでは、午後には三分の一を超える勢いだそうです」

事の重大さに気づいた二人の幹部が、ようやく狼狽の色を見せた。

「我々の忠告を信用なさるかどうかは、そちらのご自由です。とにかく、日本の電力会社が、中国のファンドに買われるというのはゆゆしき事態です。しかも、その買収工作に弊社の名が利用されてしまった。そこで、不躾《ぶしつけ》を顧みずお邪魔しました。では、失礼します」

そう言ってアンソニーが立ち上がった。

「ちょっと待ってください。それが事実だとしたら、弊社としてはぜひ鷲津さんに、アドバイス願いたいことがあります」

「何なりと」

答えたのはアンソニーだ。鷲津は黙って王子の交渉っぷりを見ている。

「上海ファンドの買収工作は、経営権奪取が目的なのでしょうか」

「それは、何とも言えません。しかし、さすがに彼らもバカではないでしょうから、ある程度のところで株を買い取って欲しいと言ってくるんじゃないですか」

「つまり、グリーンメーラーだと」

株式を大量保有した上で、当該企業に高値で買いもどすように強要する輩をそう呼ぶのだが、一華はそれより悪質だとみるべきだろう。

「グリーンメーラー程度で済むならラッキーでしょうね。賀一華とはそういう輩ですよ。いずれにしても、早急に経営会議をお開きになって迅速かつ適切な対応をお勧めします」

「このまま少しお待ち戴けませんか。出先にいる社長と相談して参ります。その上で、ぜひ鷲津さんにお力添え戴ければと思いますので」

浜田は額に汗を滲ませて経営企画部長と共に部屋を出て行った。

アンソニーが嬉しそうに鷲津を見た。だが、この部屋に隠しカメラが仕掛けられていないとは限らない。鷲津は無視した。

サムライ・キャピタルが株を放出したため、Ｊエナジー株は、一時四五〇〇円台まで落ちた。だが、すぐに買い注文が入り、再び株価は上昇した。ただし、ストップ高まではいかなかった。明らかにＳＰＦの側にも戸惑いがあるのだろう。さらには、彼らの買い漁りに便乗していた連中が、手じまいしたとも考えられる。

前島が、スマートフォンの画面を鷲津に見せた。

〝午後一時より、経団連会館の会見室確保。マスコミ各社にも、緊急会見を告知します〟

会見でも同じ話を繰り返すつもりだ。

すなわち、中国のファンドが日本の電力会社を買おうとしている。それを見過ごして良いのかと、鷲津は正義の味方ヅラで憂えて見せるのだ。

このところ世間は、鷲津のことを日本企業の守り神のように持ち上げるようになった。そんなつまらない者に成り下がるつもりはない。だが、そういうイメージがあるならば、上手に活用するに限る。

皺だらけのハンカチで汗を拭きながら浜田が戻ってきた。

「ちょうど今、社長がもどって参りまして、ぜひ鷲津さんとお話をしたいと申しております」

電力会社のトップの部屋らしからぬ地味で殺風景な部屋だったが、迎え入れた竹原《たけはら》宗一郎《そういちろう》社長も、印象の薄い人物だった。もちろん、出先から戻ったばかりというふうにも見えなかった。

「日本電力《Jエナジー》の竹原でございます」

竹原は鷲津を吟味するように睨《ね》めつけてから名刺を差し出した。挨拶する声にも警戒心が滲んでいる。

「初めまして、サムライ・キャピタルの鷲津政彦と申します」

相手の警戒心になどまったく気づかないふりをして、鷲津は名刺を交換した。そして、勧められるままにソファに座った。アンソニーが鷲津の隣に座り、前島は背後に控えている。

対するJエナジー側は社長の他に、赤城《あかぎ》と名乗る冷たい印象の企画担当専務がソファに陣取った。浜田らは、少し離れて控えている。

「早速ですが、鷲津さんから頂戴した弊社の株式売買における情報について、もう少し詳しく伺いたいのですが」

鷲津は黙って頷いた。

「弊社の株を、上海の投資集団が買い集めているとおっしゃったそうですね？」

赤城が尋ねた。

「上海プレミアムファンド《SPF》と呼ばれる投資グループです」

再びアンソニーが答える。

「ファンドとしてはあまり聞かない名ですが」

赤城は社長とは対照的な印象だった。身につけているスーツも隙のない高級品で、この中で一番目立っている。

「かつては、百華集団と呼ばれていました。もっと分かりやすく言うと、アカマ自動車に買収を仕掛けた人物が率いるファンドです」

「つまり、中国の国家ファンドが弊社株を買っているという意味ですか」

だったら、もっと面白いのだが。

「我々が得ている情報では、中国投資有限責任公司《CIC》は絡んでいないようですね」

竹原がホッとしたようにソファの背もたれに体を預けた。

「ただ、厄介な相手という意味では、ＳＰＦの方が上かも知れません」

「というと？」

「彼らには理屈も道理も通用しません。また、倫理も道徳も持ち合わせていない」

「つまり、悪辣なハゲタカファンドという意味ですか」

どうも赤城の物言いには嫌みを感じる。鷲津は苦笑いを浮かべた。

「僭越ながら、ハゲタカファンドは悪辣じゃないですよ。倒産寸前の企業に救いの手をさしのべる救世主と思って戴きたいですね。もちろん、ＳＰＦが悪辣なのは間違いないでしょう」

赤城と竹原はそろって腕を組んだまま黙り込んでしまった。その時、経営企画部長の大久保が赤城に耳打ちしながら文書を手渡した。

「午前の寄りつきで六〇〇円近く値を上げたのか……。鷲津さんの情報では、ＳＰＦは二〇％以上買い込んでいるそうですね」

アンソニーはわざとらしく肩をすくめた。

「しかし、我々が得た情報によると、買い一辺倒のＳＰＦと対照的に、大量に株を売ったグループも存在するようですが」

「それも彼らの仕業でしょう。安く購入した株を売って利ざやを得て、さらに買い増して株価を上げる。言ってみれば仕手筋のようなものです」

「御社はなぜ、そのような情報をご存知なのですか」

「蛇の道は蛇ですよ。我々は、ＳＰＦを率いている賀一華の動きを監視しているんです。賀は投資家の風上にも置けない不届き者ですから」

赤城が露骨に不信感を示した。

しかし、社長の方は動揺を隠しきれず、縋《すが》るような目でこちらを見ている。

「私としては、弊社と縁もゆかりもない鷲津さんが、わざわざ弊社にいらして、こんな貴重な情報を教えてくださることが、腑に落ちないのですが」

「竹原さん、こう見えて鷲津は意外にお人好しなんです。そこで、こんなお節介を焼いたわけです。だが、どうやらありがた迷惑だったようですね」

「失礼します」と言ってアンソニーが立ち上がると、竹原が慌てた。

「そうおっしゃらず、どうかもう少し話を聞かせてください」

「竹原さんに、そのお気持ちがあっても、赤城専務は私の言葉をまったく信用されていないでしょう。これ以上の長居は無用です」

今度は赤城が慌てた。

「とんでもありません。ただ、私は立場上様々な角度から問題分析を行う必要があるだけで」

「質問にはお答えしましたよ」

「無礼があったなら、お詫びします。申し訳ありませんでした」

赤城は立ち上がると頭を下げた。

「別に頭を下げてもらうような話じゃありませんよ。いずれにしても、ご健闘を祈ります」

「いや、あの、鷲津さんの善意にお縋りして、ＳＰＦを撃退できたらと思うのですが、ご協力願えませんか」

「我々のような輩を信頼して大丈夫なんですか。母屋を取られるかも知れませんよ」

「そんなふうにはまったく思っていません。的確なアドバイスを戴ければと切に願っています」

アンソニーは善きサマリア人を精一杯演じている。革の手帳をまるで聖書のように抱きしめての熱演だ。

調子に乗り過ぎるなよ、アンソニー。

「そこまでおっしゃるなら。私のような者がお役に立てるのであれば、光栄です」

「それで、彼らを撃退する方法はございますか」

竹原も赤城も前のめりになっている。

「株を買い漁っても無駄だと、彼らに思わせることです」

「具体的には？」

とにかく分かりやすい答えが欲しいらしい。

「経産省に相談されるとよいでしょう。そして、国を挙げて、賀らの蛮行を非難してもらうんです。中国の投資家集団によるＪエナジーの株式買収について、憂慮していると大臣が発言してくれたら完璧です」

「そんな僭越なお願いはちょっと」

「それぐらいはしてくれますよ。何しろ、オランダのファンドの投資ですら、しゃかりきになって潰したんですから」

「経産省のしかるべき相手には、すでに一報を入れてあります。経産省としても、早急に対応を検討してくれるそうです」

　赤城は手回しがいい。だが、その一報とは「鷲津というハゲタカに、目を付けられた」という内容に違いない。

「では、もう一つ。全体の三分の一に相当するように株を第三者割当増資してください。そして、それを信用の出来る投資家、いわゆる白馬の騎士《ホワイトナイト》に預ければいい」

　Jエナジーの発行済み株数は約一億五〇〇〇万株ある。つまり七五〇〇万株を引き受けてもらえばいい。

「急に対応できる話ではありません」

「ならば今日の昼一にでも現状について記者会見することですね。そして、企業防衛のために第三者割当増資をすべきです。ただし、株価は四〇〇〇円を想定していると発表してください」

市場で五〇〇〇円を突破しているのに、そんな安値で引き受けさせるのは、市場の値が不適切だというメッセージにもなる。

カード電卓で計算していた大久保が、その結果を赤城に見せている。

「三〇〇〇億円も必要です。そんな高額を引き受けてくれる先なんてありませんよ」

「どなたもいらっしゃらなければ、我々がお引き受けするのも、吝《やぶさ》かではありませんよ」

アンソニーはみごとに決め台詞を口にした。

6

ベトナム・ハノイ

一時間前に、突然ホアン・ヴァム・チェットから連絡があり、湯河と芝野は彼の自宅に呼ばれた。ところが、チェットは世間話ばかりしている。痺れを切らした湯河が問い詰めると、ようやく本題に入った。

「先頃、ロシアが受注したニントゥアン第一原発建設について、貴国はどのように思われていますか」

「どのようにと申しますと」

肩すかしを食らった気はしたが、答えないわけにはいかない。

どうやら、ロシアの技術力や安全性が気になるようだ。湯河は、手持ちの情報を正直に伝えた。

チェットは熱心にメモまで取って、レクチャーを聞いている。そして、湯河の分析が終わると、黙り込んでしまった。

なんだ、これは！

今日の呼び出しは、第二原発についての我々の交渉カードを探るためのものじゃないのか。

そう抗議しようとしたら、芝野が口を開いた。

「チェットさん、失礼を承知で申し上げますが、あなた方はロシアが本当にニントゥアン第一原発を完成できるのかと不安に思われているのではないですか」

こんな席で何を言いだすんだ！

湯河は呆れ果てたが、芝野の指摘はあながち間違ってはいない。それにチェットはなぜか笑顔だ。

「そんなことにはお答えできませんよ」

「とはいえ、少なくともあなたは保険をおかけになりたいのでは？」

「保険、ですか」

「もしロシアが建設不能となった場合のバックアップを、私たちに委ねたいと思っておられるのでは？」

チェルノブイリ原発事故以降、ロシアはそれまでの原発技術を棄て、他国同様の軽水炉タイプの原発開発を行ってきた。成果は上げているものの、まだ製造能力は脆弱で、自国内の原発建設をこなすだけで精一杯だと言われている。にもかかわらず、他国で原発プラントを建設するというのは、現実的には無理ではないかという懸念があった。

「もし、そうだとしたら受けてくれますか」

「喜んで。いつでも交代できるように万全の態勢でスタンバイしますよね、湯河さん」

「もちろんです」

後先考えずに即答していた。

「それは心強い」

「ただし、ニントゥアン第二原発は、日本に発注するという確約表明をいただきたいと思います」

なんという無茶な見返りを。

湯河は思わず、隣に座っている男の横顔をのぞき込んでしまった。

だが、芝野はチェットの目を見据えたまま一歩も引かない意思表示をしている。

チェットが噴き出した。

「芝野さん、あなたは大胆な方だ。我々がそんなことを簡単に呑むと思われますか」

「簡単ではないでしょう。しかし、あなたがベトナムの原発開発の責任を背負っているように、私たちは日本の原発輸出を担っているのです。お人好しな約束をしただけでは、日本に帰れません。第二原発は日本に託すという公式の表明を戴ければ、第一でどんな事態が起きても、我々が徹底的にカバーします。もちろんあなた方が頼りにしている後藤を、ロシアプラント建設の際の貴国側のオブザーバーとして使って戴いて結構です」

ちょっと待て芝野、あんたにそんな権限はないだろ。

「御配慮、本当に感謝しますが、この場で第二原発の件をお約束するのは、いささか性急です」

「性急でもなんでもないはずですよ。私たちをご自宅に招かれたのは、チェットさんにもそのおつもりがあったからでは。ロシアのバックアップと引き換えに、それなりの見返りを求められるのは覚悟されているはずだ。この程度の交換条件は、織り込み済みでしょう」

チェットの視線が湯河に移った。本当に、芝野の意見は日本の総意なのかと問うている。

湯河は腹をくくった。

「チェットさん、我々の願いはベトナムに世界で最も安全な原発を建設し、貴国の発展に寄与することです。しかし、それを遂行するためには、貴国からの確たる信頼の証が欲しい」

チェットが全員のカップに紅茶を注ぎ足した。

「物事には手順というものがあります。したがって今ここで、貴国のご希望について確約することはできません。ただ、第一原発のバックアップをお約束してくださったのですから、私たちも貴国の希望を叶えるのが誠意であるということは理解できます」

芝野が突然立ち上がり、右手を差し出した。

「チェットさん、我々は運命共同体です。私たちはあなたの言葉を信じます」

湯河も芝野に続いた。

チェットは嬉しそうに両手で芝野の右手を握りしめた。そして、同じく湯河の手も。

チェットの手は柔らかだった。だが、そこに込められた力には彼の強い意志を感じた。

7

一か八かの大博打は、奏功したようだ。

それにしても、柄にもない交渉をしたものだ。

こんなはったりを利かせるなんて、芝野自身のやり方としてはあり得ない。しかし、交渉上手なベトナム相手では、流儀などにこだわっている場合ではない。

とにかく会談の主導権を握り、きっぱりとした態度で、日本側の条件を突きつけるしか活路はないのだと割り切った。

隣に座っている湯河の怒りがいつ炸裂するかも気が気ではなかったが、頭の回転の速いエリート官僚は、芝野の戦略を察してくれたようだった。

「数日のお時間を下さい。必ず、そちらがお望みの確約を取り付けます。ただし、それまでは沈黙を守って戴きたい」

チェットは頭まで下げた。

大した男だ。年齢は三〇そこそこだろう。しかし、背中に国家のエネルギー政策の未来を背負っている。そして、堂々たる態度で、アジア屈指の先進国相手に交渉し、成果を上げる。

チェット邸を後にして車に乗り込むなり、抗議されるだろうと覚悟していたのだが、湯河は何も言わなかった。

「あなたは、本当に得体の知れない人だ」

一〇分ほどの長い沈黙を経て、湯河がようやく口を開いた。

「いやあ、私は至って単純な男ですよ。ただ、年を取っている分、ずる賢いんです」

仏頂面の湯河に睨まれた。

エネルギーに関することは全て仕切りたい湯河としては、不満な展開ではあっただろう。だが、芝野のような交渉を公務員に求めるのは、難しい。あれは、ある意味、民間人だからできるやり方だ。

それを分かっているから、湯河は余計に腹が立つのだろうが。

「結果オーライでしたが、芝野さんには、日本政府にあんな条件を呑ませる自信がおありなんですか」

「自信なんてありませんよ。ただ、根気よく説得するだけです」

「それでは、無責任でしょう」

「そうじゃない。私が日本政府から託されたミッションは、どんなことをしてもベトナムへの原発プラント輸出を実現させろという一点です。そういう意味では、結果を出したと言えるでしょう」

すでに敗色濃厚だったのだ。そういう状況の中で、ニントゥアン第一原発のバックアップを引き受け、その交換条件として第二原発発注の内諾を得たというのは、大成果と言える。

「湯河さん、私と一緒に帰国しませんか。総理に事情を直接説明した方がいいのでは」

「いや、私はチェット氏からより確固たる約束の裏付けをもらうまでは、この国を離れるつもりはありませんよ」

頑固な人だな。

その時、湯河の携帯電話がけたたましく鳴った。

湯河が応対している間、芝野は車窓に目を向けた。排ガスなどものともせずにバイクや自転車がひしめき合う大通りを、車は速度を緩めながら進んでいく。その混沌ぶりを眺めながら、チェットのようなタフな若者が日本にも多く出てきて欲しいとつくづく思った。

「なんだと！　間違いないのか。とにかく分かっている範囲の情報を、大至急送ってくれ」

どうやら湯河にまた災難が降りかかってきたらしい。

電話を切った湯河は、運転手に急いでホテルに帰りたいと告げた。

「一大事ですか」

「あなたの古くからのお友達が、日本で暴れ始めました。よりによって、日本電力《Jエナジー》を買うつもりらしい」

「私の友達？」

「決まってるでしょう。鷲津政彦ですよ」

これはまた懐かしい名前が飛び出したもんだ。

「鷲津氏は、友達でも何でもありませんよ。しかし、彼みたいな人が電力会社に触手を伸ばしたりするかなあ。何かの間違いじゃないですか」

「だったらいいですけどね。先週あたりからじわじわとJエナジー株を買い集める動きがあったそうなんですが、それが今朝になってストップ高を付けるほどの勢いで、猛烈に買われているそうです」

「確か、Jエナジーはオランダ系のアクティビスト・ファンドに株を大量保有されて、立ち往生していたのでは？」

「それは処理が終わっています。ところが、今度は日本国内の機関投資家が動き出したそうです。そしてエネ庁が調べたところ彼らを背後で動かしているのが、鷲津氏であると」

鷲津の目的はなんだろう。

いや、考えるまでもないか。

彼が動くのは、そこに大きなビジネスチャンスがあるからだ。

「Jエナジーは、そんなに魅力的な会社なんですか」

「青森県で巨大原発を建設中なんです。それが完成すれば、より強力な発電設備が整います」

「しかし、あの会社は他の電力会社のように地域独占で電力供給をしているわけじゃないでしょう。最近は、発電所が多すぎて供給過剰になっているという話を聞きましたよ。原発を持っても、売り先がないということもあるのでは？」

「先頃の総理の国連演説で変わりました」

温暖化対策として、日本国内の二酸化炭素排出量を二五％削減すると総理が宣言した。

「つまり、温暖化対策の切り札として原発が見直されたわけですね」

「そうです。火力発電の稼働を抑えて、原発シフトを鮮明にする。そのシンボルとなる原発をＪエナジーが建設しているんです」

目端が利く鷲津らしい動きかもしれないな。しかし、このところ鷲津は、米国に拠点を移していると聞いている。それに彼が手がける買収規模からすると、Ｊエナジーはいささか小粒にも思えた。

「Ｊエナジー経営陣からエネ庁に、慌てふためいて相談があったそうです。芝野さん、私も帰国しなければならないかも知れません。そこで芝野さんにお願いがあるんですが。鷲津氏に会って、即刻Ｊエナジーから手を引くように説得してもらえませんか。電力会社をハゲタカファンドに差し出すわけにはいかない」

芝野は思わず笑ってしまった。

「何がおかしいんです？」

「失礼。私の説得なんて、何の抑止力にもなりませんよ」

「あなたは彼を熟知しているじゃないですか」

「熟知しているから言ってるんです。鷲津政彦が動き出したら、誰も止められない」

「ベトナムとの交渉では、無茶なネゴシエーションをしたじゃないですか。なのに、彼と話しもせずに会うだけ無駄とは、あなたらしくない」

「湯河さん、会っても無駄だと申し上げているのには、ちゃんと理由があるんです。鷲津政彦が買収提案をするからには、彼は勝利を確信しているということです。だから、すでに買収工作は終わっているんですよ」

そう、あいつはそういう男だ。

鷲津に比べれば、チェットの方が遥かに与《くみ》しやすい。

8

東京・虎ノ門

「鷲津さん、さすがにそれだけの額の増資を即決する権限は私にはありません」

賀一華率いる上海プレミアムファンド《SPF》による日本電力《Jエナジー》株大量取得に対抗する措置について、竹原は額に汗を滲ませながら言った。

「タイム・イズ・マネーですよ、竹原さん。まもなく東証の後場が開きます。このままだとあっという間に、SPFの取得株数が三分の一を超えてしまいますが、よろしいんですか」

竹原はずっと鷲津に話しかけているのだが、答えるのはアンソニーだけだ。

午後〇時二〇分を過ぎていた。後場が開くまで一〇分もない。

前門の虎、後門の狼と言ったところだな。

「事情は理解しています。時間が勝負というのも痛いほど自覚しています。しかし、やはり今すぐお答えはできません。一時間――、決断まで一時間だけ頂戴できませんか」

竹原が悲痛な声で頼み込んできた。

「我々はまもなく経団連会館で記者会見を開きます。SPFの蛮行を阻止する呼びかけをするつもりです」

アンソニーが突き放すと、赤城が慌てた。既に彼の目は血走っている。

「暫くそれはお待ち願えませんか。そんな会見を開かれたら、弊社の株は暴騰してしまいます」

「一時間後のご返事は、弊社で伺います」

怯えきった経営陣に引導を渡して、部屋を出た。スマートフォンで通話していた前島が「母袋さんからです」と言って、鷲津に電話を差し出した。

「社長、お取り込み中、失礼致します。先程、資源エネルギー庁の次長から連絡がありました」

エネ庁のナンバー2がいきなり動いたのは、驚きだった。

「社長のご意向を教えて欲しいそうでございます。しかし弊社の社長の意向は誰も知らないので、お答えできないと返しました」

だが、それで引き下がるとは思えなかった。

「そこを曲げて教えて欲しいと言ってきました。御社は本気でJエナジーを買収するつもりなのかと」

エネ庁は、賀の動きを察知していないのか。

「その件については、上海の賀一華氏にお尋ねくださいと申しますと、次長は驚愕しておりました」

「今頃、霞が関は大騒動だな」

「でしょうね。弊社の社長はJエナジー救済のために奔走していると返しておきました」

Good job だ、母袋さん。

「それで、Jエナジーの反応は如何でしたか」

「鈍い、の一言だね。母袋さん、企画担当の赤城専務と面識はありますか」

「ございます。なかなかの野心家です」

玄関を出ると、社用車がドアを開いて待っていた。

全員が乗り込むと車は経団連会館に向けて走り出した。

「赤城という男には、カネより権力欲の方が強いという印象がございますな」

「ということは、次期社長を確約する方が乗ってくるか」

「まさしく」

「竹原社長は？　決断力はないとみたんですが」

「彼は、調整型の典型でございます。元は、首都電にいたかと」

首都電力というと、高飛車で傲慢という印象があるのだが、ああいうタイプもいるわけか。

「箸の上げ下ろしまで、首都電とエネ庁の指示を待って動くと思って戴ければ間違いありません」

だとすれば、切り崩すのは赤城の方か。

「大至急、赤城専務の身体検査をしてください」

「畏《かしこ》まりました」

鷲津は調査を託すと電話を切った。

「アンソニー、Jエナジーの経営陣に会った感触はどうだ？」

車に乗り込んでからは、ひたすらノートパソコンを睨んでいたアンソニーが、鷲津の方を向いた。

「呆れるほど当事者意識のない人たちですね。ぜひ、僕らが代わってあげたいと思いました」

「代わるためには、あの会社を手に入れなければならないんだぞ。これからどうする？」

「答える前に、一つ質問していいですか。さっき我々に応対したのは、Jエナジーのトップとナンバー2ですよね。なのに、彼らは自社の企業防衛について決断する権限などないと答えました。つまり、意思決定権者がトップ二人の上にいるということですか」

「良い質問だな。前島、説明してやれ」

助手席でスマートフォンを使ってメールを打っていた前島が振り向いた。

「Ｊエナジーは、つい最近まで国有企業だった。そのため、いまだに何事もエネ庁にお伺いを立てているの。また、首都電をはじめとする国内の電力会社の意向も汲もうとしている」

「つまり、彼らは傀儡《かいらい》なんですね」

難しい言葉を知ってるな、アンソニー。

「事実上はそう考えられているわ」

「じゃあ、僕らが交渉すべき相手は、彼らではないんですか」

「本来はそれが筋なんだけれど、きっとエネ庁や首都電とかから横槍が入るでしょうね」

前島はそういう回りくどい日本独特の商習慣を嫌っている。というより、そういうものを断ち切ってこそ日本はグローバルになれると信じている。だからこそ、日本の古い体質を身にまとった企業相手になると、前島は俄然ガッツを見せる。

「アンソニーはどうするつもりだ？」

「最初から大ボスと交渉すべきだと思う」

「前島、こうおっしゃってるぞ」

前島は思わず笑ってしまった。

「今回のチーフは、アンソニーです。彼がそう言うのなら」

いきなりエネ庁に乗り込んで、Ｊエナジーを渡せとアンソニーが啖呵《たんか》を切るのは見物だった。そこで母袋の見解を二人に告げた。

「なぜ国家が民間企業のＭ＆Ａに干渉するんですか」

「それが、日本だよ」

「それはおかしいと訴えましょう」

アンソニーの意見はもっともだ。

「訴えても誰も聞いてくれない。電力会社は日本にとって大切だから、政府が守って当然というのが日本人の共通認識だ。それどころか、経営が苦しくなると、大手や名門企業でも当然のように国からの支援を期待する」

アンソニーは唇を尖らせて、不満を訴えている。

「じゃあ、本当に僕らはエネ庁長官に、Ｊエナジーを買いたいとお伺いを立てないといけないんですね」

「だが、そうすれば一蹴されて敗退だぞ」

「オヤブン、話が矛盾してます。Ｊエナジーを買いたいなら、エネ庁の許しがいるというのに、エネ庁と交渉したら負けるって、じゃあ手が出せないということじゃないですか」

「だから、面白いんだろ。しっかり知恵を絞るんだな」

車が渋滞に捕まってしまった。この調子だと、会見の開始は予定よりも遅れそうだ。

「鷲津さん、後場が開いて二〇分で、Ｊエナジー株はストップ高をつけました」

「それで一華は、三分の一を突破したのか」

「確定していませんが、届いていない模様です」

勝負は明日に持ち越しか。

「オヤブン、ヒントを下さい」

甘えるなと言いたいところだが、勿体を付けている場合ではなかった。

「エネ庁が出てこられないように世論を味方に付けろ」

9

磐前県・磐前第一原子力発電所

「皆さん、五重の壁という言葉を聞かれたことはありますか」

首都電力磐前第一原子力発電所のPR館ガイドが、原子炉の模型の前で尋ねた。

「原発の多重防護のことだよね」

にわか勉強で覚えた言葉を、北村は口にした。ガイドは「そのとおりです！」と嬉しげだ。

「正式には、放射性物質を閉じ込める五重の壁と呼びます」

ガイドは、白い手袋の上に高さ一センチ半径一センチほどの黒い円柱を置いて見せた。

「これが、実物大の燃料ペレットのレプリカです。燃料ペレットは、原発の燃料である低濃縮ウランをセラミック加工したもので、ウランが核分裂した際に発生する核分裂生成物を閉じ込める役割を果たします。そして、第二の壁が、その燃料ペレットを包む燃料被覆管です」

　さらに、原子炉圧力容器、原子炉格納容器、原子炉建屋がそれぞれの「壁」となって、放射性物質の流出を防ぐ。

　対策を徹底しているから原発は安全だと、ガイドは太鼓判を押した。

　北村と一緒に見学している外国人記者たちが、ガイドの周りに集まりペレットを覗き込んだ。

　花岡通信局に異動直後から見学申請を続けていた原発見学が、ようやく実現した。ただし、単独ではなく外国人記者クラブ一行のツアーに参加するという条件だったが、この目で見られるなら何でもよかった。

　見学コースとしては、まず原発PR館で原発の仕組みや安全性のレクチャーを受けてから、発電所内の見学になるという。

　通訳が外国人記者らに説明している間に、北村はガイドに尋ねた。

「安全を保つために水が重要な役割を果たすんだって？」

「おっしゃるとおりです。ウランは中性子が当たると核分裂を始めます。でも、制御棒を挿入した水中では安定しているんです。ですから、使用済みの燃料は水中で保存します」

燃料が核分裂を起こすと、二〇〇〇度前後の高熱が発生する。その熱で炉内の水が沸騰して蒸気を発生し、タービンを回す仕組みだ。沸騰した水は冷却しなければならない。通常は大量の海水を取り込み、それで蒸気を冷やして水に戻す方法が取られている。原発が海沿いにあるのは、潤沢な冷却水を常時確保できるからだ。

磐前支局花岡通信局管内には、原子力発電所が二ヵ所ある。二ヵ所といっても、磐前第一原発に六基、第二原発に四基の発電設備があり、合計すると、発電容量は一〇〇〇万キロワットに及ぶ。

北村が調べた数値では、三〇〇万世帯の需要をカバーできるというとてつもない規模だった。

「ここの原発は、建設から四〇年を迎えるものもあるそうですが、そろそろ廃炉なりリプレイスの時期では」

流暢な日本語で、ドイツ人女性記者が尋ねた。Jファームからの移動のバスで名刺を交換した相手だ。ハナ・メルツという名で、日本駐在一五年のベテランだという。

ドイツでは温暖化対策として、いったんは決めていた原発の廃止を取りやめるかどうかが議論されているそうで、日本の原発事情にも注目しているらしい。

「それは私からお答えします」

ツアーに同行している広報課長が代わった。

「首都電力では現在、政府も交えてその問題を検討しています」

「今のところ、五年ほどの再延長が有力らしいじゃないですか」

メルツはかなりの情報通だった。

「そういう意見もありますが、まだ何も決まっていません」

いかにも電力会社の広報が答えそうな言い回しだ。電力担当だった同期の話では、霞が関より官僚的で、いかなる時も絶対に言質を取らせないらしい。

「さて、先を急ぎましょうか」

メルツは、北村の方を向いて「いつも、この調子なのよ」と英語で言った。

発電の流れや、地域への貢献など通り一遍の説明を受けた上で、一行は再びバスに乗り込んだ。いよいよ原発構内に入るのだ。

「あなたの国の総理は、二〇二〇年までに二酸化炭素を二五％削減すると宣言しているけど、それって原発を増やすってことなの？」

バスが動き出すなり、メルツが言った。

「そう言われてるね。でも、日本の発電設備は需要の一・五倍ぐらいの発電容量を有しているんで、そう簡単に原発シフトが進むとは思えないけどね」

とはいえ日本では、にわかに原発推進の旗が振られているのは事実だ。

原発ルネサンスという言葉が、霞が関のみならず、官邸内からも頻繁に漏れ聞こえてくる。しかし、原発建設を推し進めるには、地元住民の理解など様々な難関があって、新規建設は簡単ではない。

「青森に行ったことはある？　首都電は陸奥《むつ》電力と共同で原発開発をしているでしょ。それに日本電力《Jエナジー》も、下北半島の突端で工事を始めた」

「メルツさん、凄い知識だな。残念ながら青森には行ってませんが、青森で進んでいる原発建設は温暖化対策のためというのは聞いたことがありますよ。でも、詳しくは知りません」

バスは太平洋を右手に見ながら、原発を目指して走っている。周囲には民家も事務所もなにもない。事故が発生した際、被害を最小限に食い止めるためなのだろうか。

「皆さん、恐れ入りますが、身分証明書の提示をお願いします」

まるで軍事基地のような厳重な門の前で、広報課長が参加者に呼びかけた。パスポートを見せている間に、警備員が金属探知機で車の底部をチェックしている。不審な者は一人たりとも侵入させない——。厳重な警備がそう告げている。

まず管理棟で真っ白の防護服に着替えた。全身をくまなく覆って、肌が直《じか》に空気に触れないようになっている。

物々しい雰囲気の中でゲートを抜けたものの、原発内というよりも大きな工場の中に入ったという印象で、北村は拍子抜けしたものだった。

汚染を防ぐためカメラや携帯電話などは入口で預け、首都電の同行社員が代理で撮影すると言う。異論が出るかと思ったが、意外にも皆が素直に従った。

「まずは、中央制御室にご案内します」

迷路のような廊下を五分も歩く。あまりに分からないので、何か目印になるような物はないかと辺りを見渡した。天井や壁に無数の配管が走っていて、所々にバルブがある。バルブごとに木札が掛けられており、記号と番号が振ってあった。

「それにしても凄まじい数のバルブですね。これらがどこに繋がっているのか全て理解されているんですか」

北村の問いに、広報課長が苦笑いを浮かべた。

「全部はさすがに無理ですね。でも、自分の持ち場についてはみんな熟知していますよ。ね、副所長」

一番年嵩《としかさ》の男性が当然だと言うように頷いている。

「さて、これからご案内するのは、一号機から三号機までを担当している制御室です。いずれも稼働中ですので、作業員が実務中です。業務にご配慮戴ければ幸いです」

うんざりするほどの長時間を歩いているので、一体どこにいるのか見当もつかない。通されたのはやたらと明るい部屋だった。壁三面に計器がずらりと並んでいる。

「なんだか凄くアナログな計器ですね」

原子力発電は科学技術の結集という印象があるため、SF映画に出てくる宇宙船のコントロールルームのようなイメージを、北村は持っていた。しかし、目の前の計器の大半は、前時代のシロモノだった。スイッチはチャンネルやコックで操作され、数値は針で示されている。

「昭和四、五〇年代につくられたものなので」

広報課長の説明に納得はしたが、急に不安になった。こんなアナログなシステムが、原発を管理しているのか……。

「チャイナ・シンドロームを思い出しちゃったよ」

米国人のベテラン記者が呟いた。

映画『チャイナ・シンドローム』は、一九七九年に公開された米国作品だ。封切の一二日後に、米国スリーマイル島原発で作品同様の事故が発生し、世界的な話題となった。

チャイナ・シンドロームとは、この映画から生まれた造語だ。米国で原発事故が起きてメルトダウンしたら、熔けた核燃料が地球の裏側の中国まで貫通するというとんでもない仮説を元に物語が作られていた。

原発内のシーンでは、北村が見学している中央制御室同様、たくさんのアナログ計器が並んでいた。

通訳が米国人記者の呟きを訳すと、副所長も広報課長も渋い顔になった。

さすがに、不謹慎な一言ではあるが、見学者の多くがそう感じたのは間違いなかった。

「計器類のデジタル化は考えていないんですか」

気まずいムードが嫌で、北村が尋ねた。

「今のところはありませんね。念のために申し上げますが、デジタルが万能なわけではありません。たとえば、中央制御室の計器類は電気がなければ作動しませんが、原発内にあるバルブや圧力関係の計器の中には、最新鋭のデジタル装置を備えた六号機でさえも、停電時は手動で計測できるアナログタイプを使用しているところがあります。また、見た目は古めかしいかも知れませんが、たとえば、」

説明をしながら広報課長が、一つの計器盤に近づいた。

「このコックは、緊急時に用いるものですが、カバーが装着されていて、誤操作を防止しています」

広報課長がカバーを外した。

「そこの記者さん、このコックを右に回して下さい」

見学者の中で唯一の日本人記者だったからか、北村が指名された。

「そんなもの触っていいんですか。緊急時用なんでしょう」

「大丈夫ですから」

北村は恐る恐る、コックを右に回そうとした。だが、びくともしない。

「これは、まず最初に強く内側に押してから回すんです。その手順を踏まない限りビクともしない。不測の事態で運転員がパニックになって誤操作をしても、簡単には動かない仕掛けです」

広報課長に教えられた通りにコックを押してみた。確かに動いた。コックを持つ手がじっとりと汗ばんだ。

北村は、中央制御室で働く運転員らの様子を眺めた。見学者に興味を示している者はなく、各人とも計器を見つめている。

「すごい集中力ですね。何か特別な訓練をするんですか」

近くにいた副所長に尋ねてみた。

「中央制御室では、一日三交代計五チーム制で勤務します。初めて制御室勤務に就く者がいたら、原則はチームで教育します。それとは別に、構内での異常事態に対応するための訓練を、常時行っています」

「じゃあ、トレーニングルームみたいなものもあるんですね」

「この中央制御室とまったく同じ広さで、同じ装備が揃った訓練室があります」

大したものだ。

「ちょっと当直長さんに、話を聞いてもいいですか」

副所長は一瞬ためらったようだが、「一〇分だけなら」と言って、当直席にいる男性に声を掛けた。

北村が礼を言って、自己紹介していると、外国人記者らも集まってきた。

「ここは、とても静かです。しかし、不測の事態はいつ起きるか分からない。適度の緊張感を維持するための方法はあるんでしょうか」

「緊張感を八時間維持するのは難しいですね。また、常に緊張していると、いざという時にはすでに疲れ果てているかも知れません。なので、私の場合は、リラックスして勤務するように努めていますし、他の所員にもそうするよう呼び掛けています。一方で、点検項目については細心の注意を払い、少しでも違和感を覚えた時は、徹底的に解明するようにしています」

「ヒヤッとしたような経験なんかはあるんですか」

「小さなトラブルはしょっちゅうですよ。これだけの大規模施設ですからね。でも、甚大なトラブルの経験は過去一度もありません」

そこでドイツ人記者ハナ・メルツが一歩近づいて口を開いた。

「原発業界には、事故の数だけ原発は安全になるという神話があるそうですけど、どう思いますか」

当直長は苦笑いした。

「基本的に、原発の仕組みはほぼ世界共通です。その結果、世界のどこかで発生した事故も他山の石として、必ず徹底的なチェックを行います。事故が起きないと安全が担保できないという意味ではないと思いますよ」

「勤務中に不安に感じることはないですか」

米国の通信社の男性記者が尋ねた。

「ありませんよ。その不安を取り除くために我々はいるんですから」

当直長の応対には淀みがない。取材慣れしているのかも知れないが、厳しい質問にも逃げずに持論をはっきりと返す姿勢には、自信が感じ取れた。

「敢えて聞きたいんですが、心配事があるとしたら、どんなことですか」

いい性格をしているな、俺は、と思ったが、記者としての好奇心を抑えられなかった。

「原発の運転を開始した当初は、一つ間違うと甚大な事故に繋がりかねないようなトラブルがあったと聞いています。でも、そんな経験を持つ現役運転員は今は誰一人いないです。つまり、誰も甚大なトラブルを経験していない。それは不測の事態の際には、心細いことかも知れません」

構内の見学を終えて昼食時間となったので、北村は携帯電話の電源を入れた。着信記録を見ると、話したくもない人物から繰り返しかかってきていたようだ。無視していたら、またかかってきた。

「よう、特ダネ記者、久しぶりだな」

「これはこれは志摩《しま》編集局次長じゃありませんか。ご機嫌うるわしゅう」

社会部長だった頃の志摩は、北村の目標であり後ろ盾だった。だが、社内で発生した不正処理を巡って北村と対立し、遂には北村の行動を封じ込めた。そして、自身は昇進し、北村をニューヨーク支局に異動させた。彼はそれを「温情」と言うが、北村は厄介払いだと思っている。

今となっては恨みもないが、志摩お得意の嫌みを耳にした瞬間、当時の理不尽を思い出した。

「元気にやってるか」

「おかげさまで。地方取材こそ記者冥利に尽きると実感する日々です。そういう意味でも、志摩編集局次長には深く感謝しております」

棘のある声で返答する自分に、うんざりした。

もうどうでもいいんだろ。だったら、普通にしろ、普通に。

「鷲津が、東京に現れた」

ゴジラが出現したような口調だった。

「懐かしい名前だ。でも、それが事件になるんですか」

「日本電力《Jエナジー》を買うらしい」

「会社を買うのが彼の仕事でしょ」

「血が騒ぐだろう」

「は？」

どうだろう。会いたいかと聞かれたら、会ってはみたい。しかし、血は騒がない。

それより今は、原子力発電所のことをもっと知りたい。

「生憎、最近世の中の動きにうといんですよ」

「だったら、リハビリが必要だな。大至急、東京本社に上がってこい」

ここを、どこだと思っている。

窓の外に目をやった。青い空と群青色の海、海鳥まで飛んでいる。

こんな人里離れた原発にいる俺に、東京本社まで上がってこいとはよく言えたものだ。

「そう言われても、今イチアイにいるんです」

「イチアイ？　なんだ、それは」

「磐前《いわさき》県熊川《くまかわ》町の磐前第一原発ですよ。東京本社に上がるには、最低でも五時間はかかります」

「今、午後一時半だ。六時半まで待ってやる」

電話が切れた。

久しぶりの志摩のご無体に、頭に血が上った。

ばかばかしいと携帯電話をポケットにしまうと、昼食会場に戻った。

ちょうど所長に対しての質疑応答が始まったところだ。

「日本は電力の自由化が遅れていますが、それには地域独占と原発依存が影響しているとは思いませんか」

米国のベテラン記者が質問すると、所長は答えに窮したようで、広報課長に委ねた。

「電力の自由化の問題は、我々が議論することではないので、お答えできません。ただ、地域独占が問題だというご指摘に対しては、一言申し上げたいと思います」

一人遅れて弁当を食べていた北村の手が止まった。霞が関より官僚的で、記者に言質を取らせないので有名な首都電力広報としては珍しい発言だった。

「日本全国津々浦々に、均質かつ潤沢に電力供給を行えるのは、各地域の電力会社が、電力供給者としての強い責任を自負しているからです。欧米でも停電は日常的に発生しますが、日本では、甚大な災害でも起きない限り停電はあり得ません。電力供給におけるすべての責任を一企業が負うのは、生やさしいことではありません。それが地域独占で発送電を行う意味です」

「それは、自由競争よりも統制供給の方がいいというふうにも響くけど」

いかにも米国人らしい理屈だった。

「統制供給なんてとんでもありません。日本では、消費者は好きなだけ電力をご利用戴けます。そのために様々な供給方法を駆使しているのですから」

「原発に依存しているという意見についてはどうですか。日本では、自然エネルギーへの取り組みが遅れ気味で、原発と火力発電が発電の両輪になっています。でも、地球温暖化問題で、火力発電は減らしていく方向でしょ。そうするとその代わりを、原発が担うのでは？」

メルツが質問した。

「少なくとも弊社は、発電を原発に依存しているとは思っておりません。ご存じかと思いますが、各発電方法の特質を生かした発電のベストミックスを構築しており、原発は全体の四割程度です」

残りは石油や天然ガスなどの火力発電が賄っている。比率を見ると、原発依存という指摘は当てはまらない。

「地球温暖化対策については、弊社も真剣に考えております。ご指摘のような自然エネルギーによる発電を、もっと積極的に取り入れることも検討しています」

原発はいったん稼働すると二四時間三六五日無休で発電し続ける。一方、火力発電の方は、需要に合わせた微調整が可能で、昼夜や季節による需要の差を埋める役割を果たしている。

そういうスタイルを指して「原発が主役で、火力は調整弁」という指摘をするマスコミもある。

そこでタイムアップとなった。記者団一行は、管理棟の前で記念の集合写真を撮影し、Jファーム行きのバスに乗り込んだ。

自家用車で来た北村は、Jファームからは別行動となる。メルツらを乗せたバスを見送り、北村は駐車場に向かった。

途中で、また電話が鳴った。支局からだ。

「河辺《かわべ》です。原発取材は、どうですか」

支局長直々の電話なら、用件は一つだな。

「今、ちょうど終わったところです。なかなか収穫大でした。外国人記者と一緒に見学できたのも大きかったですね」

「何よりです。ところで東京の志摩編集局次長からお願いの電話を戴きました」

やはり、そういう圧力をかけたわけだ。

北村は黙って話の先を待った。

「何でも世界的企業買収者の鷲津という人物が、Ｊエナジーを買収しようとしているらしいです。北村君は、この鷲津氏とやらとお親しいんですってね」

鷲津を知らないのか。世界屈指の企業買収者なんて言っても、しょせん知名度はその程度だ。

「親しいわけではありません。ニューヨーク駐在の時に、何度か取材しただけで」

「でも、リーマンショックの際に、この人物が仕掛けた巨大買収の渦中で、何度か単独インタビューをしているんでしょう。ならば、深く入り込んでいると言えるのでは？」

そうかも知れない。

「とにかく、今から東京本社に向かって下さい。通信局のカバーは、こちらで手配しますので」

新聞社の通信局というのは、一人の記者が担当地域に住み込んで、周辺自治体の行政や事件を取材する。つまり、担当エリアで起きた出来事は、原則的に通信局駐在記者が責任を持って報道するわけだ。そういう立場の記者が持ち場を離れる際には支局長の許可が必要で、それは日曜祝日でも同様だ。もちろん隣接の通信局長にカバーを頼むのが前提だ。

したがって、突然東京に来いというような急な命令については、支局内で調整しなければならないのだが、支局長は、それを代わりにやってやるから、即刻東京に行けと言っているのだ。

「私が行ったって、何の役にも立てないと思うんですが」

「まあ、そう言わず、ちょっと羽でも伸ばすつもりで出かけてください」

やんわりとした言い方をしているが、支局長命令だ。否は許されない。

10

東京・大手町

「鷲津さんは、押しかけ白馬の騎士《ホワイトナイト》になるという意味ですか」

最初に指名した若い女性キャスターが、いきなり嫌みをぶつけてきた。

俺は女を見る目がないのか。経団連会館に設けられた記者会見場を記者が埋め尽くして、選び放題だというのに。

鷲津は内心で舌打ちしながら答えた。

「押しかけは余計ですよ。私は、Ｊエナジーに取り返しのつかない甚大な被害が及ぶ前に、先手を打ったに過ぎません」

「それにしては手回しが良すぎませんか。まるで上海プレミアムファンド《SPF》を二四時間態勢で監視していたかのような素早い動きに、違和感があるんですけど」

急に砕けた口調になった。マナーが悪すぎるだろ。

だが、当人はしてやったりの顔つきで答えを待っている。

「私たちの業界の生命線は情報と迅速な行動力です。日本にとって賀一華《ホーイーファ》は要注意人物ですから、彼の動きについては常にウォッチしております」

キャスターが口を開きかけたのを制して続けた。

「そもそも私は、日本の貴重な電力企業を一華というカネの亡者から守ろうと名乗りをあげているんですよ。それがご不満ですか」

キャスターは何か言いたげだったが、鷲津は無視して別の記者の質問を受けた。

「Ｊエナジーから、正式な依頼はあったんですか」

「Ｊエナジーは、現在緊急の取締役会を開いて、対策を協議しています。結果として、我々が不要という結論が出たら、それ以上のお節介は致しません」

「Ｊエナジーと言えば、以前オランダの物言う投資家《アクティビスト・ファンド》に株を買い占められたことがあります。その時は経産省が介入して、外資規制で排除しました。今回も中国系のファンドなんですから、わざわざ鷲津さんが出る必要もなかったのでは」

記者が懐疑的なのは分かる。だが、ここに集まっている連中は、どうやら俺に敵意があるようだ。

嫌な記憶が蘇ってきた。

あれは、もう四年以上前だ。小規模だが日本のジャーナリズムの良心的存在だった雑誌の編集長のために出版社奪取を支援した際、「ハゲタカが日本の良心を蹂躙《じゅうりん》している」と大バッシングを受けた。

日本には随分貢献してやったのに、まだ俺をあくどいハゲタカだと思い込んでいるのか……。

「つまり、私の行為はいらぬお節介だと?」

記者は肩をすくめて口の端だけで笑った。

「日本通信の八島です。Ｊエナジーを狙っているのは、あなたご自身ではないんですか、鷲津さん」

「ご冗談を」

今日の俺はどうかしている。よりによって、こんなくそったれを失念してたなんて。

笑顔を返したら、カメラのストロボが激しく瞬いた。

「こっちは、精度が高い情報を得てるんですがね。Jエナジー株の大量買いの陰に隠れて、まとまった量のJエナジー株を売ったグループがあった。あれは、あなたが率いているのでは？」

「今のご指摘が正しいとして、なぜ集めた株を売るんですか」

「だから、お尋ねしているんです」

良い質問だったが、こんな場所で尋ねるバカはいない。

「一般論として言わせてもらうと、上海プレミアムファンド《SPF》の大量購入でJエナジー株が突然高騰した。そんな時に、Jエナジー株を売って利ざやを稼ごうとする株主がいるのは当然では？　失礼だが、もう少し株を勉強されてから記者をなさった方がいい」

「言うに事欠いて侮辱ですか。卑劣ですね」

鷲津は完全に無視して、次の質問を受けた。

「Jエナジーから正式に白馬の騎士《ホワイトナイト》を依頼された場合、どんな防衛策を取るのでしょうか」

「それは秘密です。しかし、必ず撃退してみせますよ。それより、賀一華氏にも堂々と記者会見して欲しいものです。そして彼のファンドがなぜ、Jエナジー株を買い漁っているのかを説明して欲しい」

そこで会見を切り上げた。

言うべきことは言い尽くした。

「鷲津さん、私の質問に答えて下さい」

廊下に出ると、八島が追い縋《すが》ってきた。

もちろん、無視だ。

「密かに買い集めていたJエナジー株を目先の利益のために売却しながら、Jエナジー救済に名乗りを上げる二枚舌のハゲタカと書いていいんですね？」

ふざけやがって。書きたければ書けばいい。

鷲津の代わりに、アンソニーがムッとして立ち止まった。その背中を叩いて宥《なだ》めた。

「オヤブン、あんな奴を好きにさせておくんですか」

控え室に入るなり、アンソニーが抗議した。怒りのあまり英語になっている。

「否定しても、奴は書くだろう。だったら無視するに限る。アンソニー、俺たちはこの国では愛されてないんだ」

立て続けに悪態を吐くアンソニーの隣で、前島が誰かと通話している。

「鷲津に代わります」と彼女が言っているのに、相手は電話を切ってしまったようだ。

「Ｊエナジーの赤城専務です。結論までもう少し時間がかかるので、返事は明日の午前中まで待って欲しいそうです」

そんなことをすれば、一華が圧倒的優位に立ってしまう。

「アンソニー、どうする？」

「何だか、ばかばかしくなってしまいました。オヤブン、もう撤退しましょう。明日になれば、ＳＰＦは三分の一以上の株を取得するに決まってます」

「いや、彼らは今日にでも、経産省から警告されるはずだ。日本の外資規制に抵触するから、すみやかに株を売却するようにとね」

「じゃあ、それを買います」

安直なことを言いやがって。そんな思い通りに事は運ばない。

鷲津の携帯電話が振動した。ディスプレイに表示されているのは、知らない番号だった。

応答すると、「こんにちは《ニイハオ》、鷲津先生」という男の声が響いた。

「これは、一華さん、ご無沙汰しています」

噂の主の名が出て、前島とアンソニーの顔に緊張が走った。

「相変わらず、傲慢な記者会見でしたね」

「私は何かと誤解されやすい男でね。誠意を尽くしても、傲慢に響くようだ」

「誠意が聞いて呆れる」

思わず笑ってしまった。

「それで、ご用件は？　貧乏暇なしでね。私は忙しいんだ」

「鷲津先生、Ｊエナジー株を買いませんか」

「おまえさん、電話する相手を間違ってないか」

「Ｊエナジーにも、同様のオファーをしています。高く買ってくれる方に売りたい」

「悪いが、おたくとビジネスをするつもりはないよ」

「取引成立したら、さっきの厄介な記者の記事も止めて差し上げますよ」

「相変わらず交渉カードがせこいな、一華。あんなチンピラ記者の記事なんぞ、へでもない」

プレスリリースの裏側に「一華は会見場にいる」とメモして、前島に見せた。前島はすぐに部屋を出ていった。

「僕らは約四五〇〇万株保有しています。それを丸ごとお譲りしますよ。一株八〇〇〇円でいかがですか。ただし、Ｊエナジーがそれ以上の価格を提示してきた場合は、当然そちらに譲りますがね」

ストップ高時の価格は、一株五二〇〇円だった。つまり、一・五倍以上の値を付けて、総額三六〇〇億円だ。一華は一日で二五〇〇億円以上も儲けられる。

「まったく興味はない。それより、こんなデリケートな案件で悪戯していると、おたくの母国から叱られるぞ」

今度は甲高い声で笑った。いつ聞いても不快な声だな。

「僕には母国なんてないよ、鷲津先生。期限は、明後日の午前〇時。ご連絡をお待ちしてます」

電話が切れた。

ほどなくして前島が部屋に戻ってきた。

「すみません、見つけられませんでした」

「一華は、一株当たり八〇〇〇円で四五〇〇万株を譲ってくれるそうだ」

「頭がおかしいんじゃないですか。誰がそんな額で買うんです」

アンソニーが呆れている。

「きっとJエナジーは買うんじゃないかな」

Jエナジーにとっては、一華も鷲津も同列に違いない。

「俺たちも信用されていないんだ。だから、カネで解決する方法を選ぶわけだ」

「Jエナジーに、そんな資金はないですよ。そのためにも、僕らに新株を売れば良いのに。そうすれば、その金で買い戻せます」

「アンソニー、彼らは政府に泣きついているのよ。そして、国が対応を決め切れていない」

前島の読みは正しい。

「だったら、ここは待てばいいんですね」

「待ってどうするんだ？」

「誰も買ってくれなかったら、一華もディスカウントするのでは」

一華は、アンソニーが考えるようなヤワじゃない。

「アンソニー、そもそも一華がいくらまで値を下げたら買うつもり？」

前島はいつになく厳しかった。アンソニーは、メモと電卓で計算をしている。

「えっと、六〇〇〇円でどうですか。僕らには、今回の高騰で得た売却益がありますし」

「そんな額まで下げるわけないでしょ。せいぜい七〇〇〇円台後半じゃないかしら」

「だったら、このディールはやめましょう」

「そんなあっさり引き下がらないで。あなた、企業買収を舐めてんの！」

普段温厚な前島が怒りを爆発させたので、アンソニーは仰天した。

「どうしちゃったんですか、朱実さん。僕はいつも真剣ですよ。でも、Jエナジーは何が何でも買いたい企業じゃないし、一華なんていう乱暴者に儲けさせるぐらいなら、撤退というのは賢い選択だと思いますけど」

この男、立ち直るのも早い。すっかり冷静になって、先輩に反論している。

「そういう無責任なことは、あなたがファンドのオーナーになってから言って。あなたの任務は、Jエナジー奪取でしょ。だとしたら、命がけで勝ち取る以外の選択肢はない。いいわね、何が何でも買うの」

アンソニーが救いを求めるように鷲津を見た。

「前島先輩のおっしゃることは、百パーセント正しいと俺も思うがな。何か異論があるのか」

「異論はありません。でも、一華はオヤブンを恨んでいるんでしょ。それで意地悪をしている。そういう奴は無視するに限る。つまり、このディールはここで撤退すべきなんです」

アンソニーなりに、諸事を考慮しているらしい。だが、前島の言うように、一旦「買う」と決めた案件から、まともに闘いもせずに撤退するのは、サムライ・キャピタルの流儀ではない。

「意地悪をされたから撤退するなんて言ってると、あなたはいつまでたっても、企業買収のプロになんてなれない」

前島が執拗に攻めた。

「オッケー、了解しました。必死で闘います。でも、一華の提案額での買い取りなんてあり得ないんでしょ」

「当然でしょ。Jエナジーが我々に新株を売るように仕向けるの」

「僕が、ですか」

前島は腕組みをして睨み付けるだけだ。アンソニーは少し考えてから「了解しました！」と返した。

「じゃあ、でかけましょうか」

「どこへですか」

「決まってるでしょ、Jエナジーによ。明日の午前中いっぱい待ってくれと言われて、素直に従う道理はないの。そんなことをしたら、取り返しのつかないことが起きると脅しに行くのよ」

「そこまでやるのかあ。いや、分かりました。行きますよ」

鷲津は苦笑いを浮かべて二人を送り出した。

前島は逞《たくま》しくなった。あとのことは、彼女にまかせよう。

鷲津はポットからコーヒーを注ぐと、ソファに腰を下ろした。ある人物から連絡が入るのを待つのだ。それは記者会見以上に重要なアポイントメントだった。

コーヒーを飲み干した時、携帯電話が鳴った。

また一華の奴か、と思ったら、暁光新聞の記者だった。

「これは懐かしい。北村さん、お元気ですか」

「鷲津さんは相変わらず派手にやってらっしゃいますよね」

「確か今は、東北勤務でしたよね」

「ええ、今年の一〇月半ばからは磐前《いわさき》県の花岡通信局にいます」

あれほど優秀な記者を、そんな田舎に封じ込めて放置するとは。新聞社も腐ったもんだな。

「もったいないね」

「そうでもないですよ。最近、地域取材の面白さに目覚めましてね。それに、家族とゆっくり過ごす時間も取れますから」

環境に順応しやすいということか。それとも、諦めと開き直りのやせ我慢か。

「家族との時間を大切にするなんて言葉が、君の口から出るとは驚きだね」

「まあ、人は変わるんですよ。事件やスクープより大切なものもある」

俺には一生理解できない境地だな。

「そんな世捨て人が何の用です？」

「社のお偉いさんから、あなたが仕掛けた買収工作の裏を取れと言われたんですよ。今、東京に向かってます。でも、東京に行っても会ってくれないのであれば、無駄骨になると思いまして」

「面白いアポの取り方だな？」

「記者の浅知恵ですよ。どうでしょう。少しお話を伺える時間を戴けますか」

先程の会見では、思ったほどの成果を上げられなかったという感触がある。ならば、この男を利用してもいいかも知れない。

「『朋《とも》あり遠方より来《きた》る、また楽しからずや』ってところかな」

「それは、嬉しいお言葉です。僕らが『肝胆相照《かんたんあい》らす』ほど心が通じ合えた友人だとは思えませんが、御配慮感謝します。じゃあ、東京に着いたらご連絡します」

肝胆相照らすとは、人の心の内まで理解できるほどの関係を指したはずだ。

確かに、それほどの関係ではない。だが、北村にはそう思わせておきたい。

大きなため息を吐いた時、ノックがあった。

「大変お待たせしました。会長がお待ちです」

日本経団連会長にして、首都電力会長でもある濱尾重臣から、ようやくお呼びがかかった。

11

経団連会館の廊下を歩きながら、鷲津は昨夜の電話について考えていた。

どうやって調べたのか、濱尾自らが鷲津の携帯電話に直接かけてきて、「明日、お会いしたい」と言ってきた。

用件を尋ねると、「あなたが今、画策しておられる案件についてです」とだけ告げられた。

しらばっくれても無駄だと判断して、濱尾と会うことにした。これがあったから、記者会見場もわざわざ経団連会館を選んだのだ。

「こちらでございます」

通されたのは、眺望の良い部屋だった。長身で姿勢の良い男がたった一人で待っていた。

「失礼します、鷲津です」

男は窓辺に立って背を向けている。声を掛けても振り向かない。

たっぷり一分以上その状態を続けてから、男はようやく振り向いた。濱尾だ。たるみのない顔は〝闘将〟と呼ばれるのにふさわしい風貌だった。笑顔で握手を求めてきたが、目は笑っていなかった。

「初めまして、鷲津政彦です。財界総理とお会いできるなんて光栄です」

「わざわざお呼び立てして恐縮です」

濱尾は握っていた手の力を緩めると、ソファを勧めた。

「鮮やかな会見でしたな」

「そうでもありません。つまらぬ質問に振り回されました」

「だが、あなたの目的は、達せられたのでは？」

「誰も私の善意を信じようとしませんでした。嫌われ者であるという認識を新たにしただけです」

「突然襲いかかってきた悪い中国人から日本電力《Jエナジー》を守ろうとしている。そう信じてくれた記者は、それなりにいたと思いますよ」

濱尾は肘掛け椅子に深く腰掛け、背もたれに悠然と体を預けて足を組んだ。威圧的ではないが、かといって友好的にも見えない。値踏みしている——それが一番的確な表現のようだ。

濱尾は卓上のタバコ入れの蓋を取って勧めてきた。断ると、一人でうまそうに一服した。

「今日、無理にお時間を取って戴いたのは、鷲津さんに我々の仲間になって欲しいからです」

「経団連のメンバーになれと？」

「まあ、表向きはそうですね。だが、私はもっと深い仲間になりたいと思っているんです」

「おっしゃっている意味が分かりませんが」

フリーメイソンだの、三〇〇人委員会だのという怪しげな名が出てくるのだろうか。時折、国家を陰でコントロールしている権力集団の存在は耳にする。いずれにしても無縁の存在だった。

俺は誰とも連《つる》まない。

「簡単に申し上げると、あなたのような若くて生きの良い方を、同朋としてお招きしたいんです。そして、私たちと共に日本を支えて戴きたい」

ご大層なことで。

「私のような輩を仲間に入れると、あなた方の会が穢《けが》れますよ」

「ご謙遜を。今の日本に必要なのは、あなたのような孤高のサムライだと考えているんです。私の後押しがあれば、誰にも非難はさせません」

鷲津は卓上のタバコ入れに手を伸ばし、一本取って火をつけた。

「本題に入りませんか、濱尾さん。今日の目的はJエナジーの件では？」

「それは些末なことだ。あなたが、私たちの仲間になってくれるなら、あの会社をあなたに託すのも吝かではない」

濱尾が繰り返す〝仲間〟というのは、なんだ。説明をする気はないのに、強く勧誘する。そこに濱尾の傲慢さが垣間見えた。

恐れ多くも財界総理の私が、下卑たハゲタカファンドのはぐれ者を日本の権力中枢に招き入れてやると言っているのだ。何も聞かずに付いてこい。この男はそう言っている。

「独立独歩、不偏不党がモットーなんです。せっかくのお誘いですが、謹んで辞退致します」

悠然と構えていた濱尾の目つきが鋭くなった。怒っているというより蔑んでいるようだ。

「君は今、とてつもないオファーをフイにしようとしている。その自覚はあるのかね」

「私が自覚しているのは、今回も長いものには巻かれずに済んだという安堵です」

「愚かだな」

「バカは死ななきゃ治りませんので。もっとも、私の郷では、アホは最強とも言いますが」

ゆっくりとした動作で濱尾はタバコを灰皿に押しつけた。

「残念な話だ。よかろう。では、Ｊエナジーからは手を引いてもらおう」

口調が冷たくなった。なるほど、こういうトーンで上意下達するわけか。

「命令ですか」

「君は今回の騒動で、かなりの売却益を得ている。それで十分だろう。白馬の騎士《ホワイトナイト》を気取るのはまかりならない」

「そんな権限が、あなたにおありなのでしょうか」

「なければ、言わないよ。この話は、関係者各位の総意だと思ってくれていい。もちろん、Jエナジーの取締役たちにも異存はない」

この男、何か誤解しているようだ。

「さしでがましいことを言いますが、上海の暴れん坊だって、あなたのご意向など一顧だにしませんよ」

「君の会社は特捜部のターゲットになっている」

「はて、東京地検特捜部に目をつけられるようなヘマをした記憶がないのですが」

「Jエナジー株の高騰について〝相場操縦行為〟の疑いがあるそうだよ」

相場操縦行為とは、公正な価格形成が行われるべき相場に、人為的な操作や欺瞞《ぎまん》を加えて歪める行為を指す。そんな覚えはない。

「ご冗談を」

「令状も出ているそうだよ。おそらく、明日にでも特捜部はマスコミを引き連れて大手町の君の会社に、ガサ入れをするのでは？」

「日本の上流階級を代表する財界総理が、そんな悪質な脅迫行為をなさるんですか」

「善意の警告ですよ。それに今すぐにでも、Ｊエナジー買収からの撤退を約束する誓約書にサインするのであれば、明日のガサ入れはなくなるだろう」

こいつは頭がおかしいのか。それとも、これがＴｈｉｓ ｉｓ Ｊａｐａｎなのか。

「お好きにどうぞ。だけど濱尾さん、私が何のリスク対策もせずにここに乗り込んで来たなんて思わないで下さいよ。今のあなたのお話はすべて録音されています」

濱尾が嬉しそうに唇を歪めた。

「交渉の場に臨む時には、必ず、元ＣＩＡのエージェントが傍聴しているのは知っているよ。だが、生憎《あいにく》この部屋は、電波を遮断しているんだ」

携帯電話を取り出してみた。「圏外」になっている。だが、感度の良いＩＣレコーダーを胸ポケットに潜ませているのを、ご存じないらしい。

濱尾がスーツの内ポケットから封筒を取り出して、テーブルの上に投げた。

「誓約書が入っている。悪いことは言わないから、ただちにサインしなさい。それですべてが丸く収まる」

「私のサインは、熱烈な女性ファンにしか差し上げないことにしている。Ｊエナジーの案件については、好きにやらせてもらいます。それが資本主義経済のルールだ」

「鷲津君、まさかこの地球上に、本当に自由主義だの資本主義のルールだのが存在すると思っているのかね」

思っているかどうかはどうでもいい。俺は俺が決めたルールを貫くまでだ。

「この世界は、一パーセントの強者が実権を握り、自分たちの富と自由を守るために統制している。それぐらいは知っているだろう」

「つまり、あなたのお仲間とやらがコントロールしているという話ですよね。だとしても、私は誰の統制も命令も受けません。それが、私のポリシーですから」

腰を上げた。

もう一通封筒がテーブルに投げ出された。

「片意地を張っていると、君のきょうだいに害が及ぶことになる。名誉ある撤退が賢明だよ」

「私にきょうだいはいません」

「重田《しげた》小百合《さゆり》さんと裕次郎《ゆうじろう》君、という腹違いの妹と弟がいるはずだ」

前振りのおかげで、動揺せずに済んだ。

鷲津には、確かに義理の妹と弟がいる。亡父が祇園に小料理屋を持たせた元芸者の子だ。

鷲津は父から彼らの存在を耳打ちされていた。何かあった時は頼むと。

父が死んだのと同じ頃、二人は母親も亡くしている。以来、二人の生活を支援してきた。

もちろん、これまで彼らの存在を徹底的に隠してきた。一華のような厄介な輩が迷惑をかけないようにするためだ。

「私に妹弟《きょうだい》はおりません」

「小百合さんは京都工芸繊維大学の三年生で、裕次郎君は、京都大学医学部に入学したばかりだね」

黙っていたら、濱尾が話を続けた。

「裕次郎君に今、アルカイダのメンバーではないかという疑惑が持ち上がっている」

言うに事欠いて、しょうもないことを。

「彼は高校時代、ボランティア活動でイラク難民と知り合い、モスクにも通うようになったそうだ。それを京都府警の公安が問題視しているらしいね」

また、脅しか。

「信教の自由は、憲法で保障されているはずでしょ？　モスクに通う若者すべてが過激派だなんて、お笑いぐさだ」

「公安に目をつけられたのは、君のせいだよ」

「無茶ぶりもいい加減にしてください」

「君は米国政府に恥をかかせた。あれだけやりたい放題やったんだ。報復があると思わなかったのかね。彼らは、君の弱点を攻める。裕次郎君が本当に過激派かどうかは、この際、問題じゃない。報復のために濡れ衣を着せるなんて、朝飯前だろ」

殺意が湧いてきた。

「封筒の中を検《あらた》めたまえ。米国情報機関がまとめた裕次郎君への疑惑が書かれている。それを踏まえて、京都府警は動いているんだ。楽観視していたら、とんでもない事態になりますよ」

封筒を開けざるを得なかった。

米国公文書の体で、重田裕次郎への容疑が並べられていた。言いがかりもいいところだが、米国からプレッシャーをかけられたら、日本の公安警察が従順に動くのは想像できた。

「なんで、ここまでやるんです？　たかが、ちっぽけな電力会社の買収ですよ」

「私のポリシーは、敵は徹底的に潰す、なんだよ」

だから、〝闘将〟と呼ばれているわけだ。

それにしても、そもそもなぜ米国情報機関が、つまらぬ日本の電力会社の買収劇の妨害をするんだ。

なにより手回しが良すぎる。サムライ・キャピタルがJエナジー株を買い漁っているという情報が、外部に知られたのはせいぜい一週間前だろう。なのに、裕次郎に対する疑惑を米国が早々にでっち上げて、京都府警を動かしているというのか。

鷲津はもう一度、米国情報機関の文書を見た。日付は、二〇〇九年五月一一日となっている。つまり、数ヵ月前から、裕次郎はマークされていたわけだ。

米国はぬかりなく復讐の機を狙っていたわけか……。

「あなたは、米国の手先《イヌ》ですか」

「その侮辱は聞かなかったことにしよう。鷲津君、素直に誓約書にサインしなさい。君はもう十分儲けた。ここが引き際だ」

鷲津は誓約書を封筒から取り出すと、ざっと目を通した上で署名した。

名誉ある撤退？

バカを言うな。

この恨み、必ず晴らしてやる。

第二部　運命の日

1

二〇一一年三月一一日未明　太平洋上空

鷲津は窓のシェードを薄く開けた。眼下には夜明けの太平洋が広がっている。

日本電力《Jエナジー》買収から手を引いて一年余が経っていた。鷲津はその間、表舞台に一度も出ていない。濱尾の脅迫で米国政府の不穏な動きを知り、徹底的に強固なセキュリティ態勢の構築に専念していた。

そして自身のみならず身内全員が米国政府の脅威から守られている状況になったという報告を受け、久しぶりに日本を目指している。

「眠れないの？」

リンの指が腕に触れてきた。

「まあね。久々に東京に戻るので興奮してるんだろう」

「ウソ。あなた、ずっと私に隠してサムと悪巧みをしているでしょ」

リンはいつでも全てをお見通しだ。

「悪巧みじゃない。日々の糧《かて》を稼ぐ算段だよ」

「おカネなら来世に繰り越せるほど持ってるでしょ。もう仕事をする必要なんてないのに」

「稼ぐのはカネじゃない。面白く生きるためのエネルギー源だな」

「何、それ」

「不可能を可能にするゲームだ」

「あら、面白そう。どんなゲーム？」

「ここを買う」

上着のポケットに放り込んであった缶バッジを見せた。

〝Thanks! 60th! MP〟と書かれている。

「警視庁？」

それもアリか。

「そっちはMPDだろ。首都電力だ」

「さすが執念深いわね。でも、あそこは難攻不落じゃないの？」

「だから、言ったろ。不可能を可能にするゲームこそが、俺の糧なんだよ」

「時価総額はおいくら？」

「安いよ。四兆円足らずだ」

「あら、意外にお買い得じゃないの。私のポケットマネーでも届きそう」

あながちウソじゃないから恐ろしい。

リンは、鷲津のように散財しない。「趣味は政彦」が口癖だし、鷲津と行動を共にしない時は、極めて質素な生活ぶりだ。

その上、資産運用もうまい。

面白いのは、問題意識の高い女性富豪にありがちな貧しい人々への寄付や、基金の設立などは一切しないことだ。

「人に施しをするほど傲慢な人間ではないから」とあっさり言う。

「じゃあリンに買ってもらおうかな」

「ちょっと、本気にしないでよ。そんな大金持ってないから」

「でも、ポケットに入り切らないマネーがいっぱいあるじゃないか」

「あれはビスケットよ」

意味不明だったが、鷲津はリンが首都電買収に反対しないことに驚いた。

「手伝ってくれるのか」

「もちろん。こういう厄介な相手には、私が必要よ。あなたは熱くなると、大切な基本を忘れる傾向にあるから」

「なんだ、それは？」

「経済的合理性の範囲で買収する」

飛行機は、逆風をものともせずに西に向かっている。

まだ眠りの中にある日出づる国に朝日が昇る頃、鷲津は一年半ぶりに東京に降り立つ。

鬼が出るか蛇が出るか――いや、違うな。

貪欲神《マモン》が出るか傲慢神《ルシファー》が出るかだな。

望むところだ。

2

二〇一一年三月一一日午前一一時　磐前県立田町

郷浦秀樹は、突然のＪファーム行きに興奮していた。

入社一年目の昨年一〇月に、本社広報室に配属が決まった。以来、ずっと女子サッカー部のＭＰアトムズ担当を希望していたにもかかわらず、Ｊファームに行く機会すら与えられないままだった。

それが昨夕突然、直属の上司であるグループ長から「明日、Ｊファームに行くように」と言われ、ＭＰアトムズのエースストライカーである萩本あかねの取材対応を命じられた。

昨年五月に開催された女子アジアカップで萩本は二得点を挙げ、日本代表チーム・なでしこジャパンのＦＩＦＡ女子ワールドカップへの道を拓いた。

今や期待の星である萩本には、マスコミ各社からの取材依頼が殺到している。今日の取材もその一つだが、担当者が別件で東京を離れられず、ピンチヒッターとして秀樹に白羽の矢が立ったのだ。

二つ返事で快諾した秀樹は、早朝に東京を出発し、午前一〇時にはＪファームに到着した。

取材申請があったのは、在京のテレビ局三社とスポーツ紙四社、それに地元のテレビ局五社と新聞六社だった。

各社の取材の流れを確認した後、秀樹は萩本が勤務する磐前第一原子力発電所業務管理課に向かった。

Ｊファームから第一原発までは、車で一五分ほどの距離だ。所定の手続きを経て構内に入り、萩本の部署に向かう。入社当初は、たとえ管理区域外であっても、原発構内というだけで緊張したが、最近ようやく慣れてきた。

予め連絡を入れてあった業務管理課長に断ってから、秀樹は萩本に声をかけた。

「萩本さん、お疲れ様です。東京本社広報室の郷浦と言います。そろそろ午後の取材のための打ち合わせをしたいのですが、よろしいですか」

淡いスカイブルーの制服を身につけ、パソコンに向かってデータを打ち込んでいた萩本が秀樹の方を見上げた。

間近で萩本に接するのは、内定中に参加した応援ツアー以来だ。あの時よりも、佇まいに迫力がある。これが日本代表のメンバーとして結果を出した選手のオーラなのだと思った。

「切りの良いところまで作業してから、打ち合わせでもいいですか」

「じゃあ、僕は応接室で待っています」

東京本社では、ワールドカップ終了までの期間は萩本を広報室付きにして、平日の昼間でもサッカーに専念できる環境をすでに整えている。だが、本人が「日本代表合宿までは普段どおりに仕事したい」と頑として譲らず、いまだ通常業務に従事している。

ワールドカップ本戦での大活躍を期待している秀樹からすれば、一刻も早くサッカー漬けの日々を過ごして欲しいと思っていた。しかし、萩本が作業する様子を見ていると、自然体でいられるこの職場が彼女にとって良い環境なのかも知れないとも思う。

「お待たせしました」

入り口で待っていた萩本を室内に招き入れ、各社の取材要望の一覧を渡した。

「今回は、多数のメディアが取材に来ます。勝手な要望などもあったのを、僕らの方で選別しリストにしました」

萩本がチェックするのを眺めながら、女性としても魅力的になったと思った。一年半前に会った時は、まだ女子高生のような幼さがあったが、目の前で文書を読んでいるのは、大人の女性だった。

「取材は、トレーニングの様子を見てもらうのと、短いインタビューだけだと嬉しいんですが」

「それはちょっと難しいかな」

「どうしてですか？　私はまだサブの選手としてさえ、ベンチに入れるかどうかも微妙なんです。なのに、職場風景とかランチタイムの様子とかまでテレビカメラで撮られるのは嫌です」

萩本はそう謙遜するが、彼女は今や女子サッカー界一の注目株なのだ。選手のさまざまな表情をとらえたいと思うマスコミの気持も分かる。それに社の上層部としても、首都電で溌剌と働きながら、サッカー選手として際立った活躍をしている――、そんな萩本の日常を紹介するのは、最高の企業PRになると考えている。

「無理なことをお願いしているのは分かってるんだけど、ここはぜひ協力してもらえないかな。単にサッカー選手というだけではなく、首都電社員としても輝きを放っている萩本さんをアピールしたいんですよ」

萩本は人見知りが激しく、取材されるのが苦手だった。

入社以来、一ファンとしても萩本を追いかけている秀樹には、ピッチの内と外では全く異なる萩本の性格は充分理解しているつもりだ。だから、萩本の希望を叶えてあげたかったが、広報マンとしては、それでは職務怠慢と言われてしまう。

秀樹の説明は聞こえただろうし、理解もしたようだが、返事はなかった。

「萩本さんは、カメラの存在とか気にしないで普段どおりにしてくれたらいいよ。カメラマンに、配慮するように僕から頼むから。だから、少しだけ様子を撮らせてくれないかな」

「それは命令ですか」

「命令じゃないさ。あくまでも会社からのお願いです。でも、どうしても嫌だと言うなら、僕がテレビ局や新聞社と交渉します」

そんなことをメディアが簡単に納得してくれるとは思えなかった。それでも、どこか切羽詰まったような萩本の様子を見ているとそう言わざるを得なかった。

「分かりました。じゃあ、さりげなく撮っていただけますか。それと、他の方たちに迷惑をかけないようにお願いします」

秀樹は宣誓をするように右手を少し挙げた。

「了解。で、トレーニング風景の取材要望はオッケーでいいかな」

連係プレーからシュート練習をしている様子や、ミニゲーム、さらにはドリブルでディフェンダーを抜く場面を撮影したいという希望があった。

「これって、チームのみんなを引っ張り出すということですか」

「そうだよ。そのあたりは、監督から許可を取った。監督は喜んで協力すると言ってるよ」

「一つだけ気になるのが、由紀《ゆき》先輩と一緒に撮影するという点です」

ＭＰアトムズには、本田《ほんだ》由紀という日本代表のレギュラーのディフェンダーがいる。彼女との練習風景やツーショットの撮影も予定されていた。

萩本はそれも嫌がった。

「本来注目されるべきなのは、私じゃなくて由紀先輩だと思うんです。だから、それだけは絶対やめて下さい」

「これはね、本田さんご自身が、あかねちゃんにもっと注目して欲しいので、やらせて下さいとおっしゃってるんですよ。だから、ぜひお願いします」

狡《ずる》いやり方だった。だが、首都電としては、女子サッカー部の宝である本田と萩本のツーショット撮影は絶対に外せない。

なので、萩本が固辞するのを予想して、先に本田を口説いたのだ。

もっとも、本田が「あかねちゃんを応援したい！」と張り切っているのは事実だった。それは「私も日本代表に選ばれた時に、先輩が後押ししてくれたから思いきりプレーできた。今回はその恩返しだから」という理由からだった。

そういう本田の思いを押しつけがましくならないように伝えた。

「僕の話が信用できなかったら、本田さんに聞いてみて下さい。彼女と話をしてもやっぱり嫌だと言うなら、それもメディアに交渉しますから」

不本意そうだったが、なんとか折れてくれた。

ごめんな、あかねちゃん。君にサッカーに専念して欲しいとか言いながら、結局僕らは君を利用しているよな。

「じゃあ、あと二〇分ほどで、まずは職場の撮影をします。気にしないでお仕事を続けて下さい」

「分かりました」

何かを吹っ切ったように爽やかな表情で、萩本は立ち上がった。

「あの郷浦さん、以前、お会いしましたよね」

「あっ、覚えててくれたんだ。ありがとう。一昨年、内定者でアトムズを応援に行った時、大江《おおえ》さんに無理を言って、一緒に晩ご飯食べた郷浦です」

「やっぱり！　あの時、もっと派手にガッツポーズした方がいいっておっしゃってましたよね。どうですか、私もかっこよく決めポーズができるようになったと思いませんか？」

萩本の笑顔を見て、秀樹は身を挺してでも会社のつまらぬ策謀から彼女を守らなければと強く思った。

3

二〇一一年三月一一日午前一一時〇二分　磐前県花岡町

通信局兼自宅を出た途端、あまりの寒さに北村は身震いした。三月中旬だというのに、春の気配は微塵もない。前任地の気仙沼市より一五〇キロ以上は南下しているのに、寒さは変わらない。

両手に息を吹きかけながらランドクルーザーに駆け込み、エンジンを始動させた。一〇年落ちのロートルなので、こんな寒い日には充分に暖機しないと、故障の元だ。

それからカメラを手に通信局前の通りに出た。

通りと言っても住宅街の道路なので、この時刻には車はほとんど走っていない。道路の中央でカメラを構えた。

桜の森という名がついた本通りの両脇には約五〇〇本の桜が植樹されている。磐前県屈指の桜の名所で、満開の頃には大勢の花見客で賑わう。

昨年、初めてその満開を堪能した。

花見はどんちゃん騒ぎをするためのものだと思い込んでいた北村には、衝撃的な美しさだった。まぶしいほどに咲き誇る艶やかさは、無粋な北村でさえ圧倒された。自宅前に、桜に彩られた大通りがある——。その環境がいかに贅沢かを痛感した。

桜に対する地元の愛情も素晴らしかった。花岡町役場と首都電力によって始まった桜の植樹活動は、地域の人々に受け継がれた。約二キロある本通りの沿道にくまなく植樹されると、今度は住民それぞれが自宅前の桜の手入れを根気よく続けた。

桜と共に成長した住宅街、桜が結んだ様々な縁、そして街と共に生きる人々の取材は実に楽しく充実したものだった。それらを県版で連載したら、大好評を得た。

それを受けて、今年は開花前からしっかりとフォローして、別の角度から桜の森の素晴らしさを伝える記事を考えている。

両脇に立つ木々には、蕾の片鱗すらなかったが、カメラのファインダーを覗くだけで、満開で賑わう昨春の記憶が蘇ってきた。

春先の寒さが、桜の花を色っぽくする――。最初の植樹から手がけ、桜愛が高じて東京から引っ越してきた首都電ＯＢが嬉しそうに口にした言葉が印象的だった。

ならば、この寒さはありがたいと思うべきか。

撮影を終え、駐車場に戻った。そろそろ出発しないと遅刻してしまう。

隣に駐車してあるケイコのパジェロミニを見て、バッテリーが上がっていなければいいのだがと一瞬だけ思った。

子どもが生まれてからは、ケイコが車で外出することがずいぶんと減った。ただ、子どもが急病の時などに備えて、車はいつでも動くようにしておかなければ。

中古車のパジェロミニは、これまでにも何度もバッテリーが上がっている。

マメにエンジンを掛けるようにケイコに言うのだが、おそらく今日もこのままだろう。

取材から戻ってきたら、チェックしておこう。

そう思いながら、北村はランドクルーザーでＪファームを目指した。

4

二〇一一年三月一一日午後〇時一一分（日本時間午後二時一一分）

ベトナム・ハノイ

「芝野さんのご尽力のおかげで、ようやくここまで辿り着けました。心から感謝します」

ヒルトン・ハノイ・オペラでの午餐会の席上で、チェットは満面の笑みを浮かべていた。昨年日越首相による戦略パートナー調印を受けて、ベトナム第二の原発開発の企業体が設立されたのを祝っての会だった。

シャンパングラスを掲げながら、芝野は昨年の総理の怒りを思い出していた。ニントゥアン第一原子力発電所建設をロシアが受注したと告げた時のことだ。こちらの話をまともに聞こうともせず、ただひたすら「俺の顔に泥を塗った！」と怒鳴り続けた。

それを芝野はひたすら沈黙で耐えた。散々怒鳴って疲れ果てた総理に説明を始めたのは、三〇分も後だった。

果たしてどこまで理解してくれたのかは分からなかったが、最後は「結果を出すまでここに来るな」と言われた。あの時の虚しさは一生忘れないだろう。

再びハノイに戻ってからは、湯河や後藤と共に第二原発受注に向けて奔走した。そしてようやく調印に至ったのだった。

「私も心から感謝しています。芝野さんがいなければ、このプロジェクトは実現しなかった」

技術顧問の後藤にまで礼を言われては、恐縮するしかなかった。

長い年月をかけて原子力発電所で作業する心得をベトナムの若者に叩き込んできた後藤にとって、原発プラントの受注は感無量に違いない。

「何をおっしゃっているんですか。今日があるのは、ひとえに後藤さんの踏ん張りのおかげです。まだまだ大変ですが、運開（運転開始）の日まで、突っ走って下さいね」

昨年末で日原発を定年退職した後藤は、新会社の取締役技術本部長に内定している。退職後もこのプロジェクトだけは続けたいという本人と、ベトナム政府側の意向だ。

「後藤先生、我々はあなたのご恩を忘れません。そこで本日は、首相から特別に先生に贈り物があります」

上機嫌のチェットが赤いベルベットのケースを後藤に差し出した。

「ささやかな感謝の印です」

外国人でベトナムに多大な貢献をした人物に与えられる勲章の最高位、友好勲章だ。

「そんな。勿体ない」

「いや、後藤さん、あなたはこの勲章を受けて当然の方ですよ」

そう言って芝野が立ち上がって拍手をすると、三〇人余りの出席者全員がそれに倣った。

目を潤ませて感激している後藤の首に、チェットが勲章をかけた。

チェットと後藤が固い握手をすると、カメラのフラッシュが閃いた。

「いい光景だなあ。こんな日が来るなんて思いもしませんでしたよ」

いつのまにか隣に立っていたアイアン・オックス社長の加地が目を細めている。

「継続は力なりという格言は、この国でも通用するんだと、あの人は証明してくれたね」

芝野も同じことを考えていた。

「後藤さんは若い運転員候補に熱い期待を寄せ、彼らが反抗的な態度を取ろうが失敗しようが、決して見捨てなかった。何より、原発の安全運転に対する矜恃こそが大事だという技術者魂を、ベトナムの若者に叩き込んだんだから、凄いよ」

ただ怒るのではなく、自ら実践してみせる。そういうスタイルを貫く意志の強さはまさに技術者魂といえた。芝野は、改めて日本が培ってきた文化に感動していた。

しかし、前途多難ではある。

日本国内でも、一基一〇年はかかると言われる原発建設なのだ。ベトナムではもっと多くの時間が必要かも知れない。また、両国の思惑のズレが建設への大きな支障となる可能性もある。

「一つ残念なのは、湯河さんがこの席にいないことだね。嫌味な男だったが、骨はあった」

湯河は昨年一〇月で異動となり、現在は事務秘書官として首相官邸に詰めている。

「せっかく電力事業に関わったんだ、今度は地熱発電はどうだい？」

「何ですか、それは？」

「あれ、知らないの？　芝野さん、北海道生まれでしょ。地元にいくつも地熱発電所があるはずだが」

地中深くに溜まっている熱水を利用して発電するらしい。以前から細々と続いてはいたが、近年、温暖化対策で脚光を浴びているという。

「ただね、開発会社が企業として脆弱でね。私のところに、磐前県で新規開発を目論みながら、破綻に瀕している事業会社からの相談がきてるんですよ。地熱は原発以上にロマンがありそうじゃないですか」

当分エネルギー関係はやめにしたいというのが本音だ。

かといって、中小企業の再生では役に立てない。

というより、そろそろ隠居する時かも知れない。

その一方で、大勢のベトナム人に囲まれて記念写真に収まっている後藤を羨む気持ちも湧き上がり、芝野は戸惑っていた。

5

二〇一一年三月一一日午後二時三五分　東京・六本木

オフィスビルの向こうに東京湾が霞んで見えた。それを眺めながら松平貴子は、最後に六本木ヒルズに来たのはいつだったかを考えてみた。数年前、何かのセミナーに参加して以来か。

いずれにしても、ここから都心を見下ろす気分だけは、あの頃と変わっていない。天下に覇を唱える――。そんな気にさせる場所だ。

同じ高所でも日光白根山から戦場ヶ原を望むのとはまったく異なる気分だ。白根山からの眺望は、貴子の心の奥まで洗い清めてくれる清々しさがある。同時に、大自然の中でいかに人間がちっぽけなのかも思い知らせてくれる。

一方、六本木ヒルズからの眺望は、設計者にその意図はなくても、天に挑むバベルの塔のような気がしてならない。

「お待たせ」

六本木ヒルズ・クラブのオールデーダイニング&バー「フィフティーズ」を指定した人物が、正面の椅子に腰を下ろした。

「ご無沙汰しております」

貴子は立ち上がって頭を下げた。

「半年ぶりかなあ。相変わらず、おきれいだ。おっと、最近はこういう発言はセクハラなんだっけ。美女を褒めるのはハラスメントじゃないけどなあ」

政府観光局理事である向坂賢太郎《さきさかけんたろう》は、いつもながらの飄々とした口調で言った。若い頃はロンドンの一流ホテルで修業し、帰国後は外資系ホテルの役員まで務めた向坂だが、会えば軽口を連発して笑わせてくれる。父の代から交流があり、貴子が若い頃から目を掛けてくれていた。

「お薦めのシャンパンを、頼むよ」

ボーイが近づくと、向坂は貴子の希望を聞かずに注文した。

「向坂さん、私はこの後も約束があるので、お紅茶を戴きます」

「何を堅いこと言ってる。一杯ぐらいつきあいなさい。この後の仕事なんて忘れて、ゆとりの時間を大切にしないとね」

そう言われれば無下にもできず、貴子は頷いた。

折り入って相談があるので東京に来た時にでも会えないだろうかと、突然の連絡を受けたのが先週のことだった。ちょうどこの日、夏のイベント企画で、東京の旅行代理店と相談する用があり、向坂に連絡を入れた。

「ホテルの方はどうだい?」

「おかげさまで、少しずつですがお客様も増えて、安定しつつあります」

「そりゃあ何より。まあ、ミカドのロケーションは抜群だからなあ。誰だってまた行きたくなるさ」

いまだリピーター拡大の法則は見つけられていない。おそらくずっと悩み続けるのだろう。

「以前、向坂さんにアドバイス戴いたように、とにかく、気軽に足を運んで戴ける場所を目指そうと思います」

シャンパンが運ばれてきた。ペリエ・ジュエ・グラン・ブリュットの二〇〇七年ものだという。二人で再会を祝して乾杯すると、向坂は一口含み「トレビアン！」と漏らした。

貴子もおいしいと思った。日の高い時間に飲むのにちょうど良い、キリッとした爽快な味だった。

「さて、忙しい君の時間を無駄にするのも申し訳ないので、本題に入っちゃうけどね。我々がいくら声高に訴えても空返事ばっかりだったインバウンド政策を、本気でやると総理が言い出したんだ」

「それは朗報ですね」

インバウンドとは、観光業界では、訪日外国人旅行者を指す。日本人は毎年一六〇い。

○万人以上が海外旅行にでかけているのに、日本を訪れる外国人の数は一向に増えない。

観光立国こそ日本の新産業だと官民いずれからもかけ声は上がるものの、二〇一一年現在の訪日外国人旅行者数は八〇〇万人程度だった。

だが、そんな話をするために向坂が、貴子をわざわざ東京に呼び出したとは思えない。

「いつまでも、ものづくり大国でもないだろうってことさ。でもって、総理の諮問機関として審議会を立ち上げて、効果的なインバウンド政策を提言して欲しいと言い出した」

「回りくどい話ですね」

「まったくだよ。けど、やらないよりはましだからねえ」

確かにそれはそうだ。

「それで、貴子ちゃんにもその審議会のメンバーに入って欲しいと思っている」

向坂は軽口のように振ってきたが、大変な依頼だった。

「ご冗談を」

「この審議会には、世界の観光事情を熟知している君のような若者が不可欠なんだよ」

　私のどこが世界の観光事情に通じているというのだろう。確かにリゾルテ・ドゥ・ビーナスという外資系リゾート会社の一員だったことはあるが、さしたる成果も上げないまま辞めている。

「向坂さんもメンバーなんですか」

「まあね。でも、僕はもう発想が古いからさ。だから、ここは貴子ちゃんに一肌脱いで欲しいわけ。総理もぜひにと望まれている」

　誇張しすぎだ。地方のホテル経営者ごときを、総理が望んでいる理由が分からない。

「私は総理にお目にかかったことはありません。なのにどうして？」

「総理に君を強く推した方がいるんだよ」

「どなたですか」

「濱尾さんだ」

　共に湯川でフライフィッシングを楽しんだ光景が蘇った。

「とても光栄ではありますが、年に一度お目にかかるくらいのおつきあいですから、私のことなどあまりご存じないはずですのに」

「君のまっすぐな性格を気に入られているそうだよ。知っての通り、濱尾さんは財界総理と言われるほどの実力者だ。そういう方に見込まれるなんて幸せなことなんだ。ここは腹をくくりなさい」

自分にそんな力量はないし、何より人目を引くような仕事は受けたくない。

バブル経済崩壊以来、ミカドホテルは何度も破綻の危機に瀕した。そして、国内外の投資家の餌食にもなり、塗炭の苦しみを味わった。メディアからも酷い扱いを受けた。世間に顔を晒しても、良いことなど何もない。

「これはミカドホテルにとっても大きなプラスになる。それは濱尾さんも保証して下さっている」

これまでも何度もそんな甘い言葉を信じて、自分はすべてを失いかけた。またぞろ、同じ轍を踏むなんて。

だが、断るには相手の影響力が大きすぎる。

「今ここでお返事しなければなりませんか」

向坂が何か言おうとした時、轟音が鳴った。同時にテーブルがガタガタと振動した。

何事だとあたりを見回した時、さらに大きな力が貴子を揺さぶった。

6

二〇一一年三月一一日午後二時四〇分　東京・永田町

参議院決算委員会は、異様な雰囲気にあった。この日、総理が外国人から政治資金を受け取りながら、政治資金収支報告書に虚偽の記載をしたという疑惑の追及が予定されていたからだ。

総理事務秘書官として同行していた湯河は、委員会室の末席で総理の一挙手一投足をじっと見つめていた。

日本の国益を損なう可能性があるという見地から、外国人が日本の政治家に寄付することは禁じられている。ところが、在日韓国・朝鮮人のように、受け取った側が相手を外国人だと認識していたかどうかが曖昧な場合がある。今回の事案《ケース》もそれに該当する。

総理は強気で「在日朝鮮人の方だとは知らなかった」で押し通すつもりのようだが、一部のメディアは総理が知っていた裏付けを持っていると書きたて、この日の審議は紛糾が予想された。

総理の秘書官を務めるというのは、官僚の名誉である。また、湯河の将来にも大きなプラスとなる。

そういう意味で、現在のポストは重要だった。

とはいえ、総理の横暴は目に余った。

気まぐれで癇癪持ちな男で、何かあればすぐに当たり散らす。その上、湯河は目の敵にされていた。理由は分かっている。総理は経済産業省が嫌いなのだ。さらに、湯河個人に対しても良い感情を抱いていないという気がしていた。

おかげで、官邸勤務を始めて数ヵ月で、二ヵ所も円形脱毛症になった。

そうでなくても髪が薄いのを気にしていたのに、深刻な状況は増すばかりだった。

「総理、私の手元に、平成二二年一一月九日に、李喜善《イヒソン》という名の在日朝鮮人女性とあなたがツーショットで、撮影した写真があります。写真には、総理の直筆と思われる色紙も写っている。李喜善様という為書きを入れた上で、日朝友好の梯《かけはし》と書いておられる。それでも、あなたは自称宮木眞知子《みやきまちこ》さんが、在日朝鮮人だったと知らずに、政治資金を受け取ったとしらばっくれるんですか」

詰問ともいえるような野党議員の質問を受けても総理は心ここにあらずで、暫く微動だにしなかった。委員長に促されて立ち上がる時に、湯河と視線が合った。

なんだ、何か問題があるのか。

湯河は姿勢を低くして総理席に近づいた。

「何かありましたか」

「答弁書がない」

そんなはずはない。官邸を出る前にすべて揃えて総理に湯河が手渡したのだ。ないわけがない。

湯河が周囲を見回すと、総理の足下に数枚の文書が散乱しているのが見えた。慌てず丁寧にそれらを拾い上げ、総理に差し出した。

奪うように文書をわし摑みにして総理は答弁席に立った。

「宮木さんは日本に帰化しているとおっしゃった。日本のパスポートも見せてくださった」

その時、総理が言葉を切った。

今度は何が欲しいんだと思った瞬間、いきなり足下が揺れた。

地震だ。

湯河は答弁席に飛び出すと、総理をかばって覆いかぶさり、答弁席の下に押し込んだ。

いつまで続くのかと思うほど揺れは長く激しかった。湯河は天井を見上げた。年代物のシャンデリアが引きちぎれんばかりに揺れている。足下では、総理が答弁席の下から出ようともがいている。

「総理、動かないで下さい。危険です」

肩を手で触れられて振り向くと、SPが二人立っていた。

SPは総理を救い出すと、「湯河さんも続いて下さい」と声を掛けてきた。

素直にSPの指示に従い、出口に向かった。委員会室を出たところで、ようやく揺れが収まった。

「地震の情報は？」

無線機を常時携帯しているSPに尋ねたが、分からないと言う。

震源地はどこだ。この揺れの大きさからすると、首都圏の可能性もある。あるいは、ずっと噂されていた東海沖か。だとすると、静岡県の浜岡原発の状況確認を最優先する必要がある。次に、京浜、京葉工業地帯の石油化学工場や火力発電所の安全確認……それから――。

やるべきことを思い出し、慌てて廊下に出ると、何人もの人が口々に叫んでいる。

「震源地は、宮城県沖！　震源地は宮城県沖！」

宮城県沖だと……。頭の中に描いた日本地図のフォーカスを北へ移した。茨城、磐前、宮城と挙げていく中で、一番気になったのは宮城県内の陸奥電力女川《おながわ》原発だった。

湯河は携帯電話を取りだして原子力安全・保安院に連絡を入れた。だが、話し中で繋がらない。同院に勤務している知り合いに連絡を入れたが、そちらも同様だった。

その時、総理の叫ぶ声がした。

「すぐに緊急対策本部を立ち上げる。各方面に声をかけろ」

総理の声が響く中、湯河は保安院の知り合いに携帯メールを送った。

〝女川は、大丈夫か〟

7

二〇一一年三月一一日午後二時四六分　東京・羽田空港

入国審査に手間取り、ようやく通関したところで、鷲津は激しい揺れに襲われた。

地震か？

隣にいたリンの手を握ると、鷲津は身近にあったテーブルの下に潜った。コップが割れる音や、何かが倒れる音が続いた。リンが小さい悲鳴を漏らす。

大地震を経験したことがない鷲津には、これがどの程度の規模なのか分からないが、かなりの巨大地震であることは間違いない。ジェットコースターの類いは敬遠したい性分なだけに、上下左右に揺れ続ける状況で気分が悪くなった。恐怖というより不安と混乱に襲われていた。

このままずっと揺れ続けるのではないかと思うほど続いた上下動が突然やんだ。なおも、周囲でガラスの割れる音が続いていた。リンは鷲津にしがみついている。

「大地震？」

「だろうな」

また揺れた。リンが硬直している。彼女の香水の匂いを感じて、さっきよりは落ち着いていると自覚した。

「鷲津さん！」

前島の声を聞いて、ようやくテーブルの下から抜け出した。

「ここだ」

前島とアンソニーが駆け寄ってきた。

「リンさん、大丈夫ですか」

「アンソニー、朱実ちゃん、怖かった」

「震源地は？」

前島が首を横に振った。

ロビーの停電が復旧して、テレビがニュースを映した。

〝繰り返します。先程午後二時四六分頃、宮城県沖で強い地震が発生しました。震度7が宮城県北部〟

震度7だと。

鷲津の脳裏に一九九五年に発生した阪神淡路大震災が浮かんだ。当時、彼はニューヨークにいたのだが、なじみの深い阪神地区が壊滅的な被害を受け、大勢の人が死傷した。その中には、音楽仲間も含まれていた。

あの時と同規模の地震が起きたと言うのか。

「宮城県って随分遠い場所ですよね。僕は東京が震源地だと思ってました」

アンソニーが驚いている。

東京ですらこれほど揺れたのだ。東北では甚大な被害が出た可能性がある。

一瞬だったが、仙台の映像が出た。激しく揺れているのが、テレビ画面を通じても分かった。

「お客様にお知らせします！　只今、東北地方で強い地震が発生しました。東京でも大きな揺れが観測されています。暫く余震が続く可能性があります。このままロビーで待機して戴くようにお願い致します」

「朱実、オフィスはどうなってる？」

「電話をしているのですが繋がりません。村上さんにメールを送っています」

前島の指が、スマートフォンをせわしなく操作しながら言った。

〝大津波警報が発令されているのは、岩手県、宮城県、磐前県です。河口付近や海岸には絶対に近づかないで下さい〟

ＮＨＫのアナウンサーが機械のような声で繰り返している。

東京・六本木

今まで体験したこともない激しい揺れがフロア全体を襲っている。向坂は、椅子の肘掛けを強く握りしめて固まっている。

「向坂さん、大丈夫ですか」

貴子が叫んでも、向坂には聞こえていないようだ。

揺れが激しくてテーブルの上のシャンパングラスが倒れた。その音に反応した貴子の体が、勝手にテーブルの下に潜り込んだ。

「向坂さん、テーブルの下に隠れて下さい！」

だが向坂は動こうとしない。貴子はテーブルの下から這い出し、向坂の手を引っ張り込んだ。

部屋の至る所でガラスの割れる音や悲鳴が入り乱れた。

床の上にグラスや皿、料理などが散乱している。

関東大震災のようなものが起きているのだろうか。この建物は大丈夫だろうか。

テーブルの脚を握りしめながら、恐怖に呑み込まれないように耐えた。

やがて震動は小さくなったが、振り子のようにゆったりとした揺れは止まる気配がない。

どうなっているの？

何人かの客が立ち上がろうとするが、横揺れのせいで壁にぶつかったり、椅子にへたり込んでしまっている。

何だこれは。

まるで嵐の中で船に乗っているような揺れ方をしている。

「お客様にお知らせします。先程、宮城県沖で大きな地震があった模様です。ですが、どうかご安心下さい。この建物は、万全の耐震構造でございますので、皆様は安全です」

「何を言ってる。こんなに揺れてるんだぞ。ビルが倒れるんじゃないのか！」

「ご安心下さい。これは高層ビル特有の揺れでございます。地震の際に、ビルの安全のために大きく揺れる構造になっています。従いまして、この揺れが大切なんです」

そういう話を聞いたことはあった。だが、体験すると、気分が悪くなる。

誰かが嘔吐した。

貴子も気分が悪くなって椅子に座り直した。

揺れはなかなか収まらない。いつかはビルが二つに折れるんじゃないかという恐怖が湧いてきた。

つまらない妄想を抱いてはいけない。そう思っても、恐怖は消えなかった。

よりによってなぜ、こんな時に、こんな場所にいたんだろう。

不運を嘆いた時、携帯電話がメールを受信した。

妹の珠香からだった。

〝地震、大丈夫？　日光も凄く揺れた。どこにいるの？〟

8

二〇一一年三月一一日午後二時四六分　磐前県立田町

萩本あかねの左足がインステップで蹴り上げたボールは、三人の〝壁〟を軽やかに越え、ゴールの右コーナーに突き刺さった。

その見事なシュートに、秀樹は歓声を上げた。

どんだけ凄いんだ、あかねのシュートは。そう思った矢先、体のバランスが崩れた。

なんだ？　地面が揺れている。

グラウンドにいる者たちも、互いに顔を見合わせていたが、突然誰かが叫んだ。

「ゴールが！」

サッカーゴールがぐらぐらと揺れている。これは一体――。

「地震だ。早くゴールから離れて！」

監督の声で、秀樹は自身の職責を思い出した。

メディア関係者の安全を確保しなければ。

「ゴールから離れて下さい！」

だがテレビのカメラクルーは地震の様子を撮影しようと踏ん張っている。その背後でゴールが前後に揺れている。彼らはご丁寧にもそれを間近で撮影している。秀樹が止めに入ろうとすると、記者が立ちはだかった。

あかねは？

ピッチで呆然と立ち尽くしているのを見て、秀樹は駆け出した。

よほど大きな地震らしく、地面を踏む感覚がおかしかった。フリーズしているあかねの体を支えると「しゃがんで」と叫んだ。

撮影を続けているテレビのカメラクルーは、もうゴールから離れていた。記者やスチールカメラマンも写真を撮っているが、周囲に危険物は見当たらない。

今のところ何かが壊れたり、爆発したりはなさそうだった。

「どうなってるの!?」

あかねの声は今にも泣きそうだ。

「大丈夫、地震だけど、大したことない」

何の根拠もなかったが、そのはずだ。

しばらく様子を窺っていたが、もう大丈夫と思ったところで秀樹は立ち上がった。

あかねも続く。

「ここの地震避難マニュアルって知ってる?」

こんなことを尋ねるのは広報室員として失格だったが、現場の人に聞く方が確実だ。

「災害時はここに集合です」

だとすると、このまま待機か。

「広報君、原発は大丈夫なんだろうな」

記者の一人に尋ねられたが、大丈夫かどうか、分かるわけがない。だが、万が一の事があれば、大変な事態になる。

「大丈夫です。イチアイ（首都電力磐前第一原子力発電所）の耐震構造は完璧です」

代わってあかねが即答した。

「そんな言い切っちゃって、大丈夫か」

思わず小声で聞いてしまった。

「大丈夫です。私は毎日原発の管理棟で働いているんです。安全教育や避難訓練も完璧です。そもそも地震が起きたら、スクラムしますから」

「スクラムって？」

知識不足なのが恥ずかしかったが、分からないものは聞くしかない。

「緊急停止のことです。自動的に緊急停止して、すぐ制御棒が動いて核分裂を止めます」

再び大地が揺れ、あかねが小さな悲鳴を上げた。

こんな事態の中で、イチアイに勤務するあかねが断言するのだから、信じよう。

そこで携帯電話が振動した。東京の上司だ。

「大丈夫か」

「はい、なんとか。私を含めアトムズの選手も皆無事です。それで、震源地は？」

「宮城県沖だそうだ。津波に警戒するようにＪファームの所長に伝えてくれ。それと、メディア関係者に勝手な行動をさせるなよ」

「勝手といいますと？」

「決まってるだろ。原発取材に行かせるなよという意味だ」

そんな……。

あかねの取材で集まったメディアの大半は、安全のために、ここから離れている。彼らの行動を監視したり制御するのは無理だった。

そう言う前に電話は切れていた。

ひとまずJファームの所長に津波を警戒するように伝えよう。

だが、電話はいっこうに繋がらなかった。各方面からの電話連絡が続いているのかも知れない。

「あかねちゃんは、大丈夫かい」

「私は最初からずっと大丈夫です！」

気丈な答えはさすがだが、今はその強さがありがたかった。揺れに気をつけながらあかねを連れて、監督に声をかけた。

「僕はJファームの所長に東京からの伝言を伝えなければなりません。ここは監督にお任せしていいですか。どうやら、ここが避難時の集合場所のようなので」

「いいとも。原発が無事だといいな」

「萩本さんの話じゃあ、絶対安全みたいですよ」

「いや、世の中に絶対なんて、ないさ。くれぐれも気をつけてな」

磐前県・磐前第一原子力発電所

「北ちゃんさあ、桜並木の取材とか言って、しょっちゅうここに入り浸ってるけど、ここはメディアは原則立ち入り禁止なんだよ」

イチアイの運転管理第三部長の能登《のと》三平《さんぺい》は、湯飲み茶碗に茶を注ぎながらぼやいた。

能登は地元の高等専門学校を卒業後、地域採用として首都電に就職した。丸い頭はすっかり禿げ上がり、一見、人の良いおやじに見えるが、長年、磐前第一原子力発電所の運転員として研鑽を積み、現在は後進を指導する立場にある。運転員の間では〝鬼の三平〟などと言われたこともあったそうだ。

そんな能登と北村はご近所同士な上に、呑み仲間でもある。

「三平さん、ここに来るのは初めてですよ」

北村はにやにやしながら反論した。能登が言う「ここ」とは、イチアイを指しているのは分かっている。だが、免震重要棟を訪れたのは今日が初めてというのは嘘ではない。

この棟は、たとえ震度7クラスの地震が発生しても、安全に緊急対応するための非常時対策の装備をすべて備えた基地として建設された。

完成したのは八ヵ月前だったが、いまだにメディアには内部を公開していない。テロ対策等のためだと広報は説明しているが、実際は首都電のメディア・アレルギーが一番の理由だった。

二一世紀に入って、原発を公然と批判する主要メディアはなくなった。トラブルが起きない限り、国家のエネルギー事情などに国民は興味を持たないからだ。しかし、首都電は過去に何度かその「トラブル」を起こしており、その度にメディアから悪の権化のように叩かれた。以来、メディアと一定の距離をおくように努めている節がある。

もっとも、イチアイにしても、三〇キロほど離れた場所にあるニアイ（首都電磐前第二原発）にしても、定期的な会見を開いたり、担当記者に対する接待などの配慮は厚い。懇親会の際に北村が「僕らを警戒しすぎていませんか」と首都電幹部に尋ねたら否定はされたものの、すぐに「君子危うきに近寄らず」という言葉を大切にしていると補足があった。

そしてこの免震重要棟が完成しても、膨大な資料や豪華なパンフレットは配付されたが、見学会は「いずれまた」と見送られてきた。

ならば、あれこれ理由をつくってイチアイを訪ねるまでだ。

だから北村は、桜の森や女子サッカーチームにかこつけて、イチアイにまめに足を運んでいる。様々な口実を見つけては、原発の中に入るチャンスをつくるのが記者の使命だからだ。別に原発の粗を探すためではなく、持ち場にタブーをつくりたくないだけだ。

万が一事故が起きた時、その施設内の構造も様子も知らないで記事を書くなど、記者失格である――。東京にいた頃に比べれば、随分ぬるくお気楽な記者に堕落した自覚はあるが、最低限の本分を忘れたことはない。

この日、免震重要棟の応接室に通されたのは、所長に会う度に、内部を見たいと訴え続けてきた成果だった。桜の森の想い出なら話してもいいよと、インタビューの許可が取れたのだ。

「まあ、所長がここで会おうとおっしゃってくれたのは、あんたの日頃の活動が実を結んだんだけどさ。でも、おたくの新聞は反原発の急先鋒だからね」

確かに暁光新聞は、いまだに原発の危険性について過剰な反応をしている。世間は、温暖化対策の切り札として原発を捉え、他のメディアもそう認識しているにもかかわらず、暁光新聞だけはそれを原子力村の陰謀だと事あるごとに社説で叩くようなメディアだった。

「会社は会社、僕は僕じゃないですか。それより所長、遅いですね」

腕時計を見ると午後二時四五分だった。約束は二時半だった。萩本あかねのプレー見学を切り上げてやってきただけに、残念だった。

「ちょっと見てくるよ」と能登が立ち上がった瞬間、とてつもない力に突き上げられた。

「なんだ」

北村が叫び、能登の表情は硬直していた。

現状を理解したとたん、反射的に応接室を飛び出した。

免震重要棟には、大震災が襲った場合に備え、緊急対策室が設置されている。応接室に案内される前、能登の善意で、緊急対策室を覗かせてもらった。そこに行けば、この地震の状況がもっと分かるはずだ。

「ちょっと！　北ちゃん！　勝手に動いちゃダメだって」

能登が大声で呼び止めたが、北村は足を止めなかった。

緊急対策室は巨大モニターを含む無数のモニターパネルで埋め尽くされていた。

北村が飛び込んだ時、デスクに着いていたのは一人で、その人物も硬い表情でモニター画面を凝視していた。

大画面には、イチアイ内にある七基の原子炉建屋内の様子が映されている。いずれも特に問題があるようには見えない。ただ、小さなモニターの一部は停電しているのか、画面が真っ暗だった。

「北ちゃん、ダメだ。すぐ応接室に戻って」

追いついた能登が両手を広げて北村の視界を遮った。

北村はそれを無視して、デジカメを構えた。所長のインタビューカットを撮るために持参を許されたのが幸運だった。

「北ちゃん！」

「三平さん、あの真っ暗なところは、どうなってるの？」

北村が指さしたモニターを能登が見た瞬間、デジカメのシャッターを切った。

カメラを取り上げられるかと思ったが、能登は画面に釘付けになって固まっている。

能登には悪いと思ったが、その心の隙を狙ってさらに数枚、今度は緊急対策室内にカメラを向けた。当直とおぼしき人物は固定電話で何かを叫んでいて、北村の存在など気にもしていない。

「能登さん、スクラムはすべて完了したそうです。しかし、外部電源が遮断されました。現在、各基非常用電源を作動する操作をしています」

当直の声で能登は我に返った。

「分かった。所長を呼び出してくれないか」

そこで能登と目が合った。今まで見たこともない厳しい眼差しだ。

「本当はすぐにあんたをここから追い出したいんだが、ここが一番安全なんだ。だから、おとなしくさっきの応接室で待っていてくれるなら、ここにいていいよ。でも、それが出来ないなら、あんたを追い出す」

声にも凄みがある。鬼教官の片鱗を見た。

「分かったよ、三平さん、応接室でおとなしくしている。ただ一つだけ教えてくれ。外部電源が遮断されてるなら、原発内が停電したってことだろ」

「大丈夫だ。各基は三つの非常用の自家発電機を有している。ほら、電気が復旧した」

真っ暗だった部分に明かりが灯った映像が映し出されている。

「だから安心して。ひとまず大きな揺れが落ち着いて安全が確認されるまで、おとなしく応接室にいてくれ」

いくら記者だからといって、今、緊急対応の邪魔をするのは犯罪行為だった。北村は素直に応接室に向かった。

背後で当直の言葉が耳に届いた。

「震源地は宮城県沖です。マグニチュードは不明ですが、仙台で震度7を記録したようです」

そんな時に自分は、とんでもない場所にいる。

緊急対策室の出口で北村はそっと振り返った。

能登が受話器を手にして叫んでいる。

「はい、所長。それが妥当かと。了解です。喜んでそう致します」

まるで軍人のような顔つきの能登を見やりながら、北村は廊下に出た。

震源地が宮城県沖だとすれば、ここよりも仙台などの方が酷い被害が出た可能性がある。

気仙沼は大丈夫だろうか。

気仙沼通信局勤務時代の呑み仲間や仕事仲間の顔が次々と浮かんだ。

そして、最後にケイコとまだ一歳にもならない娘の顔が浮かんで、ハッとした。

ケイコのパジェロミニのバッテリー！

もし、バッテリーが上がっていたら車が使えない。

携帯電話を手にして、ケイコの番号を呼び出した。

だが、電話は話し中音《ビジートーン》を鳴らすばかりだった。

9

二〇一一年三月一一日午後三時〇三分　東京・羽田

揺れが落ち着いたので、鷲津は社用車に乗り込んだ。特別仕様のエルグランドは、リムジン並みの乗り心地に改良されており、モニターやＷｉ－Ｆｉ機能も装備してある。

首都高速道路は通行止めになっていた。

車載テレビで、地震の状況を眺めていた鷲津は、熱海に向かうよう運転手に命じた。そこには所有する温泉宿がある。

「まずは旅の疲れを癒やすなんて、余裕じゃない」

皮肉が言えるようになったリンに、鷲津は苦笑いした。

「長旅が終わったと思ったら、大きく揺れて肝を冷やしたからな。それに東京は大混乱だろう。少し離れた場所にいる方がいい」

首都圏の被害状況をテレビは伝えていないし、確信があったわけではないが、ひとまず離れるのが賢明だと判断した。

「前島、大手町のオフィスのスタッフは、即刻帰宅させろ。また、希望者は熱海にご招待する」

「了解です。でも、電話が全然繋がらないんです」

地震直後にも前島は一度、本社に電話を入れている。その時は社長秘書の村上となんとか繋がり、建物が耐震構造のために揺れているが、従業員は無事だと確認していた。

「メールで連絡すればいいだろ」

「それも届くかどうか。返事がこないんで」

「ツイッターが、いいかも知れませんよ」

最後尾のシートに陣取っていたアンソニーが言った。

「さっきからずっと更新されているし、友人からのメッセージも受信できています」

「じゃあアンソニー、社内でツイッターをしているヤツにメッセージを送れ」

SNSは一切やらない鷲津には、ツイッターが繋がりやすい理由が分からなかったが、とにかく使える通信手段をすべて使うべきだ。

「アンソニー、熱海に来る誰かに、衛星携帯電話を持ってくるように言って」

前島が付け足した。サムライ・キャピタルの本社には、非常用として常備していた。常に最悪を考えて備えよというサムの徹底ぶりが奏功した。

その時、サムが三日前から家族旅行で東京ディズニーリゾートに滞在していたのを思い出した。

「大丈夫だと思うが、沿岸部は津波に警戒しろとメディアがずっと言っている。一刻も早く熱海に来るよう、サムに伝えろ」

「オヤブン、了解！」

車が渋滞に捕まった。

いったい、この地震はどれほどの規模なのだろうか。すべてのテレビ局がニュースに切り換えているから、相当な地震であったことは間違いない。

大災害が起きると、経済も大きな影響を受ける。日本の市場にそれなりの影響はあるはずだ。

もっとも、首都が無事であれば、影響は限定的だろう。被災地には申し訳ないが、東北エリアの地震であれば、日本の基幹産業への影響も少ないかも知れない。だとすれば、さして気にする必要はないとみるべきか。

それに地震が発生したのが東京証券取引所の立ち会い終了時刻直前だったことも市場にはラッキーだった。しかも、今日は金曜日で、市場は三日後まで開かない。

「前島、東証にこの地震の影響は出ているのか」

「確認しているのですが、今のところ把握出来てません」

「オヤブン、ツイッターには東証は地震の影響を受けず、取引は終了時刻まで行われたってあります」

「額は?」

「不明です。でも、僅かの時間だからさして影響ないんじゃ」と返したアンソニーが、英語で悪態をついた。

「証券マンが呟いてます。僅かの時間で日経平均が一%値を下げたそうです。為替も五〇銭の円安です。エグいなあ」

生き馬の目を抜く市場では、些細なミスも変化も見逃さない。つまり、終了ギリギリに起こった災害であっても、日本売りが始まったか……。

もっともこれからの三日間で地震の被害が確定し、日本経済に大きな影響を及ぼさないと分かれば、市場は元に戻るだろう。

「火事場泥棒に走るの？」

リンは言葉を選ばない。

「俺の主義じゃないな。だが、まさかに備えた対応は必要だ。ひとまず、海外のマーケットを注視だな。リン、ジョーダン兄妹《きょうだい》にフォローをよろしくと伝えてくれ」

ジョーダン兄妹は、米国で政官財の情報収集を行っている鷲津の仕事仲間で、彼らがもたらす迅速かつディープなネタにはいつも助けられている。

「前島は国内の動きを頼む」

日本の都市は地震に強いと言われている。耐震建築は世界屈指だ。あれほどの大きな地震でも、被害は最小限に食い止められるはずだ。

それでも起こり得るとんでもない事態なんてあるのだろうか――。

10

二〇一一年三月一一日午後三時〇七分　磐前県・磐前第一原子力発電所

応接室に〝軟禁〟された北村は、すぐに支局に一報を入れたが、何度かけても電話は繋がらない。そこで、携帯電話で、支局長とデスクに、現在イチアイ（首都電力磐前第一原子力発電所）の免震重要棟にいるとメールした。

次に、ノートパソコンを取り出して起動した。幸運なことにＷｉ－Ｆｉは電波を捉えている。

分かるかぎりの現状をメールに打ち込むと、支局に加えて東京本社社会部デスクのアドレスにも送った。

《午後三時前に起きた大きな揺れで、首都電力磐前第一原子力発電所は、構内にある七つの原子炉すべてが緊急停止した。

構内は激しい揺れのために一部で停電が起きたが、すぐに緊急用の自家発電に切り替えられたため、順調に原子炉を冷却している模様。
第一原発では、八ヵ月前に大地震に備えて建設した免震重要棟に緊急対策本部を設置、串村勝之《くしむらかつゆき》所長らが陣取った。》

所長の串村が免震重要棟に現れたのは、二時五八分だった。能登には申し訳なかったが、棟内の様子を知りたくて、応接室のドアを半開きにした。おかげで串村と能登の会話が聞こえた。

能登の説明は断片的だが、特に異常事態は起きていないようだ。

「問題は津波だね」という串村の声に、「先程津波の第一波が到達したようですが、三〇センチだったようです」と返す声がした。

その情報をメモしながら、どうやら大災害にならないようだと北村は安堵した。

大きな物音がして串村たちの会話が聞こえなくなってしまった。

北村は視線をノートパソコンに戻し、ひとまず現時点までの情報を送信すると、もう一度ケイコに電話を入れた。

だが、話し中で繋がらない。仕方なくメールで、自身の無事と、〝停電しているようなら、仕事部屋にポータブルラジオがあるから、それを頼りに避難も考えろ〟と、メッセージした。

そこでいきなりドアが開いて、作業着を着た中年男が飛び込んできた。面識のない人物だ。

「あんた、ここで何してる？」

「あっ、お疲れ様です。暁光新聞の北村です」

「何で暁光新聞の記者が、こんなところにいるんだ」

「ここで串村所長のインタビューを予定していたんです。それが、突然の大揺れで、運転管理第三部長の能登さんから、ここでじっとしているように言われました」

「ウソじゃないんだろうな」

まったく信じていない顔で詰め寄られた。

「ウソだと思われるのなら、能登さんに聞いて下さい。それよりさっきの地震の影響って何か出てますか」

相手は、返事もせずに出て行った。

ここから原稿を送ったと分かるのはまずいと判断して、北村はノートパソコンを鞄に押し込んだ。

すぐにまたドアが開くと、別の男が入ってきた。警備関係者の制服を着ている。

「今すぐ、ここから出てくれますか。関係者以外立ち入り禁止です」

「でも、まだ余震が続いているじゃないですか」

「最初ほど揺れは大きくありません。とにかく今すぐ」

断れば力ずくでつまみ出されそうな勢いだ。北村は素直に立ち上がった。

廊下に出ると、緊急対策室から声が聞こえた。

どうやら原子炉は順調に冷却されているようだ。

出口に繋がる階段でまた大きく揺れた。壁がきしみ、北村はふらついてしまって手すりにしがみついた。

「こんなに揺れているのに追い出すんですか」

警備員も動揺したように壁に手を突いている。

「ここは関係者以外立ち入り禁止なんだ」

「それは知ってますよ。でも、それで私を無理矢理追い出して、移動中に怪我でもしたら、あなたの責任問題にならないんですかねえ」

答えの代わりに警備員は北村の背中を押して、屋外に追い出した。

冷えきった風が頬を撫で、北村は身震いした。雪でも降りそうな空模様だった。

11

二〇一一年三月一一日午後三時三九分　磐前県立田町

Jファームの所長に、津波の危険に備えるように伝えた後、秀樹はピッチにとって返した。そして、MPアトムズの女子サッカー選手とメディア関係者を施設内の避難場所に誘導した。

Jファーム内の職員も同じ場所に集まっていた。あかねも先輩と一緒に部屋の片隅に座り込んでいる。

「大丈夫か?」

「ご心配かけました。私、ああいう揺れが苦手で、なんか大袈裟に騒いじゃって。すみません」

「大袈裟じゃないさ。誰だって、びっくりするよ。それより、体を冷やさないようにしないと。水分補給とか必要なら、手配しようか」

あかねが握りしめているスポーツドリンクは空っぽだった。

「大丈夫です。ありがとうございます」

「広報さんさあ、原発の状況はどうなの？」

記者の一人が苛立った声を投げてきた。

「イチアイもニアイもちゃんと緊急停止して安全を保っていると聞いています」

「あれだけ揺れても安全ってのは大したもんだねえ」

「ありがとうございます。地震大国で原発を稼働している以上、徹底した地震対策をしていますので」

あかねの受け売りだったが、そう伝えることが大事だと思った。

「郷浦君、ちょっと」

部屋の入口付近でJファームの総務部長に手招きされた。呼ばれるままに近づくと、廊下に連れ出された。ドアがしっかりと閉まったのを確認してから総務部長が口を開いた。

「東京本社の広報室長から連絡があって、イチアイの状況を見に行ってもらえないかとのことです」

「私が、ですか」

イチアイには、専属の広報担当者もいるのに。

「実は、イチアイの広報部長が今日は公休でね。他の部員はメディアや地元自治体との連絡に追われているそうなんだ。それで、君にイチアイと東京本社との連絡係をして欲しいそうだ」

「分かりました。じゃあ、車を一台お借りして良いですか」

総務部長はすでに準備していたようで、キーを渡された。

「正面の駐車場にあるよ。９２８５のカローラのライトバンだ。車載無線が付いていて、ウチと繋がっている。携帯や有線電話が繋がりにくいので、場合によっては無線を使ってくれ」

それは心強い。さっきから東京本社に電話をかけているが、ずっと話し中音《ビジートーン》が続いていたからだ。

「イチアイの状況はどうなんですか」

「順調に原子炉を冷やしていると聞いている。ただ、外部電源は停電しているので、非常用電源で稼働しているらしいがね」

秀樹は車のキーを握りしめて、正面玄関に向かった。ロビーで、あかねと本田が声をかけてきた。

「イチアイに行かれるんですよね」

秀樹が頷くと「乗せていってくれませんか」と、本田が頼み込んでくる。

「まだ余震が続いているから、ダメですよ」

「今日、監督の誕生日なんです。部員みんなで買ったプレゼントをあかねちゃんのロッカーに置いてあるので、それを取りに行きたくて」

「だったら僕が行きます。お二人はここにいて下さいよ」

「男子が、女子ロッカールームに入るわけ？」

それはまずいか。

「じゃあイチアイにいる女性に頼みますよ」

「あの」とあかねが口を挟んだ。

「私、貴重品を忘れちゃったんです。それを取りに行きたいし。それにロッカーの暗証番号を人に教えたくないので」

気持ちは分かるが日本の宝である二人には、みだりに危険な場所に行って欲しくない。

「総務部長からも許可をもらいました。郷浦君が一緒ならいいだろうって。必要なものを手に入れたら、あかねちゃんの車が向こうに置きっ放しだから、それで戻ります」

「でも、まだ大津波警報が発令中でしょ」

「さっきニュースで、第一波が到達して三〇センチだって言ってた。だから、大丈夫じゃない？」

余震は続いているが、最初ほどの衝撃はない。イチアイも順調に冷却をしているようだし、それほど警戒することもないようにも思える。

「分かりました。でも、危険だと思ったら、すぐに引き返しますからね」

二人は揃って頷いた。

カローラのエンジンを始動してから、秀樹は無線で総務部長を呼び出した。

「郷浦、只今から出発します」

「くれぐれも気をつけてな」

「了解です。それと部長、アトムズの本田さんと萩本さんも同乗していますが、ご許可されましたか」

「渋々ね。お二人さん、用事が済んだら、とっとと戻ってくるように」

後部座席から揃って「了解です！」と返事が返ってきた。

AMラジオをつけると、NHKラジオ第一放送を選択した。

〝現在、岩手県、宮城県、磐前県の太平洋沿岸には大津波警報が発令されています。

くれぐれもご注意下さい。海岸には絶対に近づかないで下さい〃

アナウンサーが同じ言葉を繰り返している。

Jファームからイチアイまでは、二〇キロ足らずの距離だ。秀樹は周囲の様子に気を配りながら、法定速度内で車を走らせた。

道路や周辺に、地震による被害は見られない。交通量も普段と変わらない。民家から屋外に出て雑談をしている住民の姿は見えるが、さして緊迫感があるようには見えない。

相変わらずラジオでは津波に警戒するように連呼している。

「この辺りって海抜は何メートルぐらいあるんですか」

「さあ……。でも沿岸にはビルくらいの高さの防潮堤があるから」

答えたのは、本田だった。

後部座席を見やると、あかねは携帯電話の画面に集中している。メールを打っているようだ。ルームミラー越しに目が合うと、「二人の兄がイチアイで勤務中なんです」と返ってきた。

「ところで津波が襲ってきた場合、どこに避難するかとかは決まってるんですよね」

「郷浦君、心配性ねえ。第一波が三〇センチだったたんだから大丈夫よ」

「でも、そういう情報は広報として知っておくべきだと思うので。念のための基礎知識として教えて下さい」

「あかねちゃん、知ってる？」

「イチアイの場合は、管理棟の最上階か屋上に一時避難します。ただ、イチアイは海抜約一〇メートルの位置にありますから、津波の心配はありません」

　あっさりと断言されて驚いた。

「そんなに信用しちゃって大丈夫なの？」

「イチアイを襲うと想定されている津波の最大の高さは五・七メートルです」

　つまり倍近い防御がなされているというわけだ。

「それにしても、萩本さんは原発の安全性に詳しいねえ」

「私、課の緊急安全員なんです」

　緊急事態が発生した際に各部署ごとに緊急安全責任者が、従業員を安全に誘導するように社内規程で定められている。その責任者の下に複数の安全員が配される。あかねは、その一人ということか。だとしたら詳しいのは当然だ。

「それにしても、とんだ災難だったね」

　何を指すのか分からず、本田に聞き返した。

「東京から広報の応援に来た時に、大きな地震に遭遇するなんて、アンラッキーとしか言いようがないでしょう」

「こんな時は、広報が現場に一人でも多くいた方がいいと思うので、災難だとは思いません」

しかも、我がMPアトムズが誇る二人の日本代表選手と同じ車でドライブできるなんて、むしろラッキーだと思っている。

もちろん油断は禁物だったが、町の様子を見る限り、大事にならず収まりそうな気がしていた。

「立派だな。広報マンの鑑《かがみ》ね。確か郷浦君は、アトムズファンなのよね」

「何でご存じなんですか」

「君が就職する前、一緒に食事したことあるでしょ」

「もしかして覚えていて下さったんですか。感激です！」

「ゴメン、忘れてた」

なんだ、それ。

「覚えてたのはあかねちゃん。さっき練習中にあのイケメン、初めて見るわねって言ったら、前に会ってるって言われてさ」

「もう一年半ほど前ですが、一緒にお食事しました。翌日、スタジアムからお二人の雄姿を拝見して以来、アトムズの広報担当を志願していたんです」

ちょっと誇張しているが、広報室に配属になってからは、上司にアトムズ担当を志願したのは本当だ。

「あかねちゃんが男の子に関心を持つなんて滅多にないから、あなたはきっと特別なのよ。良かったわね」

「本田さん、ちょっと盛りすぎ」

「でも、あかねちゃんにしては珍しいっていうのは事実でしょ」

「その言葉、宝物にします」

車はイチアイのゲート前に到着した。門衛に身分証明書を提示して、東京本社からの指示を伝えると、すぐにゲートが開いた。

「えっと、お二人にお願いがあります。用が済んだら、速やかに退構して下さい」

「オッケーです。用事はすぐに済むから」

二人を管理棟の玄関口で先に降ろすと、秀樹は駐車場に車を移動させた。

エンジンを切ろうとした時、ラジオのアナウンサーの張り詰めた声が耳に入った。

〝只今入った情報では、仙台市内に七メートルに達する津波が来ているということです〟

七メートルって、さっきのあかねの話だと相当にヤバいではないか。イチアイは海抜一〇メートルの場所に立地しているというから大丈夫のはずだけど、それでもそんな大きな津波なんて想像もできない。

「郷浦です。今、イチアイに到着しました。アトムズの本田さんと萩本さんは、一五分ほどで所用を済ませて、そちらに戻るとのことです」

無線からは返事がなかった。おそらく、皆、対応に追われているのだろう。

秀樹はエンジンを切って車を降り、管理棟に向かった。

突然、背後で大きな音がした。だが、見える範囲で変化はなく、秀樹はそのまま棟内に入った。

12

二〇一一年三月一一日午後三時四七分　磐前県・磐前第一原子力発電所

免震重要棟から追い出されはしたものの、北村は構内に止《とど》まった。ちょうど免震重要棟を出たところに石のベンチがあり、そこに陣取って写真を撮った。

断続的に余震があるが、おおむね構内は穏やかな様子だ。時折、作業員が早足で行き過ぎたりするが、危機感は感じられないし、北村の存在を気にする者もいない。

免震重要棟前のベンチからは、一号機から四号機のタービン建屋が見下ろせる。その先には海が広がっている。

全景を撮影した後、ズームを使って海の様子を見てみた。よく分からないが、白い波頭が泡立っているように見える。だが、それが津波なのか、普段と同じ波なのかの区別がつかなかった。

携帯電話のワンセグでNHK総合テレビに繋がらないか試してみた。幸運にも繋がった。ICレコーダー用のイヤホンを取り出してジャックに差し込む。

〝仙台市内で高さ約七メートルの津波を観測したという情報があります〟

マジで。さっきは二三センチって言ってなかったか。

視線を海に向けると、波が大きく盛り上がるのが見えた。防潮堤をあっさり越えたかと思うと、各建屋の壁に勢いよく当たった。重たい音が響いた。これは、ヤバい
——本能が危険信号を発した。

構内を歩いていた作業員が驚いて足を止め、音のした方を見ている。

北村は急いでシャッターを切った。

タービン建屋のある敷地内は瞬く間に水浸しになった。

構内でサイレンが鳴っている。

どうすればいい。もっとタービン建屋に近づくべきではないのかという記者根性と、見たこともないような大津波から逃げろという生存本能が、北村の中でせめぎ合っている。

「北ちゃん、そんな所で何をしている！」

慌てて振り向くと能登が立っていた。

「さっき、免震重要棟を追い出されちゃったんです」

「何だって？　とにかく中に入って。とんでもない津波が襲ってきた」

能登に手を引っ張られるように棟内に引き戻されて、北村は不意に体が楽になった。どうやら緊張だか恐怖だかで、体が固まっていたようだ。

「まったく、あんたも不運な男だね」

「いやあ、記者としてはラッキーなんだと思いますよ。あれ、津波ですよね。すごいの来ましたね」

強がりを言った途端、廊下が真っ暗になった。

能登は「いかん」と一言放つと、懐中電灯を取り出して、廊下をどんどん進んだ。もう北村がいることなど気にもしていないような慌てぶりだった。

なぜだ。さっき停電した時は、非常用電源があるから大丈夫と余裕だったのに。もしかして非常用電源が止まったのではないかという推測が簡単に浮かんだ。そうするとどうなるのか――は、分からなかった。

一人取り残された北村は手探りで壁を伝いながら、ゆっくりと廊下を進んだ。しばらくすると、再び明かりが灯った。

なんだ、心配無用だったのか。

緊急対策室の入口まで進み、中を覗き込んだ。

「二号機、SBOです」

「三号機もダメです」

次々と報告が上がる。

所長の串村と能登の顔が強張っている。

「津波が防潮堤を越え、タービン建屋の壁まで達しました。おそらく、非常用電源はすべて水に浸かってしまったと思われます」

「外線をチェックしてくれ。停電しているのは、陸奥電力の発電所がダウンしているだけなのか。それとも電線が切断されているのかを知りたい」

串村が言うと、数人がモニター前の電話にかじりついた。

「ここのバッテリーはどれぐらい持つ？」

「一日は大丈夫だと思いますが」

構内各所の様子を映しているモニターを見た。屋外にカメラがあるモニターは外部の様子を映している。だが、原発内部のモニターはブラックアウトしていた。

原発内が停電している――。

北村は、ＳＢＯという言葉が何を指すのかを思い出そうとした。

確か、事故の時に使う言葉だった。

原発事故といえば、一九七九年の米国・スリーマイル島事故と一九八六年のチェルノブイリ事故が浮かぶ。

スリーマイルではない――、そうだ！　チェルノブイリ事故の時に起きた事態だ。ステーション・ブラック・アウト、全交流電源喪失だ。つまり、非常用電源と外部電源のすべてがダウンして原発内に電気の供給源がなくなる事態が起きているのだ。

そこまで考えが至ってようやく、緊急対策室の緊迫感の意味を悟った。

稼働中の原子炉内では摂氏約二〇〇〇度の高温で核分裂が起きている。緊急停止しても、すぐに低温になるのではない。一日近くかけて冷却水を循環させて冷やすのだ。

原発内で停電が起きたということは、緊急停止した原子炉の冷却システムが動かなくなった可能性が高い。だとしたら、いずれ原子炉内の水が蒸発し、炉心が空気に触れてしまう。

そんなことになれば、炉心溶融、つまりメルトダウンが起きてしまう。そして、最後は原子炉建屋を吹っ飛ばすほどの大爆発が起き、大量の放射能が建屋外に放出される大惨事となる。

このままだと、チェルノブイリ原発事故と同じことが起きる可能性があるのか――。

イチアイ内にいる者の大半はもちろん、周辺地域にも多くの死傷者が出る。詳しくは分からないが、被害は東京にも及ぶのではないのか。

こめかみや脇の下が汗でじっとり濡れている。構内が暑いからではない。恐怖のせいだ。

携帯電話が振動して、メールを受信した。

ケイコかと思ったが、社会部デスクからだった。

〝凄いネタだ。そのまま粘って、そこから情報を送れ　茨木《いばらき》〟

北村は震える指で、現状をメールした。

そして、またケイコに電話を入れた。繋がらない。仕方なく携帯のメールでメッセージを送った。

〝まだ、イチアイにいる。ちょっとやばいことが起きかけている。一刻も早く西に向かって逃げろ。できたら日本海側まで逃げるんだ〟

数人の作業員が緊急対策室から出てきた。もはや、北村を見咎める者もいない。誰もが険しい顔つきで、免震重要棟から出て行った。

北村は緊急対策室内部の様子を窺った。

部屋の中には重苦しい沈黙が漂っている。その中心に仁王立ちしている串村所長がいた。

「東京本社聞こえますか」という串村の声がした。その視線の先にはモニターがあった。首都電力東京本社の緊急対策本部とは、テレビ電話回線でダイレクトに繋がっているのを思い出した。

だが、応答がないようで、所長は何度も同じ言葉を繰り返している。

〝こちら東京本社。原子力副本部長の東明《とうめい》です〟

突然、室内に声が響き渡った。

「東明副本部長、お疲れ様です。イチアイ所長の串村です」

〝現状はどうですか〟

「先ほど午後三時三五分ごろ、巨大な津波に襲われ、構内すべてのタービン建屋内の非常用電源がダウンした模様です。外線からは送電されていません」

〝つまり……、どういうことだね〟

北村はポケットからICレコーダーを取り出して、RECボタンを押した。

「すべてのタービン建屋でSBOが起きていると思われます。現在、各建屋で非常用電源および、外部電源の状況を調査させています」

〝地震による直接被害はどうなんだ〟

「大きな被害は報告されていません。各原子炉はスクラムし、津波に襲われるまでは非常用電源による電力で冷却を続けておりました」

〝じゃあ、一時間ぐらいは冷やされていたわけだな〟

「ええ。しかし、炉内の温度はまだ一〇〇〇度近くあり、温度上昇が始まっているようです。冷却水が循環しなければ、水はすぐに沸騰してしまいます」

〝まずい状況だな〟

「副本部長、そんな生やさしい事態ではありませんよ。甚大な事故を起こす可能性が出てきました。本社の方でもサポートをお願いします」

〝分かった。大至急、原子力本部の技術関係者を集めたタスクフォースを組織する〟

おいおい、そんなのんきな対応で大丈夫なのか。

「よろしくお願いします。最優先のご対応をお願いします」

串村は淡々と返して、東京との通信を一度切ったようだ。

「ふざけやがって。何がタスクフォースだ。そんな悠長な場合か。能登さん、私は一度事務本館に戻って、一般従業員を避難させます。何とか、炉を冷やす方法を考えて下さい」

串村は吐き捨てると、入口に近づいてきた。

廊下に身を隠そうとする前に、所長と目が合った。

「なんだ、北さん、まだ棟内にいたのか。申し訳ないが、あんたにはここにいてもらっては困るんだ。さあ、私と一緒に来て下さい」

是非もなく串村に背中を押され、北村は薄暗い廊下を言われた通りに進むしかなかった。

13

二〇一一年三月一一日午後三時五〇分　磐前県・磐前第一原子力発電所

管理棟内は薄暗かった。

地震の影響で停電したため、非常用電源の一部を利用して、最小限の明かりが灯っているだけだ。

ロビーに散乱している書類や横倒しになっている棚などに気をつけながら、秀樹は廊下を進んだ。

そんな中、従業員は落ち着いた様子で、後片付けをしている。それを見ているうちに、被害はさほどないのではないかと思えてきた。

「ちょっとそこの若い人、手を貸して頂戴」

女性三人が倒れた棚を元に戻そうとしていた。

秀樹はすぐに加勢すると、スチール製の棚を壁際に戻した。

「いやあ、助かったわ。ありがとう」

礼には及びませんと返そうとした時、視界が暗くなった。

「あら、また停電？　ここは、発電所なのに困ったものね」

女性従業員は冗談めかして言うが、秀樹はそれほど軽く考えられなかった。停電したのは、非常用電源に不具合が起きたからではないのか。

今や、すべての照明がダウンしている。誰かが懐中電灯を点けた。

携行して当然なのに、それを失念していた自分に呆れた。

その時、またひと揺れ来た。女性が悲鳴を上げる。

真っ暗な中を進むのは骨だった。しかも、床には物が散乱していて、すぐに足を取られる。壁を伝って、少し進んでは何かにぶつかる。スマートフォンのライトを点灯させて、それらを乗り越えた。

「あっ、郷浦さん！」

懐中電灯の明かりが向けられて、あかねの声がした。

「萩本さん、監督へのプレゼントは無事でしたか」

「はい」

「本田さんは？」

「ここにいるよ」

本田が懐中電灯で自身の顔を照らした。

「女子ロッカールームは、被害があまりなくて。ロッカーからすぐに取り出せました」

あかねが答えると、本田が懐中電灯で包装紙を示した。

「それは良かった。じゃあ、気をつけて戻って下さいね」

「そうする」と答えたのは本田の方で、あかねはどこか上の空だった。

「萩本さんは、何か心配事でも？」

「さっき、外で大きな音がしませんでしたか」

「どうかな。余震で何かが倒れた音とかじゃないの？」

だが、あかねはそうではないと思っているような顔つきだ。

「この停電をどう思われますか」

Ｊファームでは大丈夫だと断言したあかねにしては、意外な一言だった。

「それは、むしろ萩本さんに聞きたいよ。さっきまで自家発で電気が来ていたのに、どうして停電してるの？」

作業員らに道を空けるように言われて秀樹たちは一旦、玄関に向かった。その途中にも、同じ質問をした。

「私にもよく分かりません。考えられるのは、地震の影響で管理棟に電気を供給する電線に不具合が起きた可能性です」

例えば断線したというようなケースか。

「あるいは、非常用電源に不具合が起きたのかも」

「それって、まずいんじゃないの？」

「ええ。でも、修理可能な場合が多いそうなので、すぐに復旧するんじゃないでしょうか」

緊急安全員のあかねがそう言うなら、今はそれを信じよう。

「的確なアドバイスありがとう。本田さん、懐中電灯を貸してもらってもいいですか」

「折角だから、あかねちゃんのを借りなさいよ」

妙な気を回されて、秀樹は返答に詰まった。

「どうぞ、私の使って下さい」

あかねの懐中電灯には、フクロウのキーホルダーが揺れていた。

「北海道にいる祖母が就職する時にくれたんです。フクロウは家の守り神だから、職場の安全のためにって」

「そんな大事なものを借りて大丈夫かな」

「ぜひ、使って下さい」

こんな時だというのに、あかねと目が合って嬉しくなってしまった。

「それとわがままなお願いなんですが、ウチの兄二人は、今日は原発内で勤務しています。メールもSNSも全然返事がなくて。二人の安全が分かったら教えてもらえませんか」

長兄が萩本一輝《かずき》、次兄が隆弘《たかひろ》というメモ書きを受け取った。

玄関ロビーの扉を開けて、二人を送り出した瞬間だった。タービン建屋のある海沿いで激しく何かがぶつかる音がした。大きな波が上空に舞い上がって砕けるのが、ロビーの窓から見えた。

まるで黒い鯨同士が激突してジャンプしたようだ。

なんだ、あれは?

「あ、津波」

あかねが呆然と呟いた。

14

二〇一一年三月一一日午後四時〇三分

「串村さん、SBOって、全交流電源喪失《ステーション・ブラック・アウト》のことですよね」

免震重要棟から十数メートル離れた管理棟内の管理本部へと急ぐ串村所長に、北村は追い縋った。

「北さん、気持ちは分かるが、質問には一切答えられない」

串村は歩くスピードを緩めないし、こちらを見ようともしない。

「いや串村さん、これは質問じゃない。事実確認です。そうでないと、私は今、イチアイでSBOが起きているって原稿を送らざるを得ない」

いきなり胸ぐらを掴まれた。

「冗談じゃない。北さん、何も書いちゃダメだ。そんなことをしたら、日本中がパニックになる」

パニックになっても書くのが記者の仕事だ。そう反論したくても、喉を締め付けられて声が出なかった。

不意に串村の手が離れて、北村はその場にへたり込んだ。その時、膝から下が冷たい水で濡れた。

何か漏れているのか?

その答えを見つける前に、串村が北村の両脇を抱えて立たせてくれた。

「北さん、確かに今、SBOは起きている。だがこれは、すぐに解決できるレベルのものだ。拙速に騒がないでくれ。これは日本のためだ。約束してくれるかい?」

いつもは柔和でお気楽に見える串村が、大魔神のような形相になっていた。

「分かりました。じゃあ、それを確かめるために、私はここに残ります」

「それもダメだ。知っての通り、原発には厳重な安全基準がある。現在は最もレベルの高い警戒状況にある。従って、私には原発の運転員や技術者以外の人間を、強制的に退去させる義務がある。それを管理本部で宣言するために、免震重要棟から出てきたんだ。私の貴重な時間を奪わないでくれよ」

串村は答えも聞かず、大股で管理棟の連絡通用口に入っていった。

鈍い音がまた響いた。海の方を見やると、大波があっさりと防潮堤を越えてタービン建屋にぶつかっている。冷たい水しぶきが砕けてまるで雨のようだ。さらには、その一部が管理棟や免震重要棟が建つ高台部分にまで迫ってきていた。

つまり、足下にあるのは、その水だ。

これは……津波のせいなのか？

北村は実際の津波を見たことがない。

従って、この浸水が何を意味するのか判断できない。

しかし、次々と海面から盛り上がってくる大きな波は、紛れもなく津波だ。

第一波は、三〇センチと言っていた。なのに、今では高さ一〇メートルの崖と三メートルの防潮堤を軽々と越えて原発施設にまで到達している。

考える前に北村の体が勝手に動いた。波の見えるところでシャッターを切った。

「あっ、暁光新聞さん、そんなところで何をしてるんです！」

見覚えのある若い広報マンが立っている。確か、郷浦と言ったはずだ。

「やあ、お疲れ様。ちょっと、免震重要棟で取材があってね。その最中に地震が起きたんで待機してたんだけど、串村所長に退去を命じられた」

広報マンの隣には、なでしこジャパンの選手が二人、心配そうに立っている。

「お二人さんも、早く逃げた方がいいよ」

「どうして」

注目株のエースストライカーは、合点がいかないようだ。

「緊急事態だって」

「どんな緊急事態です?」

「SBOが起きたらしい」

その時、免震重要棟から一〇人余りの作業員が飛び出して来た。誰もが厳しい顔つきでタービン建屋の方へ駆けて行く。

「すみません、SBOってどういう意味ですか」

若い広報マンが戸惑っている。

「ステーション・ブラック・アウトだよ。簡単に言えば、原発内が完全に停電したってことだ」

「自家発が機能停止したんですか」

「そうらしいよ」

「SBOなんて……あり得ません! イチアイの原子炉には一基当たり三台の非常用自家発電機が装備されているんです。それが全部ダウンするなんてことはありません」

萩本が決然と断言した。

「串村さんも、SBOを認めたんだよ。すぐに復旧するとは言ってたがね」

「復旧しなかったら、どうなるんですか」

「おいおい郷浦君、しっかりしてくれよ。それを質問するのは私の方だよ」

「すみません。でも、原発に詳しくないので」

その言葉に、北村はムッとした。

いくら新人と言っても、広報室員の名刺を持っている以上、自社の事業や製品についての知識がないなど、広報マン失格だった。しかも、原発は首都電の看板事業であり、メディアも常に注視している。SBOが起きたらどうなるのか知らない、では困る。

「自家発電機が復旧せず、イチアイ構内でずっと停電状態が続くと、緊急停止した原子炉を冷やす水の循環ができなくなります」

代わりに、萩本がよどみなく答えた。

「そして最後はメルトダウンが起きる――だよな？」

自身でつけ足したものの、事の重大さに北村は思わず天を仰いだ。

そうなれば、日本は終わる。

串村は、そんなことにはならないと断言した。だが、自分の目で確かめないとそれは信じられなかった。

管理棟が大勢の従業員を吐き出した。

「退避命令だ。Ｊファームに避難するから、一緒に来るんだ」

本田の上司が、声を掛けてきた。なでしこの二人は彼に従ったが、郷浦は残るらしい。もちろん、俺も残る。

メルトダウンの可能性がわずかでもあるなら、絶対にここを離れるわけにはいかない。

「北ちゃん、やっぱり、まだいたな。俺はあんたが大好きだし、あんたが優秀な記者なのも知っている。だが、今日は認めない」

串村はそう言うと、警備員に声をかけた。

「この記者さんに、必ずゲートの外に出てもらうんだ。それまで目を離すなよ」

その時、郷浦が串村の前に進み出た。

「失礼します。串村所長！　東京本社広報室の郷浦と申します。広報室長から、免震重要棟内緊急対策室に入り、こちらと東京を繫ぐ役を命じられました」

串村は目を見開いて、新人広報マンを睨んでいる。

こんな若造にそんな大役を委ねる東京の広報室長の無神経さに驚いているのだろう

か。

串村は大きなため息を一つついてから、言った。

「一緒に来たまえ」

15

二〇一一年三月一一日午後四時一七分　東京・羽田

羽田空港を出た直後から渋滞が続き、車は立ち往生していた。

週明けに発生するリスクを考えていた鷲津を、リンが揺さぶった。

「政彦、見て。津波」

テレビ画面に、海岸沿いの映像が映っていた。右手からせり上がってきた波が、避難しようと疾走する自家用車に迫り、次の瞬間、生き物のように車を呑み込んだ。

「場所は？」

「茨城県のようです」

そう言う前島の声も動揺している。

「震源地は、宮城県沖だろ。なのに、なぜ茨城県でこんな大津波が起きてるんだ」

「宮城や磐前は、もっと凄い津波が来ていると考えるべきでしょうね」

リンの冷徹な分析が車内に響いた。

アンソニーも食い入るように画面を睨んでいる。

「オヤブン、もしかして、日本は沈没しちゃうんですか」

かも知れん。

「アンソニー、バカなこと言ってないで、しっかり情報収集しなさい」

リンに叱られても、アンソニーはなおもテレビ画面に釘付けだ。

〝こちら仙台空港上空です。三〇分ほど前、高さ一〇メートルを超える大津波が空港を襲い、滑走路はご覧の通り水没しました〟

悲鳴に近い声で、男性記者が現状を伝えている。

日本が沈没するかどうかは分からないが、日本経済、いや日本という国家に大きな試練の時が来たのは間違いない。

もはや、不測の事態に備えよなどと言う悠長な場合ではなかった。

16

二〇一一年三月一一日午後四時四三分　磐前県・磐前第一原子力発電所

串村所長は人の流れに逆らって免震重要棟に向かっていた。構外へ退避する人の波をかき分けて、秀樹は必死で後に続いた。

一時《いっとき》鳴り響いていたサイレンはもう止んでいる。やけに静かだ。

停電のせいだろうか。

「やっぱり君も避難しなさい。この先、君が役に立つことはない」

串村が思いついたように言った。

そうかも知れない。だが、こんな事態の中で、一人逃げるのは気がひける。

「広報マンとして使命を全うします」

「では聞くが、ＲＣＩＣって何だね？」

聞いたこともないアルファベットの羅列だった。何の専門用語かも見当がつかない。しかし、「分かりません」とは言いたくない。

「緊急用のシステムですか」

「原子炉隔離時冷却系のことだ。どういう意味だ?」

肌を刺すほど寒いのに、首の周りに汗が吹き出た。

「すみません、分かりません」

「スクラムの後、原子炉で発生した蒸気でタービンを回し、ポンプを作動させて原子炉に冷却水を戻すシステムだよ。基礎レベルの専門用語さえ理解できない若造が、どうやって東京本社と連絡を取るんだね」

「不勉強ですみません。しかし、そういう技術的なやりとりは、技術班なり発電班の責任者によってなされるべきで、私はイチアイで起きていることを伝えるのが仕事です」

「今、逃げないと、死ぬかも知れんよ」

「そんなに危険なんですか」

串村が一歩近づいた。

「何が起きているのか、誰にも分からないんだ。それが収束するのか、さらに酷くなるのかの見通しも立たない。場合によっては、免震重要棟から外に出られなくなるだろうし、皆死ぬかも知れない。その覚悟はあるのかね」

体が震えた。しかし逃げるのはもっとイヤだ。

「私は、首都電の原発は安全だと信じています。だから、残ります」

「よし、分かった。じゃあ、一緒に頑張ろう」

串村の大きな手が秀樹の肩を強く摑んだ。

免震重要棟内は真っ暗だった。串村が懐中電灯を取り出し明かりを点ける。一歩進むのも辛いほどの重圧に襲われた。

廊下の先から声が響いてきた。

「もっと明確な指示を下さい！」

串村の歩く速度が増した。最後は駆け足に近くなって、二人は緊急対策室に入った。

僅かな明かりが灯る中で、大勢の作業員が蠢いている。

無数に並ぶモニターに向かって叫んでいる人がいる。

どうやら本社とのホットラインで通話しているらしい。

「ＩＣ《イソコン》は、作動しているんだな」

「ＲＣＩＣは？」

「二号機は作動しています」

「三号機は、手動で作動させたと報告があります」

「確認は？」

「できていません！」

できていないってどういうことだ？

原子炉を緊急停止した後、長時間水で冷やさなければならないとあかねが説明していた。ＲＣＩＣは、そのためのシステムだろう。それが作動しているかどうかが確認できないなんて、本当に大丈夫なんだろうか。

「なぜ、確認できないんだ！」

「分かりませんが、原発関連建屋すべてが停電しているからではないでしょうか」

原発施設内のすべてが停電している——。

本当にここで死ぬかも知れない。

秀樹は串村が言った言葉が脅しではないのだと実感した。

「君、名前は？」

串村に声をかけられて秀樹は我に返った。

「郷浦秀樹です」

「じゃあ、そこの席にでも座っていてくれ。そして、可能な限り私たちの邪魔をしないでくれるか」

串村から「広報」と書かれたビブスを渡された。素直に装着して、席に座った。大画面が間近にある席だった。

「各基の停電の状況は？」

串村の問いに次々と報告が始まる。

「一号機、復旧していません」

「二号機、SBOのままです」

「三号機は、バッテリーが生きていて、RCICも作動しています」

だが、三号機以外のSBOは解消されていない。

「所長、一号機のバッテリーが復旧したようです」

そう叫んだ声に複数の別の声が被った。

秀樹には、一号機の担当者が「水位計」と言った気がしたが、はっきりとは聞き取れなかった。

〝こちら、東京。イチアイ緊対室どうぞ〟

「イチアイ緊対室、串村です」

ホットラインのモニターを見ると、作業着を着た幹部とおぼしき人物が映し出されている。

〝現況報告を頼む〟

「三号機以外でSBOが発生しており、復旧の目処が立っていません」

〝原因は、なんだ？〟

「決まってるでしょう、副本部長。地震と津波です。どうやら非常用電源が水を被って動かなくなったと思われます」

報告が飛び交う中、「技術責任者」と記されたビブスをつけた作業員と串村の二人はホットラインに集中している。

〝解決策は？〟

「今のところありません。とにかく新潟と東京から電源車を寄越してもらえませんか」

〝……分かった。で、原子炉はちゃんと冷やされているんだね〟

「そう願ってますよ。でも、停電で計器も読めなくて、確認できていません」

串村が口にする事実はどれも、深刻極まりなかった。

それにしても東京は、なぜもっと指示を飛ばさないのだろう。

「一号機、水位計が下がっているという報告！」

　串村も技術責任者も、本社との交信に夢中で耳に入らないようだ。

「あの、少しよろしいですか」

　秀樹は、こわごわと技術責任者に声をかけた。作業着の胸に「能登」と刺繡されていた。

「なんだね？」

「さっきから、一号機の技術班の方が、水位計の話をされているみたいですが」

　技術責任者の顔つきが変わった。

「川北《かわきた》、水位計がどうした？」

「一号機のバッテリーが復活したそうなんですが、水位計が二メートル五〇センチを指しているそうです」

「何かの間違いだろ。イソコンが動いているのに、そんなに急速に水位が下がるわけがない。再度確認しろと伝えろ」

「あの、皆さんの報告を拾ってメモにしましょうか」

　秀樹は、一瞬の隙をみつけて言った。

　とにかく役に立ちたかった。

「それは助かる。君は広報なのか。初めて見る顔だね」

「東京本社広報室の郷浦秀樹と言います」

秀樹は散乱している物の中から、未使用のノートを見つけて手に取った。そして、今聞いたばかりの水位計の情報を時刻と共に記した。

必死で手を挙げて叫んでいる技術班や発電班の報告をひたすらメモした。

報告される言葉には略称や専門用語が多く、秀樹にはほとんど理解できなかった。かといって、周囲の誰かに尋ねるわけにもいかず、とにかく耳に入ってくる言葉を片っぱしから文字にした。

「オヤジさん！　水位が一メートル九〇センチまで下がったと言ってます」

一号機の技術班が叫ぶと、能登の顔が引きつった。

「そんなはずはないだろ。川北、おまえ正確に伝えているのか」

「間違いありません」

「それと当直長が、ブタの鼻の状況を見てきて欲しいと言っています」

なんだ、ブタの鼻って。

「イソコンが動いていないのか」

「当直長は、それを懸念しています」

すぐさま能登は一号機技術班の電話を取り上げた。一号機の当直長と直接話すようだ。

ブタの鼻だの、イソコンだのという言葉が繰り返された。勢いよく受話器を戻した能登が、本社とのホットラインで話し込んでいる串村にメモを渡した。

それに目を通した途端、串村は絶句して、本社とのホットラインを切った。

「バカな。一号機のイソコンは作動していると聞いているぞ」

「しかし、水位計が下がっているという報告があって」

「停電しているのに、なんで水位計がチェックできるんだ」

「バッテリーが一瞬だけ復旧したそうです。現在は、また見えなくなったと言っています」

「情報が不確かすぎないか」

「そうですな。しかし、念のためということもあります。誰かをブタの鼻の確認に行かせるべきかと」

能登の提案に、串村は考え込んでいる。

「あの能登さん、僕が行ってきましょうか」

秀樹は無謀を承知で口走ってしまった。

「どこに行くんだね？」

「ブタの鼻を、誰かに見てきて欲しいとおっしゃったでしょう。ならば、僕が行きます」

「えっ、君が？」

能登は、驚きより怒りに近い表情で秀樹を睨んだ。

17

二〇一一年三月一一日午後四時五一分

夕暮れが迫っていた。

北村は、警備員に後ろから押されるようにして駐車場まで追いやられた。

「ご苦労さんです。じゃあ、ここで失礼します」

「いや、ゲートの外まであなたを必ず連れ出すようにと、所長に言われていますので、助手席に乗らせてもらいます」

まじか。

原子力発電所の敷地は広大だ。人目につかない場所はいくらでもある。このあと、適当な場所で車を停めて、免震重要棟付近で張り込むつもりだった目算が狂った。厳重なゲートの外から忍び込むのはほぼ不可能だ。

「そこまではやりすぎでしょ。ゲートまでこんな大渋滞しているのに。その間ずっと居座るつもりですか」

警備員は勝手に助手席のドアを開け、シートに置かれた書類などを後部座席に移した。

やれやれ融通は利かないわけだな。

北村は諦めて車に乗り込み、エンジンを始動させた。

冷え込みは車内にまで入り込み、ハンドルを持つ手が震えるほどだった。

誇張ではなく、駐車場は車でびっしりと埋まっている。前に進むどころか右も左も出口に急ぎたい人の車でひしめき合っていた。

さっきから、携帯電話がひっきりなしに振動している。社からの続報の催促だろうが、さすがに警備員同乗の状況では出るわけにもいかなかった。

「お名前を伺ってもいいですか」

互いにムスッとした状態でいる気まずさを解消したくて北村は口を開いた。だが、警備員は会話をする気がないようだ。

「地元出身？」

「花岡町出身です」

通信局があり、北村が住んでいる町だ。

「じゃあ、ここは長いんだ」

「高校を出てから勤務しています」

「過酷な職場じゃないの？」

何とか早く警備員を降ろしたいので、少しでも隙間を見つけると、車を進めた。それでもまだ一メートルも動いていない。

「そうでもないですよ。普段は、平穏ですから」

「まあ、そうか」

すぐそばで、車の接触する音がした。バスと軽自動車が接触したようだ。軽自動車がバスの前輪の下に突っ込んでしまって立ち往生している。

「ちょっと見てきます」

警備員は車を降りた。

北村はすぐに携帯電話を取り出した。

着信は一件で、東京本社社会部デスクからだった。残りはメールだった。おそらく電話は繋がらなくなっているのだろう。ダメ元で、発信元の社会部に電話した。

やはり、話し中音《ビジートーン》しか鳴らない。

メールは磐前支局と社会部デスクから何件か入っている。

大半は状況報告の催促だった。

〝イチアイで、SBOが起きています。全交流電源喪失《ステーション・ブラック・アウト》という意味で、原発内が停電中です。串村所長は収束可能だと言っていますが、理由は不明です。

最悪はメルトダウンの可能性も〟

言葉にして打つと、メルトダウンという響きがずっしりと胸にこたえた。

そんなことが起きれば日本はどうなるのか。

想像できないし、したくもない。

メールは、支局と社会部の両方に送った。

最後の方に来ていたメールで、ツイッターのメッセージが一番、連絡しやすいとあった。

SNSには情報を取る以外は興味がないのだが、「桜の森だより」を発信したくて先月にツイッターで個人のアカウントを取ったばかりだ。それを使って、同じ内容を、暁光新聞社会部Dというツイッターのアカウントに送った。警備員は接触した軽自動車をバスから引き離そうと、数人の従業員と共に取りかかっている。

携帯電話に着信があった。見ると、相手は東京本社社会部長とある。

「越智《おち》だ。所長がSBOは収束できると明言する根拠に心当たりはあるのか」

まず、記者の安否確認だろとは思ったが、北村は素直に応じた。

「ありません。でも、何か方法はあると思います。それは、科学部に聞いて下さい」

「もう手配済みだ。調査に当たらせている。とにかく収束できなければ、メルトダウンの可能性もあるんだな」

答えに詰まった。

言霊なんて信じていないものの、肯定すると現実になりそうで恐ろしかった。

「どうなんだ、北村」

「可能性は、あります」

「政府から避難勧告が出る気配はないぞ」

「こちらは、まだ大混乱です。情報がどこまで伝わっているかは分かりません」

「おまえ、まだ免震重要棟内にいるのか」

「残念ながら、追い出されました。それどころか原発構内から即刻退去と命令されました」

「どんなことをしても、原発構内に止まれ」

命よりスクープか。いい職場だな。

「努力します」

「それにしても、いつも大事件の渦中にいるな、北村」

「不運です」

「バカ言え。記者冥利に尽きるじゃないか。期待しているぞ」

「部長、一つだけお願いがあります。家族と連絡が取れません。無事に避難できるように手配戴けませんか」

「承知した。というより、車に衛星携帯電話は積んでないのか。それで連絡した方が早いぞ」

それを聞いて初めて、通信局に非常用として常備されていたのを思い出した。

「あいにく今は」

「だとすると、ツイッターやパソコンのメールで連絡を取るしかないわけだな。健闘を祈る」

電話が切れた時、これが最後の電話かも知れないという不吉な思いが胸を過《よぎ》った。

それでも、ここを離れるわけにはいかない。

警備員は事故の処理にかかりきりで、こちらのことなど忘れているようだ。

北村は外に出ると、後部ハッチを開けて、長靴と寝袋を取った。ラッキーなことに、二リットルのミネラルウォーターが一本あった。

さらに懐中電灯と軍手をスポーツバッグの中に押し込むと、こっそり車から離れた。二〇メートルほど進んで様子をうかがったが、気づかれていないようだ。

北村は免震重要棟に続く道を走った。

18

二〇一一年三月一一日午後五時一三分　東京・総理官邸

官邸の混乱はいつになっても収拾しなかった。官邸内での役割分担が決まっていないため、情報が入り乱れて各事務秘書官に入ってくる始末だ。おまけに総理や官房長官まで浮き足立ってしまい、喚《わめ》き散らしている。

「とにかく、担当分けをしませんか。これじゃあ、情報の分析どころか、まともに受け取ることもできません」

湯河は、政務秘書官に提案してみたが、相手は話をまともに聞いていない。

総理に直談判しようと執務室を訪ねたが、多くの人で溢れ、カオスだった。

「湯河さん、ちょっと」

秘書官補の乙川《おとかわ》が、湯河を廊下に連れ出した。

乙川は生真面目な能吏で、経済産業省には珍しく慎重かつ堅実がモットーだった。

その彼が表情をこわばらせている。

「何を緊張している？」

「首都電の森上《もりがみ》さんがお見えです。どうしても話をしたいとおっしゃって」

森上と言えば、首都電力原子力本部の管理部長で湯河とも昵懇《じっこん》の間柄だった。だが、こんな時に官邸までやってくるとは何事だ。

「森上さんの様子が変で。湯河さんは今手が離せないので、私が代わりに用件を聞くと言ったら、今すぐ呼んでこい、と怒鳴られました」

森上が、官邸の秘書官補を怒鳴り散らす姿など想像できなかった。よほどのことが起きたと考えるべきだろう。

部屋に入ると、森上が開口一番に「ああ、湯河さん、まずいことが起きた」と言った。

森上の表情が冴えないのは、部屋の照明のせいではなさそうだ。

湯河は、すぐに原発に何か起きたと覚悟した。

「何事ですか」

「イチアイで、ＳＢＯが起きている」

ＳＢＯという言葉に反応するのに時間を要した。それが何を意味するのかが分かると、今度は思考がスパークした。

「まさか。女川もイチアイもニアイも冷温停止に向けて順調に冷却していると聞いています」

「イチアイは、非常用ディーゼル《D》発電機《G》が津波で全部やられたらしい。バッテリーもまともに作動していない」

血の気が引いた。

「いつからです？」

「ＳＢＯになってから、二時間近い」

「二時間ですって！　なんで、もっと早く一報を入れなかったんです！」

こいつら何を考えている！

その二時間が命取りになることだってあるんだぞ。

「現場は大混乱している。東京の本社に緊急対策本部を立ち上げて、現地とテレビ電話で交信は始めているんだ。だが、いかんせん現地が停電しているために、まともな状況把握ができないんだ。一応、今のところはＩＣ《イソコン》と原子炉隔離時冷却系《ＲＣＩＣ》は作動しているらしい」

らしい、だと。

森上は、湯河より一〇歳近く年上だが、胸ぐらを掴んで怒鳴り散らしたかった。

そんな曖昧でどうするんだ！　と。

「すぐに、総理に伝えます」

「いや、ちょっと待ってくれ。もう少し現状把握をしたいんだ。それに、東京と新潟から電源車も向かわせている。だから、もう少し」

「ダメです！　場合によっては自衛隊の出動なども検討すべきです。そちらが、どういう対策を整えるかというレベルではなく、重大事態に備えるために、一刻の猶予もありません。一緒に来て下さい」

総理執務室に向かいながら、必死で対策を考えた。

ＳＢＯだと！　そんなものが起きるはずがないだろ。

怒りにも似た不快感を覚え、まったくまとまらない己の思考力が腹立たしかった。

再び総理執務室に戻ると湯河は、官房長官の水野《みずの》に耳打ちした。

「首都電力磐前第一原発で、異常事態が発生した模様です。人払いをお願いします」

水野は凍り付いたように固まったが、湯河が二の腕を強く握ると、我に返った。

「総理、相すみません。ちょっと経産大臣と私の三人でお話しすべきことが起きたようです」

直截的だが、効果はあった。室内にいた全員が話すのをやめ、官房長官を見ている。

「何事だね？」と古谷《ふるや》光太郎《こうたろう》総理は尋ねたが、水野は「どうぞ、皆さん暫しご退出下さい」とだけ言った。

のろのろと人が出て行くのを待って、湯河はドアを閉めた。

「こちらは首都電力原子力本部管理部長の森上さんです。森上さん、私に話されたことを総理に伝えて下さい」

森上は緊張して唇を何度か舐めてから、口を開いた。

「本日、午後三時半過ぎに発生した大津波の影響で、首都電力磐前第一原子力発電所の六つの原子炉の非常用電源が失われてしまいました」

総理、官房長官、経産大臣の三人が顔を見合わせている。

「湯河君、つまり何が起きたんだね？」

総理の問いに湯河が答えた。

「ご承知のように、原発は地震発生と同時にスクラム、いわゆる緊急停止しました。制御棒が原子炉内に無事に挿入され、核分裂は停止し、その後冷却水によって原子炉が冷やされていました。ところが、津波によって、原発内の非常用電源がダウンし、SBO、全交流電源喪失《ステーション・ブラック・アウト》が起き、原子炉の冷却ができなくなったという意味です」

「そうすると、どうなるんだね？」

水野は苛立っているようだが、そんなことも知らないのかという侮蔑が顔に出ないように堪えた。

「最悪はメルトダウンの可能性も考えられます」

ようやく事態の深刻さが三人の首脳に共有されたようだった。

「森上さん、本当なのか」

経産大臣の佐伯《さえき》の問いに森上は答えようとしたが、声が出ないようで何度も咳払いをした。

「失礼しました。最悪の事態を避けるべく現在事態の収拾に当たっております」

「それは答えになっていない。最悪はメルトダウンなのか！」

「可能性はゼロではありません」

「それで被害はここまで及ぶのか」

総理は森上ではなく、湯河に尋ねた。

「たとえメルトダウンしたとしても、水蒸気爆発さえしなければ、東京に大きな影響が及ぶ危険は少ないと思います。ただ、磐前県には避難命令を出すべきかと」

「君さあ、水蒸気爆発さえしなければばって言うけど、それが起きる可能性もあるわけでしょ」

佐伯がヒステリックなのは恐怖のせいだろうか。

「はい、大臣。その可能性はあります」

「じゃあ、今すぐ東京にも避難勧告を出すべきだろう」

「佐伯さん、そんなことをしたら、東京が大パニックになりますよ。今ですら、停電で鉄道が動かなくなり、道路は大渋滞し、街に人が溢れているんです。軽はずみな行動は慎むべきだ」

水野の常識的な発言が救いだった。

「私も同感です。ひとまずは、地下に緊急対策室を設置して対応に当たります。とにかく首都電との連絡を密に取って状況把握に努めるのが先決です」

「それは湯河君、君に任せる。それで、森上さん、事態の収拾に当たっていると言ったが、実際には何をしているんだね」

総理が尋ねると、森上は手にしていた革張りのノートを開いた。

「磐前第一原発には、イソコンと呼ばれる非常用復水器とＲＣＩＣと呼ばれる装置があり、停電した場合でも蒸気の力で原子炉内に冷却水を注入する仕組みになっています。それらは、正常に作動しているという報告を受けています。さらに、現在東京と新潟から、電源車が現地に向かっています。それらが到着すれば電源が確保できますし、メルトダウンの危機は去ります」

「じゃあ、とにかくやれるだけのことは全部やってくれたまえ。それと官邸と首都電のホットラインが欲しいな」

総理に言われるまでもなく、湯河も同様のことを考えていた。

「衛星携帯電話を使うのが一番無難かと思います。あとは、ＮＴＴに強く要請して専用回線を最優先で使えるように指示します」

「それは私の方で手配しよう。湯河君は、総理に付いて現状の把握と分析をしてくれたまえ」

水野の指示に素直に従うことにした。三首脳の原発に対する知識は明らかに貧弱だ。誤解のせいで愚かな判断が下されたら、命取りになる。

「それと総理、僭越ですが、弊社会長よりお願いがございます」

「濱尾さんから？　何だね」

「事態によっては自衛隊、さらには米軍の協力を仰いでもらえないかと」

いかにも濱尾が言いそうな大胆な要請だった。

だが、総理の自衛隊嫌いは有名だ。その上、彼は米国も嫌っている。米軍は一刻も早く日本から出て行けと、過去に発言したこともある。

案の定、総理は腕組みをして仏頂面をしている。

「森上君、そんな重大なお願いは、会長自らが来て頼むべきじゃないのかね」

妙な権威意識を持っている佐伯が嫌みったらしく言った。

「おっしゃるとおりでございます。ただ現在、濱尾は日本におりません」

なんと……。

この非常時に米政府にすら影響力を持つカリスマ会長が不在なのは痛い。

「なんだって！　こんな重大な時に、一体どこにいるんだ」

「サハリンです。財界のエネルギー部会の皆さんやメディア関係者と、サハリンの天然ガスプラントの視察にでかけております」

そう言われて、やっと思い出した。

ロシアからせっつかれていた天然ガスの日本への輸出問題を再検討するために、財界三団体やメディアが、視察にでかけていた。資源エネルギー庁からも関係者が大勢同行している。

「すぐ呼び戻したまえ」

「すでに、飛行機をチャーターして日本に向かっております」

「安江《やすえ》さんはどうしたんだ？」

佐伯が、首都電社長の動向を尋ねた。

「安江は本日は京都に出張中でして。こちらも現在、東京に戻る途上にあります」

「なってないな。危機に備えて、トップのいずれかは必ず東京にいるのが、地域独占で電気事業を行っている電力会社の基本姿勢だろう」

総理の発言に耳を疑った。今はそんな話をしている場合じゃないだろう。

「面目ございません。しかし、ご安心下さい。必ず無事に収拾してみせますので」

森上の虚勢も痛々しい。

「総理、まさかの際の磐前県への対応等のご検討をお願いします」

湯河は堪らず進言した。

「では、その雛形は湯河君が書きたまえ」

佐伯の言葉の意味が分かりかねた。

「何の雛形でしょうか？」

「磐前県の避難命令の範囲や時期に決まってるだろうが」

それは、総理がこの場で即決すべきものだ。この人は原発事故について、あまりにも無知すぎる。呆れながらも、湯河は「大至急行います」とだけ答えた。

それまで項垂《うなだ》れていた森上が意を決したように顔を上げた。

「総理、自衛隊と米軍への要請の件ですが」

「それは、君ら民間企業がとやかく言うことじゃないだろう。立場を弁《わきま》えたまえ」

総理の怒気を含んだ応えに森上は唇を強く噛みしめて頭を下げ、踵を返した。

絶体絶命の危機が起きた時、組織の本質が試される。

危機が組織の絆を強くし、思わぬ力を発揮することもある。逆に、組織が空中分解して、機能不全に陥る悲劇も起こり得る。

果たして古谷内閣はどちらなのか。

湯河は答えが見えた気がして、それ以上考えるのをやめた。

19

二〇一一年三月一一日午後五時三三分　東京・六本木

超満員のエレベーターから吐き出されて、貴子はようやく六本木ヒルズの一階に降り立った。

最新の免震構造が施されているらしく、長時間揺れ続けた。そのせいで船酔いのような不快さが胃のあたりに居座っている。

自家発電システムが作動したので停電はすぐに解消されたが、最上階にいた貴子がエレベーターに乗り込むのには、長時間待たなければならなかった。

しかもエレベーターホールは、我先に逃げようとする人ですし詰め状態だった。

途中までは一緒だった向坂ともはぐれてしまった。もう一度探してみようと思ったが、とにかく身動きが取れない。

ビルの外に出れば少しは混雑も緩和されるかと期待したが、甘かったようだ。道路には人が溢れ、歩道でも人が滞留している。

この人混みから抜け出すのが先決だった。

タクシーを拾いたかったが、車道は大渋滞しているし、歩道よりも流れが悪かった。おそらく鉄道はすべて止まっているだろう。

歩くしかないか。

浜松町のミカドホテル東京事務所まで直線距離で三キロ足らず。

貴子は携帯電話で妹の珠香に連絡を入れてみた。

しかし、繋がらない。二時間前までは繋がった携帯メールも送受信不能になった。

暫く歩くうちに暑くなり、マフラーを緩めコートのボタンを外した。

隣を歩く若いビジネスマンが、携帯電話のワンセグでニュースを見ていた。波が陸に押し寄せ家や車を呑み込むのが見えた。

「それ、どこですか」

思わず尋ねていた。

「宮城県みたいです。さっきから、ずっと大津波の映像が流れてるんですよ。ちょっと信じられない光景だけど」

貴子は携帯電話を取り出すと、ワンセグに接続した。

これまで使ったことがなかったので接続に手間取った。あれこれキーを触っていると、不意にNHKの画面が映った。映像下のテロップには、渋谷駅周辺とある。隙間もないほど人で埋め尽くされていた。

イヤフォンを取り出し、携帯電話のジャックに差し込んだ。

〝首都圏全域で停電が続いています。その影響でJR、私鉄各線、さらには地下鉄全線が止まっています。

各企業では、従業員に早期退社を促していますが、帰宅のための交通手段がなく、大勢が徒歩で自宅を目指している模様です〟

この様子だと事務所には誰もいないだろう。

貴子が東京事務所に顔を出すのは月に一度程度で、今回は秋の催しの準備と上得意の法人取引先への訪問が目的だった。

地震の影響で、予定はすべて狂ってしまった。午後三時からは、事務所で三組の商談に立ち会うことになっていたのだが、この調子では無理だろう。

とんでもない事態なのだという実感がじわじわと湧いてきた。暫くは携帯電話も繋がらないだろうが、まずは従業員の安否確認が急務だ。

東北出身のスタッフはそれなりにいるし、東北沿岸部に実家のある社員もいたはずだ。

古株で二人、中堅で一人の顔が浮かんだ。だが、パートや研修生などになるともう分からない。いずれにしても、住む場所がない家族がいるならば、全員ミカドグループのホテルに避難してもらおう。

三月中旬はまだ宿泊客も少ないし、空いている客室を使えばいい。

その時、ワンセグが津波に襲われる宮城県名取市の様子を映し出した。

津波という言葉は知っていた。だが、実際に目にした経験はない。

映像だとゆっくりと波頭が進んでいるように見えるのに、前を走る自動車をあっさりと呑み込んでいく。それに、家が船のように浮かんで流されている。

携帯電話がメールの着信を告げた。珠香だ。

〃今、従業員の家族の安否確認を始めたところ。

東京も大変そうね。無理をしないで〃

良かった。

とにかく今はこの人の流れに身を預けて歩くことに専念しよう。貴子はワンセグのスイッチを切り、妹に返信した。

20

二〇一一年三月一一日午後五時四一分　磐前県・磐前第一原子力発電所

「君、本当に大丈夫か」

能登がそう口にするのは、これで五回目だった。

「難しいことじゃないですよね。任せて下さい」

そんなに頼りないのか、と怒りたいところだが、恐怖と不安で腰砕けになりそうなのも事実だった。

電力を失っても蒸気の力で原子炉内に冷却水を送る非常用復水器（ＩＣ《イソコン》）が作動すれば、原子炉を冷やすことができる。イソコンが作動している場合、原子炉建屋の外壁に開いている通称ブタの鼻と呼ばれる二つの穴から蒸気が外に噴き出す仕組みだった。その確認作業を秀樹は志願したのだ。

ブタの鼻の位置も教わったから問題はない。

「それに谷原《たにはら》さんもついてきてくれるんですから、二人でしっかり見てきます」

技術班の若手、谷原玄太郎《げんたろう》は、神経質そうに頷いた。今は人手が足りないのだから、秀樹一人で行くと言ったが、能登は首を縦に振らなかった。一人では危険すぎるし、秀樹だけでは、ブタの鼻の状況を正確に確かめられない可能性があるからだ。

万が一を考えてと言われ、二人はフード付きの化学防護服《タイベック》を着用している。紙のような素材なので寒さを防げない。そこでダウンコートの上から着ようとしたのだが、無理だった。それで使い捨てカイロを腰に二枚貼って、背広の上に重ね着した。

「いいな、一号機の原子炉建屋の側面上方部に、まさにブタの鼻のような穴が開いている。そこから蒸気が噴き出しているかどうかを確かめてくれさえすればいい」

これからやろうとしているのは、子どもでもできる簡単な確認作業だ。

だが、大混乱の中にあるのと、免震重要棟の外の様子が把握できないまま夜を迎えてしまったこともあって、能登はやけにくどくどと説明を繰り返した。

「了解です。じゃあ、行ってきます」

「よろしく頼むぞ！」

声に振り向くと、串村所長が敬礼していた。

懐中電灯を手に、谷原が前を歩いた。原子力発電所はとにかく広いうえにつくりが複雑だ。明るくても迷いそうなのに、こんな状況で外まで行くのは至難の業《わざ》だった。

おまけに足下に様々な物が散乱していて、たちまちつまずいてしまう。五〇メートルほど歩いただけで、秀樹は二度つんのめった。

「慌てないで。ゆっくり行こうな」と言ったそばから、谷原も足を取られて転倒しそうになった。

玄関口が見えてきた。能登からは、「一歩外に出てやばそうなら、すぐに戻ってこい」と厳命されている。そんな大変な状況だと思っていなかった秀樹は、能登の言葉で想像力が働き、恐怖が倍増した。

「よし、行くぞ」

谷原の声も震えていた。

「了解です。行きましょう」

鉄扉を開いて外に出る。

真っ暗な中に白い雪が舞っていた。

しばれるような寒風がたちまち体温を奪う。

だが、寒さ以外は別段変わったこともない。

二人は各自が持つ懐中電灯で周囲を照らした上で、一号機の原子炉建屋を目指した。

距離にして三〇〇メートルほどだ。辺りは真っ暗で月も星もない。非常用電源も止まっている状態だから当然なのだが、懐中電灯の光が吸い込まれるほどの真っ暗闇だった。

壱岐で生まれ中学時代まで暮らしていたから暗闇には慣れている。なのに、秀樹はたまらなく怖かった。すっかり都会慣れして、光が溢れているのが当然になってしまったからだろうか。

いや、そうじゃない。もしかすると原発が大爆発して死ぬかも知れないと何度も脅されたせいだ。そのうえ暗闇と向き合ったものだから、恐怖が膨張しているのだ。

「思ったより暗いなあ」

谷原が言葉を漏らしてくれたおかげで、一人じゃないのを思い出した。

「晴れてたら、月が出て少しは明るいでしょうにね」

誰かとたわいもない話をすることで、こんなに安心できるのか。一人だったら泣いていた。それくらい恐い。

地面の一部が濡れているのは、津波のせいだろうか。

「この辺りだ。でも、暗くてよく見えないなあ」

免震重要棟は、原子炉建屋よりも海抜の高い位置にある。原子炉建屋近くまで行かなくても、建屋の真っ正面に立てばブタの鼻は見えるから、そこから確認するようにと能登に命じられている。だが、谷原の言うとおり、辺りが暗すぎて様子が今ひとつ分からない。

「下りてみますか」

「いや、ここから見るように言われているからね。郷浦君、君の懐中電灯と僕のを合わせて照らしてみよう」

二人の光を合わせると一号機の原子炉建屋がぼんやりと見えた。

「もうちょっと上だ」

指示どおりに懐中電灯を、谷原の光と合わせて上に向けた。

「あっ、あれだ!」

何か穴のようなものが見えた気がした。

「もうちょっと下げて」

確かに穴があった。だが、蒸気が出ているかどうか定かではなかった。

「これじゃあ、分かりませんよ」

「確かに」

「やっぱり、もう少し近づきましょう」

秀樹は原子炉建屋に続く階段に向かった。

「ダメだよ、勝手なことをしたら。能登さんは、ここから確認しろって言ったじゃないか。それに、穴から蒸気が出ているように見えるんだけど。だから、もう一度、君の懐中電灯でも照らしてみて」

秀樹は、光を向けた。

言われてみれば、確かに蒸気が出ているような気もする。だが、気のせいのようにも思えた。

「谷原さんはここで待ってて下さい。僕、ひとっ走りして見てきますから」

谷原の制止を聞かず、秀樹は駆け出した。イソコンが作動しているかどうかは、原発が爆発するかどうかを左右するほどの重大事なのだ。ちゃんと見届けるべきだ。

使命感というか中途半端が嫌いな性格が、恐怖を抑え込み秀樹を走らせた。

あっという間に一号機の間近まで辿り着いた。

二つの穴から、蒸気が出ていた。想像していたような勢いはなかったけれど、確かに穴から蒸気らしきものが立ち昇っている。

「出てます！　ちゃんと出てます！」

谷原の方に大声で叫んだ。

「よし！　早く戻ってきて。急いで帰ろう」

それに応じようとした時に、大きな揺れがきた。泣きそうになるのを必死で耐えた。

冷たい！

足下を見ると水溜まりができている。

21

二〇一一年三月一一日午後六時〇一分　静岡県熱海市

鷲津が熱海の旅館・枯淡楼《こたんろう》に到着した時には、日が暮れていた。

枯淡楼は熱海から箱根に抜ける山の中腹にある。手つかずの原生林の間に客室棟が並び、客同士が顔を合わせないように工夫された小径が何本も設けられている。

建設されたのは戦前で、当初は旧財閥の迎賓館だった。戦後は旅館として利用され、バブル経済崩壊後に鷲津が購入した。施設の半分は旅館業を続け、残りを自身の別荘として利用していた。

到着した鷲津ら一行は、専用玄関で女将に迎えられた。

「堀《ほり》さんがお待ちです」

元日本銀行理事で、現在はサムライ・キャピタル顧問を務める堀嘉彦《よしひこ》は、すぐ近くに陶芸用の工房を保有している。地震のために枯淡楼に避難すると女将に告げた時、堀が工房にいるのであれば、会いたいと伝言しておいたのだ。

大手町の本社からは、まだ誰も到着していない。

前島の話では、社員の大半は退社したらしい。自宅待機が不安な者や帰宅困難な者は熱海に来いと伝えてはいるものの、交通がマヒしている現状では、ここまで避難してくるのは難しいかも知れない。

鷲津はリンと共に離れに落ち着くと、テレビをつけた。

画面の向こうで工場が火柱を立てて燃えている。

「何これ？　どこなの」

リモコンでボリュームを上げると、千葉市の石油コンビナートだという。石油タンクが爆発する危険もあり、周辺住民に避難勧告が出されたとキャスターが言っている。

「東北の地震が、千葉にまで影響しているのね」

時々刻々と被害の拡大状況が伝えられる。

青森県から東京都に至る広い範囲の情報が入り乱れ、メディアもパニック状態にあった。

「失礼します！」

アンソニーが入ってくるなり、ブラックベリーを寄越した。

「サムからのメッセージです」

〝昔の所属先情報ですが、首都電力磐前第一原発で甚大事故が発生したらしいです〟

昔の所属先とは米国中央情報局《CIA》のことだ。リンが覗き込んで息を飲んだ。

「なんてこと！　政彦、首都電に知り合いはいないの？」

いなくはない。買収準備を進めている以上、社内情報を得るための〝協力者〟がそれなりにはいる。鷲津は衛星携帯電話を手にした。

一七時間の時差があるロサンゼルスは、深夜の午前一時過ぎだ。にもかかわらず、ロサンゼルスに駐在する首都電の原発専門家が一コールで出た。サムの情報は、本物かも知れない。

「夜分に失礼します。鷲津です」

「どうしたんですか。こんな時間に」

「それはこちらの台詞ですよ。早寝早起きの生活を送られている方が、こんな夜更けに電話に出るなんて」

「日本であんな甚大な地震が起きたんです。東北には知り合いもいるし、我が社の原発もある。おちおち眠ってなんていられない」

「磐前第一原発で、甚大事故発生という情報を摑んだのですが」

相手が黙り込んだ。荒い鼻息だけが伝わってくる。

当たりか……。

「ある筋から耳にしたんです。どうやら本当に起きてるんですね」

「鷲津さん、悪いが今は話せない。日本からの大切な電話を待っているんだ。切るよ」

鷲津の了解もなく電話は切られた。

それほど重大事が進行中ということだ。

「リン、ビンゴのようだ」

「米軍が原発事故収拾のための準備を始めたという情報もサムから来たわ。日本政府にしては手際がいいわね」

「事故が簡単に収拾できないと判断して、米軍は独自で準備を始めたんじゃないかな。現政権が、そう簡単に米軍を頼るとは思えない」

米国は日本以上に原発を多く抱えている。その上、地球温暖化対策のために、長年封印してきた原発の新規建設をスタートしている。日本のためというよりも、要は自国での騒ぎを未然に防ぐためだろう。

「政彦君、お帰り」

客間の入口に、濃紺の作務衣姿の、小柄な老人が立っていた。

「堀さん、ご無沙汰しております。いきなり大変なことに巻き込まれそうです」

「君は嵐を呼ぶ男だと前々から思っていたけど、今度はまた大きいのを呼んだね」

「今、サムから連絡がありました。首都電磐前第一原発で甚大事故が起きているようなんです」

堀の顔から笑顔が消えた。

「甚大事故の内容は、分からないのかね」

「今のところは。サムは、米軍が事故対策支援の準備を始めたと伝えてきています。メルトダウンまで想定してのことじゃないでしょうか」

ソファに座り込んだ堀の周りに全員が集まった。

「私も詳しくはないが、原発は何重もの安全対策をしている。そう簡単にメルトダウンなんて起きないんだがねえ」

「どんな場合に、メルトダウンするんですか」

リンの問いは皆の疑問でもあった。

「原発は、ウランを燃料とする発電所だ。ウラン燃料は中性子が当たると核分裂を起こして、爆発的な熱が発生する。その熱でタービン発電機を回すという仕組みなんだ」

複雑な話を堀はゆっくりと説明した。

「そして、不測の事態が起きて緊急停止した場合は、自動的に制御棒が挿入されて核分裂をとめる。発電中の燃料棒は、摂氏二〇〇〇度に達すると言われている。そこで、冷却水を循環して、常に冷水で燃料棒を冷やすようになっているんだ。循環が止まれば熱さのあまり水はすぐに蒸発してしまう」

「メルトダウンというのは、その冷却システムが働かなくなった時に起きるんですね」

アンソニーの問いに、堀は頷いた。

「そう。水がなくなれば燃料棒がむき出しになり、崩壊熱の除去ができず核燃料が溶ける。その状態を炉心溶融、すなわちメルトダウンと呼ぶ――。まあ、私が知っているのは、その程度だね」

「冷却できないということは、水の循環が不能になったという意味？」

リンが尋ねた。

「そうなるね。しかし、循環システムはそんな簡単に不能にはならないはずなんだ」

「どんな時に循環不能になるの？」

リンの質問に対し、堀は腕組みをして暫し考え込んだ。

「一番考えられるのは、停電だ」

発電所なのに、停電するのか。

「原発が緊急停止した瞬間、発電システムはストップするものの、非常用発電機が作動するので、原発内で停電が起きるなんて事態はまずない」

米国がメルトダウンまで警戒しているのであれば、原発内で停電が起きているのかも知れない。

「だとすると、原因は津波かな」

津波が非常用発電機を呑み込む図が、鷲津の脳裏に浮かんだ。海水を被れば、発電機は壊れてしまうだろう。

しかし、東北のような過去に何度も大津波に襲われている場所で、津波対策をしていないとは思えない。

「もしかして、津波で非常用発電機が壊れちゃった？　その場合はどうなるの」

「リンさん、そこから先は私にも分からない。だが、さすがにマニュアルがあると思うよ」

そうであって欲しいが、この国の権力者や経営者は傲慢で怠慢なヤツばかりだ。何度痛い目にあっても危機管理が杜撰《ずさん》だった。

今回もそんな状態なら、日本は本当に終焉を迎えるかも知れない。

鷲津は部屋の中の淀んだ空気を換気しようと窓を開けた。

鹿威《ししおど》しの音が、重く響いた。

22

二〇一一年三月一一日午後六時一六分　東京・総理官邸

官邸地下の危機管理センターに入るなり、湯河は古谷総理から怒鳴りつけられた。

「なぜ、情報が入ってこないんだ！」

「情報が錯綜しているのと、電話が通じにくく、メールもほぼ不通状態で、時間がかかっています。申し訳ありません」

本来、謝る必要などない。だが、そういう姿勢を見せないと、目の前の〝暴れん坊〟の怒りは収まりそうにない。

危機の時こそ、リーダーの資質が問われると、湯河は考えている。苛立つ感情をぶつけるように喚き散らす古谷は、日本国の総理大臣に相応しいのだろうか。

「原発はどうなってるんだ。もうメルトダウンの可能性は阻止したんだろうな」

「まだ、報告はありません」

「バカ野郎！　東京が、いや日本が滅びるかも知れないんだぞ。何を悠長なことを言っている。湯河、君は原発の専門家だろ。自らが現地に飛ぶぐらいの気概はないのか」

「お言葉ですが総理、私はエネ庁で原発行政に関わってきましたが、技術屋ではありません。事故の収拾という面で私が現地に行っても、役に立つことはほとんどありません。ここに残り、情報を集約し精査した上で総理にお伝えするのが、事務秘書官としての責務だと考えています」

古谷が力まかせにデスクを叩いた。

「だったら、その精査した情報を提示せんか」

だから、情報が上がってこないんだ。

「総理、たった今、首都電から一五条報告がありました」

報告を入れたのは、経済産業大臣の佐伯だった。隣には、原子力安全・保安院の院長、今橋《いまはし》も控えていた。

「何だ、それは!?」

問われた二人は顔を見合わせている。原発事故の情報がないと喚き散らしている古谷が、そんな重要事項すら知らないとは誰も思っていない。

口を開いたのは、佐伯だった。

「原子力災害対策特別措置法第一五条に規定された報告です」

「意味が分からん。俺に六法全書で調べろとでも言うのか!」

本当に知らないのか。失笑しそうになるのを抑えるのに強い意志が必要だった。

慌てて今橋が応じた。

「同法第一五条には、原子力緊急事態が発生したと認める時は、直ちに、内閣総理大臣に対し、その状況に関する必要な情報の報告を行うと共に、『原子力緊急事態宣言』を発令するように規定しております」

ＳＢＯや冷却材喪失など原子炉そのものの損傷またはそれを予測する事態が発生した場合に、内閣総理大臣は、考慮の余地なく直ちに「原子力緊急事態宣言」を発令しなければならない。

「緊急事態宣言って、そんなに酷いのか」

古谷は、もしかすると宣言規定を具体的に知らないのではないだろうか。

「ＳＢＯが起きているという報告があったわけですから、一五条宣言を行う要件は充たしています。総理、大至急記者を集めて宣言して下さい」

佐伯は強気だ。

「しかし、そんな宣言をすれば、東京はパニックになる。もう少し様子を見るべきだろ」

「躊躇の余地はありませんよ。パニックを起こさない配慮をすればよろしいんです」

「ならば、君がやりたまえ」

僅かだが佐伯の口元に、馬鹿にするような笑みが広がった。

「宣言は内閣総理大臣が行うと規定されています。これは総理の責務です」

古谷の視線が定まらなくなった。怒っているのか、表情もこわばっている。

「今橋、具体的には何をすればいい」

「第一に、緊急事態応急対策を実施すべき区域の設定、次いで原子力緊急事態の概要説明、さらには、当該区域内の居住者、滞在者その他の者及び公私の団体に対する周知です」

「ペーパーはできているんだな」

「ここにございます」

全員に宣言文の内容が配付された。

湯河は、区域の範囲を見て目を疑った。

半径三キロ圏内の住民の避難と、三〜一〇キロ圏内の住民に屋内退避——。

狭すぎる。もっと広範囲にすべきだ。

上席の今橋に恥をかかせることになるが、それを進言しなければと思った時、古谷が先に口を開いた。

「なんだ、この程度で大丈夫なのか。東京は大丈夫なんだな」

「ひとまずは、この範囲が妥当であろうというのが、我が保安院の総意です」

総意だと。

「いいだろう。よし、ここはやるしかないな。湯河君、会見の用意」

古谷はいきなり立ち上がった。

「今橋さん、この程度の範囲で本当に大丈夫なんですか」

我慢できず口走っていた。

「大丈夫に決まっているだろうが！」

怒鳴ったのは佐伯だった。

23

二〇一一年三月一一日午後六時二三分　磐前県・磐前第一原子力発電所

秀樹が報告する間、能登は目を閉じて聞いていた。

「そうか、良かった……。本当に良かった。郷浦君、谷原、ご苦労さん」

「お役に立てて嬉しいです」

能登と目が合った瞬間、秀樹は大事な使命を全うした充実感を覚えた。ただ、一つ小さな蟠《わだかま》りがある。それを伝えるべきか迷いながら、結局は口に出せなかった。

あれで、良かったのだろうか。

確かに一号機のブタの鼻から蒸気は出ていた。ただ、秀樹としては、もっと勢い良く蒸気が噴き出るものと思っていた。なのに、実際は違った。

無論、それも報告はした。それを聞いた上で能登は「良かった」と言ったのだ。念のために確認したかったが、谷原は自席に戻ってしまったし、能登は秀樹に背を向けて技術系所員と額を突き合わせて話している。この緊急時に小さな引っ掛かりを発言するには、秀樹は素人すぎた。

「東京本社緊急対策本部から、連絡！」

東京本社との連絡係が叫んだ。

「午後六時二分、『一五条報告』を総理官邸に行った、とのことです」

何だ、それは？

「総理は原子力緊急事態宣言を行ったのか」

能登が尋ねた。

「未確認です」

「大至急確認してくれ。それと、宣言区域の範囲も知りたい」

「能登さん、一五条報告って何ですか」

離れた席から質問が出た。

能登はうなり声を上げた。そんなことも知らないのかと言いたげだ。

「簡単に言えば、イチアイでSBOが起きたと官邸に報告されたと言うことだ。それを受けて総理は原子力緊急事態宣言を行い、周辺住民を避難させるのが一五条報告だ」

つまり、それくらいイチアイはヤバいという意味だ。

ざわついていた緊急対策室が静まり返った。

今起きているのは、トラブルではない。総理すら動かす国家の一大事なんだ。

本当に死ぬかもしれないな——。

秀樹だけでなく、緊急対策室にいる全員が同じことを思っているはずだ。

「一号機当直長から、ブタの鼻についての問い合わせがあります」

「目視で確認したと伝えろ！」

「あの、能登さん」

聞かずにはいられなかった。

「何だね？」

「ブタの鼻の件ですが、どういう状態が正解なんですか」

「どういう状態とは？」

「蒸気の状態です。つまり、勢い良く噴き出しているものなのか、あるいはとにかく蒸気が出ていればいいのか」

能登の鋭い目が秀樹を睨んでいる。

怒鳴られる！　と身構えた。

だが、能登は暫くそのまま動かない。

「能登さん、本社から電話です！」

名前を呼ばれているのに能登は反応しなかった。再び呼ばれて、能登はようやく受話器を手にした。

なぜ何も答えてくれなかったのだろう。

「どういうことだ。我々が要請したのは、何時間も前だぞ！　とにかく大至急頼む」

受話器を叩き付けた能登が、串村に声をかけた。

「本社からの電源車が渋滞で動けないそうです。代わりに、陸奥《むつ》電力に支援を要請したそうです」

串村は大きなため息をつくと、背もたれに体を預けた。

「うまくいかんなあ。誰か、ちょっとは良い話を聞かせてくれよ」

怒るでもなく、嘆くわけでもない。額に手を当て苦笑いしている。

「おい、みんな、ちょっと肩の力を抜いて、リラックスしよう。もうじたばたしても始まらん。腹をくって、ドンといこうじゃないか」

串村が明るい声で言うと、それに応じるようにあちこちで拳が突き上げられた。

「いいか、リラックスだ、リラックス」

串村が大きく腕を回して肩をほぐしている。

凄いな、この状況であんな余裕が見せられるものなのか。

秀樹も合わせるように両肩を回してみる。体が硬直するぐらい張り詰めていたのに、その時はじめて気づいた。

もう一度ストレッチしてから、思いきって能登に声を掛けた。ブタの鼻が、やはり気になる。

「能登さん、さっきの件ですが」

「うん、ちょっとあとで考える」

忙しなく答えると、秀樹の方を見ようともせずに、一心不乱にぶ厚いファイルを繰っている。やはり今は素人の疑問につきあう余裕などないんだな。

「よし、じゃあ俺はトイレに行ってくる」

串村が部屋を出て行った。所員は業務を続けているが、緊急対策室のムードは明らかにほぐれていた。

その時、『電力の鬼　松永安左エ門自伝』の一文が、不意に脳裏に浮かんだ。秀樹が入社以降もバイブルのように何度も読み返している座右の書だ。

あれは、一九五七年に起きた英国のウィンズケール原子炉火災についての言及だった。事故調査委員会の委員長が、「原発事故は、技術や放射能の問題ではない。人間だよ。人間だよ」と痛言していると、松永翁は書いていた。

結局は、現場で対応している所員が踏ん張って、原発の安全が維持されるのだ。技術を過信せず、常に適材適所の人材が安全を担保する。当たり前の話だが、難しいことでもある。

しかし、串村のようなリーダーがいれば、この困難も乗り越えられる気がした。

とにかく、今が踏ん張りどころだ。

24

二〇一一年三月一一日午後四時二九分（日本時間午後六時二九分）

ベトナム・ハノイ

長時間に及んだベトナム政府との祝宴が終わり、宴会場から廊下に出たところで芝野は、日本語で呼び止められた。

日本大使館の職員が近づいてきた。

「実は、四時間ほど前に宮城県沖を震源とする大きな地震が発生しました。その件で、皆さんのお耳に入れておきたい事態がございまして」

皆さんとは、芝野と加地、後藤を指すらしい。

大使館員の表情にただならぬものを感じた芝野は、ホテル内にある原発建設日本事務所に集まるよう二人に声をかけた。

「何事ですか」

酒のせいでスキンヘッドまで真っ赤になった加地が尋ねた。

「地震で大津波が起き、首都電力磐前第一原子力発電所で甚大事故が発生した可能性があります」

「甚大事故って……。具体的には、何が起きたんです？」

専門家である後藤が尋ねた。

「SBOという状態に陥ったそうです」

「何だって！」

後藤が大声を張り上げた。

「そんなまずい事態なんですか」

「芝野さん、原発内が停電したんですよ。電源が確保できなければ、いずれ冷却水が蒸発して、核燃料が露出します。その時はメルトダウンが起きます」

「なんてこった。それじゃ、東京にだって被害が及ぶだろ」

加地の酔いも吹っ飛んだようだ。

「私たちが得た情報では、そこまでには至っていないようです。それで、大使から皆さんに伝言です。早晩ベトナム政府にもこの事態は伝わるでしょう。それに備えた回答を準備されるべきではないかと」

何を暢気なことを言っているのかと腹立たしかった。しかし、ベトナム政府に対して説明責任が芝野らにあるのは間違いない。

「確かにそうだな。何も隠し立てしていないことを分かってもらうために、私たちからチェット氏らに、現在の状況と見通しを伝えるべきだね」

「伝えるとしても情報が少なすぎますよ。中途半端な説明はかえって逆効果です」

後藤の意見は、もっともだ。

「SBOが起きたのがいつ頃か、分かりますか」

「いえ。そこまでは」

「分かりました。ご配慮を感謝すると大使にお伝え下さい。我々の方で、もう少し情報収集をして、ベトナム政府に説明します」

とにかく湯河に電話を入れよう。

「ところで、個人的な質問で申し訳ないのですが、メルトダウンが起きると、東京にも影響が及ぶのでしょうか」

それまでの事務的な口調が消え、大使館員は不安そうだ。

「メルトダウンだけでは、さしたる影響はないかも知れません。だが、それによって水蒸気爆発でも起きれば、東京にも深刻な放射能汚染が広がります」

後藤の事務的な説明が、逆に恐怖を増幅させた。

「妻が出産のために、東京の実家に戻ったところなんです。今すぐ逃げろと連絡した方がいいでしょうか」

さすがの後藤もすぐには答えられないようだ。いや、彼の立場からしたら、無茶な質問だった。芝野が代わりに答えた。

「あまり性急な行動はやめた方がいいかも知れませんよ。特に出産間近の妊婦が地震直後のプレッシャーの中で避難するのは、かえって危険かも知れない」

大使館員だからこそ知り得た情報で、家族を先に逃がすという点に、芝野はなんとも言えないひっかかりを覚えた。だが、家族の無事を心配するのは当然でもあった。

「そうですね。失礼しました。では、よろしくお願いします」

大使館員が部屋を出て行った後、芝野も家族のことを思った。

妻は大阪に住んでいるため問題はないが、ミュージカル女優の一人娘が、都内の稽古場にいる。先程の大使館員同様、娘に逃げるように連絡すべきなのかも知れない。しかし、娘だって分別のある大人だ。本当に深刻な事態になれば、本人の判断で行動するだろう。

「芝野さん、我々もひとまず情報収集をしませんか。私は首都電の知り合いに電話してみます」

「そうですね。では、私は湯河さんに連絡してみます」

だが、湯河の携帯電話は繋がらなかった。官邸の直通電話にもかけたが、こちらも話し中音《ビジートーン》が鳴るばかりだ。

大地震のせいで、繋がらないのだと判断して、芝野は大阪の自宅にかけた。

「芝野でございます」

妻のいつもと変わらぬ声がした。

「大地震が起きたんだって？」

「そうなの。ずっとテレビを見ているんだけど、凄い津波で街が呑み込まれているわ」

「あずさとは、連絡が取れたのか」

「全然電話が繋がらないの。でも、東京は大した被害はなかったみたいだし」

「原発のことを、何かニュースで言ってないか」

「特にないと思うけど、何かあったの？」

さすがに妻に不確定な情報を伝えるわけにはいかない。

「いや、こういう仕事をしていると、原発は大丈夫かなと思ってね」

「相変わらず心配性ね。でも、大爆発したとかだったら、ニュースで大々的に伝えるでしょうから、大丈夫じゃないの？」

少なくともメルトダウンや水蒸気爆発という甚大事故は起きていないようだ。

「そうか。とにかくあずさと連絡を取る努力はしてくれよ」

「それより、いつ頃お戻りなのかしら？」

すでに三ヵ月も日本に戻っていない。

「今のところ、来週にはと思ってるよ」

「楽しみにしているわ」

電話を切って、日本の現状を二人に伝えた。

「そうか。まだ、爆発はしてないんだな。良かった。実は、俺は妻と息子夫婦に今すぐ逃げろと電話しようと思ってたんだ。でも、もうちょっと冷静でないとダメだな」

加地が額を撫でて反省している。一方の後藤は厳しい顔つきで誰かと話をしていた。

「それは、間違いないのかね。そうか、分かった。君も大至急帰国すべきだと思うが」

電話を切っても、後藤は悄然と項垂れたままだった。

「後藤さん」と呼びかけると、後藤はハッとしたようにこちらを見た。

「今、ロサンゼルスに勤務している首都電力の後輩に連絡を入れました。どうやら、イチアイがSBOを起こしているのは間違いないようです。まもなく総理が『原子力緊急事態宣言』を発令するそうです」

「メルトダウンも起きているんですか」

「まだ、そこまでには至っていません。原発内のすべての電源を失っても、炉を冷やすシステムはあります。それを作動させた上で、電源車を待てばいいんです。後輩の話では、イチアイでは所長以下、所員が現場で必死に炉を冷温停止するために闘っているとのことです。彼らの頑張りを信じましょう」

説明している後藤自身も、信じ切れない顔をしている。

「後藤さん、チェット氏にはどのように伝えればいいんですか」

イチアイでSBOが起きているという情報を、ベトナム政府が摑むのは時間の問題だった。適当な誤魔化《ごまか》しをすると取り返しのつかない事態を招く。かといって、現状がほとんど把握できていない状況で、「原発はまもなく安全に止まります」とも言えない。

「津波の影響で、原発にトラブルが発生した。でも、必ず安全に冷温停止するので問題ない――。そう言いましょう」

即断即決がモットーの加地が提案した。

「そんな保証をして大丈夫ですか」

「芝野さん、なんて怖いことを言うんだ。絶対、安全に止まるんだよ。そうじゃないと東京が死の街になるんだ！」

加地の苛立ちは分かる。だが、ベトナム政府に希望的観測を伝えるのは逆効果なのだ。

「後藤さん、本当にイチアイは、安全に冷温停止すると断言して大丈夫なんですか」

「芝野さん、私は原発の安全運転に命を懸けてきたんです。日本の原発は絶対に安全です。どんな事態に陥っても、必ず現場の運転員が困難を打開して、冷温停止します」

鬼気迫るものがあった。それでも、後藤の言葉をそのままベトナム政府に伝えるわけにはいかない。

不確定な希望的観測を伝えるぐらいなら、現在分かっている情報だけを言うべきだ。

まるでどこかでこの部屋のやりとりを見ていたかのように、ベトナム政府の原発開発担当官チェットからの着信があった。

25

二〇一一年三月一一日午後六時四六分　静岡県熱海市

枯淡楼には、太平洋を一望できる露天風呂がある。鷲津は久しぶりに、その贅沢を一人で味わっていた。

海風が強く肌寒かったが、岩風呂に体を沈めると、すぐにぬくもった。

長旅の疲れと地震による緊張が徐々にほぐれていく。しばらく目を閉じ、頭と体が弛緩するに任せた。頬を撫でる冷たい風も心地良い。

日本を襲った大地震によって、鷲津の計画は白紙撤回せざるを得ないかも知れない。

その上、ターゲットとする企業に甚大事故発生の可能性まで出てきた。

投資にはリスクがつきもので、だから鷲津は起き得るリスクを徹底的に拾う。ただ、一つだけ無視するものがある。純粋リスクと呼ばれる、すべてのプレイヤーに損失をもたらす災害や火災などのリスクだ。今回のアクシデントはまさにこれだ。それに対処するのは保険の領域だというのが通説だが、この災害は、果たして保険でカバーできるだろうか。

両手で湯をすくって顔を洗った。

ケ・セラ・セラ。なるようになるか——。

最重要事項は、首都電買収のための第一段階《ファースト・ステップ》を予定通り進めるかどうかだ。すでに首都電株の三%は取得済みで、現在ニューヨーク、フランクフルト、香港などの機関投資家と一括購入の交渉も進めている。それが完了すると八%は超える。

それから、首都電の経営を批判する。つまり、株価が高すぎると言って売り浴びせ、東京市場での首都電株暴落を起こす――。

サムライ・キャピタルと秘かに提携している七つの証券会社が、下落した株を拾い集めるという仕組みを用意していた。それに七社のうち四社は、首都電御用達の証券会社だ。そのくせ、ちょっとうまい話をしただけで、簡単に寝返ってくれた。

予定では、週明けから戦闘開始のつもりだった。だがこの状況では、ひとまず静観というのが賢明な選択だろう。

気になるのは、磐前第一原発の今後の推移だ。本当に甚大な事故が起きているのであれば、これから四八時間が勝負だろう。

そこで収拾できなければ、チェルノブイリ原発級の事故を想定すべきかも知れない。

つまり、日本が終わる――。

そうすると企業買収どころではないな……。

「ちょっと。お湯の中でもお仕事中?」

見上げると美しい姿態のシルエットが湯気に揺れている。

「おっ、勝利の女神降臨か。美しすぎて目が潰れそうだ」

「適当な言葉で誤魔化さないで。政彦、顔がだらしない」

「そりゃあ、こんな美女の裸を見たら、誰でも涎《よだれ》ぐらい垂らすさ」

湯に入ってきたリンが鷺津の頰をつねった。

「涎はもっと前から出てたわ。ああ、俺は今悪い奴になって首都電をモノにしてやるって涎ね」

「おいおい、いくらハゲタカでも、日本の一大事に首都電買収なんてことは考えないよ」

「あら、あなた、まだいい人を続けたいのね」

「じゃあリンは、予定通り首都電を奪取すべきだと考えてるわけか」

「私は何も考えてない。だけど、政彦が考えてることは分かる。今が千載一遇のチャンスだけど、日本中から顰蹙《ひんしゅく》を買うのは嫌だなあと思ってるでしょ」

笑うしかなかった。

「顰蹙ぐらいならいいけどな。さすがに、日本全部を敵に回すのはビジネス的に賢明じゃない」

「敵に回るかなぁ」

リンは夜空を見上げている。

「何が言いたい？」

「日本が地震大国であるのは、誰でも知ってる。そこに原発を何基も建設して、ずっと稼働させてきたんでしょ。それは、どんな大地震が起きてもびくともしないという自信があったからじゃないの。でも、その安全神話が揺らいでいる。それはつまり、首都電は国民に大嘘をついてきたことになる。そんな会社を国民は支持するのかな」

まだ原発がどうなるのか分からないこの段階で、リンは鷲津より先まで読んでいる。

「しかし、濱尾のオヤジは侮れない」

「そうね。あれは、サミュエルより厄介かも」

サミュエル・ストラスバーグ――かつて米国市場の守り神と呼ばれた男だ。三年前にニューヨークで、奴を相手に鷲津は大立ち回りを演じた。

「まったく。二一世紀になったというのに、いまだに日本は得体が知れない。合理的じゃないし、資本主義も民主主義も見かけだけ。ひと皮むけば、魑魅魍魎《ちみもうりょう》の世界だから」

リンは、大学時代に東洋哲学を専攻していた変わり種だ。中でも、日本への造詣は深い。まるで国語教師のように正しい日本語を自在に操り、歴史や文化、そして風土や民族性についても桁違いの豊富な知識を持っている。

「なるほど。じゃあ俺は涎をもっと垂らすことにするよ」

「ダメよ、そんなお行儀が悪いのは。深刻な顔をして、日本を助ける善人面ぐらいは顔に張りつけて人前に出るのよ」

リンはやっぱり、俺より怖い。

「ところでね政彦、私たち、相当の間抜けだって知ってた？」

「いや、俺たちは世界で一番クールだ」

「アメリカ大使館から、即刻京都以西に避難するようにというメールが来ているんだけど」

「何事だ」

「原発事故を収拾できなければ、東京にも大量の放射能が降り注ぐ危険があるからでしょ」

なるほど、原発事故が起きれば、普通はそういう行動をとるものだな。

「じゃあ、リンは逃げろ」

「あなたは、逃げないの？」

「敵前逃亡は俺の主義に反する」

「バカねえ。放射能にはさすがのゴールデン・イーグルも勝てないわよ」

「放射能、上等じゃないか。俺が叩き斬ってやるよ。だから、おまえは逃げろ」

「嫌よ。私はあなたと地獄の果てまで道行きするって決めてるから」

リンが鷲津にまたがって、見つめている。

「リン、道行きするのは天国だ。俺たちほど神様に好かれている奴らはいないから」

「甘いわ。悔い改めない男なんて、神様だって嫌いよ」

「そうか。じゃあ、天国を買い叩いてやるよ」

26

二〇一一年三月一一日午後六時五二分　東京・総理官邸

総理官邸地下の危機管理センターで二人きりになった寸隙を狙って、湯河は総理に耳打ちした。

「避難区域をもっと広げるべきです」

まもなく古谷は原子力緊急事態宣言を発令するための緊急記者会見を開く。同宣言では、避難区域についても言及するように定められている。今回の避難区域は、磐前第一原発一号機から半径三キロ圏内の住民の避難と、三〜一〇キロ圏内の住民の屋内退避と定めた。

原子力安全・保安院の今橋院長と佐伯経済産業大臣の進言に従った数値だ。

だが、原発内でSBOが起きている事態がいまだ解決できていないのだから、せめて三〇〜五〇キロ圏内を避難区域と定めるべきだ。湯河は立場もわきまえず何度か進言したが、最終的に佐伯が「騒ぎすぎて、パニックを起こしたら二次災害のもとだ」と却下した。

古谷は分厚い資料に夢中で、湯河の方を見ようともしない。

「総理」

ようやく顔を上げた。

「なあ、湯河君、君は佐伯や今橋を信用できるか」

「と、おっしゃいますと」

「俺は全然信用できない。そもそも奴らの発言には裏付けとなるファクトがない。にもかかわらず、確信的な発言をする理由は何だ」

官邸と関係各省が一丸となって危機に対処しなければならない時に、猜疑心に駆られてどうするんだ。

「お言葉ですが、今橋さんには事故に対応できるだけの知識があります。佐伯大臣は、その今橋さんを信頼されているということでは？」

「いや、佐伯は、このピンチをチャンスだと思っている」

「何のチャンスですか」

「俺を追い落とし、総理になるチャンスに決まっているだろう」

ダメだ、このバカげた感覚についていけない。

「総理、今は政局ではなく事故の対処に集中されるべきかと」

「集中しているさ。そして誰も信用できないから、自分を信用することにした。それで今、一生懸命原発の仕組みを勉強している」

そう言って総理は手元の資料の表紙を見せた。

電気学会大学講座『原子力発電』という四〇年も前に刊行された専門書だ。

「総理、そんな即席で理解できるほど、原発の構造や事故の対応は単純ではありません」

「そんなことは分かっているよ。だが、何も知らなければ、連中にいいように騙されるだろう。人は必ず裏切る。俺はそれに備えて、常に理論武装してきたんだ。だから、生き延びて総理の座に就いた」

この人は、この非常時でも自らの政権維持が最優先なのか……。

「そうお考えなら、避難区域を広めに設定するのが、ご賢明な判断ではないでしょうか」

「違うな。避難区域の設定なんて軽はずみにやったらダメなんだ。大抵の場合が、その区域の外側に被害が及び、設定者が糾弾されるんだ。だから、俺は避難区域なんて言わんよ」

「しかし、原子力緊急事態を宣言するんですよ。それには区域の特定も必要なんです」

「即刻とは書いてない。宣言だけすればいい。後は佐伯なり水野なりがやればいい」

「さすがにそれは無責任では。総理、国民の命を守るために一刻の躊躇の暇もありません。宣言される際に、避難指示も同時に行うべきです」

「総理、お時間です」

水野官房長官が危機管理センターに入ってきて、声を掛けた。湯河は焦った。水野を巻き込んで古谷を説得すべきなのか。官僚としての分を弁えて、黙って送り出すべきなのか。

しかし、結論が出る前に、古谷は早足で危機管理センターを出ていった。

「どうした湯河君、同行してくれよ」

湯河は、水野の耳元で「総理は、避難指示区域に言及されないおつもりですが」と告げた。

「それが総理が決めた事なら、従いましょう。そもそも一番怖いのは、恐怖に駆られた住民によるパニックです。まずは、宣言をして、関係自治体に避難準備ができる時間を与えた上で、避難指示を出す方がいいのでは」

27

二〇一一年三月一一日午後九時〇四分　磐前県・磐前第一原子力発電所

秀樹がブタの鼻の確認から戻ってから、約三時間が経過していた。当初は、緊迫した指示と報告が飛び交っていたが、今やあらゆる手を尽くし、結果を待つしかない状況になっている。そして沈黙が多くなった。

懐中電灯などのわずかな光源はあるものの、暗い部屋の中で大勢が息を潜めるように黙り込んでいるのは重苦しい。

さっきまでは気にならなかった所員の息づかいがやけに耳についたり、外部からの音に緊張したりもする。すべての物音が生死に直結するような気がして、耳が何かの音を捉えるたびに首筋に汗が滲むのだが、怖いとも言えず秀樹は両手を握りしめて耐えた。

あと、どれぐらい我慢したら、事態は収束するのだろう。

緊急停止《スクラム》から最低でも二四時間は冷却作業が続く。途中、ＳＢＯが起きて、一旦は冷却システムもダウンした。その後、非常用復水器（ＩＣ《イソコン》）などが作動したようで、最悪の事態は免れた――はずだったが、冷温停止にはまだまだ時間を要する。

それにしても、原子力発電のトラブルとはこれほどに恐ろしいものなのか。

電力会社に勤務しながら、これまで円滑に運転し続けてきた技術の凄さに、秀樹は気づいていなかった。

大地震という、誰も経験したことのない災害に見舞われたのは不運だ。想像を絶する巨大津波に原子力発電所が呑み込まれるなんて、誰も予測できなかったろう。

それが現実に起きてしまった。

だが少なくとも秀樹は、それについての対策などは聞いたことがない。

広報室に配属された時に、『危機管理マニュアル』という分厚い本を渡されて、しっかり読み込むようにと命じられた。

そこには、日本が沈没するか、戦争が起きない限り使われることのなさそうな「想定内の危機」についての対応が記されていた。

こんなバカげたことまで想像して対策案を考えているのかと、半ば呆れ、半ば感動したものだ。つまり、それほど原子力発電の運転は安定したものだと、首都電は信じきっていたのだ。

こんな無駄な「読書」に何の意味があるのかと思ったが、まさかに備えるのがプロだと、松永安左エ門に叱られそうな気がして、眠気と闘いながら読破した。

なのに巨大津波には無防備だった。これだけ原発のプロフェッショナルが揃っていても、誰もが現状の把握すらできずに呆然としている。

そもそも発電所が停電するなんて、悪いジョークじゃないか。

この事態を考えると、我々はやはり目視できないような構造物を持ってはならぬのかも知れない。

息苦しいような静寂を、着信音が破った。

鳴っているのは秀樹の前にある電話だった。

応答すると「今、Ｊファームに宮本《みやもと》副社長がいらした。串村所長と代わってくれ」と言われた。

宮本は、首都電力原子力本部長も兼ねていた。

「串村さん、Ｊファームに宮本副社長がいらしているそうで、電話に出て欲しいと」

串村は大儀そうに受話器に手を伸ばした。

「お電話代わりました、串村です」

室内が暗いので、所員の顔はほとんど見えない。それでも、全員が串村を注視しているのが気配でわかった。

副社長が、東京から来たのだ。一体、何の用なのか。誰もが知りたくて当然だった。

「副社長、折角のお誘いですが、私が現場を離れて、あなたのいらっしゃる場所にご挨拶に行く余裕はないんですよ」

どうやら、宮本は串村をＪファームに呼びつけたようだ。

「ほう、こちらにいらっしゃるんですか。さすが、原子力本部長ですな。でも、いらしても何もできることはありませんし、正直申し上げて邪魔です」

串村の落ち着いた口調だけ聞いていると非常事態というのを忘れそうだ。

すぐそばにいたので、受話器から宮本が大声で怒鳴っているのが聞こえた。

「私たちだって、できることはやっています。今は、原子炉の冷却に必死で取り組んでおります。ただね副社長、電気がないんですよ。我がイチアイは、総発電容量四六〇万キロワットを誇っているのに、今は、一〇〇〇ワットの電気を切望しているんです」

自嘲的な言葉に、串村の苛立ちが籠もっている。

「副社長、あなたと無駄な話をして、こちらの対応が後手に回るのでよろしければいくらでも怒鳴って下さい。でも、我々が今欲しているのは、電気なんです。早く電源車を寄越して下さい」

そこで串村は受話器を電話機に叩き付けた。

「まったく、自分ならすべてを解決できると確信する根拠がどこにあるのか、聞いてみたいもんだ。まあ、原子力本部長の体にプラグを繋ぐと発電できるのなら大歓迎だがね」

串村の愚痴で、張り詰めた空気が幾分緩んだ。

「いっそのこと、副社長に原子炉内に入って戴いて、手動で注水でもしてもらいますか」

能登がそう被せると、小さな笑い声が起きた。

再びけたたましく電話が鳴った。

また秀樹が取ると、今度は宮本ではなかった。

「陸奥電力から電源車が二台、Ｊファームに到着した。そちらに向かわせると、所長に伝えてくれ」

「串村さん、陸奥電力から電源車が二台到着したそうです」

一体どこにそんなエネルギーを残していたのかと思うほどの大きな歓声が、緊急対策室内に響いた。

28

二〇一一年三月一一日午後九時二一分

寒くて死にそうだった。

北村は体を温めようと歩き回ったりもしてみたが、空腹なうえに水分補給もままならないのだから体力を消耗するだけだと気づき、すぐにやめた。だが、五分もすると寒さで全身が異様なほど震える。

おまけに雪まで降ってきた。

この一時間ほどは、風と波の音ばかりで人の気配もない。暗闇の中、たった一人で原発に取り残された気分で、それがさらに終末感を増幅する。

「さすがに、もう限界だな」

イチアイから脱出して、本社に連絡しようと携帯電話を開くと、バッテリー切れだった。

乾電池も底をついたから充電器も使えない。

パソコンの電源はかろうじて残っているのだが、Wi-Fiが死んでいた。

さあ、どうする。

止《とど》まるにしても、せめて屋内に入りたかった。思いきって、免震重要棟に忍び込んでみるか。

普段なら厳重なセキュリティのために、IDカードがなければ施錠は解けない。だが、SBOが起きているのが事実なら、セキュリティシステムもダウンしている可能性が高い。

なんで、今までこんな当たり前のことに気づかなかったんだ。

免震重要棟の玄関口には、ドア上部に監視カメラがあるが、これも作動していないだろう。

やってみるか。

扉を手で開けようとするのだが、寒さで震えてなかなか思い通りにできなかった。

何度か試みて、ようやく扉は静かに開いた。

室内からの生ぬるい空気が頰を包む。

辺りは真っ暗だ。足下に気をつけながら、手探りで座り込めるようなスペースを見つけた。

そこに腰を落ち着けた途端、自然に大きなため息が漏れた。

やっと生き返った。

暖房は切れているが、それでも屋外とは比べものにならないほど暖かい。懐中電灯を点けて、スポーツバッグの中から残りわずかのミネラルウォーターを取り出し、口に含んだ。

暫く、ここでおとなしくしていよう。

懐中電灯を消すと、真っ暗闇の静寂だった。二階にある緊急対策室からは、まったく人の気配が感じられない。

まさか、全員避難したわけではないだろうな。

そんな不安が過ぎった時に、どこかで人の声が響いた。人の気配とはこんなにありがたいものかと初めて知った。

事態は収拾に向かっているのだろうか。

それとも——。

花岡通信局に配属されてすぐに、原発で甚大事故が起きた場合に備えて簡単な予習をした。その時に読んだ資料には、水蒸気爆発という最悪の事態が起きた時は、東京にも被害が及ぶと書かれていた。

東京に放射能の灰が降る。戦後六六年で、再び日本は核の犠牲になるのか……。

原発構内にいる俺なんて、跡形もなく消えてしまうんだろう。

広島平和記念資料館で見た、人影だけが石に残った写真を思い出してしまった。

記事がどうとかを考える前に、一刻も早くこの場を離れるべきなのだ。

なのに、思考がそちらに向かなかった。

管理棟内の中央制御室では、今も運転員が必死で収拾作業を行っているだろう。また、免震重要棟内にも所長以下が詰めて、窮地を脱するために頑張っている。

彼らの格闘を記録するために、俺はここにいる――。

これは使命だ。

まさにその現場にいるというのに、何が起きているのかさっぱり分からない。緊急対策室に行けば、情報が得られるかもしれないが、見つかった途端、棟外に放り出されるに決まってる。

ならば、いま、ここで書けることを考えるしかない。それは一体何だろう……。

この恐怖やジレンマは、ここに止まっている者だけが実感するものだ。

それを原稿にすべきかも知れない。

北村はダウンコートのポケットに押し込んでいたメモ帳とペンを取り出した。懐中電灯を口にくわえて手元を照らし、自身の心境を記し始めた。

偽りのない感情や不安、さらには頭の中を駆け巡る悪い妄想などを書き連ねるうちに恐怖心が薄れた気がした。

それと同時に、どんなことをしてでも生きてここから抜け出し、これを記事にしたいと思った。

二階の床を大勢が歩く音が聞こえた。

慌てて懐中電灯をしまい込み、身構えた。

暫くすると階段を下りる音が響いた。

何か動きがあったのだろうか。

「地震や津波の影響で、屋外には様々な障害物が転がっている可能性がある。運転には細心の注意を払って徐行を心がけろ」

能登の声だった。

数人の声がそれに応じた。

「到着した電源車は二台だ。まずは、一号機と二号機に接続する。先導する時も、同様に安全第一でな」

電源車か！

待ちに待った電気の供給が始まる。

これで、助かる！

「よし、じゃあ行くぞ」

能登の号令で人が屋外に出て行くのが気配で分かった。暫く間を置いて、北村も続く。

能登がいるなら、電源車を先導する車に便乗させて欲しいと頼もうかと一瞬思った。

だが、それは彼らの作業の邪魔にしかならない。

二本の足で、彼らの後を追うしかなかった。

一旦、体が温まったことで、屋外の寒さがいっそう身に染みた。二台のライトバンが発電所の正門を目指して動き始めた。

北村は車が照らす光を頼りに、彼らの後を追いかけた。

29

二〇一一年三月一一日午後九時四〇分　東京・総理官邸

湯河が地下の危機管理センターから戻ってくると、首都電力原子力本部管理部長の森上が総理秘書官室で待ち受けていた。

「ちょっと別室で話せませんか」

その表情を見ただけで、ろくでもない話だと推測できた。

「何事ですか」

「実は、電源車が役に立たないという報告が、イチアイから来たんです」

「どういうことです！　意味が分かりません。電源車が現場に到着しているのに、SBOが解消できないんですか」

森上は黙って頷いた。

「なんで、そんなことが起きるんです」

「電源車のプラグが合わなかったそうです」

「合わないって。プラグの形状が、何種類もあるんですか」

「らしいです」

らしいとは何事だ、らしいとは。あんた、原子力本部管理部長だろうが。

「一部、合致するところもあったようですが、そちらは津波で水没してしまったとのことです」

「一緒に来て下さい」と声をかけると、湯河は部屋を出た。森上は素直についてくる。

再び危機管理センターに戻ると、総理と官房長官が額を寄せ合って話し込んでいた。

「失礼します。総理、首都電の森上さんから重大なお話があります」

古谷総理は、大きな目で湯河を見上げている。

「電源車の件だね。森上さん、順調に進んでいますか」

湯河は背後にいる森上を、総理の前に押し出した。

「大変申し訳ないのですが、先程到着した電源車では、イチアイに電力供給ができないという連絡がございまして」

「なんだって！」

部屋の中にこだまするほどの大声で古谷が叫んだ。

「到着した電源車のプラグが、イチアイのタイプと異なるそうです。そして同型のプラグは、水没しておりまして」

「だったら、すぐに繋げられるように解決したまえ」

「もちろんその所存ですが、それには時間がかかるという報告がございまして」

「どれぐらいかかるんだ」

もはや限界まで追い詰められているらしい総理は、今にも森上を殴り飛ばしそうだ。

「まったく予測がつきません」

「何を言ってる！　あんた達は、命がけで原発の事故を収拾しようという気があるのか！　電力会社が自社の施設に送電できないなんて、恥だろ」

「一言もございません。したがいまして総理、自衛隊の出動と、米軍へのご支援をお願いできませんか」

「けしからん！　事故を起こしたくせに、なめたことを言うな！　おまえら、何もしてないじゃないか」

「お叱りはいくらでも受けます。しかし、あらゆる手を尽くして炉心溶融《メルトダウン》を防ぐことを優先すべきなんです。なので、何とぞ」

「出て行け！」

総理の激昂にも怯まず何か言おうとする森上を、湯河は廊下に連れ出した。

「湯河さん、何をするんだ、本当に一刻を争うんだ。今はどんな手を使ってでも原発の暴走を止めるのが最優先じゃないか。頼む、なんとか総理を説得してくれないか」

「森上さん、それは私の方でやってみます。でも、まずは首都電としてできることを全てやってみて下さい」

「しかし、やれることが限られてしまっている。何より東京から磐前県に行く道路はどれも不通か大渋滞で機能していない。新潟の原子力発電所からも電源車を向かわせていますが、連絡すらつかない状況なんです。だから、自衛隊や米軍に頭を下げるしかない」

諦めるのが早すぎないか。正攻法がダメなら、別の方法を検討するのが筋だ。求められているニーズは一つ、SBO状態を脱するための電気を、原発に送るだけだろうが。

「先程、電源車と原発のプラグが合わなかったとおっしゃいましたが、変換プラグとかないんですか」

「探していますが、見つからないそうです」

「陸奥電力は、持ってないんですか」

「それも分からない」

「分からないはないでしょう。まずは確認して下さい。彼らが持っていれば、大至急ヘリコプターを準備しますから」

政府の通信機能も完全にマヒし、大混乱の中にある。しかし、ヘリコプター一機ぐらいなら、なんとかできるはずだ。

「それと、原子炉建屋の電線と電源車を繋ぐ方法はないんですか」

「そんなことを急に言われても、答えられない」

「あなた方は、電気のプロでしょ。それぐらいの方法を考えつかないでどうするんですか」

「分かりました。そのように、現地に伝えます。ただね、湯河さん、イチアイ構内は停電しているんです。単純作業でさえ困難を極めているんだ。だから、ここは外部からの支援が最も効果的なんです」

だから、自衛隊や米軍の支援をと言うのだろう。しかし、自衛隊はともかく、米軍に支援要請なんて簡単にはできない。

「とにかく自衛隊と米軍の件は、二度と総理に進言したりせず、私に任せて下さい」

「しかしもはや一刻の猶予もないのだよ、湯河さん。これは私の試算だが、このままＳＢＯが続いたら、明日の夜には、水蒸気爆発が起きる可能性もある」

「軽はずみなことを言わないで下さい。どこにそんな根拠があるんです」

その爆発が、多くの死傷者を出し、また広範囲に及ぶ放射能汚染によって本州の半分くらいは長期間人が住めなくなるというのも承知している。しかし、それにしてもまだできる対策はあるはずだ。

「何の根拠もないから、警告しているんだ。いいかね、地震直後にイチアイの各原子炉が緊急停止《スクラム》したのは確認されている。だが、その後に発生したＳＢＯで、計器すらまともに作動していない。現場からは、非常用復水器（ＩＣ）《イソコン》や原子炉隔離時冷却系《ＲＣＩＣ》が作動していると思われるというレベルの報告しかないんだ。

それらにも不具合が起きていたら、すでにメルトダウンが始まっていると考えるしかない」

彼の推論を否定できる情報を湯河は持っていない。イチアイの情報に詳しい首都電の原発幹部がそう言っているのであれば、本当なのだろう。

「私は自らの責任を棚上げして、安直な解決策を求めに、ここに来ているんじゃない。本当に、イチアイは、ヤバいんだ」

30

二〇一一年三月一一日午後九時四六分　静岡県熱海市

遅い食事を摂っていた時に、サムが到着した。

「米軍第七艦隊の特殊部隊が、空母ロナルド・レーガンに乗り込み、原発事故収拾のための訓練を始めたようです」

バドワイザーのプルタブを引き開けながら、サムが報告した。

「事故は、相当深刻ってことね」

リンの推測に、サムは無表情に頷いた。

「日本政府は支援要請したのか」

それが一番知りたい点だった。

「不明です」

「不明とは、確認が取れていないということか。支援要請されたフシがないという意味か」

立て続けにビールを二口あおったサムの表情は冴えない。

「後者です。様々な情報が錯綜していて、どれが正しい情報なのか、精査ができません」

それはそうだろう。だが、平和ボケした日本政府は、突然の甚大危機に対応できずに右往左往していると、鷲津は推測していた。

単なる勘ではない。一九九五年に発生した阪神淡路大震災の際も政府の対応が後手に回り、被害が拡大したという不名誉な実績がある。

現政権が当時の教訓を生かしていればいいが、おそらくはパニックになるばかりで収拾がつかないに違いない。

「日本政府が米軍の支援を断る理由があるの」

リンの疑問は至極まっとうだが、サムは肩をすくめるだけだ。

「沖縄問題を気にしている可能性がある」

「普天間《ふてんま》の基地移設問題ってこと？」

鷲津が頷くと、リンは「国民が大勢死ぬかも知れないって時に、基地の問題なんてどうでもいいでしょう」と言い放った。

「リン、我が国の愚かさは、おまえだって重々承知しているだろう。原発事故の収拾をアメリカに泣きつくのを、政府は恥だと考えている。さらに総理、いや与党は米軍嫌いだ」

「じゃあ、自衛隊はどうなの？　さすがにこれだけの原発大国なんだから、自衛隊も原発事故を想定した訓練くらいはしてるでしょう」

「自衛隊に原発事故対策マニュアルがあるかどうかを把握していません。今のところ自衛隊にそういう動きがあるという情報も察知できていません」

「防衛省に情報源はないのか」

「残念ながら」

これ以上は、議論しても無駄か。

「ねえサム、アメリカ大使館は職員に対して西日本への避難命令を出しているの？」

「そのようです。実際は家族だけを避難させる職員が多いようですが……。それで政彦、我々も一刻も早くここから離れるべきです」

サムの見立てでは、原発事故がさらに深刻になるわけか。

「おまえやリンはそうしてくれ。いや、枯淡楼に集まっているスタッフ全員を、屋久島のおまえさんの自宅や宿泊施設に避難させたい」

「政彦は残るのですか」

「この人は、放射能なんて怖くないそうよ」

リンに皮肉られた。

「怖くないわけじゃないが、俺は逃げたくないんだ」

「原発事故を政府なり首都電なりが、安全に収束できると考えているわけですか」

「分からない。だが、俺はここに止《とど》まる」

サムが咎めるように見つめている。

言いたいことは分かる。

「もし、この国が原発事故で滅びるなら、俺はそれを間近で見ていたいんだ」

「バカねぇ」

リンの指摘は正しい。だが、変えるつもりはない。

「つまらぬセンチメンタリズムだな。でも、そんなことは許しません。もし、この国の権力者が愚か者の集団で、米軍に支援要請もせず、手をこまねいて破滅を受け入れるのであれば、その焼け野原を再建する男が必要でしょう」

「そうだな。だが、それと俺を屋久島に連れて行く話とどう繋がるんだ」

「焼け野原を再建できる男はあなた以外にいない。だから、あなたをここで無駄死にさせるわけにはいきません。リン、あなたのことだから政彦と運命を共にするとか考えているんでしょうが、それも愚か者の選択です。あなたからも、政彦を説得して下さい」

リンは唇を強く結んでいる。だが、その瞳を見つめているだけで、彼女がサムの言葉に説得されたのが分かった。

「そうね。私、センチメンタリズムなんてクソ喰らえだから、サムのお叱りを真摯に受け止めるわ。政彦、首に縄をつけてでも、あなたを屋久島に連れて行く」

「失礼します」という言葉と同時に、アンソニーが入ってきた。

「まもなく、総理が重大発表をするそうです」

アンソニーがリモコンでテレビをつけると、官邸の会見室で防災服を身につけて立つ総理が映し出された。

〝つい先程、首都電力から連絡があり、磐前県熊川町にある磐前第一原子力発電所で、津波による全交流電源喪失が発生したという報告がありました。

本日午後三時前に発生した震度7の地震により同原子力発電所は緊急停止し、原子炉を安全に冷温停止する作業に入っていたのですが、それが中断された模様です。

そのため政府は、原子力災害対策特別措置法第一五条に規定された原子力緊急事態を宣言します。

以上です〟

記者会見場が騒然とした。

当然だろう。いきなり原発で事故が発生していると総理が発表したのだ。

だが、鷲津が驚いたのは、総理が〝以上です〟と言った点だった。

「確か、原子力緊急事態宣言を行った場合は、原発周辺住民に避難指示を出すんじゃなかったのか」

サムからの情報を受けて、法律の条文を確認したら、そう記されていた。

だが総理は、原子力緊急事態を宣言しただけで話を切り上げてしまった。

記者の誰かが〝地元住民には避難するように指示したのか〟と尋ねているのが聞こえた。

〝今のところは、まだです〟

なんだと。

〝それほどまでの事態ではないということですか〟という記者の問いは、鷲津の疑問でもあった。

〝現在、政府としては事態の把握に努めており、それを踏まえた上で適切な対応をします〟

〝原発で事故が起きたのなら、一刻も早く住民を避難させるべきではないんですか〟

〝軽はずみに事故などと言わないで欲しい。現在は、原発内が停電しているだけで、原子炉は確実に冷却されています〟

〝つまり、安全性に問題はないんですね〟

記者の声に怒りが滲んでいる。

〝それも、調査中です。では〟

総理はそこで会見を終えた。

「サム、避難しよう」

「準備します」と言ってサムが立ち上がった。

31

二〇一一年三月一一日午後一〇時二八分　磐前県・磐前第一原子力発電所

電源車による電力供給が不可能と分かった時に、免震重要棟内の所員の我慢が限界を超えた。誰もが苛立ち、浮き足立っている。

「プラグが合わないのなら、どうにかして繋げばいいだろう！　何なら、電線同士を直接繋げ！」

〝オヤジさん、冗談キツイっすよ。そんな方法があれば教えて下さい〟

能登の声にも、今までとは全く違う切迫感があった。

彼が手にするトランシーバーからは、現場の混乱した声が返ってくる。

「今、考えてるよ！　とにかく、すぐ目の前に電源があるんだ。おまえらの知恵と経験を総動員して考えるんだ！」

耳に入ってくる会話を、秀樹はひたすら文字に書き留めている。そこに並ぶ単語が示す未来は、絶望的だった。もはや、命運は尽きたのだろうかという諦めに気持ちが萎えそうになるが、メモ取りに集中することで封じ込めた。

隣に陣取る串村もヘッドランプを点けて、ノートに書き込みをしている。陰影の強い横顔からは、もはや何の余裕も感じ取れない。

「あの、オヤジさん、いいですか」

若い作業員が串村に声をかけた。

「何だ小久保《こくぼ》」

「電源車が陸奥電力のものだということは、イチアイに送電している変電所のプラグには、接続できるんじゃないでしょうか」

なるほど、良いアイデアだ。

イチアイは陸奥電力管内にあるために、変電所は陸奥電力のものだ。送電線は、各原子炉に二方向から接続している。

したがって変電所から原発までの電線が無事であれば、変電所に電源車を接続してそこから送電すればよい。

「小久保、おまえ天才だな！　今から、小久保博士と呼ばせてもらう」

「ありがとうございます。では、変電所に行ってきます！」

「とにかく、可能性のあるものはすべてトライだ。小久保博士、六人編成の班を組んで、変電所に向かってくれ。それからもう一チーム、原発内の電線の状況をチェックしてくれ。電線が切れていたら、このアイデアは使えないからな」

能登が手際良く、小久保班となる人員を指名している。

指名された所員らが緊急対策室から走り出て行く。

「他にアイデアはないか。何でもいいぞ」

だが、誰も口を開かない。というより、何をしていいのか分からないのだ。

「よし、じゃあ俺もひとつアイデアを披露する」

そう言って串村はホワイトボードにいきなり何かを描き始めた。串村のヘッドランプに照らされた絵を見て所員から笑い声が上がった。中央に人が両手を広げて立っていて、一方の手で電源車のプラグを握りしめ、もう一方の手は原発のプラグに差し込んでいる。最後に真ん中の人間に「俺」と書いた。

「俺の頭は、さっきからずっとフリーズしていて、これしか浮かばないんだ。これなら俺を通じて通電すると思う」

「串村さん、それはぜひ副社長にやってもらいましょう」

能登が笑いながら言った。

「あの人、手が短いからなあ。俺もできたら死にたくないが、男、串村、最後の手段としてやる覚悟だ」

冗談だろうと思った。だが、秀樹同様、串村の言葉の強さに、もしやと思った所員は多かったようだ。

「じゃあ、所長の自殺行為を止めるためにも皆、必死で知恵を絞れ。少なくともこんな酷いアイデアよりはましなものが思いつくだろう」

串村に代わって能登が全員を見回した。

その時、「君、ちょっと話がある」と串村が小声で近づいてきた。

真っ暗な廊下に連れ出され、緊急対策室の向かいにある部屋に入った。応接室だった。

「まあ、座れ」

言われるままにソファに腰を下ろした。串村は正面に座ると、ヘッドランプの明かりを消した。

「ちょっと失礼するよ」と言って、串村がライターの火を点ける。火がタバコに移ったところで、再び室内は暗闇となった。

「一日三本と決めてるんだが、さすがに今日は我慢できないな」

「ご遠慮なく心ゆくまで、吸って下さい」

秀樹には喫煙の習慣はない。だが、この時はタバコの匂いで少し落ち着いた気がした。

「よく、頑張ってるな」

「いえ、何にもできていません」

「ブタの鼻の確認に行ってくれたじゃないか」

「でも、本当にお役に立ったのかどうか」

「大いに役に立っているよ。何が起きてもおかしくない状況下で、君は危険を顧みず志願してくれた。おかげで、俺たちもしっかりしなきゃと士気が高まったよ」

だといいのだが。

「そのブタの鼻のことで気になることがあるんです」

「何だね。遠慮はいらないよ」

「ブタの鼻からは確かに蒸気は出ていました。でも、蒸気の出方が気になるんです」

タバコのオレンジ色の火が赤く輝いた。

「どう気になるんだね」

「ヤカンが沸騰するように勢い良く蒸気が噴き出しているイメージがあったんですが、私が見たのはもっと穏やかでゆらゆら漂い出てくる感じでした。そんなレベルでイソコンが作動していると判断していいのでしょうか」

　串村の大きなため息と一緒に、タバコの煙が秀樹の方に流れてきた。

「どうだろうか」

　曖昧な答えが意外だった。串村は、長年首都電原子力本部に在籍している原発の専門家のはずだ。

「実はな、ブタの鼻から出る正常な蒸気の状態というものを、俺は見たことがないんだ」

　余りにも軽い口調で言われて、秀樹は面食らった。

「俺だけじゃない。おそらく、能登さんもだ。緊急対策室に詰めている所員の誰も知らないと思うな」

「なぜですか」

「過去に日本でSBOが起きたことは一度もない。だからイソコンが作動したこともない。したがってブタの鼻の存在を知っている者すら少ない。もちろん、そこから蒸気が噴出するのを見た者もいない。ただ、ブタの鼻から蒸気が出ていたらイソコンは作動している。知っているのはそれだけだ」

「じゃあ、作動していない可能性もあるんですか」

「動いていると、願いたいんだがな」

そんな……。だったら、ブタの鼻の蒸気について分かる人を探せばいいじゃないか！

「そんな曖昧でいいんでしょうか」

「良くはないが、こんなクライシスを誰も想像もしていなかった。だから誰も責められない」

責任問題なんてどうでもいい。この状況下で最優先事項であるはずの、イソコンの作動確認を、そんないい加減で済ませていいわけがない。

「あの、本社に問い合わせてみましょうか？」

「本社でも、知っている人はおそらくいないと思うな」

「ダメ元で、本社にブタの鼻の件についてご存じの方がいないか、私が尋ねてみてもいいでしょうか」

すぐには答えが返ってこなかった。ただ、タバコの火が蛍のように時折明るくなるだけだ。

「混乱を招きたくないが、確認した方がいいな。よし、ぜひ、やってくれ」

「では、すぐに」

「いや、俺の話はまだ終わっていない。もう少し聞いてくれ」

浮かせた腰をソファに戻し、秀樹は所長を見つめた。串村がタバコを吸い終わったので、また真っ暗に戻った。

「まもなく、一部の所員をここから追い出すつもりだ」

「なぜですか」

「足手まといは、不要だからだ」

酷い言い分だ。

「君も分かったと思うが、技術も経験もない者がここに止《とど》まるのは無意味だ。そうい
う連中には皆、出て行ってもらう」

「私もその一人だということですか」

「そうだ」

即答されたのが辛かった。だが、足手まといだと言われて反論できない。

「でも、私には東京本社に現場の情報を伝えるという使命が」

「今のような状態で、どうやってそれを果たすんだね」

痛いところを突かれた。

東京との連絡がテレビ電話回線による社内専用電話でしか行えず、それも二台しか

ない。一台は串村専用で、もう一台は技術班長の席にある。串村の手が離せない時、電話に出たことはあるが、今のところ秀樹の方から東京本社に情報を伝えたものなど何もない。

「電源車との接続不能があと二時間続いたら、君を追い出す。これは命令だ」

最後まで、ここに残りたいと強く思った。だが、所長命令を覆すほどの理由が浮かばない。

「そこで、君にお願いがある」

「何でもおっしゃって下さい」

「SBOの発生直後から、私はICレコーダーで録音している」

まったく気づかなかった。

「原発でSBOが起きるなんて、私が知る限りチェルノブイリ原発事故以来だ。見ての通り、東京との連絡も大混乱していて、こちらで何が起きているのかを正しく把握していないだろう。このまま無事に冷温停止しても、最悪の事態が起きても、今ここで起きていることを記録すべきだと考えた。そのICレコーダーを、君に託したい。それを、東京本社に届けてくれ」

「……ですが、ここで起きている事態を全て記録するのであれば、決着がつくまで私もいなければなりません」

　串村が笑った。

「君はよほどバカなのか、それともとんでもなく勇気があるのかどっちだ」

「本当は怖くて、今すぐにでも逃げたいです。でも、イチアイは絶対に停まると信じています」

「俺にとっては涙が出るほど嬉しい言葉だな。それでも君には出て行ってもらう。君が出て行った後は、別のレコーダーで録音するよ」

「分かりました。そのミッション、必ず果たします。それから、一つだけお願いがあります」

「何だね」

「所長や能登さんのお考えも、可能な限りレコーダーに吹き込んで下さい。所長や能登さんはきっといろんな可能性や対策案をお考えになっているのだと思います。でも、それは記録されていません。経験者の知恵を全て教えて下さい」

「なるほど、良いアイデアだな」

　串村が立ち上がった。

「あの、所長、必ずご無事で任務を完了なさってくださいね」

返事代わりに串村の分厚い手が秀樹の肩を握り、彼はそれ以上は何も言わずに部屋を出て行った。

真っ暗な部屋に一人取り残されて、秀樹は急に不安になった。

わざわざ秀樹だけをここに呼び出して、ICレコーダーを託すということは、串村は最悪の事態を覚悟しているのではないだろうか。

電源車が役に立たないのはショックだったが、電気のプロがこれだけ揃っているのだ。きっと打開策は見つけられると、秀樹はなんとなく楽観している。それ以外に危機的な情報はないというのに、なぜ串村は事態が悪化していると考えているのだろうか。

その時、足下が激しく揺れた。秀樹はソファの肘掛けを握りしめ、余震に耐えた。

32

二〇一一年三月一一日午後一〇時五一分　東京・総理官邸

官邸地下の危機管理センターでは、原子力安全委員会の藤倉達之助《ふじくらたつのすけ》委員長による事故の現状分析と解説が続いていた。

原子力安全委員会は、原子力発電所の安全確保に関して企画審議し、決定するための機関で、藤倉は、東京大学で原子力工学の教授を務めた後、委員長に就任している。

原子力の専門家ではあるが、実務的な経験がなく、原発事故への対応について詳しいとは思えない。にもかかわらず、役職としては政府の事故対応に適切なアドバイスをする立場にある。

案の定、湯河の不安は的中した。藤倉の説明は要領を得ないのだ。

「総理、原発は五重の安全の壁に守られており、たとえＳＢＯ（全交流電源喪失《ステーション・ブラック・アウト》）状態に陥っても、爆発や炉心溶融《メルトダウン》は決して起きません。ですから、ご安心を」

そんな断定がなぜできるのか。藤倉の説明には、今回の事故に対しての具体的な言及がなく、そのため安全である裏付けがなかった。

「藤倉さん、私は専攻は異なるが理系なんだ。あなたの説明はまったく説得力がないよ。なぜ、ＳＢＯ状態になってもメルトダウンが起きないんだね。緊急停止した原子炉は、簡単には冷やせないだろう」

古谷総理の質問は的確だった。なのに、藤倉は薄笑いを浮かべて首を振っている。

「停電しても、様々な系統から冷却する方法があるんです。実際にそれを現場で実行していると思いますよ」

思うでは困るのだ。

「だったら、なぜ、電源車をもっと寄越せと彼らは悲鳴を上げているんだね」

「おそらくは、安全の上にも安全をと、考えてのことでしょう」

「湯河君、君はどう思う？」

そんな話をこっちに振るな。

「確かに藤倉委員長のおっしゃるとおり、原発は五重の壁に守られ、そう簡単に壊れないのは事実です。ただ、SBO状態に陥り、今なお電源が回復できない状態が続いているのを考慮すると、楽観はできないかと」

「私もまったく同感だ。藤倉さん、そこまで安全だというのであれば、あなたご自身で磐前第一原発まで行って確かめてみてはどうですか」

総理の目が笑っていないので、冗談には聞こえなかった。

「私のような者がしゃしゃり出たら、かえって邪魔です」

「少しぐらいの邪魔は誰も咎めませんよ。日本国民全員が、磐前第一原発の安全を気にしているんです。あなたが現地に行って、安全のお墨付きを出せば、皆が安心する。どうです、行ってくれますか」

さすが普段から「行動力こそ政治力だ」を標榜するだけあって、古谷には有無を言わせない力があった。

藤倉が困ったように原子力安全・保安院の院長、今橋を見た。今橋が口を開いた。

「総理、藤倉委員長が現地に飛んでも意味はありません。それよりも、ここは首都電の頑張りに期待しましょう」

「何を言ってるんだ！　日本が破滅するかも知れないんだぞ！　現地に行く度胸がないなら、せめてもっと具体的かつ的確な打開策を提案して、一刻も早く原子炉を冷温停止したらどうだ」

総理が怒りをまき散らした。今、できることの知恵を絞り、行動に移す指針を考える場で、一国のリーダーが癇癪を起こすのが情けなかった。

「総理、とにかくイチアイに、電気を送る方法を、必死に考えませんか。陸奥電力に連絡して、切断された電線の復旧工事を命じて下さい」

顰蹙を買うのを承知で、湯河は進言した。

「おまえらは、皆バカばっかりだ。アイデアを出せず行動もできないなら、俺が自分で解決する。バカは全員、出て行け！」

言われた通りに何人かは危機管理センターを後にしたが、官房長官の水野や、政務秘書官の泰森《やすもり》そして湯河は止《とど》まった。

入れ替わりで外務大臣の長谷川《はせがわ》が入ってきた。

「総理、失礼します。今、パーマー米国大使が面会を求めて、官邸に入られました」

「パーマーが、何の用だ！」

「地震のお見舞いと、磐前第一原発について大至急話し合いたい提案があるそうです」

もしや、米軍による支援の提案ではないのか。

「今、手が離せないんだ。出直してもらえ」

激昂のあまり、古谷は軽いパニックに陥っているらしい。

「総理、極秘で来られているんです。お会いになるべきではないでしょうか」

湯河は総理の前に進み出て言った。

「会う必要なんてないだろ。俺は忙しいんだ」

「米軍を事故収拾のために提供しようというお話かも知れません」

「なんだと」

「私も、そう思います」と長谷川が湯河の推測を後押しした。

「俺たちは、独立国なんだぞ。なぜ、米軍の支援を受ける必要があるんだ」

「そんなこと言ってる場合ですか！　どんなことをしても、冷温停止せよと藤倉委員長におっしゃったばかりじゃないですか。ここは、手段を選んでいる場合ではありません」

湯河の提案を受け入れがたいとばかりに、古谷は首を振っている。

「総理、このまま米国大使を追い返すのは、非礼です。ぜひお会い下さい」

水野が乗ってくれたのが心強かった。にもかかわらず、古谷は、泰森に是非を問うた。

泰森は古谷の妻の甥で、その縁で政務秘書官を務めている。息子がいない古谷は、我が子のように可愛がっていた。

四〇前ではあったが、総理の付き人としては優秀で、官僚とは異なる強《したた》かさもあった。とはいえ、元が商社マンだけにあまりにも政治に疎く、理想論を振りかざすのが鼻につく。

「私も、お会いになるべきだと思います」

泰森も乗った。

「よし、分かった。会おう。ただし、皆同席してくれよ」

長谷川を先頭にして、米国大使が待つ応接室に向かう途中、湯河は水野に囁いた。

「どんなことをしても、米軍の支援を受けましょう。そうでないと、本当にとんでもないことが起きます」

「つまり、君は藤倉委員長の説明を信じていないわけだね」

数時間前は、湯河の進言を退けていた水野も、さすがに焦っている。

「あの方は、しょせん研究者に過ぎません。原発に関する実務経験はお持ちでない。机上でしか考えられない人がいくら太鼓判を押したって、信じられるわけがありません」

「何から何まで最悪だな。俺は今すぐ逃げ出したいよ」

誰もが同じ気持ちだろう。しかし、官房長官たる者が軽々しく口にしていいことではない。

「とにかく、官房長官が頼りです。総理が米国嫌いであろうがなかろうが、救いの手はすべて受けるべきです」

「まあ、やってみるがね。それより、湯河君、家族はどうした?」

「は? 何でしょうか?」

「私は、大至急子どもたちを連れて日本から脱出するよう、かみさんに連絡したよ。

ヘリを所有してる友人がいてね、彼に頼んで名古屋まで飛び、そこからひとまずシンガポールまで行けと言ったんだ。君のところもやるべきだぞ」

磐前第一原発周辺の自治体に対してさえも、避難指示を出していないというのに、この男は何を考えている。

「そんな目で見るな。藤倉委員長の説明を信用できないと言ったのは君だろ。ならば、家族の長として、しかるべき手を打つのは、当然だ。家族も守れないような男が、国を守れんよ」

家族を避難させるのが最優先だと？　それでいいのか。

それが国家を統《す》べる政権の幹部にふさわしい行動なのか。

水野の主張は認めたくない。だが、死が身近に迫っているとわかっていれば、夫として父として、家族に避難するように言うのは当然のことにも思える。

地震発生後、一秒たりとも家族に思いが至らなかった己を恥じた。そして、もし総理が米軍の支援を断った時は、家族を避難させようと決めた。

日本通で知られるパーマーは米国人にしては小柄で、華奢な体格だった。その大使の両脇には男が二人付き添っている。一人は軍人だ。

「古谷総理、この度は未曾有《みぞう》の大地震に遭遇され、心からお見舞い申し上げます。我が国の大統領も大変心を痛めており、そして支援を惜しむなと命じられました」

流暢な日本語で大使がお見舞いの言葉を述べると、総理は感極まったような仕種《しぐさ》で低頭した。

「お礼には及びません。一分一秒でも時間が惜しいでしょうから、単刀直入に申します。我が国の駐留軍には、原発事故が起きた時に対処するための特別な訓練を受けた部隊があります。その部隊を、ぜひ磐前第一原発の事故収拾のためにお使いください」

驚いた。こんなに丁寧に米国が支援を申し出るとは。もっと高飛車な調子で、俺たちが助けてやるよ、ぐらいは言いそうなものなのに。

古谷も、パーマーの言葉に戸惑っている。

「遠慮はいりません。我が軍の支援をお受けになったからと言って、現在両国で懸案となっている外交問題が変化するようなこともありません。今は、非常事態なのです。どうぞ、我々に事故収拾の応援をさせて下さい」

それを聞いた古谷は、脱力したように椅子に座り込んだ。

軍服を着た男が英語で説明を始めた。すぐに、総理の背後に控えていた通訳が訳した。

「海兵隊の特殊部隊一二名は、地震によって貴国の磐前第一原発がSBOを起こしたと察知した直後、空母ロナルド・レーガン艦上で、原発事故収束のための事前訓練を行い、準備を整えております。総理の許可を戴ければ、一五分以内に空母を飛び立ち、一時間以内に事故を収束致します」

これで、助かる。

心から安堵した。

それは、同席した日本人全員の顔にはっきりと表れた。

だが、古谷は違った。

「米軍が日本国内で作戦を展開するというのは、いかがなもんでしょう」

なんだと。

パーマーが最初に反応した。

「総理、確かに異例中の異例です。しかし、ここは貴国のためにご英断下さい」

「そもそも、なぜアメリカは、磐前第一原発でのSBOをご存じなんです」

何を言い出すんだ。そんな些末なことはどうでもいいじゃないか。

水野や長谷川は、こういう時は総理を諫《いさ》めるのが仕事じゃないのか。だが、二人とも突っ立ったまま固まっている。

「我々は自衛隊と密に連絡を取り合っていますので。総理、どうかここは我々に原発を止めさせて下さい」

古谷は腕組みをして考え込んでいる。湯河は耐えきれなくなって発言しようとした。すると、隣席の泰森が二の腕を強く摑み、冷たく首を振った。しゃしゃり出るな——、そう言いたいらしい。

「大使、本当に涙の出るようなご提案をありがとうございます。暫し、協議に時間を戴きたい」

古谷は一人立ち上がると、応接室を出てしまった。慌てて全員が続いた。

「総理、なぜ躊躇されるんですか。外交には影響しないと大使は確約しているんですよ」

廊下に出るなり湯河は総理に迫った。

だが、総理はそれに答えず、一同を隣の会議室に連れ込んだ。

「湯河君、君の訴えは分かった。だが、ことはそんな単純じゃないんだ」

「単純ですよ。どんな手を使ってでも、原発の事故の拡大を防ぐ。それが、総理がなさる唯一無二の決断です」

「湯河君、分を弁えたまえ。それぐらい総理も重々ご承知だ」

また、水野が裏切った。

「外相として長谷川君の意見を聞こうか」

総理は冷然と尋ねた。

「ここは、大使の提案を受け入れるべきかと」

「外交問題に影響はないという奴の言葉を信じるのかね」

なんだ、この男は。今は言葉の裏を深読みしてる場合じゃない。だが、古谷は猜疑心の塊になっているようだ。

「若干の影響はあっても、原発の甚大事故を防げるのであれば、甘えても良いのでは」

「そして、沖縄の基地問題や貿易交渉、安全保障問題交渉の席上で、奴らからさりげなく原発事故を救ったのは誰なのかと恩を着せられるのか」

それでもいいじゃないか。そんなものは撥ねのけて、しっかりと外交交渉すればいい。水蒸気爆発が起きて日本中に死の灰が降ったら、日米外交なんてどうでもよくなる。

「どうなんだ、長谷川大臣！　そういう事態が起きても、君はここで米軍に甘えようというのか」

長谷川の視点が定まらなくなった。やがて、苦しげに目を開いた。

「総理のご判断に委ねます」

最悪だ――。

「水野はどうだ？」

「私は、常に総理と一心同体です。総理がお断りになるのであれば、止めません」

「総理、お願いです。どうか、日本を救って下さい。首都電の森上氏は、イチアイでメルトダウンが起きるという可能性に言及しているんです。彼の予想は、藤倉委員長より遥かに信憑性があります。メルトダウンが進み、水蒸気爆発が起きたら、東京、いえ日本各地に死の灰が」

「湯河！　身の程知らずもいいところだ」

水野に怒鳴られ、万事休すだと思った。

「湯河君、我が国は独立国なんだ。自国で起きた事故は、自分たちで解決すべきだ。泰森、防衛大臣を呼べ。米軍にできるなら、自衛隊でもやれるだろう」

泰森は黙って部屋を出て行った。

「よし、じゃあ決まりだ。長谷川大臣、君からパーマーによろしく伝えてくれ」

信じられなかった。これでも総理大臣なのか。

部屋を出ようとした古谷が振り向いた。

「湯河君、君は首都電本社に詰めていろ。君が信じてやまない森上と一緒に、首都電の力で事故の拡大を食い止めるんだ。それまで、官邸には戻ってこなくていい」

もはや反論する気にもならなかった。

それに、首都電に詰めている方が、まだ気持ちは落ち着く。少なくともあそこには、責任転嫁をして事故から目を逸らすような小心者はいないはずだった。

33

二〇一一年三月一一日午後一一時一九分　磐前県・磐前第一原子力発電所

理由は不明だったが、一部の計器が復旧したという報告が各管理棟から相次いだ。おかげで免震重要棟内にも活気が戻ってきた。

串村所長との会話で動揺していた秀樹も、ようやく落ち着きを取り戻した。

「三号機の中央制御室で一部の計器に通電」

「一号機、バッテリーが復旧して、格納容器内の圧力計が作動！」

串村から渡されたＩＣレコーダーに状況をしっかり記録するため、秀樹は耳に入る情報をすべて復唱していた。同時に、手元に広げた原子炉の構造図を懐中電灯で照らして、格納容器とはどんなものかを確認した。

格納容器は原子炉を収納する鋼鉄製の箱で、原子炉内でトラブルが発生しても、放射性物質が発電所外に拡散するのを防止し、ある程度の状況までは安全の「壁」として持ちこたえる。

格納容器の圧力計の数値が分かれば、原子炉内部の状態もおおむね把握できるらしい。つまり、非常用復水器《イソコン》（ＩＣ）が本当に機能しているか否かも、これで判断できるわけだ。

無論、良い話ばかりではない。

変電所に向かった小久保からは、地震の影響で道路が崩落しており、現地に向かえないという連絡が入っている。

また、こちらに向かっているという電源車も、途中の峠の崖崩れで迂回を余儀なくされ、到着予定は早くても明日朝だという。

その一方で、東京本社と結ばれたテレビ電話は、ひっきりなしに状況報告を求めてくる。

串村は「現在確認中」としか答えない。そして所員には「焦るなよ。とにかく余裕だ。こんな時はそれが最重要だからな」と事あるごとに呼びかけている。

そんな串村の姿は、死を覚悟しているようには見えない。器が大きいのか、それとも過去の様々な経験を経たからこその強さなのだろうか。だが、彼がそのようにふるまっているからこそ、所員らがギリギリのところで理性を保てているのだ。

「所長、一号機の当直長が、格納容器の圧力計が六気圧を指していると言ってます！」

「通常値の六倍じゃないか！　圧力計は正確なんだろうな。もう一度確認しろ！」

和んだムードが、一気に吹き飛んだ。

「一号機の設計上の最高圧力は四・三です。それを上回っています」

能登の補足も苦しげだ。

通常の六倍にも圧力が上がっている。つまり原子炉に異常があるという意味だ。

やっぱり、あのブタの鼻……。

秀樹はノートに数値をメモしながら、胃がせり上がってくるような息苦しさを覚えた。

暫くの間、串村はうなりながら考え込んでいたが、やがて一号機の中央制御室と繋がる内線電話を手に取った。

「串村だ。さっき、復旧した水位計の数値は、今はどうなっている？　――変化がないのか……。その水位計は、本当に正確か？」

串村は、原子炉内の冷却水が減っていると考えているのだろうか。

「――そうか、だったら、原子炉建屋内に入って水位計を確かめてきてくれ。あそこのは電気がなくても作動する。そっちの方が正確だろう」

串村はしばらく受話器を耳に押しつけたままだ。

「残念ながら、代わりの電源車は来ないし、変電所に行こうにも道が破壊されていて辿り着けなかった。ああ、分かっている。その準備をするよ」

席に戻ると串村が言った。

「一号機の当直長から、イソコンが正しく作動していない気がすると言われた。確たる根拠はないが、原因の分からない音がして、さらに建屋の一部で室温が上昇しているそうだ」

「原子炉に不具合があれば、中央制御室にそんな音が聞こえるんでしょうか」

思わず秀樹は口走っていた。

「そんな話は聞いたことがない。だが、一号機の村山《むらやま》当直長はベテランだ。肌で感じる何かがあるのかも知れんな。能登さん、ベントが必要だな」

　ベント、って何だ。

　秀樹の疑問を察したかのように、串村がこちらを向いた。

「格納容器内の圧力を下げるために、蒸気を外部に逃がす弁を開ける措置だ」

　秀樹の理解では、それはやった方が良い気がするが、能登の意見は違うらしい。

「ひとまず、原子炉建屋の水位計を見てから判断しませんか」

「そりゃあそうだ。だが、念のために準備をしてくれ。それと、これは東京本社には内緒だ」

「あの、なぜ、ですか」

　思いきって尋ねてみた。

「ベントすれば、屋外に放射性物質が放出される。本社にお伺いを立てると、大騒ぎして、最後は政府の判断を仰ぐとか言い出すに決まっている。その間に、取り返しのつかない事態が起きたら目も当てられない」

　だから、能登は渋っていたのか。

　しかし、このままでは、いずれ格納容器が持ち堪えられなくなる。そうなれば、ベントとは比べものにならない大量の放射性物質が拡散される。

「それと、能登さん、海水注入も検討しよう。原子炉内で減水が始まっているのは間違いない。水の確保は難しいのだから、原子炉に海水を入れるしかない」

原子力発電所では冷却水として大量の海水を用いる。核分裂の熱によって沸騰したタービンを回した水蒸気を冷やして、炉内に戻すためだ。だが通常は、水蒸気を管に通し、管越しに海水で冷却する。なぜなら原子炉内の水には、不純物ゼロの純水が用いられているからだ。

その原子炉内に直接海水を入れるというのだ。

「そんなことをして大丈夫なんですか」

この際、なんでも聞いておこう。

「大丈夫じゃないよ。海水を入れたら、その原発は二度と使えなくなるな。だが、冷温停止するためなら、やむを得ない」

つまり所長は、原発をぶっ壊してでも停めると言っているのだ。

秀樹はもちろん、そこにいる所員全員が息を呑んだ。だが能登一人は平然としている。

「海水注入の準備を始めています。ただ、そのための電源確保が問題です」

「海水を汲み上げるポンプか」

「それが難しい」

また、電気か……。

「プランBはないのか」

「あるにはありますが……。発電所構内に給水車が一台常駐しています。それを利用できないか検討しています。問題は、給水車が無事なのか。そして、海水を取水できるような場所があるかどうかです」

「とにかく、やってみよう。増口《ますぐち》、給水車の確認と取水場所探しを頼む」

その時、内線電話が鳴った。

「所長、一号機の村山当直長からです！」

串村は駆け寄って受話器を取った。

「えっ！　二重扉前で線量計が〇・八ミリシーベルトだと！」

串村が叫んだ瞬間、能登が天を仰いだ。

「なぜだ。なんで、そんなに線量が高いんだ」

串村の声にも悲愴感が濃くなっている。よほどヤバい数値なのだろうか。

「やはり、イソコンが作動してない可能性が高いか」

僕のミスだ。あの時すぐに東京本社に連絡して、ブタの鼻から出る水蒸気の正常な状態を知るべきだったのだ。

万事休す。最悪の事態がまさに今、進行しているのだ。

能登の周りに人が集まっている。「ベント」という単語が何度も聞こえる。

〝こちら、東京本社、状況はどうですか〟

拍子抜けするほど間延びした声が響いた。

〝こちら東京本社、イチアイ、聞こえますか〟

だが、誰も応答するつもりはなさそうで、仕方なく秀樹が電話に出た。

「こちら、イチアイです」

「君は誰だ？」

「東京本社広報室の郷浦秀樹です」

〝なんで、東京本社広報室のスタッフが、そんな場所にいるんだ〟

「野々村《ののむら》広報第一室長から、イチアイの状況を本社に伝える役目を仰せつかりました」

こんな話題を口にしているのが、我ながら妙だった。

〝そうか、じゃあ串村所長を頼む〟

「相済みません。串村所長は、立て込んでおりまして。代わりにご用件を伺います」

〝君では話が通じんだろう。串村を出しなさい。私は原子力本部管理部長の森上だ〟

「ちょっと今は、手が離せない状況なんです」

〝それは、どういう状況なんだね〟

「私には分かりません。なので、ご伝言を戴けませんか」

〝なら、連絡するように伝えてくれ〟

「承知しました」

内線電話に応対していた串村が席に戻ってきた。すぐに森上からの用件を伝えたが、所長は反応しなかった。

「所長、一号機の原子炉の水位が危険水域に達してるんですな」

「そのようだ能登さん。いよいよ絶体絶命だ」

「本当に申し訳ありません！　僕が正しくブタの鼻を確認していれば、もっと迅速に手を打てたかも知れなかったのに」

秀樹は思わず叫んでいた。全身が震えている。

「いや、君はちゃんと報告したんだ。だが、我々がイソコンが正常に働いている時の蒸気の状態を知らなかった。我々の不勉強だ。君が責任を感じることはない」

「所長、こうなれば、手あたり次第に水をぶち込みましょう！」

「そうだ。それしかない。俺たちは諦めるわけにはいかないからな」

「イチアイには大小一〇台の消防車があります。それも使いましょう」

「よし、手分けして、消防車の点検に行ってくれ。実働できる消防車は、一号機前に集結だ」

全員が声を揃えて返事をした。

串村の大きな手が秀樹の肩を摑んだ。

「君の仕事はここまでだ。避難しなさい」

「そんなわけにはいきません。僕のミスが、こんな事態を引きおこしたんです」

「君の責任はない。伝令役として一刻も早く行ってくれ」

「お願いです。僕はまだここで」

「すでに、重要な要素は記録できた。あとは、この情報を残す者がいるんだ。君は広報マンなんだろ。ならば、使命を全うしたまえ」

肩に乗せられていた手が、差し出された。秀樹は反射的に握りしめていた。

「安全に脱出し、可能な限り遠くまで逃げるように言うんだ」そして、Ｊファームにいる職員や地元住民の方に、Ｊファームまで行け。

遠くまで逃げよ――。絶望的な言葉だった。

「よく頑張ったぞ、広報マン。しっかり伝令役を頼む」

能登にも背中を叩かれた。

「了解しました。郷浦秀樹、只今よりＪファームに向かいます」

無意識のうちに敬礼の姿勢を取っていた。二人の大先輩は笑顔で、それに応じてくれた。

出口に向かおうとする秀樹を、数人の所員が呼び止めた。

「これを、家族に渡してもらえないか」

いずれもが二ツ折にされた紙片だった。

「必ず、お渡しします」

秀樹は彼らにも敬礼し、免震重要棟をあとにした。

外に出ると雪は止んでいた。

だが、頬を打つ風の冷たさは厳しく、秀樹は背中を丸めて先を急いだ。

「ちょっと、君」

背後から声をかけられてギョッとした。

「北村さん!? なんでいるんですか!?」

「まあ、色々あってね。君はどこへ？」

「Jファームです。もうここにいちゃいけない、とにかく僕と一緒に来て下さい」

「まずい事態になったってことかい？」

それに答えず秀樹は歩を速めた。

説明したくない。相手は記者だ。

黙ってついてくれば良し、来ないのなら勝手にしてくれ。

秀樹は黙々と駐車場に向かった。記者は素直についてきた。

かじかむ手をこすり合わせ、イグニッションキーを回した。軽快なエンジン音がしてエンジンが回り始めた。助手席に北村が乗り込んだのを確認して、アクセルを踏んだ。

真っ暗闇の中、秀樹は発進した。

三月一二日午後三時三六分。大地震発生から一夜明けたその日、突然、一号機の建屋内に充満した水素が爆発し、建屋を吹っ飛ばした。

第三部　破綻前夜

1

二〇一一年三月一六日午前九時〇九分　鹿児島県・屋久島

屋久島のサム・キャンベル邸近くの、自身の別荘に鷲津はいた。朝食を済ませると、日課の散歩にでかけた。

これまでは年に数日滞在する程度の利用だったが、今回ばかりは長期になりそうだ。

ウミガメの産卵地として知られる、いなか浜のビーチが、毎朝の散歩コースだった。

南国の風に当たり、体まで青く染まりそうな海を眺めていると、同じ日本の地で悲惨な震災と甚大な原子力発電所事故が起きていることすら忘れてしまいそうだった。

浜辺には人影もない。鷲津は波音を聞きながら何度か深呼吸を繰り返した。

大地震から今日で五日が経過したというのに、東北だけではなく東京までもが大混乱し続けている。

その上、首都電力磐前第一原子力発電所の事故は、いまだ収束の目処《めど》もつかない。

二一世紀の文明社会が、自然の威力にこれほど無力だったとは。そして、日本は相も変わらず危機に対して無力だ。

懲りない性根と無責任の蔓延を前に、もはや同情の余地はない。

俺の計画が表面化すれば、国民の敵と非難されるかも知れない。

いや、今の社会のムードを考えると、やり方によってはむしろ俺を英雄視するかも知れない。

バカげた国だ。

砂浜に腰を下ろした。太陽の熱で砂もあたたかいが、不快なほどではない。

いきなり一匹の犬に頬を舐められた。

「お、ボビーか、おはよう」

名を呼ばれるとボーダーコリーのボビーは、嬉しそうに尻尾を振って吠えた。

少し遅れて飼い主のサムが現れた。

「おはよう、サム」

「朝の散歩は、三日坊主で終わるかと思ったのに、続いてますね」

「こんなきれいな海なら、毎日眺めに来るさ。それに、部屋に籠もってばかりいるのは、キツいからな」

サムの代わりに愛犬が小さく吠えて同意してくれた。

「それで、我らが首都電はどうだ」

「今朝の東京株式市場の動きを見る限り、今日中に首都電の株価は一〇〇〇円を割り込むでしょうね」

震災前は、二〇〇〇円以上あった。わずか五日で半額以下になったわけか。

「八〇年代には、九〇〇〇円を下らなかったのにな」

「諸行無常です」

きれいな日本語でサムが呟いた。その言葉の意味を、鷲津以上に彼は熟知している。

「もうすぐ、三分の一を超えるよ」

暴落している首都電株を、目立たぬように前島に買い集めさせている。その保有株数は、全体の三割を超えていた。

「噂ですが、首都電の国有化を検討しているという話もありますね」

この国の政治家は薄のろばかりだな。なぜ、大企業が経営危機に陥ると、すぐに国有化しようと考えるのだ。

「まともな危機管理もできない政府に、首都電を立て直せると思うか」

「厳しいでしょうね。ちなみに当の首都電は、原発事故収拾の陰で、取引銀行に奉加帳を回しています」

バブル経済崩壊で金融機関が次々と破綻した時、奉加帳なるものが関係者の間に出回った。受け取った者は各自救済のための支援額を記した。それと同じことを、首都電はやっているらしい。

「総額で二兆円を年度内に集めたいそうです」

さすが、日本最大の企業は、年度末を凌ぐ繋ぎ資金も半端じゃないな。

「あっと言う間に蒸発だな」

首都電は、超優良企業だ。そのため、資金も自社の高い信用力を背景に、社債やコマーシャル《C》ペーパー《P》を発行して調達してきた。

年度末には、社債等の償還も必要で、その費用だけで約七〇〇〇億円に上る。通常であれば、自社で社債なりCPを新規発行すればいいだけだ。しかし、現状でそれらを新規発行するのは難しい。それに原発事故に関わる対応費、原発周辺の住民への一時的な賠償金、そして、事故を起こした原発の後始末もあるのだから、カネはいくらあっても足りないだろう。

「首都電国有化の情報は、国が緊急融資に対して何らかの保証をするという暗示のようですね」

「そんなレベルの暗示で、銀行は素直にカネを貸すのか」

「日本人の行動は、時々私の理解を超えます。政彦はどう思いますか」

「日本の銀行は、リスクを避けた無難な投資で、結構な利益を出してきた。だから、国から声をかけられた程度では、破綻懸念先に近い首都電には、びた一文出さないだろう。それでも融資するとなれば、国がそれなりの圧力をかけたんだろうな」

「メインバンクの頭取は、絶対に債権放棄はしないという方針を流しているらしいです」

明日にも倒産するかも知れない企業を救う最良の方法が債権放棄だ。それをメインバンクが行わないと明言するのは、首都電が返済不能に陥っても、誰かが肩代わりしてくれるからだ。つまり国が出しゃばってくるのだ。

「ところで、例の法律についての政府見解はコンセンサスが得られたのかな」

「原子力損害の賠償に関する法律」、略して原賠法のことだ。

同法は、原子力発電の運転に際して発生した事故によって生じる損害について取り決めた法律だ。

今なお収拾できていないため、最終的な被害総額は不明だが、損害賠償には最低でも三、四兆円を要すると考えられている。

その損害賠償の費用を首都電だけで負担するのか、国がある程度の支援をするのか。法的解釈について政府内で議論が沸騰中らしい。

首都電は、同法の第三条第一項が適用されるべきだと主張している。すなわち今回の震災は、「原子炉の運転等の際、当該原子炉の運転等により原子力損害を与えたときは、当該原子炉の運転等に係る原子力事業者がその損害を賠償する責めに任ずる。ただし、その損害が異常に巨大な天災地変又は社会的動乱によって生じたものであるときは、この限りでない」という条文の但し書きに該当するという訴えだ。

「政府内で、三条一項を適用すべきだというのは少数意見のようです」

「あの地震は、巨大な天災地変じゃないと？」

メディアは、「千年に一度の大災害」という表現を乱発している。

「官邸は、想定外の災害ではないと言い始めています」

「原発や事故の甚大化の張本人は日本政府だという非難は、どうやってかわすつもりだ」

「その時は、別の言い逃れをするのでは？」

そうだった。他人に厳しく、自分に甘く——。それが、この国のルールだ。

「霞が関も三条一項は適用できないという見解は同じですが、理由が異なります」

原賠法の三条一項が適用されると、首都電は免責される。だが、首都電に責任はあったという民事訴訟が大量に起きるのは必至で、首都電の経営が混乱すると予想される。

また、原発事故を起こした当事者を免責して、すべての損害賠償を税金で賄うというのは、世論が許さないだろうというのが霞が関の見解だ。

「会社更生法で、いったん潰すという選択肢はないのか」

「そうすると、首都電の無限責任を回避させてしまいます。それはあり得ないと政府は吹聴しているようですね」

会社更生法を適用すると、首都電が有する資産以上の損害賠償は免除される。そこで政府としては、首都電の責任を無限にしておきたいのだ。

「損害賠償は全て首都電に負わせるが、経営危機に陥っても債権放棄は認めない、か。だとすれば、首都電は確実に潰れるな」

「そうですね。だから、その時は、国有化しようという姿勢を政府は見せている」

姿勢か？　確約じゃないんだ。

「損害賠償を最初から国が払うのと、首都電が経営危機に陥るのを待ってから、公的資金を入れるのと、どっちがカネがかかるんだ」

木の枝で砂の上に二つのスキームを描いてみるが、俺には、あまり変わらないように思える。

「計算不能です。ただ、国民感情を考えると、原発は事故を起こさない、絶対安全だと堂々と標榜していた首都電を徹底的に痛めつけてから、破綻寸前に追い込みたいのでは。そこでようやく国が救済する。それも、首都圏の電力供給のためには、致し方ないだろうと国民に訴えるつもりでしょう」

感情論で生きる日本人は、それを受け入れるんだろう。

これこそ、日本式の落とし前だな。バブル崩壊の時から、まったく進歩がない。

「日本国民としては絶望的なスキームだが、俺たちにとっては条件が整いつつあるわけだ」

サムが手にしていたテニスボールを遠くに投げた。それまでおとなしく座っていたボビーが突然、駆け出した。

「場合によっては、日本政府と首都電を取り合う可能性もありますが、それも織り込み済みですか」

「そうなる前に手に入れてしまいたいが、それができないならば、正面切ってお国と闘うつもりだ」

「つまり、本当に日本を買い叩くわけですね」

そうなるかも知れない。

ボビーがボールをくわえて戻ってくると、サムは今度は反対の方向にボールを投げた。また、ボビーは嬉しそうに走り出した。

「だが、それは結果としてそうなるだけで、目的ではない」

「目的は、純粋にビジネスとしての首都電買収だと？」

「俺はずっとそうしてきただろ」

サムの顔にはまったく信じていないと書いてある。

「露骨に政治的な圧力をかけられるかも知れません」

「そうだな。その時は、世論というありがたい味方を付けられるように準備しておくよ」

M&A(企業の合併・買収)を、当事者同士のカネの闘いだと勘違いしている者が多い。しかし、最も重要なのは、世論だ。それがどちらに味方するかによって、ほとんどの勝負は決まる。

原発は絶対安全だという安全神話の上に胡坐をかき、危機管理を怠った首都電を非難するだけでなく、そんな企業を甘やかし、あろうことか国民の血税を湯水の如く使う政府までをも糾弾する——それが奏功すれば、世論は鷲津に味方する。

その結果、首都電は鷲津の元に転がり込んでくる。

「具体的には何をするつもりですか」

サムはボビーの頭を撫でながら言った。

「まずは、被災地支援だな。カネ、人、モノの支援を積極的に始める」

「アンソニーを使うわけですね」

サムライ・キャピタルの期待の星、アンソニー・ケネディのライフワークは、途上国での開発援助や難民救済のためのNPOを指揮する社会奉仕活動だ。

その経験を生かして「五億円規模の被災地支援を考えて、独自のＮＰＯを立ち上げよ」と命じていた。

今朝、メールでアンソニーから、素案が送られてきた。

「彼は政彦の真意を知っているんですか」

「日本人として、被災された方への細やかな支援を行いたいという真意はな」

「なるほど……」

そういう気持ちがあるのは、ウソではない。

甚大な被害にもかかわらず、政府はあまりにも無能すぎた。一刻も早く具体的かつ有効な支援システムが必要で、アンソニーの途上国での災害援助活動の経験は大いに役立つはずだ。

ボビーのボールが、また遠くに投げられた。

「それとは別に、首都電の国有化について、反対キャンペーンをやる。被災地支援だけでも膨大な税金が投入されるのに、返済が期待できない首都電に血税を入れるなんてあり得ない。正論だろ」

「正論は、この国では反感を買う源泉ですよ」

だが、それもやりようだった。

「ソーシャル《S》・ネットワーキング《N》・サービス《S》を、上手に使うように、赤星《あかぼし》には伝えてある」

　半年前に、サムライ・キャピタルの最高《C》広報担当《M》責任者《O》に就任した赤星大地《だいち》の下には、ネットでのPR活動に長けた若いスタッフもいた。

「それにしても、なぜ、あれほどまでに原発事故収拾が後手に回ったんでしょうか」

「俺にも分からん。だが、危機に瀕した時に、その人物の本性が分かるというからな。ピンチに陥って、ここが俺の意気地の見せどころと思った者より、何がなんでも致命的な責任を負いたくないと及び腰になった奴らの方が多かったんじゃないのか」

　首都電を我が手に収めた暁《あかつき》には、事故の原因を徹底究明しようと思っている。

　それこそが、再びこの国で原子力発電という発電方法を選択し続けるべきかどうかを考える重要な拠り所になる。

「できるだけ早く、磐前県に行きたい。現在の原発事故の状況の調査を進める一方で、俺が磐前に行けるタイミングを計ってくれないか」

「そこまでやる必要がありますか」

「あるさ。本気で首都電を買うつもりなら、何を置いても磐前第一原発に足を運ぶべきだ。それが、俺の覚悟であり、電気事業会社を保有するオーナーとしての責任だろう」

怖くないのかと聞かれたら、否定できない。

だが、今度の勝負は命がけでやらなければ、勝てないだろう。

遠くでボビーが吠えている。

見ると、波打ち際でカモメと闘っている。

「どうやら、あいつはあなたに似て、欲張りのようです。ボールもカモメも欲しい。で、結局は両方を失うんですけどね」

サムはそう言って、愛犬を呼び戻した。

嫌なことを言いやがる。

だが、欲張りは俺の性分だ。

2

二〇一一年三月一六日午後二時〇三分　磐前県花岡町

北村は、五日ぶりに自宅に戻ってきた。

街には人の気配がなかった。玄関の門が開けっ放しになっていたり、ガレージのシャッターが中途半端に開いていたり、住人が取るものも取りあえず家を出て行ったのがうかがえる。

時折、突風のようなつむじ風が吹く以外は、時間すら止まっているかのように静かだった。

いまだに、妻とは連絡がつかない。

もっとも、死亡が確認された被災者名簿の中にも北村ケイコという名前はなかった。

——だったら大丈夫。花岡町桜の森辺りは、津波被害もないから、ちゃんと避難しているさ。

Jファームの事務局長からそう言われていたが、それでも不安は拭えなかった。

本社から応援記者が到着し、北村は磐前支局で待機せよと命じられたので、自宅に戻る決心をした。

Jファームからここまで二時間かけて歩いてきた。放射能汚染の危険もあると言われたが、とにかく自宅を覗かずにはいられなかったのだ。

残念なことに、妻の車は駐車場に停まったままだ。やはりバッテリーが上がって使い物にならなかったのだろう。

一気に不安が募る。まさか、自宅に残っていたりしないよな。

ケイコは、とにかく責任感が強い。そして、新聞記者の妻らしい行動を取ろうと努力もしている。そして夫が不在の間は、自分が通信局を守るのだと考えている。

ドアを開けると、親子並んで「お帰りなさい！」と迎えたりしないよな。

恐る恐るドアノブを回すと、しっかり施錠されていた。

避難していないのか。それとも、施錠して避難したのか……。

とにかく鍵を取り出し、解錠して勢い良くドアを開いた。

「ただいま！」

思わず叫んだ。そして、耳を澄ます。何も聞こえない。

「ケイコ、まさか、いるのか⁉」

足下を見て、ホッとした。

妻愛用のショッキングピンクのスノトレがなかったのだ。

「ちゃんと、避難したんだな！」

人けのない部屋に向かって声を張り上げながら、全室を見て回った。

一階にも二階にも妻の姿はないが、慌てて飛び出した形跡は残っている。

最後に隣接している通信局のオフィスを覗いた。

薄暗い室内には誰もいなかった。

ようやくデスクトップパソコンの前に腰を下ろした。

モニターにＡ４サイズの紙がセロハンテープで留められていた。

〝悠ちゃんへ

お向かいの平良《たいら》さんの奥さんと一緒に、ひとまず避難します。

うちの車はバッテリーが上がってるので（！）、平良さんの車で行きます。

お先に失礼!!

ケイコ〟

突然、涙腺が緩んだ。

良かった！

自分でも驚いたが、ずっと張り詰めていたものが切れたせいだろうか。

北村は妻のメモを抱きしめて声を上げて泣いた。

「ケイコ、ありがとう！　すぐに会いに行くからな！」

それに応えるように、ダウンコートのポケットで携帯電話が震えた。画面を見ると公衆電話とある。

「もしもし！　悠ちゃん！　私！」

ケイコの声だった。

「ケイコか」

「ああ、良かった。やっと繋がった。生きてるのね。生きてる悠ちゃんなのね！」

また、込み上げてきそうになるものを堪えた。

「当然だよ。俺様は不死身だから。今、ちょうど通信局に到着して、ケイコのラブレターを読んでたところだ」

「そう。戻ってきたのね。ずっと電話してたのよ」

「ごめんな。なかなか携帯が繋がらず、挙げ句がバッテリー切れで、充電もなかなかできなかった。おまえこそ電話をどうしたんだ？」

「それがさあ、お恥ずかしいことに、家に忘れたの」

なんだと。

「もう、大慌てで出てきたからね。メグちゃんのミルクや服は山ほど持ってきたんだけど、最後の最後で忘れ物をして家に戻った時に、うっかり」

その姿が目に浮かんで微笑んでしまった。

「笑ってるでしょ。もう必死だったんだから。車のバッテリーは上がってるしさ」

「いやあ、ケイコよく頑張ったよ。ほんと、凄い。ご褒美に新車をプレゼントするよ」

「ほんと、じゃあ今度はフェラーリかポルシェの軽自動車がいいわ」

今度は声を上げて笑った。

「あっ、久しぶりに悠ちゃんの笑い声が聞けた。嬉しいなあ」

「携帯電話を届けてやるよ。どこにいる？」

「えっとね、磐城《いわき》市のスポーツセンターにいる。でも、仕事は大丈夫なの？」

「この五日間、不眠不休で働いたから、ちょっと休ませてもらうさ」

それにウソはない。

イチアイ（首都電力磐前第一原子力発電所）から脱出した後も、Ｊファームからどしどし原稿を送った。

首都電関係者をつかまえては片っ端から事故についての取材もした。

「じゃあ、待ってる。ああ、もうお金がないや。私の携帯電話を忘れずに。それと、メグちゃんのベビーフードがまだ棚に残っているから、おむつと一緒に持ってきて」

そこで電話が切れた。

もっと話をさせろよと毒づいても、すでに話し中音《ビジートーン》しかしなくなっている。

大きなため息と共に、携帯電話をデスクに放り投げた。

安心したからか、喉が渇いた。

室内は停電しているようだが、冷蔵庫を開けると、中に缶ビールが数本とミネラルウォーターが入っていた。気温が低いせいで、それなりに冷たい。

迷わず缶ビールを手にすると、プルタブを引いて開けた。

こんなビールは飲んだことがないと思うほど、おいしかった。

喉を鳴らして一気に飲み干すと、もう一缶開けた。

それも半分ぐらい飲むと少し元気になった。

じゃあまずは、ケイコの携帯電話探しだな。

先程は不安げに見回した室内が、どこか明るいぬくもりを感じさせるから不思議だった。

3

二〇一一年三月一六日午後四時三八分　栃木県日光市・中禅寺湖

中禅寺湖ミカドホテルの支配人室にいた松平貴子は、見事な夕日に誘われて、湖畔に向かった。

東京の混乱を抜けて、なんとか日光に戻ってきたのは一三日の夜だった。

従業員の親族が数人、津波によって命を落としたことも分かった。

日光、中禅寺湖、鬼怒川《きぬがわ》のいずれのホテルも建物には被害はなかった。ただ、震災以降予約はすべてキャンセルされ、実質的には休業状態だ。

こんな時に、暢気に日光で観光を楽しむのは不謹慎というのが理由だと思っていたのだが、圧倒的に多かったのは、首都電力磐前第一原子力発電所の事故の影響だった。

——近くで原発の事故が起きているので、さすがに、行きたくない。

——日光にも、ものすごい量の放射能が降っているそうじゃないの。

——原発事故がすぐ近所で起きているのに、客を泊めるなんて非常識極まりない——。

二〇〇キロ近くも離れている磐前第一原発の事故の影響を、誰もが異口同音にキャンセル理由にした。

原発の爆発映像を二度も見れば、日本中に放射性物質が大量に飛散していると考えてもおかしくはない。

珠香なども、「政府が隠しているだけで、あの日から毎日、私たちはレントゲン撮影する以上の放射能を浴びているそうよ」と確信したように言っている。

とはいえ放射能被害が出たという確たる事実はない。日光が放射能で汚染されているというのは、むしろ明らかな風評被害だった。

そこで今日になって、市や観光協会、地元の旅館組合などが「日光は安全です」と宣言しようと協議会が開かれた。しかし、貴子を含め一部の出席者が、「この段階では、あまりにも自分勝手で無責任だとされ、逆効果ではないか」と反対したことで、ひとまず見送られた。

その協議会の席上、貴子は何人もの人から、「原発について特別な情報を持っているのではないか」と尋ねられた。

旅館組合の関係者の多くは、首都電の幹部セミナーの会場としてミカドホテルが長年使われているのを知っているからだ。

そんなことがあるはずもないと否定したが、なかなか信用してもらえなかった。挙げ句は、「首都電の会長は大のフライフィッシングファンで、松平さんはよくご一緒しているそうじゃないの。ぜひ、直接聞いてみてよ」と言われる始末だった。

気持ちは分かる。だが、「原発事故の本当の状況を教えてくれ」と古くからの上得意に尋ねよ、などという発想がサービス業に従事する者から生まれてくるのが怖かった。

原発はなんとなく怖いものという印象は、これまでにもあった。それでも、膨大な電力を使うのに、電力資源に乏しい日本にとって、必要欠くべからざる発電方法なのだという考えについて、声高に異を唱える人は少なかった。

いざ事故が起きると「自分たちは首都電に騙されていた。今回の事故は政府と首都電の陰謀の結果だ」などと叫ぶ人が日に日に増えている。

今や日本中の人々が、電気について考えさせられている。本当は良いことなのだろうが、どうもそこには不穏なバイアスがかかり、無意味な諍《いさか》いの元になってしまっている。

標高一二六九メートルに位置する中禅寺湖に春が訪れるのはもう少し先だ。あちこちに雪が残り、観光客の姿もほとんどない。

湖畔は夕日に映えて赤く色づいていた。どんな災害が起きても、事故が発生しても、普段と変わらず日は昇り沈んでいく。

可能であれば、津波で家を失った人や、原発事故解決に向けて命がけで闘っている人たちを日光に招待したい。

貴子はそれを会合で提案したが、「それは各旅館独自で考えればいいこと」と一蹴された。珠香にも、「被災地の人はともかく、首都電の人を呼ぶのはやめてよ」と釘を刺された。

今起きている事故の張本人は首都電で、だからそんな連中に宿を貸す奴も同罪とバッシングされると、珠香は言う。

首都電の社員は、みな国賊と言わんばかりの考えが、貴子には理解できなかった。

メディアの解説を読んでも、原発の仕組みは難しくて分からない。しかし、想定外の大津波が起きて、原発が緊急停止した後、高熱になった炉心を冷やそうにも、非常用電源や外部からの電気が遮断されたために、できなくなったというならば、それは、不可抗力ではないのか。

確かに、様々な問題点はあったのだろう。だからといって、国賊呼ばわりするのはどうなのだろう。

しかし、世論が一度一方に傾き始めると止まらなくなるのは、かつてミカドホテルが経営難に陥った時に嫌というほど経験したことだ。

想定外の異常事態が起きた時、人はまず自分は悪くないという正当性を求めるものだ。そして、攻撃できる相手を一斉に叩く。その瞬間、本人は無辜《むこ》の被害者となれるからだ。

自然災害に加害者はいない。皆被害者なのだ。なのに根拠なき中傷や不信感が蔓延してしまう。

非常時には本性が出ると聞いたことがあるが、この弱さが日本人の本性なのだろうか。

そんな考えが頭に浮かぶのにまかせて、湖畔の遊歩道をゆっくりと歩いた。

中禅寺湖は周囲約二五キロ、四国のような形の湖だ。約二万年前に、男体山《なんたいさん》の噴火によってできたという性質上、魚も棲まぬ貧栄養湖だった。それが、一八七三（明治六）年、下流域に生息していたイワナを放流、その後、カワマスやヒメマスも放流されて、現在の環境が整った。

経営難に陥った時、貴子は湖畔を歩き、中禅寺湖の穏やかな湖面を眺め、些細な事に一喜一憂する己を戒めてきた。

東北の自然も美しい。だが、その自然に襲われてしまった今、人々は何によって心を落ち着かせればいいのだろう。

携帯電話が鳴った。

首都電会長の濱尾からだ。

「松平でございます。濱尾様、心よりお見舞い申し上げます」

「ありがとう。そんな言葉をかけてくれたのは、君が最初だよ、貴子ちゃん」

濱尾は、史上最悪の国賊と世論に責め立てられている当事者だった。

「今日はちょっとお願い事があって、電話したんだ。ご存じのとおり、ウチはずっと修羅場が続いている。事故から五日が経過しても、収拾の目処は立っていない状態だ。そこで、事故収拾に当たっている磐前第一原発の幹部所員や東京本社の責任者たちを、メディアの目から守る場所を用意したいと思っている」

「それはとても大切なことだと思います」

「中禅寺湖ミカドホテルを、提供してもらえないだろうか」

一瞬、珠香の険しい表情が浮かんだが、「喜んでご提供致します」と即答していた。

「ありがたい！　本当にありがとう」

声の調子で、濱尾が心から喜んでいると察せられた。

よほどお困りだったのだろう。

「私どもは、お客様に憩いの場を提供するのが責務です。ですから、それは願ってもないことです」

「それでいつからお願いできるだろうか」

かなり切羽詰まっているのだろうか。

「人数次第ですが、明日からでもご対応致します」

「そうか、それはますます助かる。それで、もう一つ、厚かましいことをお願いしたいのだが、我々の方でお借りするに当たって、全館貸し切りにしていただきたい」

心身共に疲れ果てた社員を世間の目から守りたいのだろう。

「今、予約状況を確認できる場所におりません。おそらく大丈夫だと思うのですが、折り返しお電話致します。ちなみに明日は、何名様でご用意すればよろしいでしょうか」

「ひとまず五人頼みます。それ以降は追って、ウチの総務の担当者から連絡をするようにします。貴子ちゃん、私も落ち着いたら、ゆっくりお湯に浸かりにお邪魔させてもらいますよ」

本当は、濱尾が一番休息すべきなのだ。

「ぜひ、お越しください。心からお待ち申し上げております」

4

二〇一一年三月一六日午後七時四〇分　鹿児島県・屋久島

地震発生直後からサムライ・キャピタルは、本社機能を屋久島に移していた。

サムが島の関係者と交渉して、旅館数軒を従業員と家族のために押さえ、さらに二軒の別荘を借りて、そこをオフィスとした。

この夜、堀や前島など六人の幹部社員が鷲津の別荘に集結し、ディナーを共にしながら、今後の方針を検討していた。

「今日、首都電株が一〇〇〇円を切った。おそらく下落はまだまだ続くだろう」

「国内外のアナリストたちは、近い将来監理銘柄入りするのは確実だとみています」

鷲津の予測に、前島が補足した。

つまり、東京証券取引所は首都電の上場廃止を検討しているのか。

「今、どれぐらい集まった？」

「三九％ほどですが、その気になればいくらでも買えます」

株式を五％以上保有すると、所管の財務局に申告する義務がある。そのため、サムライ・キャピタルは国内外の投資家に、サムライ・キャピタルが依頼主だと分からせない方法で、五％未満で株式保有を依頼していた。

「今、俺たちの存在が露見するとどうなる？」

「火事場泥棒と呼んでもらえるだろうね」

堀が笑いながら言った。

「あら、堀さん、そんな生やさしい言い方じゃないですよ、きっと。そうねえ、売国奴っていう方がぴったり」

一体、どこでそんな日本語を覚えたのかと思うほど、リンの語彙は豊かだ。

「ほお、売国奴ですか。だとすると、サムライ・キャピタルの社名も変えないといけないね」

堀のジョークはきつかった。

「前島、とりあえずもう少し買い増してくれ」

それから中延に経済産業省の動きについて尋ねた。

「母袋さんからの情報ですが、首都電のメインバンクは必要なだけ融資するようにと経産省は強く訴えているようです」

経産省OBの母袋は、様々な部署に情報源を持っていた。日本電力《Jエナジー》を買収しようとした時も、母袋の情報が大いに参考になった。

サムライ・キャピタルの社員のほとんどが東京を離れたというのに、「老い先の短い身としては、東京に踏み止《とど》まって霞が関の修羅場をしっかりと正視したい」と、ひとり大手町のオフィスに残っている。

「サムの話では、総額二兆円が目標の奉加帳が回っているらしいが、経産省は必要なだけカネを出せと言ってるんだな」

「そのようですな。とにかく絶対に潰すわけにはいかない。借りたカネは、二割増しで返してやるから、出し惜しみするなと言っているという噂もあるぐらいです」

「あれだけの事故を起こしながら、まだ、首都電を守るつもりってことかしら」

地元で造られている芋焼酎「屋久島」をロックで飲みながら、リンは呆れたように肩をすくめた。

「そうなりますな。もっとも、ご案内のとおり、首都電国有化の線は日々濃厚になりつつあるようですが」

中延が返すと、リンは「愚かな日本政府に乾杯」と杯を掲げた。

「経産省が勝手なことを言っても、金融庁や財務省が黙ってない気がしますが、堀さんの感触はどうです」

「財務省では、国有化のような短絡的な発想はやめよという声の方が強いようだね。そもそも財政難の中、国民からも理解が得られないような公的資金投入は難しいからね。金融庁も、経産省の空手形に怒っているようだね」

堀は、鷲津が好んで集めているオーストリアワインを味わっている。

「エネ庁幹部が、経産省に国民航空破綻の際のスキームを問い合わせているという噂もあります」

ナショナルフラッグである国民航空は慢性的な放漫経営で、二〇一〇年に二兆円余りの負債を抱えて破綻した。

当時、救済スキームの様々な方策が政府と国民航空、そしてメインバンクとの間で話し合われた。そして同社は会社更生法を選択し、その後、政府の企業再生支援機構の管理下に入った。

「国民航空のようなスキームは、無理だろうな」

同社の場合、メインバンクは何度も債権放棄を強いられた。しかし、その苦い経験によって、メガバンクは二度と国からの債権放棄要請を受けない姿勢を鮮明にしている。

どのタイミングで、サムライ・キャピタルは首都電を狙っていると公表するか。それが、当面の問題だった。

「前島、俺たちも奉加帳に参加する方法ってあるか」

「我々の意図を勘ぐられますからねえ。一番手っ取り早いのは、取引銀行の一つを買っちゃうことでしょうか」

「ほお、門前の小僧とはよく言ったものだな、朱実ちゃんの発想が君と似てきた」

堀のからかいを苦笑いで返すしかなかった。

「前島、俺は銀行は買わないよ」

「金主が私たちだと分からなければいいんじゃないの？」

「妙案があるのか、リン？」

「私は思いつきを口にするだけ。陰謀をめぐらすのは、あなたとサムの仕事でしょ」

「だってさ、サム。グッドアイデアはあるか？」

「こういう時は、地味にやるのがベストです。緊急融資を渋る取引銀行から名義を借りられたら、可能でしょうね」

奉加帳に乗り気ではない取引銀行があれば、カネはサムライ・キャピタルが出し、債権も引き取るから、奉加帳に記名して欲しいと交渉するのだ。

「堀さん、濱尾さんに気づかれないですかね」

「さすがの帝王も、今は各行の融資の背景にまで気は回らないだろう。何より彼は、首都電を救うのは日本の金融機関の使命だぐらいに考えているだろうから、融資元については警戒しないはずだ」

確かに、濱尾はすべての企業の上に首都電が君臨していると信じている。取引銀行は自行が破綻しても、首都電に惜しみない資金を捧げて当然と思っているに違いない。

「ならば、リンの思いつきは検討の余地ありだな。問題は、実際にそんな都合良く該当する銀行があるかだな、サム」

「ざっと調べたところでは、みずきホールディングス《HD》なら、可能性がありますね」

メガバンク御三家の一角だ。

「根拠は？」

「現在の社長と濱尾さんは犬猿の仲です。その上、みずきには財務的に首都電を支えるほどの体力もない」

「なるほどな。ところで今回は、破綻懸念先に融資することになるんだから、各行は融資に際して莫大な引当金が必要になるんじゃないのか」

バブル経済崩壊を機に、金融機関では、融資が不良債権化した時の予防措置がより厳格になった。

まずは融資先の財務状況を精査し、正常先、要注意先、要管理先、破綻懸念先、実質破綻先などに分類する。その上で、それぞれの財務状況によって、貸し倒れた場合のリスク回避のために引当金を積み上げる。

原子力発電所の事故が発生してからは、連日株価の下落が続いている状況なのだ。専門家でなくても、首都電は破綻懸念先と考えるべきで、緊急融資を行う場合には、巨額の引当金を用意しなければならない。

「経産省と官邸は、首都電は絶対に潰さない、だから、今回は特別に引当金をゼロにする特例を認めるように、金融庁に圧力をかけていると聞いています」

前島の発言に鷲津は口笛を吹き、リンは鼻で笑った。元日銀理事の堀は「我が国の役人どもは、つくづく学習しませんな。なぜ、潰れるしかない企業をそこまでして救おうとするのか」と嘆いている。

そうだ、この国は開闢《かいびゃく》以来、学習するということを理解しないまま走り続けている。

「それで、金融庁は呑みそうなのか」

「総理次第ではと言われています」

あの勘違い総理か……。古谷総理は、あろうことか震災の翌々日早朝、突如総理官邸を飛び出し、磐前第一原発までヘリコプターで視察に出かけた。その上、一秒たりとも時間を無駄にしたくない現地の所員たちに「なぜ、ベントしない！」と怒鳴り散らして帰ったそうだ。

挙げ句が、自身の知り合いを次々と官邸に入れて、経済産業省や資源エネルギー庁、原子力安全・保安院の関係者の意見にもアドバイスにも耳を貸さなくなったらしい。

日本の命運が、国のリーダーによって大きく左右される時に、よりによってそんな男が総理の座に就いているとは、日本も相当ついてない。

もっとも、俺にとってはラッキーだが。

リンが「何を考えているの、政彦」と言って睨んできた。

「急に総理に会いたくなってな」

「会ってどうするの？」

「原発事故の収拾で大変だろうから、首都電の経営再建の方は、私にお任せくださいと進言しようかなと」

リンは天を仰いでいる。サムは、iPadの画面を見つめたままだ。アンソニーがここにいたら、絶賛しただろうに……。

「さすが、鷲津君、常人では到底思いもつかないことを考えるなあ。闘わずして勝つ！　素晴らしい」

　喜んでくれたのはただ一人、堀だけだ。

「首都電の行く末を最終決断するのが、日本の内閣総理大臣なのであれば、その方と直談判するのが手っ取り早い。リン、そこは間違ってないだろ」

「そうね。でも、あなたは火事場泥棒として、日本史に名を刻むわよ」

「日本史に名を残すなんて名誉じゃないか。それに、このまま放っておけば、首都電は潰れる。それを救えるのは俺だけだろ」

「なぜ、救うの？　潰れるまで待つべきでしょ」

　リンは容赦ない。

「だが、電力会社が潰れたら、首都圏はパニックになる」

「あら、いいじゃない。平和ボケの皆さんは、少しくらい電気のない不自由を味わってせいぜいパニックになればいいのよ」

「オッケー、じゃあそこは譲歩する。総理とは仲良くなるが、首都電には潰れるまで手を出さない」

「そんな都合良くいかないわよ。そもそもあの総理は長くない。親しくなる相手を間違えているんじゃないの？」

「わかった。もう少し自重するよ」

「政彦、みずきの話に戻しますが、みずきの社長は、政彦が懇意にしている人物と親しいようです」

サムが誰を指して言っているのか、すぐに思いつかなかった。

「誰だ？」

「飯島亮介《いいじまりょうすけ》氏です」

元UTB銀行頭取であり、その後、ニッポン・ルネッサンス機構という政府系の企業再生ファンドの総裁を務めたこともある人物だ。鷲津とは因縁深い間柄だ。

「飯島さんは、まだニューヨークじゃないのか」

リーマンショックの際に破綻した米国投資銀行の再生のためにニューヨークに乗り込み、辣腕を振るっているはずだ。

「二月に、京都に戻っておられます」

「聞いてないな」

「すみません、最近はフォローをやめていましたので、私も先程、知りました」

調査のエキスパートのサムにしては珍しいことだ。

「久しぶりの京都か、悪くないわね」

「リン、京都はないな。あんな面倒なオヤジには頼りたくないし、あっちも会いたくないだろう」

過去に何度も、飯島の権威やネットワークを利用してきた。だが、大抵は、飯島がいやがるのを面白がって巻き込んだという側面がある。

様々な局面で共同戦線を張ってはきたが、実際のところは何ひとつ信用できない狸オヤジだ。しかも、他者を不快にする天才で、飯島と同じ空間にいるだけで胸がざわつく。だから、極力会いたくない。

「飯島さんも、濱尾会長を快く思っていないようですよ」

サムは常にツボを突いてくる。

ここは、好き嫌いで判断する場合ではないと言いたいわけか。

「分かった。観念するよ」

「リンも一緒ですか」

「そうね。政彦一人だと不安だから、私も行くわ」

「では、明日の朝一の飛行機を予約します」と前島が席を立った。

そんなに時間がないのかと目で尋ねたら、サムは大きく頷いた。

5

二〇一一年三月一六日午後九時〇四分　東京・芝浦

湯河はずっと首都電本社の緊急対策本部に詰めていた。

イチアイは、いまだに事故収束の目処がつかないどころか、一日に何度も大問題が勃発する。その度に対策本部内が大騒ぎとなり、湯河はエネ庁や原子力安全・保安院との対策協議に追われた。

この日は午後九時を回ったところで、湯河はようやくデスクを離れた。震災後初めて、阿佐谷にある自宅に戻るのだ。

発災直後に、妻と高二の長女と中一の長男は、妻の実家がある八王子市に避難していたが、今晩から自宅に戻るという連絡があったため、家族の顔を見に行こうと決めていた。

「じゃあ、今日はここで失礼します」

机を並べている保安院の職員に声をかけて、湯河は廊下に出た。

「湯河さん、ちょっといいかな」

声をかけてきたのは、原子力本部管理部長の森上だった。彼も疲れ果てている。

「何でしょうか」

「一緒に来て欲しい」と告げて、森上は廊下の奥へと進んだ。

首都電の本社は長年の増改築のせいで、廊下が迷路のように入り組んでいる。

ここ数日、泊まり込みで本社にいるが、一人で歩くとたちまち迷子になる。

「部屋には、会長がおります。あと、お宅の大臣官房長やエネ庁長官も」

「そんな方々が集まって何をしているんですか」

「弊社の経営危機の救済案を検討しているんです」

「救済案ですって」

年度末を控えて首都電の財務が急速に悪化していると、一部のメディアが報じていた。

「そんなに酷いんですか」

「お恥ずかしいが、下手をすると資金ショートします」

電力会社が大量の社債やＣＰを発行しているのは知っている。それらの償還は四半期ごとに行われるが、年度末が一番額が大きい。

「年度末の支払いはいくらですか」

「三兆円と聞いています」

そんな莫大な額なのか。そして、それが資金ショートしそうになっているとは……。

「森上さん、それは大変な事態です。しかし、それで私が呼ばれる理由が分かりません」

「すぐに分かるよ。とにかく、皆さん困っていて、君に期待しているんだ。一つ、よろしくお願いします」

湯河は、電力行政、中でも原子力政策のエキスパートであるという自負はある。世界一安全な原発に誇りを持っているし、それを世界に広げていくことこそが、我が使命だと確信もしている。だが、電力会社の経営に興味はない。

「いったい私に何を期待されているんでしょうか」

だが、森上はそれに答えない。

室内に入ると、淀んだ空気が漂っていた。

薄暗いのは節電しているからだが、こんなに淀んでいるのは、そこにいる人間が放つ重苦しいムードのせいだ。

「湯河さんをお連れしました」

森上は部屋の奥に陣取っている人物に声をかけた。首都電力会長の濱尾重臣だ。胸を張ってこちらを品定めするように見ている。日本を滅亡させかねない大事故を起こした企業のトップとしての恐縮など、微塵もない。

財界のドンにとっては、原子力発電所の事故すらさしたる問題ではないのだろうか。

「お疲れのところを、お呼びだてして申し訳ない」

申し訳なささなど皆無の口調だ。

座れと言われなかったので、湯河は立ったまま用件を待った。

「ここにいる方々とは顔見知りだね」

資源エネルギー庁長官・生駒亘《いこまわたる》と経済産業省の大臣官房長・真《ま》中久利《なかひさとし》が、湯河を見て頷いた。顔見知りと呼ぶにはおこがましい二人だ。

「君を呼んだのは、他でもない。弊社の繋ぎ資金融資について関係金融機関に協力を求めている件で、金融機関に対して、総理からのお墨付きを戴きたいと考えている」

だからなんだ？　濱尾が何を求めているのかがまったく見えてこない。それに融資のことなど自分は担当外だ。

「そこで、君にお願いしたいことがある。『首都電は絶対に潰さない。だから、緊急融資に際しても、引当金を充てる必要はない』と総理に一筆書かせて欲しいんだ」

「お言葉ですが、そんな権限は私にはございません」

「だが、経産省《METI》内では君が最も総理に信頼されているそうじゃないか。ここは、METIと我が社のために、お力添え戴けないだろうか」

事務秘書官ごときが、総理に重大な政策を命じるだなんて、まともな神経の者では到底考えが及ぶものではない。だが、濱尾の脇に控えている経産省の大物二人に異論を挟む気配はない。

なんだ、これは。

ばかばかしすぎて言葉が出なかった。

「湯河君、返事はどうした」

真中に注意されて渋々口を開いた。

「首都電を潰すべきではないというのは、当然だと思います。しかし、総理が金融機関にそう明言するように働きかけるのは、無理です」

「なぜだね？」

「私は、総理からそれほどの信頼を得ていません。その証拠に、この重大事のさなかに私が毎日詰めているのは官邸ではなく、御社の緊急対策本部です」

「謙遜しなくてもいいよ。古谷総理はMETI嫌いだが、君の意見だけには耳を傾けるという情報を、私は多方面から得ている」

「では、その情報源がいい加減なのです」

怒鳴られるかと思ったが、濱尾は何も言わなかった。

「湯河君、原発事故を一刻も早く収束するために、後顧《こうこ》の憂いがあってはならないと思わないか」

代わりに生駒が話しかけてきた。

エネルギー行政のエキスパートとして湯河が最も尊敬し信頼している人物が、こんなバカげた提案のために説得してくるとは。

「生駒長官のおっしゃる意味は分かります。今は事故の収束に集中して欲しいですから、経営問題によってそれが妨げられるのは避けたいと思います」

「だったら、年度末の資金ショートを回避する重要性は理解できるだろ」

理解はできるが、官僚としての分を超えた行動を取るつもりはない。

「君に大変な無理を強いるのは、心苦しい。それは、私も真中君も、そして濱尾会長も同様だよ。しかし、すでに我々は総理から拒絶されて、面会すら叶わないんだ」

「そうでもないようだよ。総理は、君がいつ戻ってくるのかと気に掛けているそうじゃないか」

「それは、私も同様です」

それも、何かの間違いでしょうと言いたかった。

「横車を押せと言っているわけじゃない。総理として、当然のことに気づいて戴きたいだけだ。その進言役には、君が適任なんだ」

「総理が、生駒長官や濱尾会長と会おうとしない理由はなんですか」

「我々を、信用して下さっていない。おそらく、我々が省や社を守ることだけを考えて、原発事故収拾に協力する気がないとでも思われているのだろう」

愚かな。だが、あの総理なら可能性はある。だから、聞きたくもない無理な相談を持ちかけられるハメになっている。

「総理は今、原発事故収拾に没頭しすぎるあまり、被災地への対応や首都電の経営問題にまで考えが及ばないんだ。だとすれば、総理を補佐するためにいる事務秘書官である君が、それをサポートするのは当然の責務だろう」

そういう流れで説得されると、湯河も簡単に拒絶できなくなる。

「首都電が資金ショートして破綻したら、原発事故の収拾にも大きな支障が出る。その一点を、総理にレクチャーしてもらえないだろうか」

生駒に、そこまで頼まれたら断れない。腹をくくるしかなかった。

「お役に立てるかどうか分かりませんが、ベストを尽くします」

「いや、湯河君、それでは困るんだ。必ず保証を取り付けてくれたまえ。この濱尾が一生恩に着ると言い添えてもらってもいいので」

こいつは、バカか。

金持ちや権威というものが、古谷は大嫌いだ。そういう輩を駆逐して総理になったと、吹聴しているぐらいだ。今の濱尾の言葉など片鱗でもにおわせたら、「首都電は絶対潰す！」と言いそうだ。

「かしこまりました」

酸欠になりそうな部屋を出た途端に、湯河は大きく息を吸い込んだ。

6

二〇一一年三月一六日午後一〇時三六分　磐前県立田町・Ｊファーム

首都電東京本社広報室への定期報告を終えた秀樹に、Ｊファーム所長の永射《ながい》から呼び出しがかかった。

水力発電部門に長く籍を置いていた永射だが、同部門の事業縮小に伴い、現在は出向の形でＪファームの所長を務めている。

デスクに行くと、永射がダウンジャケットを羽織ってドアに向かったので、秀樹もグラウンドコートを手にして続いた。

毎日、膨大な仕事を命じている永射が、わざわざ話す場所を選ぶということは、他聞を憚る話題なのだ。

どこを歩いても人がいる。寝転んで休息している者も多くて、廊下もまっすぐに歩けない。これでも随分、数は減ったのだが、まだ一〇〇〇人以上がＪファームに残っている。

帰る家がない人もいる。また、イチアイからは避難したものの、いつ呼び戻されても対応できるように待機している所員も大勢いた。

その一方で、責任ある立場にありながら、我先に逃げ出した者もいる。

もっとも、イチアイ関係者は待機せよという命令など本社は出していないのだから、逃げ出したからといって、非難はできない。

命あってこそと割り切るか、原発所員としての矜持を守るのか、それは個々人に委ねられている。

秀樹も、Ｊファームに残る義務はなかった。それどころか、串村から預かったＩＣレコーダーを一刻も早く本社に持ち帰るのが本来の仕事だった。

だが、イチアイが安全に冷温停止するのを、Ｊファームで見届けたかった。だから、ＩＣレコーダーは東京本社に帰る社員に託した。

屋外に出ると、頬に突き刺さるような寒さが襲ってきた。秀樹はコートを着てフードを被った。

今夜の月は明るい。二人はグラウンドに続く階段に腰を下ろした。

「一杯どうだ」

ダウンジャケットのポケットからペットボトルとお猪口が出てきた。暗がりなので、中身は分からないが、水ではなさそうだ。

「戴きます」

「会津の酒蔵から大量に差し入れが届いた。で、おこぼれを戴いた」

「おいしいです」

「臓腑に染み渡るってやつだな。寒い場所で飲むと格別にうまい」

もう一杯ついでくれたので、それも一気に飲み干した。寒さも幾分和らいだ。

「アトムズのお嬢さんたちは、元気にしているか」

首都電女子サッカー部ＭＰアトムズの選手たちも大半は、別の場所に避難した。残っているのは、萩本あかねと本田由紀の二人だけだ。

二人は、イチアイの職員として、逃げるわけにはいかないと頑として避難を拒否していた。

「びっくりするぐらい元気です。Ｊファームに避難している子どもたちにサッカーを教えたり、お年寄りの面倒を熱心に見たりと、とにかくいつも働いてます」

「さすがだなあ。俺は以前、日本代表になるような選手は、常に感謝の気持ちを忘れるなと言ったことがある。だから、あの二人は、どんなことでも率先して行動した。言ってみれば、首都電社員の鑑《かがみ》だよ」

秀樹には耳が痛い話だ。

「東京にあるアトムズの運営会社の社長から、一刻も早く本田と萩本を避難させるようにという命令が来たんだ」

「すぐに、二人に伝えます」

「いや、あいつらは拒否するよ」

「社長命令ですよ」

「本田も萩本も、イチアイを誇りに思っている。誰の命令だろうと、簡単には応じんよ」

そうかも知れない。

「じゃあ、所長が説得して下さい。所長の命令なら二人も聞くと思います」

「どうかなあ。俺が一緒に避難するならまだしも、二人だけに避難しろと言ってもなあ。それよりも、おまえに二人を連れて帰って欲しいんだ」

「それはできません！　僕は、串村所長や能登さんが事故を収拾するまで、ここにいると決めています」

永射が吐き出した白いため息が、闇に吸い込まれていった。

「おまえにも強制帰還命令が出ている。東京で、事故直後について事情聴取したいそうだ」

「まさか。先程、東京本社の広報室に定期報告をしましたが、そんなことは言われませんでしたけど」

「これは原子力本部の管理部長命令だ」

思わず手の中のお猪口を強く握りしめていた。

「だから、おまえに二人を連れて帰って欲しい」

「嫌です！」

冗談じゃない。

「嫌かも知れないが、これは上層部の命令なんだ。東京はいまだに、イチアイで何が起きているのかを実感できていない」

「ＩＣレコーダーに全て記録されています」

「それだけで理解しろという方が無茶だろ。おまえは広報マンなんだ。使命を全うしろ」

「その命令はお受けできません。僕はここに残りたいです」

「本田や萩本に逃げて欲しいと思うなら、おまえがお手本を見せろ」

なんでそうなるんだ。

月明かりに照らされた永射の顔は辛そうだ。

「おまえが責任を感じているのは分かる。だがな、おまえがここにいても意味がない。それより、若い奴らはできるだけイチアイから離れて欲しい」

「永射さんは、串村さんたちの頑張りを信じられないんですか。皆、必死で原発が暴走するのを止めようとしているんですよ。きっと安全に冷温停止できます」

「二度も水素爆発を起こしたんだ。もはや安全じゃない。串村所長の使命が冷温停止なら、おまえの使命はイチアイで起きた出来事を世間に伝えることだろう。そして、本田と萩本は、日本代表選手として結果を残すことだ。皆が自分の本分を全うする。今、求められているのは、それだけだ。だから、二人を東京に連れて行ってくれ」

本田と萩本両選手には、一刻も早くここから避難して欲しい。

それに、実際のところ秀樹はＪファームでもさして役には立っていない。

「次の女子サッカーワールドカップでは、日本は結構良い成績を残しそうだと期待されている。そのために、あの二人は絶対に必要だろ」

反論は幾らでもあるが、永射の指示に従うのが最善だというのは理解できた。

「分かりました。ご指示に従います」

「郷浦君、ありがとう」

心から嬉しそうに、背中を何度も叩かれた。

「よし、じゃあもう一杯飲もう。それを飲んだら、さっそく二人に伝えるぞ」

お猪口になみなみと注がれた酒をひと息にあおって顔を天に向けたら、無数の星が見えた。

7

二〇一一年三月一七日午後五時一四分　京都市・西大路

プライベートジェットで、鷲津は予定通りに屋久島を飛び立った。それから二時間余りでリアジェット75は、大阪の伊丹空港に到着した。

昨夜、久しぶりに飯島と話した。

電話に出るなり「俺はもう隠居の身や。仕事の話は聞かへんぞ」と釘を刺してきたが、「良い絵が手に入ったんですよ」と、飯島が最近凝っているらしい浮世絵にかこつけてアポを取った。

二年前に、飯島は愛妻を亡くしている。彼自身はニューヨークで破綻した投資銀行の再生に従事していた時で、死に際に間に合わなかった。二人の間には子どもがなく、夫人は大阪の高級老人ホームで悠々自適に生活していたのだが、ある朝息を引き取っているのを、ホームのヘルパーが発見した。

東京にいた鷲津は訃報を聞いて、すぐに老人ホームに駆けつけ、飯島の代理人を務めた。

飯島は密葬を済ませ、すぐにニューヨークに戻っていった。

その直後ぐらいから、飯島の趣味が浮世絵収集――中でも春画――に傾いた。

おもろうてやがて哀しき――そんなセンチメンタリズムに浸れるのがいいという。

鷲津は半ば呆れながらも、知り合いの美術商に頼み、珍品が出たら買い求めていた。

今回持参するのは春画ではなく、鈴木春信《はるのぶ》の美人画と、飯島そっくりの妖怪が描かれた月岡芳年《つきおかよしとし》の無残絵だ。

「飯島さんに、無理に会う必要はないぞ。リンが役員まで務めた会社をメチャクチャにした男に会うのは不本意だろ」

西大路通を北上するハイヤーの窓から外を眺めていたリンが意外そうな顔でこちらを向いた。

「恨みなんてないわよ」

飯島が手がけたゴールドバーグ《G》・コールズ《C》の再生処理は熾烈を極めた。社内の帳簿を徹底的に調べ上げて隠し資産を見つけると、躊躇なく売却した上で、債権者への返済に充てた。

その一方で、粉飾決算や不正な融資、資産の私物化などを行っていた社長以下一三人の役員を、特別背任などの罪で連邦検事局に告発した。

社名こそ残ったが、サブプライムローンで大きな損失を抱えた債券部門や、Ｍ＆Ａのアドバイザー・セクションを閉鎖した。

現在は、ゴールドバーグ・コールズが発足時から伝統的に続けてきた投資銀行部門を中心に、原点回帰を図っている。

ゴールドマン・サックスやモルガン・スタンレーと並び称された投資銀行の雄に、もはやかつての姿はない。

「強がりじゃないのか」

いきなり頬をつねられた。

「飯島さんは、見事な手腕を発揮した。その気になれば、すべての事業をバラバラに解体して破産させることだってできた。でも、彼はＧＣに復活のチャンスを与えてくれたのよ。恨むどころか、むしろ感謝してるわ」

「なぜ、京都まで付いて来たんだ」

「久しぶりに京都でゆっくりしたいから」

「それは二番目の理由だろ。俺が信用できないのか」

「まあ、それもある」

苦笑いと共に鷲津はタバコをくわえたが、リンに奪われた。

「まだ、三日もたってないでしょ。禁煙しなさい」

首都電力を我が手にするまでタバコを断っていた。というのは方便で、人間ドックのたびに、タバコをやめるようにと医者から厳しく言われているのを知っているリンとサムに、強制的に禁煙させられているのだ。

「本当の理由はなんだ？」

リンはまた窓の外を見やった。鷲津が手を伸ばすと力強く握り返してきた。

「濱尾は強敵よ。今まで私たちが闘ったことのない面倒な男」

「そうか」

「あなたは、彼の怖さを分かってないと思う」

日本電力《Jエナジー》買収の際の介入で、濱尾の冷酷さを知った。しかし、何事にも動じないリンが警戒するほどの相手ではないと思っている。

「リンは、分かっているのか」

「分からないわ。厄介な相手だというのは分かるけど、どんな風に怖いのかは分からない」

「得体が知れない、と言いたいのか」

「ちょっと違う。彼は自らを全能の神《オールマイティ》だと確信している。刃向かう者は必ず破滅させるし、手段を選ばないと考えている。そこまでは私にも分かるのだけれど、どんな思考をしていて、どんな手を打つかが読めない」

リンにしては珍しい評価だ。

「買いかぶりすぎじゃないのか」

「そうかな。それを強く否定するだけの材料がないけど、政彦が一番苦手なタイプなのは間違いない」

——この世界は、一パーセントの強者が実権を握り、自分たちの富と自由を守るために統制している。

Jエナジー買収の時、あの男は、臆面もなくそう言い放った。

その仲間入りを誘われた。断ると、今度は脅された。しかも、生半可な脅しではない。日本の国家権力はおろか、米国の情報機関にまで言及し、鷲津を破滅させると言った。

最初ははったりかと思ったが、サムに追認調査を命じたところ、実際にサムライ・キャピタルに相場操縦の疑惑ありという情報で、証券取引等監視委員会と東京地検特捜部が内偵していた。

また、義弟の周辺を探っている人の影もあったという。

――私のポリシーは、敵は徹底的に潰す。

それを聞いた時は、さすがに寒気がした。

「一昨日、原発事故後初めて記者会見に臨んだのを見たでしょ。詫びる言葉は吐いたけど、超然としていた」

テレビで見た限りだが、ふてぶてしいという表現が最適な態度ではあった。

「あなたは、交渉の天才よ。また、相手の心の襞や弱点を見抜く洞察力も凄い。でも、それは相手が人間的な感情を持っている時の話。濱尾にそんなものがあるのかしら？」

確かに、濱尾には感情を測れない雰囲気がある。冷淡で感情に乏しいのだと思っていたが、リンはもっとシビアに見ているらしい。

「しょせん人間だ。弱点もあるし、別に俺は濱尾のおっさんと決闘をするわけじゃない。俺のターゲットは、首都電だ」

リンは何も言わずに鷲津を見つめるだけだ。

咎めるわけでも、否定するわけでもない。

「百歩譲って、濱尾が冷血人間だったとして、なぜ飯島さんに会いたいんだ」

「あら、理由は単純よ。化け物のことは、化け物に聞け――。私は飯島さんに直接疑問をぶつけたい。そして飯島さんに濱尾を分析して欲しい」

完全主義のリンらしい。

翻って鷲津は、感覚的に戦略を練るし、臨機応変の能力で、いくつもの難局を切り開いてきた。もちろん、サムの情報収集能力とリンの多角的な分析があったからこそ、失敗しなかった、という自覚はある。

ならば、俺はリンが感じている強い警戒心を共有すべきだ。

慢心は後悔と失敗しか生まない――。

ハイヤーは北野白梅町《はくばいちょう》の交差点を左折すると、京福電鉄北野線沿いを西に向かった。

8

二〇一一年三月一七日午後五時四九分　京都市・嵯峨野

飯島は、広沢池に近い北嵯峨で隠居している。ハイヤーが入れないほどの狭い路地の奥にある鄙《ひな》びた庵《いおり》だった。

門に「汀亭《みぎわてい》」とある。

リンの手を取り鷲津は茅門を潜った。石畳を進み、平屋の玄関口に立つと、格子戸が開いた。

「いやあ、鷲津はん！　お懐かしい」

渋い鶯《うぐいす》色の京小紋を着たふくよかな女性が笑顔で迎えてくれた。

「ぽん太さん、元気そうじゃないか」

彼女は、飯島が三葉銀行に勤務していた頃からの馴染みの芸者で、引退後は料亭の女将を務めたこともある。

「もう、元気も元気。私の取り柄はそれだけですし。それにしてもハットフォードはんは、相変わらずおきれいで」

リンが「ご無沙汰しています」と丁寧にお辞儀をした。彼女は、黒のワンピースに同色のカーディガンを羽織っている。

「ご隠居は？」

「亮ちゃんなら、もう朝から首を長《なご》うして待ってはります。さあ、遠慮なく奥へどうぞ」

板張りの廊下を進むと、痩せた和服姿の男が現れた。

「なんや、遅かったやないか」

「これは、ご隠居、ご無沙汰しております」

暫く見ない間に、飯島はさらに小さくなったようだ。上等な紬《つむぎ》の着物に袖なしの羽織というでたちだが、着物の寸法が大きく見える。

もっとも、鋭さを残す大きな目だけは昔と変わらぬ飯島だった。

「お言葉に甘えて、図々しく押しかけて来ました」

「別にあんたを呼んだつもりはないで。まあ、暇つぶしには、ええけどな。それにしてもハットフォードちゃんは、相変わらずべっぴんやなあ。その上、ボディラインもピチピチや」

「丸太みたいな体形ですんまへんなあ」とぽん太が嫌みを言ったが、目は笑っている。

よく手入れされた庭が見える座敷に案内された。

「久しぶりに、ドンペリでもどや？」

今となっては懐かしさを感じる銘柄だった。

「いいですねえ。じゃあ、これはあとで」

鷲津は持参した焼酎「原酒屋久杉プレミアム」をぽん太に渡した。

乾杯の準備は整っていた。黒檀の座敷テーブルの上にシャンパンクーラーが置かれ、ドン・ペリニヨンのボトルが冷やされている。

手際良くぽん太が抜栓すると、心地良い音が部屋に響いた。彼女は流れるような動作で、フルートグラスに酒を注いだ。

「まずは、再会に乾杯や」

一気に飲み干すと、鷲津は風呂敷に包んだ献上品を差し出した。

「まあ、何ですの？」と手を伸ばすぽん太を押しとどめて、「これはあとのお楽しみや」と飯島自身が受け取った。

「どうせまた、嫌らしい絵でっしゃろ。ほんま、呆れるわ」

察しの良いぽん太が顔をしかめながらも、「ぴったりのおつまみを見繕ってきます」と席を外した。

「『汀亭』の由来は何ですか」

リンに尋ねられると、飯島はすっかり生え際が後退した白髪頭を撫でた。

「古《いにしえ》の人は汀に影絶えて 月のみ澄める広沢の池、から取った」

「源頼政の歌ですね」

「すっごいなあ。アメリカ人のあんたが、あっさり答えるとは」

源頼政は、源氏でありながら平清盛に重用され公卿《くぎょう》になった人物だと、リンが教えてくれた。

「飯島さんが、センチメンタリストだなんて意外だわ」

リンに言われて、妖怪が照れた。

鷲津は「そういう意味の歌なのか」と思わず聞いてしまった。

「昔は風流人が大勢、広沢池に集まって月を愛でたけれど、今はもう人影もないという寂寥感を詠んだものなの」

なるほど、だとすると飯島の脳裏に浮かぶ広沢池は、カネか黄金で溢れていたのかも知れない。

「まあ、気づくとライバルも消え、友達も死んでいく。わしも大概往生際が悪い男やけど、いよいよあの世からお呼びが来るのを、ここで待とうかなと思っただけや」

笑いを堪えられなかった。

「なんや鷲津、笑《わろ》たな」

「あなたは、地獄で閻魔大王に裏金を摑ませて、天国に行かせろと交渉する男だ。急に、そんな殊勝なことを言われても信じられません」

怒るかと思ったが、飯島は嬉しそうに笑った。

「まあな。ほんで、おたくらのほんまの用件は何や」

「濱尾重臣について知りたい」

「おまえ、首都電を狙ってるんか」

答える必要もない。

「やめとけ、やめとけ。Jエナジーで酷い目にあったんやろ」

「何でもよくご存じで」

「情報は力って、俺のよく知る小生意気なガキがよう言うとったからなあ」

「その小生意気なガキが一矢報いたいと思いまして。濱尾をよくご存じのご隠居に教えを乞いに参りました」

渋い顔で飯島は腕組みをした。

先程まで見せていた好々爺《こうこうや》の片鱗は消えている。

「前置き抜きで言うと、あいつと闘って得することなんてなんもない。関わらん方がいい」

「それは、飯島さんのレクチャーを受けてから決めます」

庭の鹿威しが鳴った。

「あのな、わしに言わせれば、あれこそまさしくホンマの悪《ワル》や。濱尾っちゅう男は、良家の生まれのエリートのくせに、厄介な連中と関わることにも躊躇しない。世間では、財界総理などと呼んでるが、そんな生易しいもんやない」

飯島は言いたい放題だ。すでにドンペリは空っぽで、ぽん太が絶妙のタイミングでシャルドネと刺身を運んできた。

ワインをテイスティングして「ええ味しとる」と喜んでから、飯島は話を続けた。

「知ってのとおり、日本の電力事業は、特殊や。民間企業でありながら、地域独占が認められている。その上、燃料費が高騰すれば、それを自動的に電気料金に上乗せすることも認められている」

電気料金は、総括原価方式によって決まる。

電力供給に関わるすべての経費を合算した上に、報酬率と呼ばれる利益分を加えて電気料金を徴収している。言い換えれば、最初から電力会社が必ず儲かるシステムを国が保障しているわけだ。

なぜ、こんなことが許されるのか。それは公共性の高い事業ゆえに恒常的に経営の安定が維持されなければならないからだ。そのうえ電気料金の高騰を抑えるためだというから笑わせる。

「まがりなりにも資本主義国家の日本で、これほどまでに統制経済がまかり通っているのも珍しい。せやから、電力会社は笑いが止まらんほど儲かるわけや」

だから、俺は首都電力が欲しいのだ。

「まあ、そういうカネの匂いをかぎつけて、おまえも無謀をやる気になったんやろうけどな。とにかくおいしい業界だけに、日本中の魑魅魍魎が集まってくる。濱尾は、その中でも大きな影響力を持つ数人と密接な関係にあり、電力業界を支配している。これだけ聞けば、濱尾がどんだけ厄介な男か想像できるやろ」

要するに濱尾の周りには、反社会的勢力やフィクサー、政治家の類いが顔を揃えていると、言いたいわけだ。

濱尾は元は公爵家の出で、祖父は貴族院議長を務めた。父親は戦後のどさくさの中で、日米の橋渡しをした一人だったようだ。亡くなる直前まで日米友好協会という怪しい団体の理事長を務め、高額な所得を得ている。

濱尾は三人兄弟の二番目だが、長兄は一九歳で自殺しており、実質は嫡男だった。エスカレーター式の慶應義塾幼稚舎に入学しながら、出口は東京大学法学部で、それから米国プリンストン大学に留学した後、首都電に入社している。

主に企画畑でキャリアを積むが、総会屋対策や原子力発電の反対運動対策などの部署でも辣腕を振るってきた異色の実力派だった。

徹底した秘密主義を貫いており、早くから与党の派閥の領袖《りょうしゅう》やエネルギー族と呼ばれる実力者と昵懇《じっこん》の間柄となり、同時にフィクサーや反社とも関係を持ったという噂だった。

濱尾の政財界での影響力を陰で支えている人物が、二人いる。一人は、野党保守党の大物議員でありエネルギー族のドンである東海林完爾《しょうじかんじ》であり、もう一人は、最後のフィクサーと言われる甲斐清輝《かいきよてる》だった。

東海林は、日本に原発を誘致した議員の一人で、長きにわたって原発行政に対する圧倒的な影響力を誇ってきた。

一方の甲斐は、濱尾と同い年の六七歳。正統派右翼を標榜しており、反社や総会屋とも太いパイプを持つ超大物の闇の紳士だった。

東海林との関係は頷けるものの、甲斐との繋がりが分かるような痕跡はなかった。

ただ、首都電でトラブルが発生した時の処理役として甲斐が暗躍し、収拾したという事例をサムが掘り起こしてきた。だが、そこから先の、甲斐と濱尾の関係の詳細については さすがのサムも摑めずにいた。

「濱尾はなぜ、そんな強大な力を手に入れられたのでしょうか」

リンが尋ねた。

「甲斐との関係が大きいな」

「元華族が、そんな人と関わるんですか？」

「いや、リン、濱尾は華族の出だから、そういう連中の扱いがうまかったのかも知れんぞ」

「わしもそう思てる。あいつの家には、戦前から一筋縄ではいかん輩が出入りしていたらしい。戦後、多くの華族が没落する中、濱尾家が上手に生き残ったのも、そういう連中との関係があったからやろな」

かつてこの国には、政治のダークサイドで蠢き、時に表で解決できない政治問題を処理する人間が大勢いた。

鷲津が生まれた大阪の船場《せんば》にも、フィクサーの大物がいた。実際、鷲津の祖父もその一人で、自宅に時々怪しい連中が出入りしていたのをうっすらと記憶している。

しかし、そんな輩が跋扈《ばっこ》する時代はとっくに終わった。

「今時のフィクサーに、そんな大きな影響力があるんですか」

「昭和の時代に比べたら、ずいぶんと小物にはなったけどな。それでも、様々な業界や政界さらには地域で、隠然たる力を持っている面倒な奴はおるんや。電力会社は笑いが止まらんほど儲かるんやから、悪い虫がいっぱい集まってくる。そういう奴らを寄せつけんための用心棒として上手に使ってるわけや。さらに、発電所は国内最大級の建造物や。建設時はもちろん、メンテナンスでも色々と問題が起きる。あるいは、思想的に対立する者や地元の反対運動などへの対策もいるやろ。そういうのを穏便に済ませたいとしたら、一筋縄ではいかへんような輩も必要や。くれぐれも侮らんようにな」

「時代錯誤も甚だしいな。ますます私が買う意味が出てきました」

「おまえ、なんも分かってへんなあ。ええか、首都電を買うっちゅうことは、そういうダークサイドも丸ごと買うっちゅうことや。力ずくで奴らとの関係を絶とうなんて思ったら、おまえの命がなくなるで。悪いことは言わん。はよ、手を引け」

いつになく飯島が慎重だった。

「私には、飯島さんと濱尾さんは同じ穴の狢《むじな》に思えるんですけど、違うんですか」

リンの質問に、飯島は頭を撫でた。

「ハットフォードちゃん、そりゃないやろ。わしは正真正銘日本を代表するバンカーやで。闇の紳士なんかとつきおうたこともない」

だがリンは納得しない冷たい目で、飯島を見つめている。

「そりゃ、時には厄介な奴らとは色々あったこともある。けどな、しょせんは銀行屋や。発電所建設のための土地買収から補償問題、さらには様々な大規模工事などなど荒っぽい事業が目白押しの電力会社とは、関わり方の度合いが違うわ」

銀行界屈指の妖怪と恐れられた男が、やけに謙遜している。

「なんや、おまえらのその目は。わしを、あんな奴と同列に考えとったんか」

「だから、はるばるこんな嵯峨の田舎までやってきたんです」

「あのな。根本的に違うねん。わしの場合は、あくまでもビジネス上のおつきあいや。それで済むのが銀行屋や。けど、電力会社はそうはいかん。双方の繋がりが深く太い。せやから、対応する側にもそれだけの度量と覚悟が求められるんや」

理屈は分かった。だが、飯島は、まだ本質的な話をしていない。

「悪いんだが飯島さん、業界的な差はあるにしろ、我々はあなたと濱尾が違う人種だとは思えない。一方で、濱尾とあなたは似て非なるものだとも思う。それが何かを知りたい」

食えない男は答える代わりに、リンと鷲津にワインを勧めた。鷲津は残っているワインを飲み干し、酌を受けた。

「飯島さんは、いつ頃からお知り合いなんですか」

「割と最近やな。ご存じのとおりわしの主戦場は関西やったからな。名刺交換したんは、三葉の東京本店に呼ばれてからや」

知り合ってせいぜい一五年ほどか。

「彼は、アメリカの情報機関とも深い繋がりがあるようですが」

「あるやろな。フルブライト奨学生の多くはＣＩＡに勧誘されとる」

フルブライト奨学生とは、日米教育委員会が運営する国際奨学金制度で米国留学を果たした学生のことだ。資産家や良家の子女が多く、一部には若い頃から親米派に洗脳するためのプログラムと揶揄する者もいる。

「フルブライトの留学生が皆、ＣＩＡにスカウトされているわけではないでしょう」

「まあな。けど、あいつは紛れもなくアメリカの犬やぞ。おまえも酷い目にあったんやろ」

　Ｊエナジー買収工作の際に、米国の情報機関の名前をちらつかして濱尾に脅されたのは、限られた者しか知らない。それを知っているあたりが、飯島の得体の知れなさなのだ。

「フルブライト以上に、あいつは財界の原発推進の旗振り役なんや。アメリカのエネルギー・マフィアや情報機関と繋がっとっても不思議やないやろ」

　エネルギー・マフィアか……。

　首都電奪取に向けた準備の際に、電力業界にまつわる背景情報や表出しないネットワークなどについても徹底的に調べた。

　その中で、何度もエネルギー・マフィアや原発利権などという言葉を目にした。エネルギービジネスは巨大で動くカネも半端ではない。その上、政治にも密接に関わっている分、厄介ではある。

　しかし、どの業界にも闇や表に出したくないネットワークは、存在する。

「濱尾に弱点は、ないんですか」

「鷲津、おまえはわしの意見を聞きにきたんやろ。首都電だけは触るな。おまえ、ほんまに命落とすぞ」

「飯島さんも、政彦の性格はご存じでしょ。怖いぞといくら連呼しても、彼には届きません。それよりも、命がないとおっしゃる根拠を教えてください」

リンが大人の仲裁に入った。

「根拠なあ。一言で説明するのは難しい。確かに首都電も民間企業やし、日本を代表するエクセレントカンパニーと言ってもええやろ。けど、仮におまえが手にいれたとして経済的合理性だの収益構造の改善などをやろうもんなら、一気にダークサイドが牙を剝く。せやから止めている」

「首都電には複数のパンドラの箱がある。私のようなお調子もんが、正義感に駆られて一つでも蓋を開けると、とんでもないことが起きる。そうおっしゃりたいんですか」

「よう分かっとるやないか。まさしくそのとおり。おまえみたいなタイプには馴染まんのや。いや、首都電と相性が悪いと言うべきか」

そうかも知れない。聞けば聞くほど、ぶっ潰したくなる企業だ。

「申し訳ないんですが、飯島さん、私はそういうパンドラの箱を持つ企業が大好きなんです。バブル崩壊以降も日本はずっと腐ったままです。それは、そういう特定の名門企業がお高くとまってマフィアだのパンドラだのと、秘密主義と独善主義を続けているからです。今の話を聞いて、ますます首都電が欲しくなりました。だから、教えて下さい。濱尾の弱点はなんですか」

「ない」

即答か。

「そんなわけないでしょう。誰にでも弱点はある」

「濱尾は人間やない。弱点なんてあるか」

「強いて言えば？」

だが、仏頂面になった飯島はそれ以上答えなかった。

「濱尾さんの趣味は、なんですか」

簡単には諦めないリンが、無言でワインを飲む飯島に詰め寄った。

「趣味かあ。囲碁やったかな。それと、毛針を飛ばして魚を捕る釣りも好きやと聞いてる」

「フライフィッシングですか」

「それや、それ。確か、日光の湯川によう通ってはるらしい」

ある人物の顔が浮かんだ。リンも同様のようで、冷笑を浮かべて鷲津を見ている。

「そうか。あんたらには、懐かしい場所やな。鷲津先生の原点とも言える場所や」

飯島にも思い出されてしまった。

「私の原点は、船場ですから。日光は単なる避暑地です」

「そう言えば、首都電力は、毎年幹部候補生だけを日光ミカドホテルに集めて、大研修をやってる。そこに濱尾は顔を出して活を入れるのが恒例らしい。あ！　鷲津ちゃんお気に入りのミカドホテルの美人社長が、濱尾の釣りの相手をするってのも聞いたなあ」

お前の弱点やろと言わんばかりに、飯島は嬉しそうだ。

鷲津は苦笑いをしてグラスを口に運んだ。

「ウチのバカ社長と違って、濱尾さんはカマトト女の手管になびいたりしないでしょうから、ミカドホテルの女社長にも期待できないわね」

リンまで調子に乗って毒を吐いている。

「せっかく盛り上がっているのに話題を変えて恐縮なんですが、それほど難攻不落な相手ならば、やり方を変えます。濱尾を支える大物である東海林代議士か、甲斐清輝氏を紹介して下さい」

「おまえ、正気か？　あんな奴ら会わん方がええ」

お説ごもっとも。だが、濱尾攻めの突破口が見当たらないのであれば、虎口に入るしかない。

「会うだけなら、命までは取られないでしょう」

「東海林はともかく、甲斐なんぞと知り合いになったら、死ぬまでつきまとわれ、ビジネスに支障を来《きた》すぞ」

だとしても引き下がるわけにはいかない。

「おまえのアホは、ほんま治らへんな。自分から危険に飛び込む必要なんてないやろ。だいたい、今まで買《こ》うた会社を回すだけで、一生楽に暮らせるはずや。けったくそ悪い濱尾なんて忘れてしまえ。ハットフォードちゃん、あんたからもよう言い聞かせとき」

「おっしゃるとおりなんですけどねえ。政彦がここまで思い詰めているんだから、会わせてあげて下さいな。お二人が本当に怖い人たちなら、政彦の傲慢な鼻も折れてちょうどいいし。彼にはそういう体験が足りないんです」

味方についてくれると思った相手に裏切られて、飯島は不満そうだ。

「あんたらバカップルか。そんなんやっても、残るのは後悔しかないで」

「会わない方が後悔します。とにかく、私は濱尾という男のことを徹底的に知りたいんです。このとおり、繋いで下さい」

鷲津はテーブルに両手をついて頭を下げた。

9

二〇一一年三月一七日午後六時五一分　東京・総理官邸

久しぶりに官邸入りした湯河は、古谷総理と二人きりになるタイミングを朝からずっと計っていた。古谷は官邸の地下の危機管理センターに引きこもったきり、誰も寄せ付けないらしい。

ここは根比べだとセンターの廊下で待機したのだが、中に入るチャンスすら摑めないまま時間が過ぎていった。

残念だったのは、古谷が信頼を寄せている数少ないスタッフの泰森政務秘書官が、不在なことだ。側近中の側近である泰森は、どんな時でも古谷のそばに控えている。なのに、今日に限っていないなんて。

ある事務秘書官の話では、総理から極秘の使命を託されたらしい。

今日は諦めて帰ろうと、五階の事務秘書官室に戻った時、携帯電話に泰森から連絡が入った。

「何度も連絡をもらっていたようですね。緊急とは、どういう用件ですか」

「官邸にはいつ戻られますか」

「あと、一、二時間は厳しいかな」

　ならば、電話で話すしかない。湯河は、用件を簡潔に説明した。

「その件は、総理のお耳には入れてあります」

「でも、ご返事をされていないようです。別に首都電の肩を持つつもりはありませんが、この段階で、首都電に万が一のことがあれば、事故対応だけではなく、日本の経済がパニックになりますよ。総理の英断を促すべきかと」

　政務秘書官の中には、豪腕をひけらかすタイプも多い。だが、泰森は温厚で、周囲との関係を良くする努力を惜しまない人物だった。

「おっしゃることはよく分かりました。すぐには官邸に戻れませんので、総理に連絡して湯河さんの話を聞くように伝えます」

「でも、私の話なぞ、聞いて下さらないのでは」

「大丈夫だと思います。昨晩ぐらいから、湯河さんのことをしきりに気にしていましたから。なので、むしろ良いタイミングだと思います。まずは総理のお話を聞いてあげて下さい」

まるで老人ホームで、家族も滅多に会いに来ない年寄りに会う時の要領を聞いているようだ。

地下の危機管理センターに行こうとエレベーターに乗り込むと、水野官房長官が乗っていた。

「なんだ、戻ったのか」

「今日は、ちょっとこちらで用がありまして」

水野は上の空で、湯河の用件に興味はないらしい。

「イチアイの状況はどうなんだ」

「相変わらず小康状態ですね」

「安全宣言を出せないかな」

何を言い出すんだ。

思わず水野の横顔を覗き込んだ。随分憔悴している。

「皆もう限界だろ。このあたりで、ホッと一息つきたいじゃないか。だから、ある程度の可能性レベルでいいんだが、そういうメッセージを首都電から出せないもんかねえ」

この人はまだ、原発事故の怖さが分かっていないようだ。

「当分は無理じゃないですか。イチアイの建屋周辺は放射線量が高すぎて、まだ近づけません。実際、各基がどういう状況なのかも、推測の域を出ないんです。安全宣言どころか、本当はもう少し避難区域を広げたいところです」

「何をバカな。これ以上広げたら、本当に東京がパニックになる」

水野は、やたらと東京都民の反応を恐れている。事故が起きたのは磐前県内で、一番深刻な状況にあるのはイチアイとニアイ（首都電磐前第二原発）がある自治体の住民なのだ。そこの避難区域を広げる検討をするのに、なぜ都民のパニックを心配しなければならないのか。

「昨日久しぶりに自宅に戻ったんですが、都内の住民はみな冷静ですよ。パニックってのは大げさじゃないんですか」

「そりゃ当然だよ。金持ちはすでに避難しているし、都内に残るしかない市民は、なんとか平穏を保とうと必死で努力しているんだ。だが、うっかりしたことを言えば、すぐにパニックになって我先にと逃げ出すはずだ」

そんなことも分からないのかと言いたげだ。

バカげた懸念だと思ったが、反論して絡まれるのが煩わしくて曖昧に頷いた。

「ところで官房長官は、首都電への緊急支援についてはご存じですか」

「聞いたよ、奉加帳を回してるんだろ。まったく、迷惑な会社だよな。原発であんなとんでもない事故を起こしておきながら、年度末に債務超過の危機があるからって、二兆円ものカネを用立てろって、どんな神経なんだか。しかも、会長以下誰一人責任の所在を口にしない。とことん傲慢な連中だよ」

とりつく島もないとはこういうことを指すのだろう。これから、総理に首都電支援のお墨付きをもらいに行くとは絶対に言えなかった。

「総理も同じお考えなんでしょうか」

「知らないね。もうあの人は自分の殻に閉じこもってしまっているから、何を考えているか、さっぱり分からない。実際、こういう時にリーダーの真価って分かるな。反面教師として学ぶべきことが多いよ」

あなたも含めて、反面教師にしますよ。

水野が一階で降りたあと、湯河はどうやって総理に話せばいいのか分からなくなってしまった。

危機管理センター前の廊下に陣取って、二〇分ほど経った頃に、泰森から電話があった。

「お会いになるそうですよ。原発事故のその後の推移など、色々尋ねたいそうです。なので、まずはそのあたりをしっかりと聞いて下さい」

センターのインターフォンを押すと、すぐに顔見知りのＳＰが湯河を招き入れた。

室内は、人いきれとタバコの煙でムッとしていた。思った以上に多くの人が蠢いている。

ＳＰに案内されたのは六畳ほどの畳の部屋で、総理一人が胡坐を組んでいる。

「よお、久しぶりじゃないか。会いたかったぞ」

二度と官邸に顔を出すなと叫んだ男の言葉とは思えなかった。

「ご無沙汰してしまって、申し訳ありません」

「どうだ、首都電の居心地は？」

「良くありません。官邸が一番働きやすいと感じる日々です」

「ウソでも嬉しいよ。それで、そろそろイチアイは収束へ向かいそうか」

そばに座れと手招きされた。

「もう少し時間がかかるかと思われます」

「もう少し、もう少しばっかりだな、あそこは。だいたい傲慢がすぎるよ。一企業に過ぎないくせに、総理大臣すら蔑《ないがし》ろにしやがる」

そういえば、あれは発災後三日目だったか。総理が早朝いきなり首都電の緊急対策本部にやって来て、「おまえらはなぜ、正しい情報を官邸に上げないんだ！」と喚き散らした。

そんな相手に、首都電を庇い立てしたところで得策ではない。

「総理のお叱りを受けて士気が上がり、高い緊張感を維持しています。総理のおかげです」

「だといいがな。けどな、湯河君、俺は今回の大震災で、官僚や政治家、さらには首都電のような大企業が、いかに腐りきっているのかを痛感したよ。落ち着いたら、徹底的に膿《うみ》を出してやろうと思ってるんだ」

何をバカなことを。

「総理はピンチにお強い方です。これほど頼りになる方は滅多にいません。みんなダメになっていくばかりです」

「そうだろ！　いやあ、湯河君に褒められると嬉しいな」

「私なんぞがお褒めするのは不遜です。失礼しました」

「謝るなよ。俺は、今になって君の勇気を再評価しているんだ」

この人に評価してもらうのは喜ぶべきことなんだろうか。

「私なんて、凡人の極みです」

「謙遜しなくていいよ。君だけだよ、本気で俺に立ち向かい、原発行政のプロとして的確なアドバイスをくれたのは。あとの連中は無知なくせに、保身ばかりに走る。ほんと、やってられない」

まあ、それは否定しない。

「だから、このままここにいて俺にアドバイスをくれたまえ」

どうやら本気で言っているらしい。

「ありがとうございます。粉骨砕身、努力致します。それで総理、どうしてもご一考戴きたいことがございます」

「そうらしいね。泰森君から聞いたよ。なんだね、遠慮なく言いたまえ」

「首都電が潰れかけています」

いきなり怒り狂うだろうなと覚悟して、一気に言った。

「なんだって」

知らないのか。

「原発事故や計画停電などの影響による支出に加え、年度末に莫大な額の債券の償還が必要なのですが、現状では債券発行は無理ですので」

「そうか……。でも、考えてみれば潰れて当然だな」

「総理、そんな軽はずみなことをおっしゃらないで下さい。今、首都電が経営破綻なんてしたら、原発事故の収束に大きな影響が出ます」

総理の顔つきが、さらに凶悪になった。

「何より怖いのが、震災後混乱している東京株式市場が暴落する可能性です」

「メインバンクは、何をしているんだね？」

「何とか助けようと、奉加帳を回しています」

「それは良かったじゃないか。困った時は相身互いだからね」

「おっしゃるとおりです。ただ、バブル崩壊以降、不良債権について金融界はとても神経質になっています。そんな状況で首都電に緊急融資するのは、大英断なんです」

総理は神妙に頷いている。

「首都電の経営危機は、当分続くとみるべきです。ですから、金融機関は、せっかくの緊急融資が不良債権化するのを恐れています」

「何をちっちゃいことを。今は緊急時なんだ。皆が支え合えなくてどうする」

「まったく同感です。そこで、奉加帳を仕切っているメインバンクが、まさかの時は政府が面倒を見るというお墨付きを求めているんです」

「まさかの時ってのは、首都電が破綻した時ということか」

「総理、破綻なんてさせてはダメです。そんなことをしたら、原発事故の責任を取る相手がいなくなってしまいます。それでは国民が許してくれませんよ」

この言葉が響いてくれと湯河は強く念じた。

経済界や首都電のために助けろと言ったら怒り狂う。だから、こういうロジックが一番と知恵を絞ったのだ。

「なるほど。確かに原発事故の責任を負う存在を潰すのは、無責任だな。で、君は俺に何をさせたいんだ」

「首都電は絶対に潰さない。総理の言葉として、緊急融資する金融機関にそうおっしゃって戴けませんか」

10

二〇一一年三月一七日午後八時〇六分　京都市・嵯峨野

「お月さんが、きれいに見えまっせ。表で飲みはったら、どうですか」

ぽん太の誘いで、三人は庭に出た。

暦の上では春だが、今夜は肌寒い。鷲津がリンに寒くないかと尋ねると、ぽん太がすかさず、「椅子の上の、ひざ掛け、使《つこ》て下さい」と声をかけてきた。

月光に照らされた嵯峨野の山々が幻想的な稜線を見せている。

「十三夜月ぐらいかしら」

酒と肴をテーブルに運びながらリンが言った。

「ほんま、あんたは日本人の風流をよう分かってはる。アメリカ人にしておくのが惜しいわ」

飯島が感心しているということは、正しく月齢を読み取ったのだろう。

「ぽん太さんも、一緒に飲みましょうよ」

「もう難しい話は、終わりはったんどすか」

「ぽん太さんに聞かれて困るような話はしてませんから」

鷲津が言うと、飯島が苦笑いして秀でた額を撫でた。

「ほな、お言葉に甘えて。おいしそうな焼酎を戴きましたから、それを開けましょか」

「せやな。焼酎は体にええよってな」

それならもう少し肴も用意するというぽん太をリンが手伝っている。その隙に鷲津は飯島の耳元で言った。

「みずきホールディングス《HD》の社長とお親しいんですよね」

「ああ、桂《かつら》な。昔はよう遊んだな。それがどうした？」

「近々、廣野《ひろの》で一緒にゴルフでも如何ですか」

「廣野でゴルフやと。おまえ、あそこの会員なんか？」

兵庫県三木市にある廣野ゴルフ倶楽部は、昭和七年にオープンした日本でも有数の名門ゴルフ倶楽部だった。

「メンバーではありませんが、知り合いはいます」

「おまえは、どこまで顔が広いねん。で、わしや桂を廣野まで引っ張り出して、何の悪巧みや」

飯島は着物の袂からパイプを取り出して刻みタバコを詰めた。

「首都電力は年度末に資金ショートを起こしそうで、関係金融機関に奉加帳を回しています」

「笑える話やな。昔、社債の勉強をした時、国債とならんで無リスクなんは電力債だけって教えられたんやで。せやのに破綻危機でっか。傲慢な濱尾には、ええ薬や」

「首都電は絶対に潰さないし、債権放棄も求めないから安心して緊急融資に応じよと、経産省は圧力をかけています」

パイプを吹かしながら飯島が笑うので、煙の良い香りが鷲津の鼻先に流れてくる。禁煙中の身には拷問のようだ。

「緊急融資を強制しといて、貸し先は安心な企業ってどんなブラックジョークやねん。財務省や金融庁がよう黙ってるなあ」

「ここで首都電が破綻でもしたら、日本経済に及ぼす被害は甚大です。当然でしょう」

「状況説明は分かった。それで、桂と一緒にゴルフする話と、どう繋がるんや」

「ラウンドをご一緒するというのを口実に、明日にでも桂さんとお会いしたいんです」

「用件は？」

「みずきは、首都電への緊急融資を渋っているとか。私が代わりに資金提供したいと」

今度はわざと、煙を吹き付けられた。

「おまえ、アメリカで大暴れして、ちょっとネジ緩んどるんとちゃうか。東海林や甲斐を利用したいと言い出した次は、日本のメガバンクのトップつかまえて、名義貸しせえってか」

「私にもみずきにも悪い話じゃない」

「あかん。桂はわし以上に、外資嫌いやぞ」

無性にタバコが吸いたかった。だが、残念なことに目の前の男が吹かしているのはパイプで、一本くれとは言えない。仕方なく、まだグラスに残っていたワインをあおった。

「飯島さん、私はとっくに外資を辞めてます」

「けど、おまえはハゲタカやろ、一緒や。それに、桂はプライドが高い。おまえみたいなチンピラの願い事なんぞ聞くわけがない」

「桂さんにお願いを聞いて戴く方法は私の方で考えます。なので、一五分でいいので、会えるよう口利きして下さいよ」

「いつから、そんなおねだりちゃんに成り下がったんや」

昔から、使える者は親でも使えがモットーだ。

「それほどに、飯島さんを頼っているという証です」

「ウソぬかせ。おまえ、最近手を抜いてるぞ。人使い荒すぎやで」

それもお互い様だ。

「お互い年を取ったという証拠ですよ。なあリン、君からもぜひ頼んでくれよ。みずきの桂社長を紹介して下さいって」

「まずは、乾杯よ」

リンはぽん太とグラスを合わせた。

「飯島さん、こんな男と縁ができたのが運の尽きですね。ご存じのように、政彦は一度言い出したら聞きません。うんと言うまでつきまとわれますよ」

「ハットフォードちゃん、言うてくれるな。そんな奴とこんな仲になるとは、わしの一生の不覚や」

「あら亮はん、何言うてはりますのん。こんな立派な場所で暮らせるようになったんは、鷲津はんのおかげやないですか」

思わぬ援護射撃まで出た。

「それにね、この人、鷲津はんのこと大好きみたいどすえ」

ぽん太はそう言うと、嬉しそうに飯島を指した。

「アホ抜かせ。誰がこんな不気味な男を好きになるねん」

言えば言うほど、ぽん太は飯島を冷やかした。

「ああ、もう、うるさい。分かった、明日の朝にでも電話したる。ただし、向こうが会いたないと言うたら、それまでやで」

「恩に着ます。お礼に、おひとつ」

開けたばかりの焼酎のボトルを鷲津は手にした。飯島は酒を受けると、豪快に杯を空けた。

「ゴールドバーグ・コールズの後始末という宿願を果たさせてもろて、わしはこれでもういつ死んでもええと思てたんやけどな」

「亮はん、アホなこと言わんと」

ぽん太が茶化したが、飯島は真剣そのものだ。

11

二〇一一年三月一七日午後九時一八分　東京・芝浦

秀樹はバスの車窓越しに月を見ていた。すっかりくすんでいる。Jファームにいた時は、プラネタリウムでも見たことがないほどの数の星が瞬き、月光はきらきらと輝いていたのに。

恐ろしい日々の中で見た、あの星空の美しさは絶対忘れないだろうな。

首都電の社員を運ぶ大型バスは、喘ぐように振動して首都電本社別館の駐車場に到着した。

MPアトムズの本田と萩本は子どものように眠りこけている。

「お疲れ様です！　到着しました」

「ああ、遠かったね。お疲れ！」と大きくのびをして明るく振る舞う本田と違い、萩本は仏頂面だった。

イチアイが安全に止まるまで、絶対にJファームを離れないと訴えた萩本を、最後はJファーム所長の永射と秀樹で押し込むようにしてバスに乗せた。それからずっと、萩本はふて腐れている。

秀樹が話しかけても無視された。震災によって道路が寸断されていたこともあって、何度も途中休憩があったが、萩本はほとんどバスから降りなかった。

「あかねも納得はしているから。でも、お兄さん二人がイチアイに残っているのに、自分だけ逃げるという辛さを察してあげて」と本田に言われて、そっとしておくことにした。

「長時間お疲れ様でした。ありがとうございました！」

バスを降りる時だけ、萩本は元気な声で運転手に挨拶した。

「長時間のバス旅になって、ごめんな」

帽子を脱いで汗を拭っていた運転手が、申し分けなさそうに言った。

「道路の状態が悪い中、ずっと安全運転して戴いて感動しました」

「そう言ってもらうと、疲れも吹き飛ぶよ。サッカー、頑張って」

あんなにふて腐れていたのに、感謝の気持ちは忘れない彼女が素敵だと思った。

秀樹の後ろに続く本田も丁寧にお礼を言っている。

節電のために駐車場は真っ暗だった。その暗がりの中で、携帯電話やスマートフォンのディスプレイの明かりが蛍の光のように周囲を照らしている。

「由紀ちゃん、あかねちゃん！　お疲れ様あ！」

聞き覚えのある声が響いた。

「あっ、優子《ゆうこ》さん！」

本田は顔を合わせるなり、広報室MPアトムズ担当の戸田《とだ》優子に抱きついた。

「無事で良かった！　あかねちゃんも、お疲れ」

「お疲れ様です」

先程バスの運転手にかけた声とは別人のような沈んだ声であかねが返した。もちろん戸田には、あかねの精神状態について報告済みだ。

「ホテルに案内するから、郷浦君も一緒に来て」

「いや、僕はひとまず広報室に顔を出してきます」

「いいから、来て」

これは、命令だと言われた気がして、秀樹は素直に従った。

ワンボックスカーが用意されていて、四人は乗り込んだ。

何となく話しづらいムードが車内に漂っている。明るく振る舞っている戸田も、さすがにそれを破ってまで話す気はないようだ。

案の定、隣に座っている戸田からショートメールが来た。

〝あかねちゃんは、ずっとあんな感じ？〟

〝はい〟

〝一部メディアから取材依頼がきてるんだけど、見送った方が良いかな〟

当然だろ。この人は何を考えているんだ。

思わず横顔を覗き込んでしまった。

〝取材って、何の取材ですか〟

〝地震が起きた直後の感想〟

〝絶対、やめましょう！〟

〝由紀ちゃんだけでも？〟

戸田がこんなに無神経だとは思わなかった。

〝本田さんはしっかりしているように見えますが、精神的にまいっているのは萩本さんと同じです〟

大きなため息が聞こえてきた。

まさか、面倒だと思っているのか。

不意に戸田が後部座席の二人に声をかけた。

「おなかすいてるでしょ。ホテルのそばにある焼き肉店を予約してあるんだけど、シャワー浴びたら行かない？」

「行く行く！　あかねも行くよね」

本田は即答したが、あかねは乗り気でなさそうだ。

「えっと、私はやめときます。あんまりおなかすいてないし」

「いや、行こう。あなた、途中のサービスエリアでもまともに食べてないんだから。オッケー？」

あかねは、しばらく無反応だったが、本田に説得されてしぶしぶ頷いた。

秀樹は、本田に感謝した。

彼女の言うとおり、朝からあかねはほとんど食事を摂っていない。休憩の時に買った弁当やお菓子にも手をつけていなかった。

「よし、じゃあ決まり」

戸田が明るく言った時に、ホテルに到着した。

車から降りると、戸田がフロントからカードキーを受け取ってきた。三部屋分ある。

「あなたもシャワー浴びといで。今日は、ここに泊まればいいから」

本当は固辞すべきなんだろうが、シャワーという言葉に負けて、秀樹は素直にカードキーを受け取った。

「焼き肉も嬉しいけど、シャワーが最高の幸せかも」

エレベーターの中で、本田がはしゃいだ。

先週の震災以降はシャワーどころか、顔もまともに洗っていない。だがJファームでは何の気にもならなかった。なのに東京に戻ってくると、急に自分が不潔に思えた。

「何だか人生観変わるね。毎日のシャワーとか電気とか、焼き肉とか当たり前だった。でも、今はこんなことが贅沢だって思える。この気持ちって忘れちゃいけないんだろうな」

本田がしみじみ言うとあかねが大きく頷いた。

12

二〇一一年三月一七日午後一〇時一五分　磐前県磐城《いわき》市

激しく夜泣きする娘の恵《めぐみ》を抱き上げると、北村はスポーツセンターの廊下に出た。だが、廊下にも大勢の被災者が横になっている。戸外へ向かった。ダウンコートで娘をくるんでいるから大丈夫だろう。

今夜も星がきれいだ。

この二年余り、東北の沿岸部を走り回り、自然の美しさを知った。漁船から見上げた星空などは、感動のあまり泣けてくるほどだった。

あの日以来、そんな星空が陸地にいても見えるようになった。不幸と絶望しかない場所で、歯を食いしばって生きている被災者に、天空からエールを送ってくれているのだろうか。

いつか、おまえに、ここで見た星の話をするよ、メグ。

ぐずっていた娘は、北村のダウンコートの中で、ようやく落ち着いてくれた。

それにしても、避難所というのは大変な場所だな。

生まれて初めての経験だが苦労の連続で、メディアを通してでは実感できないことばかり起きる。

それぞれの居場所の確保と維持で、常に気持ちがささくれだっている。身内が少しでも快適にと思う余り、些細なことで衝突や諍いが起きる。着の身着のままで避難してきた不安や落胆の中で、プライバシーは存在せず、誰もが大きなストレスを抱えている。

おまけに避難場所に利用されているアリーナの底冷えは凄まじい。コンクリート製の床から寒さが染み上がってくる。

食事、トイレ、そして、小さな子どもたちへの対応など、周囲に気を遣うことばかりだ。ケイコは「困った時はお互い様」と、さして気にしていないが、北村はどうも落ち着かない。

一刻も早く、プライバシーが守られる場所に移動しよう。そう言うのだが、ケイコは気が乗らないらしい。

だが、一歳にもなっていない娘のことを考えると、せめて赤ん坊が泣いても気兼ねなく過ごせる環境が望ましい。

それに北村自身も、新聞記者としての葛藤がある。このままではどう動いていいのか分からないのだ。

気仙沼赴任後は、業界的には毒にも薬にもならない記事に、意義を感じた。新聞は社会の木鐸だの市井の鏡だのと言いながら、しょせんは支配者階級からの視点でしか報道しない。ならば北村は、生きることの意味を求めて、記事の大小にこだわらず面白いものを取材してやろうと考えた。

その結果、記者とは、かくも面白き仕事だったのかと何度も味わった。

それは、花岡通信局に異動しても変わらなかった。原発のお膝元という特殊事情を原発批判という立場ではなく、そこで働く人たちにフォーカスして記事にした。

東京にいた頃なら鼻で笑うような企画だが、北村はそこに記者としての本分を見つけたと実感している。だがイチアイで事故に遭遇してからは、もう一つの記者の本分を思い出した。

避難所には新聞も届かず、イチアイの事故に関する情報がほとんど入ってこない。

津波による甚大な被害に大きなショックを受け、国民は戦々恐々としているはずだ。こんな時、何より求められるのは迅速で正確な情報ではないか。ならば、記者は事故現場から離れるべきではない。

支局デスクの話では、各社一斉に記者を避難させたらしく、現在、イチアイ周辺に残っている記者は皆無だという。

それでいいのだろうか。

もちろん、命の危険を顧みず報道を続けろと言うのは暴論だ。しかし、国が滅びるかも知れない重大事がそこにあるのに、背を向けるのは記者の名折れだ。

現場に戻る――。ケイコと恵を安全な所に避難させたら、そうしようと決めた。

でなければジャーナリズムが泣く。

「お兄さん《Hey, Man》一本どう?」

背後から英語で話しかけられて振り向くと、ケイコがタバコをくわえて立っていた。

「なんだ、禁煙の誓いはどうした?」

妊娠したと分かった日から、ケイコは禁煙していた。

「さすがにストレスでさ。しばらく、禁煙は休憩。悠ちゃんもどうぞ」

ケイコはくわえていたタバコを、北村の唇に挟んだ。

久しぶりのタバコは、両肩にのしかかっていた重いものを少し軽くしてくれた。

「俺たちは、ニコチンに救われるダメ夫婦だな」

煙を星空に、吐く息と一緒に吹き上げるのも気分が良かった。

「メグは、不思議と悠ちゃんに抱っこしてもらうとおとなしく寝るね。パパっ子かな」

「だと嬉しいがな」

ダウンコートの合わせ目から娘の寝顔を覗いた。幸せそうに見える。

「ねえ、本当は原発の事故現場に戻りたいんでしょ？」

「余計な気遣いはいいよ。そもそも会社から、三〇キロ以内の立ち入り禁止命令が出ている。それに、ケイコとメグを、焼津《やいづ》に送り届けるまでは、記者活動は休みだって言っただろ」

「それ、ずるい取引よね。だったら、私たちのことは心配ご無用。ここでの生活にも慣れたから、どうぞ現場に戻って頂戴」

「そうはいかないよ。メグのためにも、安心して住める所に移って欲しいんだ。姉貴に連絡がついた。焼津に行ってくれないか」

焼津に姉夫婦が住んでおり、喜んでケイコと恵を受け入れると言ってくれた。

ケイコは新しいタバコに火を点けると、煙を空に吹き上げた。

「いきなり会ったこともないお義姉さん宅に行けってのは、酷な話でしょ」

そうかも知れない。だが、そうして欲しかった。これは意地の問題ではない。

「そんなに原発、ヤバイの？」

暫く言葉を選んだ。

「分からないんだ」

「何、それ？」

「情けないんだけどな。分からない。おそらく、それは俺だけじゃなくて、イチアイの中で必死に闘っている首都電の所員たちも同様だと思う。一体、原発の中で何が起きているのか。今の状態は、単なる小康状態なのか、それとも収束に向かっているのかさえも分からないと思う」

「なんで、そんなことになるわけ？」

「今までに誰も経験したことのない事態が起きているからだ。その上、危険すぎて原子炉に近づけない」

そんな状況の中で、所員は原発内に止《とど》まり、必死で冷温停止を目指している。

「じゃあ、まだ大爆発を起こすかも知れないってこと？」

「二度の爆発は、原発事故としては序の口なんだそうだ」

「マジで？　建物が吹っ飛んだのに？　つまり、もっと酷いことが起きる可能性があるわけね」

これまでの爆発は、水素爆発と呼ばれるもので、原子炉内の燃料が爆発したのではなく、原子炉建屋内に水素が充満して、それが爆発したものだ。

確かに放射能に汚染された水蒸気が放出されたが、原子炉内の放射性物質が飛散したわけではない。

そう説明すると、ケイコが北村の手を強く握りしめてきた。

「だったら悠ちゃんも逃げようよ。死ぬかもしれないよ」

「だがな、それでもあそこから離れず、必死にこれ以上の惨事を止めようとしている人たちがいるんだ」

次の瞬間に死ぬかも知れないという恐怖の中で、冷静と理性を保って任務遂行しなければならない過酷さはまさに戦場そのものだ。それを伝える者が要《い》ると思う。

「で、私とメグだけ逃げろっていうの？」

「そうだ。今は一人でも多くの人が遠く安全な場所まで逃げるべきだ」

「じゃあ、今すぐに、寝ている人たちを起こして、避難させなきゃ」

「それはできない」

「なぜ？」

「パニックが起きる。それに、これはあくまでも俺の想像に過ぎない。確固たる裏付けがあるわけじゃない」

だからこそ、正しい情報が必要なのだ。

「それで、あそこに戻りたいのね」

ケイコの手にさらに力がこもった。

「迷っている。俺が現場に戻ったとしても、原発の専門家が把握できない事態を、どう判断し伝えられるのか分からない」

「でも、何か異変が起きたらすぐに伝えられる場所にはいたいんでしょ」

思わず妻の顔を見てしまった。

「別に驚かないでよ。あなたの仕事が特別なのは知っているわよ。カツオ漁や桜並木だけを記事にするために、あなたが記者をしているとも思っていない」

それを聞いてケイコを抱きしめてしまった。二人の間に挟まれた恵が動いたので、慌てて両腕の力を緩めた。

「ニューヨークから気仙沼に移った時にね、びっくりしたことがあるの」

「なんだ、いきなり」

「悠ちゃんが別人になったなあって実感したから」

「お気楽記者になったからな」

「ちょっと違うんだな。ニューヨークにいる時の悠ちゃんはね、群れからはぐれた狼みたいだった。いつもぴりぴりしているし、落ち着きもない。ずっと怒っていたよ。でも、気仙沼に来てから、あなたは変わった」

「どう変わったんだ？」

「大きくなった」

「確かに体重が一〇キロほど増えたからなあ」

「バカ。人間としてビッグになったの。懐が深くなるってやつかな。とにかく、いつもニコニコしているし、やたら社交的。あれ、この人、こんなお人好しだったんだと何度思ったか。だからね。私も変わろうと思った」

　確かにケイコも変わった。ブロードウェイでダンサーとしてデビューするはずが、夢破れて場末のピンクバーのホステスをしていた。あの頃のケイコは、刹那的で好戦的だった。

それが、気仙沼に来てからは、驚くほど家庭的な女になった。

「確かにケイコも変わったもんな。こんなにおっかさんスタイルが板につく奴かと驚いたから」

「それで良かった気がしない？　お互い」

同意の意味を込めて、ケイコを抱く手に力をこめた。

「だから心おきなく行っておいでよ。あなたが本来いるべき場所に」

「その前に、おまえたちを焼津へ」

ケイコの手が、北村の唇をふさいだ。

「あなたの好きにさせてあげるんだから、私の好きにさせて」

「だが」

「ここには私の仲間がたくさんいる。私とメグはみんなに助けてもらっているのよ」

なのに、自分だけ逃げるわけにはいかないと言いたいのだろう。

「ウチの生徒さんの中にも、ご主人がイチアイやニアイで働いている人がいる。でも、そういう人たちの方が明るく、お年寄りや幼児のいる母親に気を配っているの。それって、夫が現場で闘っているからじゃないかな。だから、私もここで頑張りたい」

もはや北村に返す言葉はなかった。

「ねえ、今からちょっとだけ車に行かない？」

「なんだ」

「ファックしたい」

13

二〇一一年三月一八日午後二時五一分　大阪市・大手前

みずきホ《H》ールデ《D》ィングス社長である桂景太郎《かつらけいたろう》との会談は、偶然が重なりさっそく実現した。

——たまたま大阪に来とるし、興味もあるので今日の午後三時に、大阪本社まで来て欲しいと言うとった。くれぐれも失礼のないようにな。

昨夜遅くまで痛飲したにもかかわらず、電話の向こうの飯島は元気そうだ。

すぐにリンと作戦を練り、大阪に向かった。

複数の都市銀行が一つになったこともあって、みずきHDは大阪にも本社を有していた。大阪城の真正面にある古めかしい大理石のビルは、いまだに二一世紀を迎えていないかのような風情を感じさせた。

　名乗るとすぐに、受付嬢が案内に立った。

　時代がかったエレベーターに乗り込むと、戦前にタイムスリップしたようだ。

「レトロな感じの良い建物だね」

「大正一三年に建てられたそうです。帝国ホテルを設計したフランク・ロイド・ライトのお弟子さんの設計だそうです」

　ライトに言及することで、箔をつけたいのだろうが、逆効果の気もした。重厚と鈍重は紙一重だ。

「国の重要文化財の指定も受けているんですか」

「かってはそうだったのですが、文化庁のお許しを戴かないと釘一本打てないほど不便で。残念ですが返上致しました」

　名より実を取ったわけだ。プライドの高いみずきHDらしからぬ選択だが、それぐらい不便だったということだろう。

　受付嬢がエレベーターの蛇腹状の内扉と重厚な外扉を開くと、役員秘書とおぼしき女性が待っていた。

「鷲津様、ようこそおいで下さいました」

秘書のお手本のように一礼されて、「どうも」と返した。

秘書は、大阪城が一望できる広い会議室に案内した。

「うわあ、久しぶりやなあ。大阪城なんていつ以来や？」

秘書が出ていくと鷲津は大阪城を見てはしゃいだ。

〝感度は良好です。大阪城、私はまだ見たことがないんです〞

装着しているイヤフォンから、サムの声がした。

「じゃあ、今度案内するよ、サム。知ってるか。あのお城の中には、エレベーターがあるって」

〝まさか、豊臣秀吉の時からあるんですか〞

豊臣秀吉がさらりと言えるサムに感心した。

「昭和になって天守閣を再建した時に造ったんだ。それにしても日本の城はええなあ。美しく堅固や。売り物件を物色してみてくれよ」

サムが答える前に、ノックの音と共に長身瘦軀《そうく》の男性が現れた。

「いやあ、どうもどうも」

容姿に迫力のある桂が、満面の笑みで近づいてきた。

「突然の申し出にもかかわらず、お時間を頂戴して恐縮です。鷲津政彦です」

無礼にならない程度に慇懃に、名刺を差し出した。

「生まれて初めて生《ナマ》ハゲタカに会ったよ。いや、生ってのはおかしいか」

桂が豪快に笑った。がさつでおおざっぱな印象を一生懸命演出しているようだが、小さな両眼は、狡猾そうに鷲津を品定めしている。

「それにしても、意外だね。もっとイケメンのスマートな男を想像していた」

好き勝手を言いやがって。

鷲津はすべてを聞き流して、勧められた席に着いた。出口に近い席だ。窓の向こうの大阪城が見えるようにという配慮ではなく、上座に座るのは自分だと言いたいのだろう。

「さて、飯島さんのお話では、御用向きは、首都電力への緊急融資の件と伺ったが」

「貴行が、奉加帳への参加を渋ってらっしゃると伺ったものですから」

「そうなのか、安土《あづち》」

後ろに控えている企画担当専務の安土は表情のない男で、桂の問いにも眉一つ動かさない。

「まだ、何も決めておりません」

声がまた冷たい。

「ということだが、鷲津さん、あなたの情報はちょっと先走りすぎでは？」

「我々の仕事は、先走らないと勝負できません。時間の無駄を省いて本題に入りませんか」

「さすが、金融界の妖怪、飯島亮介を手玉に取るだけのことはある。度胸が据わってるね。結構、本題とやらに入ってくれたまえ」

「首都電への緊急融資を、弊社に肩代わりさせて戴きたい」

「なんとまた唐突に」

「日本のお役に立ちたい」

桂が豪快に笑い声を上げた。

「いやあ、面白い。なあ安土、ウチにもこういう大胆不敵な人材が必要だな」

安土は無言で鷲津を見つめていた。

「それでは、ご了解戴けると？」

「そんなことは言ってないよ。そもそも私の一存で決められる話じゃない。私が君を褒めたのは、自己の利益となる投資を、日本のためとおっしゃったからだ」

「そんなつもりは微塵もございません。ただ、日本を救いたいという愛国心のみです」

「あんな悲惨な事故を起こした会社を救うのが、日本のためかね?」

「私が救いたいのは、首都電ではありません。ニッポンです」

「何が違う?」

「首都電が破綻すれば、日本経済はパニックになります。下手をすれば日本発の金融恐慌だって起きかねない。ならば、ひとまず緊急支援するというのは、当然の行動ではないですか」

「では、それを渋っている弊行を、非国民と言いたいのかね」

「私はともかく、国民はそう思うかも知れませんね」

桂は鼻で笑った。

「本当の目的はなんですか。日本経済が混乱すれば、あなたがたの投資にも悪影響を及ぼすからですか。それとも、首都電に影響力を及ぼしたいから?」

安土がまっとうな問いをぶつけてきた。

「安土、もっとド直球で言わんか。鷲津さんは首都電が欲しいんだよ。それで、緊急融資に参加して債権者になりたいんだ」

鷲津は大げさに肩をすくめた。

「いいかね鷲津君、弊行は腐っても三大メガバンクの一翼を担う日本の金融機関の雄なんだ。そこを自分の買収の道具に使うなどとは、不届き千万」

このおっさんが裃を着て、まげを結ったら、きっとバカ殿みたいになるだろう。物言いも古臭くて安っぽい時代劇のようだ。

「濱尾氏に一泡吹かせられるチャンスを逃すわけにはいかない。私はそう考えています。それは桂さんの願望でもあるのでは？」

今の日本経団連の会長を選ぶ際、桂は同じ企業グループの安岡重金属の会長を推した。しかし、濱尾が異例の任期延長を訴えて制圧し、桂は恥をかかされた経緯がある。

「今回の事故対応の失敗は、濱尾氏の判断ミスが原因だという声があります。原子炉に海水を注入すれば事故の拡大を防げたのに、濱尾氏が原子炉が使えなくなるからダメだと言った。その結果、あんな悲惨な事態を招いた。そんな奴が、首都圏に電力を供給する会社のトップでいいのでしょうか」

「だからこそ、我々は奉加帳に参加するのを躊躇《ためら》っているんだよ」

ウソがつけない男なのか、桂は。先程は、奉加帳なんて知らないと言っていたのに。

「しかし、濱尾憎しで緊急融資を見送れば、首都電は破綻します。そうすれば、日本経済が破綻しかねない」

「そこで、君が一石二鳥のアイデアを提案したわけだな」

「まさしく。貴行が求められている額を弊社が肩代わりすれば、首都電は年度末を越えられるでしょう。しかも、貴行は懐を痛めずに済む。その上で、濱尾氏の経営責任を追及する席にも着ける」

暫く考え込んだ挙げ句、桂が口を開いた。

「少しこのまま待っていてくれるか。関係者を集めて検討する」

ほお、いきなりそこまで折れてくるのか。

「喜んで、お待ちします」

二人が部屋を出ていったのを見て、鷲津は再び窓際に立って、大阪城を眺めた。

「意外な展開だな。追い返されると思ってたんだが」

〝金融庁や財務省から相当厳しいプレッシャーをかけられているようです。しかし、みずきとしては桂の意向を無視できない。進退窮まっていたようですね〟

「同感だな。問題は、どういうスキームを組んでくるかだ。それにしても、こうして眺めていると、ますます大阪城が欲しくなる」

〝ちょっと調べてみました。さすがに大阪城は難しいですが、地方の名も知れぬ城なら買えるようですが〟

サムはいつも律儀だな。

「やっぱり大阪城がええな。あそこの城主になったら、あっという間にニューヨークのような街に変えてやるのに」

〝次は、大阪を買いますか〟

「どうやったら買えるんだ」

〝調べてみます〟

頼もしい限りだ。


そこから待たされること一時間半。途中、コーヒーが二度出てきた。二度目はケーキ付きだった。

ケーキを食べるうちに、ヒロタのシュークリームが無性に食べたくなった。子どもの頃、よく祖父が買ってくれた。それから、北極のアイスキャンデーもうまかった。

今でも、あれらは残っているのだろうか。

そもそも俺は忙しさにかこつけて、帝塚山にある母の実家にも行かず、最後に船場を歩いたのも随分前だ。

これが終わったらリンを呼び出して、宗右衛門町《そうえもんちょう》辺りで飯を食うかな。

久しぶりに今井のきつねうどんも食べたい。

ようやく桂と安土が戻ってきた。

「いやあ、お待たせしたたね」

まったく悪びれもしない社交辞令が放り投げられた。

「結論は出ましたか」

今度は、桂のすぐ隣の席に座った安土が説明を始めた。

「ご提案を条件付きでお受け致します。弊行が、首都電に対する緊急融資で求められている額は五〇〇〇億円です。それを御社が用立てて下さるのであれば、預金としてお預かりします。しかし、債権はお渡し致しません」

虫の良い提案だったが、想定内だった。

「それは、あり得ないな。こちらとしては、首都電の債権を弊社で持たせてもらうか、貴行から第三者割当増資として、五〇〇〇億円分の株券を戴きたい」

安土が珍しく表情を動かした。どうやら怒っているらしい。

「鷲津君、立場を弁えたまえ」

　時代劇オヤジの文句が飛んできた。

「弁えているつもりですよ。預金として預かるとおっしゃるが、もし首都電から債権放棄を求められた場合、どうされるおつもりですか。私は、五〇〇〇億円の預金をただちに貴行から引き出しますよ」

「預金は、当方の許可なく引き出せないという契約を結んで戴きます」

　こいつらはバカなのか。それとも傲慢がすぎるのか。

「今の話は聞かなかったことにします。さもないと、私はこの足で大阪府庁の記者クラブに飛び込んで、今のバカげた提案を記者たちにバラしますよ」

「おいおい鷲津君、脅かしっこなしだよ」

「桂さん、もっとフェアにやりましょうよ。あなた方は出したくもない虎の子の五〇〇〇億円を肩代わりしてもらえるだけではなく、金融界の雄としての面目も保てるんだ。なのに、私をバカにしたような提案じゃ、話にならない」

「じゃあ、御破算だな」

「構いません。代わりに、メディアを使いますよ。国が大変な時に、みずきだけが自行の利益を優先するのは人道的にいかがなものかってね」

「一時の感情に流される方が企業としてはダメだろ。生き残るためなら何を言われても気にしない」

「なるほど。しかし、そんな強気で大丈夫ですか。聞くところでは、他のメガバンクはリーマンショックの影響をほとんど受けなかったのに、貴行だけは相当額を失ったそうじゃないですか。それを今のところ上手に隠している。しかし、次の金融庁のチェックでは、厳しくそこを突かれるかも知れませんねえ」

桂が怒りを露わにした。

「だから、小賢しいハゲタカは嫌いなんだ」

「お言葉ですが、生き残るためなら一時の感情に流されないとおっしゃるんでしょう？　なのに、貴行の窮状を救って差し上げるという申し出を断るのは何ゆえですか。カネに貴賤はありませんよ」

桂の大きな手がテーブルを叩いた。鷲津は身を乗り出した。

「桂さん、まずは貴行で五〇〇〇億円を用立てて、首都電に緊急融資して差し上げればいい。それが終わった段階で、債権を私に転売して下さい。五〇〇〇億円で買います。そうすれば、すべてが丸く収まります」

ハゲタカごときの提案は呑みたくないだろう。しかし、冷静に考えれば、みずきH

Dにとって悪い話ではない。

ここは、決断の時だった。

安土が桂に耳打ちしている。

日差しの加減だろう。大阪城の屋根が輝いて見えた。リンを呼ぶ前に天守閣に行こう。そしてこの会議室に向かって中指を立ててやる。

「いいだろう。ただし、流れは君の提案どおりでも、弊行からカネを出すのはごめんだ。明日までに五〇〇〇億円用立てて欲しい」

桂は、太閤秀吉よりがめついようだ。

14

二〇一一年三月一八日午後三時〇四分　東京・芝浦

ホテルでゆっくり休むようにと言われていたのに、いても立ってもいられなくて、秀樹は会社に向かった。

首都電力本社は、ＪＲ田町駅近くにある。

駅から歩くうちに、秀樹は違和感を覚えた。昨日まで過ごしていた感覚とあまりにも違いすぎた。地震の気配が、ほとんどない。

都内でも多大な被害が出たとか、帰宅難民が発生して大混乱になったとニュースは叫ぶが、大方のエリアは落ち着きを取り戻しているらしい。

もやもやした気分で歩いたが、それも本社ビルが目に入った途端、吹き飛んだ。

「何だ、あれ」

建物の周囲にテレビ局の中継車がずらりと並び、さらに多くの黒塗りのハイヤーが列をなしている。

本社ビルから誰かが出てくるたびに、テレビカメラの前でマイクを持つ人たちが駆け寄っていく。

首都電が批判に晒されている——という自覚はある。それが具体的にどういうことなのか、はじめて知った気がした。

秀樹は背筋を伸ばして、メディア関係者が群がる中を進んだ。

「首都電の方ですよね。ちょっといいですか」

すぐに声をかけられた。

「社内の雰囲気は、いかがですか」

「原発では、まだ社員の方が頑張ってらっしゃると思うんですが、状況は？」

「放射能漏れに関する情報を、首都電が隠しているっていうのは本当ですか」

記者に囲まれて一斉に質問をぶつけられた。

「えっと、ちょっと分かりません」

「分からないってどういうことですか。首都電の社員なんでしょ。誤魔化さないで下さい」

「誤魔化しているわけじゃないです。地震後、本社に来たのは今日が初めてなもので」

どうしようか。素直に答えた方がいいのか。

広報マンとしては、逃げない方がいい気がした。

「あの、昨日まで、Ｊファームにいたので、よくわからないんです」

「えっ！　磐前にいらっしゃったんですか。向こうの様子はどうですか」

記者が詰めよってくる。

「皆さん、緊張と疲労の中、全力を尽くして職務を全うしております」

「原発に近い場所で怖くなかったんですか」

それを聞いて、マイクを向けてきた女性リポーターを睨み付けてしまった。

「恐怖よりも、とにかく安全に収束させようという気持ちで全員が必死に作業していました」

「まだ予断を許さないと思うんですが、爆発が今後起きる可能性などを、現地ではどう考えているんですか」

「私には分かりかねます。失礼します」

振り切って前に進もうとしたが、記者に囲まれて身動きが取れない。

「なぜ、Jファームにいらっしゃったんですか」という声が追いかけてきた。

もう十分答えたと思ったのと、MPアトムズの選手の動向については、しばらく伏せておくようにとの指示もあったので、黙っていた。

「所属と、お名前を聞かせて下さい」

目の前に立ち塞がっている記者は、それを答えないと通さないつもりのようだ。

広報室の郷浦秀樹ですと名乗った時に、「歩道を塞がないで！」と警備員が注意してくれた。記者がそちらに気を取られた隙に、秀樹は人の壁をすり抜けた。

「お疲れ様です！　マイクを向けられても気にせず進んで下さい。邪魔する人がいたら『通してくれ』と叫んでくれれば、すぐに我々が飛んでいきますから」

玄関まで駆け込んだ秀樹をカメラから守りながら、警備員が言った。

「ありがとうございます。助かりました」

社屋の中は真っ暗だった。

天井の明かりがすべて消えていた。

原発事故を起こし、首都圏の電力供給が危機に瀕している以上、首都電は最小限の電力だけを使うつもりなのだろう。

この暗さはイチアイの免震重要棟を思い出させた。

最小限の光の中で、大勢の原発のプロが、計器の使用どころか、目視もままならない状況の中で、各原子炉の状況を推測する——、あの張り詰めた空間を、思い出すだけで胃が痛くなる。

串村所長以下、大勢の所員は今もまだ闘っているのだ。

「おお、郷浦、戻ってきたのか」

声をかけてきたのは原子力本部に所属している同期の小川《おがわ》だった。

「とんだ災難だったな。女子サッカーのPRで行っただけなのに、事故に巻き込まれるなんて」

災難という言葉が引っかかった。

「あんまり役に立たなくて申し訳なくて」

「何を言っている。串村所長から託されたＩＣレコーダーを持ち帰ったじゃないか。俺なら、怖くってとっとと逃げ出してたよ。残りたいと訴えたとも聞いたぞ。さすがだ」

原子力本部に所属する社員としては不謹慎な発言だった。だが、原子力発電をよく知る者でさえ、こう言わしめるほどの出来事だったともいえる。

「イチアイの状況は、どう？」

「どうもこうも、ウチとしては今後の対応を国に任せたいのに、総理が激怒して俺たちに処理を押しつけるんで、たまらんよ」

そう言えば、総理はヘリコプターでイチアイまで飛んで来た。別の日には本社に怒鳴り込んで来たとも聞いた。

「なぜ、国が動かないんだ。もう、一企業だけでは手に負えない事態だろ」

「責任を取りたくないんだろうな。とにかく米軍でも自衛隊でも突っ込ませて、一刻も早く収拾させたいんだけどな」

用事を思い出したのか、小川は「近々、おまえの慰労会を同期でやろうな」と言い残して、階段を駆け下りていった。

慰労会なんてやってる場合か。

その脳天気ぶりは、事故現場から遠く離れているからなのか、小川の性格だからなのか……。

停電中なので階段で上がった。六階を越えた辺りで息が荒くなり、広報室のある九階に辿り着いた時は両膝に手をついたきり、暫く動けなかった。

「まあ、郷浦君じゃないの」

「あっ、課長、お疲れ様です」

「お疲れ様です、じゃないでしょ。なんで出てきたの。今日は休養しなさいって言ったでしょ」

広報本部広報室第三課の課長、稲葉加奈子《いなばかなこ》が呆れている。

「すみません。何だか落ち着かなくて、来てしまいました」

「偉いな。よし、じゃあ来て」

稲葉は秀樹を連れて広報室内に入ると、手を叩いて全員に呼びかけた。

「皆さん！　イチアイで頑張っていた郷浦君が戻ってきました」

室内にいる社員らの目が秀樹の方を向き、一斉に立ち上がって歓迎した。

「おかえり！　よく頑張ったな！」という声を次々とかけられて、秀樹は不覚にも泣きそうになった。

「昨晩、MPアトムズの萩本、本田両選手と共に、無事に東京に戻ってきました。現地では未熟なあまり、ほとんど役に立たなかったのですが、事故収束に奔走される串村所長以下皆さんの頑張りを、しっかりと心に刻んで参りました」

言いたいこと、聞いて欲しいことは山のようにある。しかし、いざこういう場で話すとなると、言葉に詰まってしまった。

温かい拍手に頭を下げて、稲葉と一緒に、広報室長室に向かった。

「本当によく頑張ったね。こんな素晴らしい部下を持って私も鼻が高いよ」

「ありがとうございます。もっといろいろ聞いて戴きたいことがたくさんあったのに、胸がいっぱいになってしまって」

「あんな体験をしたんだもの、そうなるのは当然よ。詳しくは、いずれリポートで報告してね。まずは室長にご挨拶よ」

若田《わかた》政雄《まさお》取締役広報室長は、社内のエリートコースと言われる企画部を中心にキャリアアップしてきた俊英だった。そういうタイプは冷酷で結果第一主義の堅物が多いものだが、若田は社交的で楽観主義者だ。広報室が開放的なムードなのも、若田の人格のおかげともっぱらの評判だった。

「郷浦君、ご苦労様。本当に、よく頑張ってくれた」

若田は部屋の外まで出迎えて、秀樹を労《ねぎら》ってくれた。

「至らないことばかりで、申し訳ありませんでした」

「謝らなくていいよ。むしろ褒められるべきだ。なあ、稲葉さん」

「おっしゃるとおりです。彼の勇気と頑張りは、社長賞ものです」

秀樹はひたすら恐縮しながら、ソファに腰を下ろした。

「それで、イチアイの様子はどうだった？」

「一言では言い表せません。何より、私の原発に対する知識が浅いために、あまりお役に立てなかったのが悔しくて」

「それは仕方がないよ。私だって、さっぱり分からないんだ。毎日行う記者発表の席上で、何度も冷や汗をかいている」

それもまた、激務だと思った。

同じイチアイ構内にある免震重要棟にいても、各原子炉建屋の状況が把握出来ず、所員は途方に暮れていた。東京にいたのでは、何が起きているのか分かるはずもないだろう。

改めて見ると、豊かで真っ黒だった若田の髪は真っ白になり、髪の量も明らかに減っていた。

「二度の爆発後は小康状態が続いているが、果たして収束に向かっているんだろうか」

「私には分かりかねます。ただ、免震重要棟内は、いつ何が起きてもおかしくないという緊張感で張り詰めていました」

「いつ何が起きるか分からないか……。辛い言葉だな。君が、串村所長から預かったICレコーダーは、原子力本部の方で分析しているけれど、本社が考えているより遥かに甚大な事故のようだね。生命の危機を感じたことはなかったのか」

これにも答えようがなく、言葉に詰まった。

「いや、辛い質問だったな。忘れてくれたまえ」

「SBOになってから、私はずっと恐怖を感じていました。このまま死ぬのかも知れないと、何度も覚悟しました。何より怖かったのは、原子炉内で何が起きているのかが分からなかったことです」

若田は同情するように何度も頷いている。

「郷浦君にはリポートを提出してもらいます。きっと、貴重な資料になると思います」

「そうだね。それはぜひお願いするよ。あと、イチアイと東京本社緊急対策本部のコミュニケーションが、今一つだったと聞いているんだが、実際はどうだった？」

「串村所長の状況説明をなかなか把握してもらえないという印象がありました」

「なんで、そんな齟齬が起きたんだろう」

「本社は、これから起きるであろう事態を信じたくないんじゃないかと思ったのを記憶しています」

若田がうなり声を上げた。稲葉が代わりに尋ねた。

「それって、まだ本社は事故の深刻さが分かっていないという意味なの？」

「そうですね。原発が緊急停止《スクラム》したうえに、冷温停止に至っていない段階で全電源を失ってしまった事態と恐怖を、ご理解いただけなかったと思います。原発の計器の大半は、電気がなければ動作しません。したがって、現状の推測さえも出来ませんでした」

当時を思い起こすだけで、鳥肌が立った。

「つまり、まだまだ、安心じゃないのね」

稲葉の言葉に耳を疑った。

安心だって!?

反論したかったが、二人の上司の表情を見て、いくら声を張り上げても通じないと感じてしまった。

15

二〇一一年三月一八日午後五時一七分　大阪市・城見

鷺津を乗せたハイヤーが、ホテルニューオータニ大阪に到着した。

一七階のスイートルーム・フロアで、前島が待っていた。

部屋に入ると、リンとサムが「お疲れ様でした」と声をかけてきた。被災地支援で忙しいアンソニーも、今日は顔を見せている。

最高広報責任者《CMO》（Chief Marketing Officer）である赤星大地の姿もあった。地震発生時から母袋と二人、東京・大手町のサムライ・キャピタル本社に陣取って、刻一刻と変化する情報を屋久島に送ってくれた。

「大ちゃん、元気そうだな」

「私は、元気だけが取り柄ですから」

北海道生まれの赤星は、大学時代はフリースタイルスキーのモーグル競技でオリンピック候補にもなったという経歴の持ち主だ。社会人になってからは大手PR会社で、パブリシティを有効活用する独自のPR事業を極めた。

地震が起きる二日前まで休暇でカナダのスキー場にいた名残か、日焼けが目立つ。

「いずれにしても、大活躍だったな。本当に感謝している」

「人脈というのは、危機にあって初めて真価を発揮すると痛感しています」

「アンソニー、被災地の様子《むこう》はどうだ」

尋ねられて、顔を上げたアンソニーの目はひどく充血している。よほど疲労困憊らしい。

「メディアは、被災地の壮絶さを伝えていません。遺体が至る所にあります。それにヘドロで汚れた街に漂う異臭が酷かったり、途方に暮れて泣くことすらできなくなってしまっている被災者がたくさんいる。なのにそれをすくい上げるメディアがない」

アンソニーは周囲の目もお構いなしで、悲愴感をまき散らしている。

「見て下さい、これを。こんな状態なんですよ」

ノートパソコンの画面を鷲津の方に向けた。そこに映し出された写真が、何を写しているのか、一見しただけでは分からなかった。やがて、それがヘドロ塗《まみ》れの遺体なのだと理解した。

「あなたが撮ったの？　一体いつ？」

食い入るように写真を見つめているリンが尋ねた。

「地震から三日目に、ロイター通信の記者の友人について行ったんです。そしたら、この有様で。でも、こんな状況の写真や映像は一切メディアに流れない」

それは当然だろう。読者の気分が悪くなるような写真を載せる勇気など、日本のメディアにはない。

「場所は、どこだ」

写真の右端に子どもの手とおぼしきものが写っていた。そこに目が釘付けになってしまいそうになるのを振り切って鷲津は尋ねた。

「石巻市です。こっちは陸前高田市です。もう人の暮らしがあった痕跡すらないです」

「磐前県の写真はないのか」

別の写真がディスプレイに現れた。

陸の上に何艘も漁船が並んでいて、高圧電線が歪んでいる。

「残念ながら磐前第一原発は、三〇キロ手前から立ち入り禁止なので行けませんでした。でもオヤブン、僕らが支援するのは、磐前県だけではダメだと思います」

「被害は、南北に何百キロにも及んでいる。そこをまんべんなく支援していては、中途半端に終わってしまうだろう。だから、ひとまずは磐前県に集中する。磐前県民は大地震と津波被害の上に、原発事故で自宅を追われ、流浪の民になりかねないからだ」

「分かりました。ところで、オヤブン、一つだけ引っかかっていることがあります。サムライ《S》・ジャパン《J》・エイド《A》は、首都電買収と関係があるんですか」

「まさか。ＳＪＡの設立は、あくまでも個人的な愛国心からだ。首都電買収は、以前からの決定事項だ」

「時期をずらせないんですか。こんな時期に、この二つを同時にやれば、痛くもない腹を探られます」

アンソニーは、いい奴だ。だから、せっかくの善行が、買収の口実のように言われるのを避けたいと心から心配している。

「好きに言わせておけ。俺のような男が日本のために何かやれば、必ず疑って見られるんだ。それより、大ちゃん、明後日の記者会見は大丈夫だな」

明後日午後、鷲津とリンは、アンソニーと共に磐前県に赴き、被災した各地を慰問した後、Ｊファームに立ち寄って、ＳＪＡ設立を発表する。

赤星が出席者に資料を配った。

「被災地の慰問は、現地に入っているSJAのスタッフにルートを作ってもらいましたので、大丈夫だと思います。Jファームの方は、現地での出たとこ勝負で。なので、私は被災地への慰問には同行せずに、Jファームでお待ちしています」

鷲津は「しっかり休養しろ」と言うと、アンソニーと赤星を送り出した。

「さて前島、桂社長様は、明日中に五〇〇〇億円を耳を揃えて振り込めとのたもうているが、どうだ?」

重苦しさを払拭したくて、鷲津は話題を変えた。

「準備完了です。今すぐでも大丈夫です」

「明日の午後一にでも振り込め。それで、首都電株の方だが」

「順調に株価の下落は進み、おかげで買いやすくなっています。ただ、そろそろ関東財務局に申告しなければならない状況にあります」

複数の投資家と、株式をそれぞれ五%ギリギリまで密かに買い集めている。それがほぼ飽和状態になったようだ。

「明後日のSJA設立の発表までは、静かにしておきたいな。しばらく買うのを控えろ。それと同時に、もう少し協力者を探してくれないか」

「一ついいかしら」

　窓際に立って大阪城を眺めていたリンが口を開いた。

「いつまで、アンソニーに隠しておくつもり」

「できれば、死ぬまでかな」

　リンがこれみよがしにため息をついた。

「それは、政彦がアンソニーを一生一人前と認めないという意味だけど」

「俺は奴を一人前だと認めているぞ」

「ならば、彼にＳＪＡの目的についても、洗いざらい話してあげなさいよ」

「そんなことをすれば、奴はＳＪＡ活動から身を引くだろう」

「その時は、クビにすればいい」

　いきなり強烈な答えが返ってきた。

「極端な話だな」

「アンソニーは、幹部候補生なのよ。社の方針に従う義務がある。その義務は、彼の主義や思想よりも上位にあるものでしょ。ならば、全部説明した上で、ＳＪＡ遂行を命じるのが、社長の役目じゃないのかしら」

異論はない。しかし、アンソニーの性格を考えると、知らせない方がいいのだ。

「どうせなら気持ち良く仕事をして欲しいんだ。そもそもＳＪＡ構想は、あいつが提案した話だ。俺はそれを認めたが、その動機のすべてを話す必要はないだろ」

「確かに。でも、ウソまでつく必要はない。さっきあなたは、ＳＪＡと首都電買収は別の話だとアンソニーに言った。それは事実に反するでしょ。彼にあなたの本当の考えを伝え、それが不満なら辞表を書けと言えばいい」

リンは、米投資銀行の雄、ゴールドバーグ・コールズの副社長を務め、有力な社長候補でもあった。それだけに組織内の統率やフェア精神にうるさかった。

「リンの言いたいことは分かった。一度、ちゃんとアンソニーと話をする。だから、話を首都電株に戻していいか」

リンが同意を示すように肩をすくめた。

「前島、市場関係者の間で誰か首都電株を買い漁っているという噂は流れていないか」

「今のところまったく。首都電についての話題は、破綻か国有化かという一点に集中しています」

「俺たちと同じような動きをしているところは？」

「ありません」

「上海プレミアムファンド《SPF》の動向は？」

日本電力《Jエナジー》に食指を動かした賀一華《ホーイーファ》が、首都電を狙わないのはあり得ない。

「北京オフィスと上海オフィスを監視していますが、動きはないようです」

「サム？」

サムはどんなミーティングでも部屋の一番目立たない場所にいるのが好きだ。この日も、存在さえ忘れてしまいそうなほど静かに座っていた。

「一華がどこにいるのかを摑めていないのですが、彼と親しい投資家や関係者の動きに変化はないですね」

「あとは国の反応か」

「母袋さん情報ですが」と前島が断ってから説明を始めた。

「経産省は国有化を求めていますが、財務省はまだ様子見のようです」

「財源の問題か」

「そうですね。いくら掛かるのかが見えない状況では、簡単には認められないようです」

今や、国の財政赤字は一〇〇〇兆円近い状況だ。原子力発電所の事故を収束できず、その賠償金は天文学的だと予想されている。そんな負の遺産を抱える企業に、なけなしのカネをはたくには、相当の力業が求められる。血税を投入してでも首都電を救うべきだと、国民に納得してもらえるストーリーが必要なのだ。

「だが、二兆円の奉加帳については、積極的だったんじゃないのか」

「あれには、金融恐慌を防ぐという大義名分がありました」

首都電を国有化するためには、説得力のある物語が必要なのだ。

「それ以上に深刻なのが、官邸の機能不全です。奉加帳についても、経産大臣や官邸に情報がなかなか上がらず、やきもきしたそうです。したがって、官邸が最低限の機能を取り戻さないと、気がついたら首都電が倒産していたということにもなりかねません」

そんなことは、濱尾が許さないだろう。

しかし、官邸の機能不全は問題だ。

メディアの報道をザッと見ているだけでも、いかに官邸が機能していないかは分かる。情報は錯綜し、総理は行くべきではない場所に顔を出し、あろうことか権限を振りかざし怒りをぶちまける。官僚や電力関係者への不信感を募らせて、彼らの情報を無視した挙げ句、個人的なネットワークで、二流三流の有識者を官邸に引きずり込んでいる。

アンソニーは、震災の悲惨な現状が無視されていると嘆いたが、それよりも酷いのは、官邸内かも知れない。

やはり、官邸へ直談判かと思ったところで、リンと視線が合った。彼女は心を読み切ったように首を横に振った。

「勝負の時は、決算を越えてからとは思っている。首都電株はまだまだ落ちるだろうからな」

「タイミングとして、国が本気で国有化を考え、その意思表示をした時が勝負だと私は思う」

「リン、その理由を聞かせてくれないか」

「国が何も言わないうちに政彦が首都電救済のために買収すると言ったら、国民から反感を買うだけよ。何度も言っているけど、それは火事場泥棒に他ならない。あなたは国賊扱いされるでしょうね。そういうふうに悪ぶるのがお好きでしょうけど、買収を成功させたいのであれば、得策じゃない」

お説ごもっとも。それはやるまいと肝に銘じている。

「でも、国有化という話になれば、国民の非難の矛先は政府と首都電に向かうでしょう。あんな酷い事故を起こした企業を、なぜ、国が救うのだと国民は怒り狂う。税金なんてびた一文入れるべきじゃないというのが、国民感情の主流になる。ならば民間での再生を考える私たちが、『火中の栗を拾う』と手を挙げる構図が理想じゃないかしら」

それがベストであるのは間違いないし、鷲津自身もそれを有力戦略としている。

「だが、それがいつなのか読めないのが辛いんだ。このところ、日本で名門企業が破綻危機に陥っても、国は救済すべきではないという声が増えつつある。今回は絶対的安全を誇った原発で事故を起こした上に、いまだ収束できていないんだ。おいそれと政府も国有化を押し出せない気がする。その結果、時間ばかりが経過して、首都電の価値は劣化し、こちらも資金調達が難しくなる」

「だからと言って、いきなりここで、俺が救済するなんて旗を掲げたら、ドン・キホーテ以下よ」

リンはいつもながら手厳しい。

「いつか、風車と闘ってみたいんだがなあ。じゃあ、自制するよ。それに俺が早く勝負すべきだと考えているのは、状況が混乱している時の方が、我々にとって買収を有利に運べるからだ。それに首都電が負うであろう原発事故補償を、国に押しつけたい。原発を推進してきた政府も責任を取るべきだという主張も、今なら世論が味方してくれるだろう」

震災によって株価が下がり買収資金が日々安くなっている首都電を手に入れるという目標は、一見簡単に思える。ところが、事故の補償を首都電がすべて引き受けるとなると、時価総額以上の賠償金が必要となる。しかも、現状では被害総額が特定できず、その額が定まるまでには、数年かかるかも知れない。

「企業として首都電が破綻同然であっても、地域に電力を供給するという使命は一日たりとも怠るわけにはいかない。したがって、俺たちのプランは、首都圏に電力を供給する事業者は絶対に存続するべきだという立場に立っている。そこで、負の遺産を抱えた旧首都電と首都圏に安全で安心な電力を供給する新首都電を切り分けるという落としどころが、最善の策なんだ。このアイデアを、国に提案し認めさせるには、いつまでも待つのは得策ではないだろ」

「だとすれば、もっと政治家や官僚たちにあなたのシンパをつくるべきね。ここはもう鷲津政彦に任せよう――。彼らにそう言わせるのよ」

いいアイデアだ。ただ、一つだけ問題がある。

俺は、政治家と官僚が嫌いなのだ。

16

二〇一一年三月二〇日午前一一時二三分　磐前県磐城市

瓦礫が山のように積み上がっている。季節の変わり目の風は、容赦ない強さで砂塵と埃をまき散らしている。かつてここに何があったのかを、想像するのが難しい光景が広がっていた。

出どころが何なのか分からないような異臭があまりにも凄まじく、気分が悪くなる。あのサムですら唸っている。

アンソニーがうるさく言うので、鷲津はヘルメットにゴーグル、マスクの完全防備だ。

ヘリコプターをチャーターして東京を早朝に出発した。午前八時過ぎに磐前県磐城市に到着すると、大型SUV二台に分乗して、北上した。

「どうしても、行って欲しい」とアンソニーから懇願されて、一行は磐城市沿岸部の久野《ひさの》浜《はま》に立ち寄った。

「ここは、人口一四〇〇人ほどの街で、磐城市で二番目に賑やかな場所だったそうです」

鷺津の隣に立つアンソニーが説明した。

「常磐線の駅前から商店街が続き、銀行や市民ホールもあったそうですが、跡形もありません」

この地を襲ったのは、地震発生から四一分後に到達した大津波だった。高さ一六メートルにも及ぶ津波は、一瞬で防潮堤を呑み込み、市街地を粉砕した。

「他の被災地に比べたら、まだましな方です。こんな場所が、岩手県北部まで続いています」

少し離れた場所で誰かの悲鳴が上がった。見ると、道路脇に毛布でくるまれた物があり、人が伏して泣いている。

「発見された遺体を道端に安置しているんです。それを家族が確認しに来ているんです」

この光景を地獄絵と表現するのはたやすい。しかし実際は、見るもの聞くもの、五感を襲うすべてのものに違和感を抱くばかりで、頭は混乱している。人間は想像を超えた事態に直面すると、事実の認識感覚が狂うのだと思い知った。

「アンソニー、もう充分だ。車に戻ろう」

「政彦、これを世界中のグリーディな奴らに見せるべきだというアンソニーの訴えが理解できたんじゃないの？」

「いやリン、奴らはここを見たところで、復興ビジネスでひと儲けできるぜ、って思うだけだ。せいぜいが、カネを寄付するくらいで、きれいさっぱり忘れてしまう。自分が直接痛い目にあわない限り、人は己の愚行を反省なんてしない」

俺も含めてな。

「いずれにしても、襲う場所が違うな」

甚大な自然災害はいつも、大都会ではなく地方の小都市を犠牲に選ぶ。

次に県最大の避難所であるスポーツセンターに行くと、アンソニーが言う。車に乗り込む直前に鷲津は後ろを振り返り、瓦礫と化した街をもう一度脳裏に刻み付けた。

車は、すぐに立ち往生した。道路がほとんど使いものにならないのと、使える道路は災害派遣等従事車両の通行を優先するために一般車両はほとんど通行止めだからだ。

車内に戻っても、重苦しい雰囲気は変わらなかった。当然と言えば当然だろう。地震が発生してからまだ一〇日足らず、復旧作業が進むどころか、住民の安否情報さえも混乱を極めている。メディアを通じてでも分かることではあるが、現地を目の当たりにした衝撃は比べものにならない。

被災地がこんな状態なのに、サムライ・キャピタルは善人面をして、自らのビジネスの道具にしようとしている。そんな非人道的な商売に意義はあるのか。

図ったわけではないのだろうが、鷲津が乗るＳＵＶには、アンソニーと広報部員一名、サ《S》ムライ・ジ《J》ャパン・エ《A》イドのスタッフ、そして磐城市の職員が同乗している。サムとリンは後続車だ。

鷲津の腹の内を知っている者はいないはずだ。それでも、呼吸をするのが辛いほどのプレッシャーを感じている。

こういう湿ったムードは払拭したい。だが、さすがの鷲津でもジョークは口にできない。

「運転手さん、あの先の広場に停めてもらえないか」

「ご気分でも悪いんですか、オヤブン」

アンソニーが心配そうに尋ねたが、それには答えなかった。

車が停止すると、アンソニーだけを連れて車を降りた。後続車も停まっているが、誰かが降りてくる気配はない。

広場だと思ったところは、駐車場だった。瓦礫が撤去されて、復旧のための作業車や自衛隊のトラックが並んでいる。かつてそこに建物が建っていたと、瓦礫の間から覗くコンクリートの基礎部分で見て取れた。

鷲津は足下に気をつけながら、タバコをくわえた。

「オヤブン、タバコはやめたんじゃ」

「タバコを吸う口実が欲しい」

酷い物言いだが、本音だった。

「おまえ、俺が何のために、SJAを立ち上げたか知っているな」

「一人の愛国者として」

「本当にそう思っているのか」

距離を置いて立っていたアンソニーが近づいた。

「本当は……、首都電力を買収しても非難されないためですよね」

リンの心配は、無用だったようだ。

「そうだ」

「あっさり認めるんですね」

「おまえが気づいているのに、これ以上ウソをつく必要はないだろう」

アンソニーは顔をしかめながら頷いた。

「SJAを立ち上げようと言った時から疑っていました。あなたに、慈善事業は似合わない」

「俺は、こう見えても良い奴だぞ」

「知っています。でも、あなたの善行は人のそれとはちょっと違う。なのに、こんなおおっぴらにメディアまで集めて、SJA設立を宣言するわけです。ならば、これは作戦《オペレーション》の一環だと思うのが、オヤブンの弟子です」

子どもは知らない間に成長すると言うが、この聡明な弟子は、見事にすくすく成長している。

「オヤブンが一度狙いを定めたら、簡単に引き下がらないのも知っています。アメリカン《A》・ドリーム《D》社の時は、味方全員を欺くようなことまでやったじゃないですか」

「しかし、こういうやり方は、おまえの信条に反するだろう」

「確かに、首都電買収のために、悲しみに暮れる人にカネをばらまくなんてのは、卑劣極まりない。でも、そう考えるのは僕自身の主義です。オヤブンの仕事をする時は、開発援助や貧困救済とか、人道的な正義を叫ばないことにしました。それを守れてこそ、弟子でしょう?」

言ってくれる。

「では、なぜ悲惨な場所ばかり連れて行くんだ」

「ダーティなオペレーションを成功させるためには、オヤブンに被災地の実態をしっかり知ってもらって、SJA設立がきれい事に聞こえないようにする必要があると思ったからです。この被災地にご自身の足で立ち、衝撃を受けなければ、被災地支援の言葉に気持ちはこもりませんよ」

アンソニーは、まっすぐに鷲津の目を見つめ返してくる。

「結果は手段を凌駕するという発想は好きではありません。それでも、東京から適当な慰めの言葉で支援の空約束をする輩に比べれば、オヤブンは凄いですよ。ちゃんと磐前県を訪れ、津波で襲われた街を視察した上で、避難所を慰問する。この徹底した姿勢を僕は尊敬しています」

背後で車のドアが開く音がして、リンが降りてきた。

「アンソニー、配慮を感謝する。それでSJAをどう思う?」

「思惑はともあれ、素晴らしいプロジェクトです。カネに善悪はない、それは使う人間が決めると、オヤブンは僕に言いました。SJAがどういう思惑で設立されたとしても、それを被災地支援に正しく使えば、ＳＪＡは素晴らしい団体と評価されます。僕はそのためにこのプロジェクトを任されたと思います。日本電力《Ｊエナジー》買収では、大失敗しました。だから、今回は首都電買収から外されてもしょうがないと思っていました。なのに、僕にとって最適の使命を与えて下さいました。心から感謝しています。そして、必ずやＳＪＡが、この大震災における最高の支援団体だとお墨付きをもらえるよう結果を出します」

アンソニーが深々と頭を下げた。

「アンソニー、必ず結果を出しなさい。政彦が首都電買収に失敗しても、ＳＪＡが最高の支援団体になれれば、私はそれで満足よ」

リンがアンソニーを強く抱擁した。

17

二〇一一年三月二〇日午後〇時〇八分

磐前市内にある支局に戻った北村は、支局長や東京本社の社会部長に、再びイチアイ付近で、原発事故取材を継続したいと直談判した。

妻子を磐城市のスポーツセンターに残していくのは心残りだったが、ケイコの強い意志を尊重した。

イチアイに戻る前に、磐前市内で大量に調達した紙おむつやベビーフードなどを車に積み込んで、もう一度スポーツセンターに立ち寄った。

避難所生活に慣れたのか、三日前とは別人のように、ケイコは溌剌としていた。窮屈な生活をしている人々の体をほぐすべく、ストレッチや体操のレッスンを始めたのも、気力の回復に役立っているのかも知れない。

北村が到着した時は、レッスンが終わったところだった。顔を上気させたケイコが、嬉しそうに北村に抱きついた。

「いよいよ、行くのね」

「うん。行ってくる。その前に差し入れだ。大半はメグの育児用品だが、食料も積めるだけ積んできた。誰かに運び出すのを手伝ってもらえないかな」

「オッケー、あとで若い男の子たちにやってもらうわ」

「メグは？」

「平良さんが見てくれている」

自宅のお向かいさんで、避難所でも隣り合って過ごしている平良夫人の存在は大きかった。

イチアイの総務部長を務めた夫を三年前に亡くして、一人暮らしをしていたのだが、気丈で面倒見が良い人だった。両親を亡くしているケイコにとっては母親のような存在で、北村が、もう一度イチアイに行こうと決心できたのも、平良夫人がいたからだ。

「おなかすいたんだけど、お昼ご飯にありつけるかな」

「ボランティアがあちこちで炊き出しをしているから、大丈夫だと思うよ。豚汁、焼きそば、カレーライス、いろいろあるよ」

地震発生から九日が経過した避難所は、全国から駆けつけたボランティア団体や志願者のおかげで窮状から脱した。

食事だけではなく、防寒着や毛布、さらに大量のタオルなども提供されている。

「じゃあ、カレーをもらおうかな」

「一緒に行きましょう。私もおなかぺこぺこだし、平良さんも今日はカレーがおすすめって言ってたから」

グラウンドを横切ると、様々な料理の匂いが空腹を刺激する。

「そういえば、今日は、懐かしい人がここに来るらしい」

カレーライスの配給所の列にケイコと並びながら言った。

「懐かしい人って？」

「鷲津政彦」

「うっそ、あのハゲタカの？　一体何しに来るの」

「磐前県を支援する基金とボランティア団体を設立したとかで、慰問に立ち寄るらしい」

「彼って、磐前県出身なの？」

「いや、大阪のはずだよ」

支局を出る際にデスクから取材を頼まれた。聞くそばから胡散くさい話だと思った。カネの亡者とは言わないが、慈善事業をするようなタイプにも見えない。なのに、縁もゆかりもない磐前県を支援するなんて、一体どういう思惑なのか。

――それを知りたいから、おまえさんに取材して欲しいんだ。編集局次長の志摩さんからのたってのご依頼だよ。

志摩の頼みなんぞ死んでも聞きたくなかったが、好奇心の方が強かった。

まさかこんな時に、こんな場所で会うとは。

「悪いことばっかりしたから、罪滅ぼしかしらね。まあ、おカネをばらまいて、ボランティアの人をたくさん寄越してくれるなら、大歓迎ね」

「そうだな」

可能性として考えられるのは、磐前県の企業買収だ。しかし、さすがに震災直後に支援を装うようなことまでして企業を買収するだろうか。そこまでの悪《ワル》には見えないし、現在の被災地の状況からも、鷲津のお眼鏡に適《かな》う企業が存在するとは思えなかった。

「あっ、この人、これから遠くに行くのよ。しばらく温かい物は食べられないから、大盛りにしてちょうだいね」

ケイコが配膳係に言うと「了解、大盛り一丁！」という威勢の良い声がした。

プラスチックの容器から溢れそうなほどの大盛りカレーライスが差し出された。

「ありがとう！」

三日前に比べると人がまばらになったのは、より安全な場所に移動した人が増えてきた証だろう。

あまりあれこれ心配しないようにと思いながらも、北村は改めて、避難所に妻子を残してまでイチアイを取材したいと思う己の業に呆れていた。

18

二〇一一年三月二〇日午後一時四九分　磐前県磐城市

磐前県下最大の避難所である磐城市のスポーツセンターで、鷲津が囲み取材を受けていると、一人の男が親しげに近づいてきた。

「鷲津さん、ご無沙汰しています。暁光新聞の北村です」

「神出鬼没だなあ」

ニューヨークで会った頃の北村は、ストレス満載でいかにも不健康な印象だったのに、その頃より若返って見える。

「こっちに来てからは、けっこう楽しんでます。さすがに地震と原発事故で避難せざるを得なかったんですがね。鷲津さんに、ウチの町の桜を見せてあげたいなあ」

こんな朗らかに話す男だったろうか。

「少しだけお話を伺ってもいいですか」

鷲津は了承するとメディアの一団から離れた。

「あまりにもあっさりと囲み取材が終わって、拍子抜けしてるんじゃないですか」

鷲津がタバコを勧めると、北村は嬉しそうに一本くわえた。

「東北では、私の知名度はそんな程度ということだろう」

「そうじゃないですよ。記者の連中は、もう飽きてるんです。芸能人、歌手、政治家、経営者など実に多くの著名人が慰問しています。そして、囲み取材を受けるんです。感想とお悔やみを述べ、募金額を口にして、三〇分ほどの滞在で東京に帰っていく。中には本当に心配してやってきた人もいるでしょうが、大抵は売名行為なんじゃないかって疑ってます」

「私も同類ってことか？」

「彼らはそう思ったんでしょうね。だから、すぐに取材が終わったんです。でも、私には意外なんですよ。あなたのような人が、こんなに早く被災地に姿を見せた上に、復興支援基金の設立をメディアに発表するなんて」

そう言いながら、北村はうまそうにタバコを吸っている。そして、ニューヨークで何度も目にしたハンターのような笑みが戻っている。

「じゃあ、北村記者は、鷲津は何をしに来たと考えているんだ？」

「それを知りたくて、お話を聞いてるんじゃないですか」

「甚大な地震と原発事故という二重の悲劇に見舞われた磐前県の方の力になりたくてね」

北村が噴き出した。

「見返りは、何ですか。いまさら売名行為をする必要はないでしょ。日本のみならず海外にも鷲津政彦の名は轟いていますからね。だとしたら、あなたが磐前県を訪れるのには、別の理由があるはずだ」

「そんなものは、ないよ」

田舎暮らしで惚《ぼ》けたかと思ったのは誤りのようだ。

「あなたがこちらに来ると聞いてから、ずっと考えているんですけどね。一体、何のために鷲津政彦は、磐前を慰問し、数億円もの資金を出して復興支援基金を設立するのだろうってね」

「で、答えは出たんですか」

「それなりには」

立ち話をしている場所は、スポーツセンターの体育館前だった。ひっきりなしに人が出入りしているが、誰一人鷲津たちを気にする者などいなかった。皆、うつむき加減でくすんで見える。

　そんな中、北村だけは、やけに溌剌としていた。

「一昨年に日本電力をあなたが買収しようとしたのを思い出したんです。あの時は、Jエナジー《Jエナジー》が上海系の質《タチ》の悪いファンドに買収されかかったのを、『救済する』という名目で、あなたは白馬の騎士《ホワイトナイト》として名乗り出た」

「そんなことが、あったかな」

「またまた。忘れるはずないでしょ。なぜなら、鷲津政彦が久しぶりに獲物を狙ったというのに、手中に収められなかったんですから」

「北村さん、もっと私のことを調べた方がいい。あなたが思っている以上に、私はM&Aに失敗している」

「そうですか。でも、あなたが電力会社に関心を持っているのは確かでしょ。それで、電力に詳しい記者に、電力会社っておいしいのかって聞いてみたんですよ」

　北村の背後でアンソニーが手招きしている。早く慰問に行こうと言っているのだ。

「話はまだ続くのかな。部下に呼ばれているんだが」

「もう少しだけ。電力会社は笑いが止まらないほど儲かるそうですね。ただし、今回の原発事故で、その神話は崩れ去ったとも言われた」

　痺れを切らしてアンソニーが近づいてきた。

「オヤブン、時間が押しているので早く！」

「北村さん、ラスト・クエスチョンだ」

「首都電を狙ってるんですよね」

「今、あそこを狙うというのは、マカオでバカラにハマるよりリスキーだと、君の同僚記者は言わなかったのか」

「言ってました。だから、不思議なんです。誰もが買うなんて絶対にあり得ないと思っている首都電が、あなたには金のなる木に見えているらしい。なぜですか」

「すみません、取材はこの辺で止めてもらえますか」

アンソニーが割って入ってきた。

だが、北村は動かない。

「北村さん、首都電にうまみがあるなら教えてくれ。その時は真っ先に買う。だが、さすがの私もあんな厄介なところは願い下げだ。失礼する」

信じただろうか。

信じていないだろうな。だが、首都電力を欲しがる理由については、さっぱり分からないはずだ。

「珍しいですね、オヤブンが新聞記者と親しげに話すなんて」

鷲津を体育館の中に連れ込んでから、アンソニーが言った。

「奴は、言ってみれば戦友なんだ。だから、つい懐かしくてね」

「へえ、そうなんですか。そんな人とこんな場所で再会するなんて、奇縁ですね」

まさに。そして、この縁はまだ終わらない気がする。

19

二〇一一年三月二〇日午後二時〇六分

あの男は、首都電を狙っている——。

鷲津の背中を見送りながら、北村は確信した。

鷲津が被災地への支援をするだけなら、それなりに納得できた。ああ見えて善人の顔を持っているのも知っているからだ。だが、自ら被災地に足を運び、わざわざ復興支援基金を立ち上げたとメディアの前で発表するというのが、いかにもあざとい。

世論を味方につけることは、企業買収では重要な要素だと、かつてニューヨークで取材した時に鷲津から聞いた。

このデモンストレーションには、明らかにそういう思惑がある。

だが磐前県下の企業など、鷲津が狙う規模としてはどれも小さすぎた。

唯一考えられる巨大企業は、首都電だった。

まさかとは思ったが、念のために経済部の電力担当の同僚にレクチャーを乞うた。

――あんな事故が起きるまで、首都電は日本で最も安定かつボロ儲けしていた企業だろうな。おそらく日本最大の自動車メーカー、アカマ自動車よりおいしい。だけど、地域独占で電力供給を行っているため、民営とはいえ、政府と二人三脚の状態にある。そもそもが民間人が買える企業ではないんだ。

「市場に上場している企業に買えないところはないというのが、資本主義の原則じゃないのか」と北村が反論すると、「首都電は、その例外だと思った方がいい。しかも、あんな事故を起こした首都電は、負の遺産が国家予算を揺るがすレベルになるんだ。そんな会社を誰が買う？」と同僚は言う。

一応、理解はした。だが、納得はしなかった。鷲津は、「誰も買えない、買えるはずがない」と考えられていた企業を、これまでも手中にしている。

鷲津政彦に不可能はない。ニューヨーク駐在時に、その「神話」を目の当たりにした。

もっとも、鷲津がこのどさくさに紛れてどこを買収しようと、俺には関係ない。それより一刻も早く、イチアイ（首都電力磐前第一原子力発電所）の事故現場近くまで戻って、取材を続けたい。

とはいえ、久しぶりに鷲津に会って、スイッチが入ってしまったのも確かだ。

瀕死の企業を見つけては近づき、破綻直前に呑み込むというのがハゲタカ・ファンドビジネスだ。その点からすれば、首都電を狙うのは自然な流れだ。

きっと、俺には考えもつかないスキームを作り上げて、首都電を包囲しているんだろうな。

だとしたら、この推理をデスクか、東京本社に上げるべきだろう。

いや、ダメだ。

そんなことをしたら、俺は再び鷲津番を命じられて身動きが取れなくなる。

「なに、深刻な顔してんの？　ハゲタカちゃんの取材は終わったの？」

段ボール箱を抱えたケイコが立っている。

「うん。相変わらず、すかしたいけ好かない男だったよ」

「でも、磐前を救う基金を立ち上げてくれるんでしょ。いい奴だと思ってあげたら？」

「荷物、持つよ」

「これは、悠ちゃんに渡そうと思っていたものよ」

「俺が必要なものは、支局から持ってきたよ」

問答無用でケイコが段ボール箱を押しつけてきた。

中に入っていたのは、仕事用の非常用持ち出し品だった。

「逃げる時、これだけは持って行かないとって思ってね」

花岡通信局の歴代局員の日誌と引き継ぎの際に用いるネタ帳。さらには通信局用の預金通帳などを除くと、大半はガラクタだった。入社以来の、スクープ記事だけを貼り付けたスクラップブック数冊、過去に二度受賞した新聞協会賞の楯、そして、使えなくなったのに捨てられなかった古い携帯電話と数枚の写真ぐらいだ。

「あ、これだけは、もらってもいい？」

ニューヨークでケイコと北村、そして当時北村の通訳兼アシスタントを務めていたリッキー・パークスが笑顔で写真に納まっている。

「嬉しいな、そうしてくれ。そういえば、生きてるかって、リッキーから安否確認のメールが来てたよ。あいつ、被災地取材に行かせてくれと会社に交渉をしてるらしい。ケイコとメグにもよろしくって」

「懐かしいなあ。あの頃、私も悠ちゃんもボロボロだったけど、やっぱり懐かしいね。リッキーにも会いたいわ」

段ボール箱を足下に置いて、ケイコを抱きしめた。

「原発取材に行くのはいいけど、くれぐれも無茶はしないで」

「もちろんだよ」

二人が自然に離れると、ケイコがペンダントを手渡してくれた。

「なんだか、古くさいけどね。これ、持って行って」

ロケットだった。開いてみると、ケイコと恵の写真が入っていた。

「ありがとう。これで百人力だな」

「いい？　ゼッタイ、安全第一よ」

肝に銘じた。

そして、もう一度妻を抱きしめてから、駐車場に向かった。

途中で、衛星携帯電話が鳴った。

東京本社からだった。

「志摩だ。どうだった、鷲津は？」

「いつもながらの鷲津でしたよ」

「奴は何を企んでいる？」

一瞬だけ躊躇した。

「どうやら、ちょっといい人をやってみたくなったみたいですよ。さすがに、このどさくさで買える企業もないでしょうからね」

志摩が沈黙している。

「本当に、下心はないのか」

「囲み取材の後、旧交を温めましたが、片鱗も感じ取れませんでした」

だったら、原稿は不要だと言われた。

志摩は、昔から分かりやすい男だった。

これで心置きなく、イチアイの取材に専念できる。

寒風が吹く中、北村はロケットを強く握りしめた。

20

二〇一一年三月二〇日午後四時二一分　東大阪市・森下

マンションのベランダで植木に水をやりながら、芝野は胸の内のざわつきをもてあましていた。

ベトナムでの原発プラント交渉締結の喜びも束の間、大地震と津波によって発生した東北地方の原発事故で、プラント建設は再び暗礁に乗り上げてしまった。

ベトナム政府は、事故の詳細と原因、そして収束の目処を一刻も早く報告するようにとうるさく言うが、ハノイにいてはまともな情報収集もできない。仕方なく一時帰国したものの、東京の混乱は尋常ではなかった。頼りにしていた湯河とは会うことすら叶わず、自宅のある東大阪に戻ってきた。

地震から一〇日ほど経つが、メディアの報道はいまだに錯綜している。

一緒に帰国したアイアン・オックス社長の加地は「イチアイの事故が収束しないかぎりは、ベトナムのプラントの今後についてなど話せるもんじゃない。当分は、自宅でゆっくりして下さい」と言っている。

まさか、原発事故が収束するのにこれほど時間を要するとは想像していなかった。

何より、資源エネルギー庁も首都電も、事故の状況をまともに把握出来ていないというのには驚いた。

日本の原発は世界一安全です。なぜなら、地震大国であるため安全基準が世界標準よりもワンランク上ですから――。

ベトナム政府に対するプレゼンテーションの場で、芝野ら日本交渉団はこの殺し文句を何度繰り返したか。その「神話」が、こんなにあっけなく崩れ落ちるとは。

これじゃあ、バブル経済が破綻した一九九〇年代と同じじゃないか……。

いや、ダメージの度合からすれば、それ以上かも知れない。

バブル崩壊の時には莫大なカネが日本から消え去ったが、それでも直接的な生命の危険を感じた日本人は少なかった。それが、イチアイの事故では、日本中が放射能汚染の恐怖に怯えている。

もはや、「日本の原発は安全」などとは、誰も口に出来ない。

湯河とは昨夜、ようやく電話で話せたが、「イチアイでいったい何が起きているのか、その本当のことを知っている人なんて、日本に誰もいないと思いますよ」と嘆いていた。

聞くところによると、五〇基以上もの原発を抱えながら、日本にはまともな事故処理マニュアルが存在しなかった可能性が高いらしい。それが事実なら原発を推進してきた政府と電力会社は、国賊ものだ。そして、そんな原発を、他国に「世界一安全」だとして売った自分もまた国賊の一人だ。

　とにかく安全に冷温停止を実現して、事故原因を徹底究明するべきだ。その後、世界に先駆けた最高の新しい安全基準と事故対策を政府が打ち立てなければならない。そのためには、情報がもっと必要だった。

　芝野はイチアイまで足を運ぶ方法を探していた。もちろん家族には内緒だが、明日にでも東京に向かうつもりだ。

　都内でミュージカルの稽古をしていた最中に被災した娘は、一週間前に自宅に戻ってきた。今日は久々に家族そろって外食する。

　一足先に心斎橋に出てショッピングするという二人を送り出した芝野は、荷物をまとめる傍ら、家事もこなした。水やりを終えるとコーヒーを淹れ、ダイニングルームでテレビの前に座った。

〝それでは、現場から中継で報告します〟

　画面が磐前県に切り替わった。

〝磐前県立田町のＪファームです。本日、投資ファンドのサムライ・キャピタル社長、鷲津政彦氏が訪れました。鷲津社長は、磐前県で被災された方々、さらには、原発事故収束に向けて、今なお原発内で奮闘している所員とその家庭に対して、可能な限りの支援を行うために基金を立ち上げたと語りました〟

どういうことだ。鷲津が磐前県にいるとは。その上、被災者支援の基金を立ち上げただと。

芝野はテレビのボリュームを上げた。

〝大地震と巨大な津波被害だけでも大変なのに、磐前県内の方は甚大な原発事故の影響で、より深刻な状況下にあります。一人の日本人として、微力ながらお力になりたいと思いました〟

鷲津は神妙な顔つきで淡々と語っている。

〝匿名で支援活動をするのが鷲津さんのスタイルだそうですが〟

〝私のような投資家が、被災地支援を行えば、またぞろ金儲けを企んだ売名行為だなどと誤解を生みます。ですから、匿名で寄付した方が良いのかも知れません。しかし、被災地支援は私一人が寄付した額では到底叶いません。ならば、多くの方に支援を呼びかけることを、自ら現地に赴いて行おうと考えました〟

そんなきれい事を誰が信じるのだろうか。

この男は、無駄金なんてびた一文使わない。

〝さらに、こうした寄付で問題となるのは、皆様の善意が本当に有効に使われているのかという点です。そこで、私は、世界の紛争地域や大災害が起きた地で支援を行っている国際組織の関係者に参加を呼びかけ、直接磐前県で支援活動を行うチームも設立致しました。それによって、寄付金は、迅速かつ有効に被災者の皆さんのお役に立つことができます〟

テレビは、別の被災地映像に切り替わった。

芝野は、テーブルの上に置いたノートパソコンを開いて、サムライ・ジャパン・エイドを検索した。

すぐにページは見つかった。

トップページに鷲津の顔写真とメッセージがあった。

〝必要なものを必要なだけ。

今、求められているのは、誰にでもできる善意です〟

まるで、大統領選挙への出馬宣言のような文言だな。

募金活動という欄をクリックすると、寄付金の総額を表示するカウンターがあった。すごい速度で数を刻んでいる。すでに寄付金額は五億四〇〇〇万円を突破していた。

寄付者の名前と金額も表示されている。圧倒的に日本人が多いが、外国人の名も少なくない。その中には、世界的な大富豪や政治家、アーティストらの名前もあった。

カネには色も善悪もない。ただ、使う人間によって色が変わるだけだ――。世間がどう言おうが、勝つためにやるべきことをやる。そういう男だった。

だが、俺よりは立派かも知れんぞ、健夫。

安全な東大阪の高層マンションの一室で、暢気に被災地の様子を傍観している俺は、結局は他人のやることにただケチを付けているだけの小市民じゃないか。

だからこそ、イチアイに行こうと決めたのだ。

行ってどうする？　鷲津みたいに私財を投げうって被災地を救うと言えるのか。

そんなカネもないし、そんなガラでもない。

「俺は俺、鷲津は鷲津。何を気にしている。奴は、世界でも指折りの大富豪なんだ。それに引き替え芝野健夫は、リタイアした年寄りに過ぎん。比べること自体バカげている」

声に出すと、ますます虚しくなった。

腹立ち紛れにパソコンを閉じた。

俺は俺だと嘯くなら、何が出来るか言ってみろよ。

内なる声が責めてくる。

この街に来てからは、ターンアラウンド・マネージャーとしても役立たずだったと痛感している。被災地に赴いたところで、一ボランティアとして瓦礫の撤去を手伝うぐらいが関の山だ。

いっそのこと、それを一生懸命やってみればどうだ？

着替えをする手が止まった。

いや、もう少し俺にしか出来ないことがあるはずだ。

携帯電話が鳴った。ディスプレイに並ぶ数字は、見覚えのないナンバーだった。

「ご無沙汰しております、芝野さん、鷲津政彦です」

「これは驚いた。今、あなたをテレビで見ていたところですよ」

「お恥ずかしい。忘れて下さい」

「相変わらずやることが派手だね」

「地味で堅実が、私のモットーなんですが」

思わず笑ってしまった。

「そんな大嘘をあっさりつけるところは、相変わらずですね。それで、どんなご用件ですか」

「ちょっと相談に乗って戴きたいことがあるんです」

「こんなロートルが、あなたのお役に立つんですか」

「もちろんです。お忙しいでしょうが、お時間を戴けませんか」

「どんな案件なんです？」

「電話では、申し上げにくい。明後日あたり、東京でいかがですか」

「こっちは大阪から出掛けるんですよ。ざっくりとでも結構なので、教えてください」

「日本一のターンアラウンド・マネージャーとしてのあなたの知恵と経験にお縋《すが》りしたい」

何を企んでいる。

「それは、被災地の基金と関係するんですか」

「あれとはまったく無関係です」

「まさか、こんな時に、M&Aをやるつもりですか」

米国の金融危機に乗じて、とんでもないことをやらかした男だ。日本でやっても不思議ではない。

「お会いしてから話します」

「私はもう引退したんですよ」

「しかし、ベトナムくんだりまで行って、日本の原発プラントの売り込み交渉を成功させたじゃないですか」

なんで、それを知っている。原発プラント交渉に芝野が参加しているのは、関係者以外知らないし、もちろんメディアも知らない。

「情報が命――。私のモットーは、昔も今も変わりませんよ。あなたが、マジテックの一件について、無力感を抱いておられるのも分かります。しかし、それであなたの実績すべてが否定されるわけではない」

嫌なことを……。

「お気持ちだけいただいておくよ。本音を言えば、もう疲れたんだよ。ベトナムの問題からも手を引くつもりなんだ」

「日本がこんな大変な時に、それでよろしいんですか」

だったら、こんな大変な時にビジネスをやろうとしているあんたはどうなんだ。

「残念ながら、私にはあなたのような資金力も知名度もありませんから」

「そういう話じゃないんです。あなたにしか出来ないことで、お縋りしたい」

どうせ、明日には東京に移動するつもりだったのだ。鷲津に会うぐらい何でもない。それに用件も気になって仕方ない。ただ、この男の思いどおりに動くのが癪《しゃく》なだけだ。

「では、少しだけ予告しましょう。この国を復興させるために絶対に必要な案件を手伝って欲しいんです」

なんだって。

「話を聞かれて、ご興味を持たれないようなら、諦めます。しかし、あなたの時間を無駄にすることはないと思います」

「いいでしょう。では、明後日、東京で。ただし、ご期待に添えない場合もあると思いますが、それでもよろしいですか」

待ち合わせには、かつて鷲津と交渉するために何度も足を運んだホテルが指定された。

あの頃、企業買収の行方を考える時に、メギドの丘がどうとか、ハルマゲドンとかいう言葉を使ったのも思い出された。なんと大げさな思考をしていたのだと恥ずかしくなった。

今こそ、日本はハルマゲドン級の危機に立っている。

その最中に、鷲津は俺に何かをさせようとしている。

「分かりました。では、明後日午後四時に」

電話を切った瞬間、何とも言えない高揚感を覚えた。

なんだ、これは。

俺はなぜこんなに舞い上がっている。

あの男が、俺を必要だと言ったからか。

21

二〇一一年三月二一日午前一〇時〇四分　東京・新宿

前夜遅くに東京に戻った鷲津はその足で、西新宿のパークハイアット東京にチェックインした。

路面状態の悪い道路を長時間走行して疲労困憊だった。さすがに今朝はベッドから這い出すのが辛かったが、一〇時からの朝食ミーティングは外せなかった。

熱めのシャワーを浴び、Tシャツにトレーニングパンツという格好で、ミーティングの席に着いた。同席するのは、サムとサムライ・キャピタル調査部の母袋の二人だけだ。

「朝早くから、お呼び出ししてすみません」

「とんでもないことでございます。このような豪華な場所で、社長と朝食をご一緒できる栄誉に身が引き締まる思いでございます」

「そんな大げさなもんじゃないですよ」

もっとリラックスして普通の会話をしてくれと頼んでも、「堅爺《かたじい》」と呼ばれている母袋の慇懃《いんぎん》な態度は変わらない。

鷲津はあまり食欲がなかったので、茶碗半分程度のご飯と生卵と味噌汁だけを頼んだ。サムと母袋の前には、焼き鮭や納豆、だし巻き卵なども並んでいる。

今日の午後に与党民政党代表代理で、現政権の行政担当特別顧問も務める宮永駿作《みやながしゅんさく》と会う。そのために、事前に母袋に確認したいことがあった。

給仕が終わったタイミングで、鷲津は母袋に切り出した。

「宮永に会うのは、悪くないと思う。ただ、まず、堂上《どのうえ》に会うべきじゃないんだろうか」

保守党のエネルギー族のドン、東海林完爾《しょうじかんじ》議員の後継者と言われる堂上明義《あきよし》のことだ。以前から現在の電力事業の改革を訴えていた堂上を取り込むと良いカードになると思われる。首都電力磐前第一原子力発電所の事故についても、地域独占に胡坐をかいた電力事業者の傲慢と怠慢が招いたものだと手厳しい批判をしている。

「いずれ堂上先生にもお会いになるべき時があるかも知れません。しかし、まずは、宮永先生と堅固な関係を築かれるべきかと」

「与党の政策通だからか」

宮永は青くさい理想論を語る政治家が多い与党政党に属する一方で、官僚を使いこなし、政策実現のための調整ができる人物として知られていた。

「それも一因でございますが、エネ庁関係者の情報をまとめますと、宮永先生が、首都電の事故補償や経営再建を担っておられるそうです。いわば、首都電問題の最高責任者となる可能性が高いと思われます」

「だが、現政権は早晩倒れるだろう。年内に解散総選挙の噂まである」

原発事故への対応のまずさに加え、被災地全体への救済活動の遅れが甚だしい現政権が存続しているのは、非常事態が続いているからだ。こんな状況下で内閣総理大臣が替われば、混乱はさらに酷くなる。これらがいずれ落ち着けば、古谷総理に対する責任問題は、野党のみならず与党内からも噴出するだろう。そして解散総選挙となれば、民政党は大敗し、再び保守党が政権を握るはずだ。ならば、それを見越した戦略が必要なのだ。

「年内の解散総選挙は、百パーセントないと考えられます」

「その根拠は？」

「与党が圧倒的多数の議席を持っている点と、解散すれば、壊滅的な敗北を喫するのを承知しているからでございます。世間からどんなに非難されようとも、せいぜい総理の首をすげ替えるくらいだろうというのが、永田町の観測でございます」

内閣不信任案が出されても、圧倒的多数を誇る与党なら否決できる。

「いくらなんでも、無責任がすぎるだろう」

「解散しない理由は、保守党側にもあります。長年、原発を推進してきたのは、他ならぬ保守党でございます。さらにこんな中途半端な復興状態で政権を取るのは、火中の栗を拾うようなもの。あと一年は、民政党に政権を預けて、野党として叩く側に回る方が、来るべき政権交代の際に有利だという思惑も働いております」

企業買収の世界をダーティだと揶揄する者が多いが、政治の世界の方が、遥かに汚いじゃないか。

「さらに、もっと重大な理由がございます」

会議中は食事に手をつけようとしない母袋に食べるように促し、鷲津は生卵をかき混ぜた。焼き鮭を少し口にしてから母袋が続けた。

「確かに堂上先生は、保守党内の電力問題の改革派ではあります。しかし、東海林、濱尾、甲斐という三巨頭の鉄のトライアングルに抵抗しているわけではございません。社長が、堂上先生にアポイントメントを申し出るだけで、お三方に情報が伝わります」

「それは覚悟しているよ。それでも、早い段階で堂上を取り込みたい」

「準備万端整った時には、堂上先生と密かにお会いになるのはよろしいでしょう。しかし、それまでは、保守党議員のどなたともお会いになるべきではないと強く申し上げたい」

母袋は断固として譲る気はないようだ。

そこでサムが言葉を挟んだ。

「一つ私から補足すると、日本電力《ジェナジー》買収の際に、政彦の親族に対して脅迫まがいのカードを濱尾が切ったのは覚えているだろう。あのお膳立てをしたのは、甲斐だよ。首都電買収の動きが、濱尾や保守党議員に漏れた段階で、また甲斐が暗躍すると思った方がいい」

その後、サムの尽力で、義理の妹も弟も平穏な日常生活を送っていると聞いている。

「監視されているとか、調査されている気配はない。ただ、その気になれば、相手はなんでも出来る。政彦、権力者に楯突く時は覚悟しないと」

異論はないし、肝にも銘じている。

「それらを勘案致しますと、まずは宮永先生をしっかりと取り込まれるのが一番だと存じます」

母袋はそう言うと、味噌汁でご飯を流し込んだ。

「分かったよ。とはいえ、宮永という人物と俺とは水と油のように思えるが」

長崎県佐世保市出身の宮永は苦学して九州大学法学部を卒業し、七回も司法試験に挑戦した末に弁護士になった。その後は一貫して、人権問題や公害訴訟の原告側に立って弁護活動を続けている。初出馬以降は当選五回を数えるが、いまだに泥くさい正義を振りかざし、保守党が政権を握っていた時には、徹底抗戦を貫いた武闘派のようだった。

「こんな経歴の男が、首都電の経営改革担当になったら、解体されるんじゃないのか」

「より良いスクラップ&ビルドをお考えのようです。さらに、私の方から、弊社の社長がお話ししたいと申し上げると、宮永先生からは、こちらも相談に乗って欲しいことがあるので、好都合だという返事がありました。宮永先生を壊し屋だのアナキストだのと非難する者もおりますが、民政党の国会議員の中で、国家の未来と国益の維持を真剣にお考えになっている稀有な存在です。案外、宮永先生と社長は意見が合うのではとすら、思っております」

母袋はそう言うが、どう考えても、市民や労働者の味方と自分は相性が悪い。

「サムもそう思うのか」

「私には何とも言えません。行動規範だけで判断するならば、政彦の言う通り水と油の関係でしょう。ただ、宮永氏は、濱尾氏の意向なんて気にもしないでしょう。それは大きな追い風になるのでは？」

「互いに主義は異なるが、濱尾率いる首都電を叩き潰すという目的は同じということか」

見るからに老獪にして頑固という宮永と組むと苦労するだろう。しかし、敵は強大な権力を持ち、暴力も辞さない連中だ。贅沢は言っていられない。

「宮永が私と会いたがる理由も気になるな」

「その点は、教えていただけませんでした。私が思うに、首都電再建についての意見をお聞きになりたいのではないでしょうか。また宮永先生は、首都電が訴えている想定外の甚大災害による賠償免除を、強固に反対している人物でもあります」

首都電買収の鍵は、原発事故の損害賠償負担の扱いだ。

最も望ましいのは、負の遺産はすべて国に押しつけてしまうことだ。それから首都電を再建すれば、早期黒字転換も可能になる。

しかし、宮永が相手となると、そんなうまい話は無理かも知れない。買収した側にも一定の負の遺産の負担が強いられるはずだ。問題は、その負担額の程度だ。

首都電は日本の看板企業であり、絶対に倒産させるわけにはいかない。何より首都電管内一九〇〇万世帯への電力供給は、一日たりとも滞るようなことがあってはならない。だから、買収後の首都電の負担は抑制されるべきだという鷲津の主張を、果たして宮永は受け入れられるのか――。それは限りなくゼロに近い気がする。

それでも、奴と組むしかないようだ。

「じゃあ、二人はゆっくり朝食を続けてくれ。俺はこれで失礼する」

料理を平らげると、鷲津は寝室に戻った。同じタイミングでリンがジョギングから戻ってきた。

「あら、ミーティングはもう済んだの」

「うん。俺は頭の整理をしたいので、明治神宮まで散歩に行ってくる」

「それで政彦、二人のアドバイスには納得したの？」

「ああ。俺がいかに厄介な連中を敵に回すのかを、改めて教わった」

「それが分かっただけでも、母袋さんを呼びつけた甲斐があったわね」

「じゃあ、二人の意向を、リンは知ってたのか」

「だいたい想像はついてた。でも、あなたを説得できるのは母袋さんだと思ったから、お任せした」

リンは何でも知っている。

「一つ付け足すと、宮永って政治家も厄介だからね。彼は経営者と名がつく者はすべて嫌いだし、何でも自分で思いどおりにやりたいらしい。民政党が政権を取ってからそれが酷くなったという噂も聞いた。だから、あなたのようなタイプには、すぐ敵愾《てきがい》心《しん》を燃やすでしょうね。普段以上に良い子のふりをしてよ」

皮肉の一つでもひねり出そうとする前に、リンに唇を塞がれた。

「久々にヒリヒリする買収劇を楽しみにしているわ。鷲津政彦」

捨て台詞を残して、リンはバスルームに消えた。

明治神宮は、パークハイアット東京から南東に一〇分程歩いた位置にある。

渋谷区という都心の一等地のど真ん中に、広さ約七〇万平方メートルにも及ぶ広大な面積を有する。中央には、明治天皇と昭憲皇太后を御祭神とする神宮があり、一帯は深い森に包まれている。

この森は、建設が始まった一九一五年、全国青年団の勤労奉仕により造営整備されたもので、長い年月をかけて「極相《きょくそう》」と呼ばれる自然のあるがままの森に戻そうという作業が、現在も続けられている。

運動嫌いの鷲津だが、体力的な衰えを自覚した四〇代後半から、一日一万歩は歩くように努力している。

特に、明治神宮を歩くのが気に入っている。奥日光を彷彿とさせるのだ。鬱蒼《うっそう》とした森に佇むと、時間と場所の感覚が薄れて、悠久の歴史の上に立っている気分になってくる。

人間はしょせん長い歴史の中の点でしかなく、どうあがこうが、暴れようが、一瞬の光となる程度で、結局は海の藻屑に過ぎないと、つくづく思い知らされる。

そういう時間が何よりありがたく、業や欲望の渦に巻き込まれる日常、呼吸困難になりそうな現実世界から遊離出来た。

首都高速4号新宿線の下を歩き、参宮橋の駅を過ぎると、前方に森が見えてくる。

イヤフォンからはブラッド・メルドウのアルバム「Introducing Brad Mehldau」が流れてきた。

22

二〇一一年三月二一日午後一時　東京・紀尾井町

約束の時刻きっかりに鷲津は、紀尾井町のホテルニューオータニの一室のドアをノックした。

迎え入れたのは、宮永当人だった。

「はじめまして、サムライ・キャピタルの鷲津政彦でございます」

「わざわざどうも。あなたとは一度、腹を割って話をしたいと思っておりました」

部屋にいるのは、宮永一人だけだ。こちらも一人である。

鷲津と会うのを誰にも知られたくないらしい。

鷲津がソファに腰掛けると、宮永自身がコーヒーを用意した。

「用件というのは、首都電力のことですな」

即答せずに、鷲津はコーヒーを味わった。宮永の方は、ミルクと砂糖をたっぷり入れて、やたらとかき回している。鷲津が答えるまで、話す気はなさそうだ。

「宮永先生は、首都電の未来について独自の青写真をお持ちだと伺いました」

「ほお。いったいどんな情報をご存じなんですか」

「国有化した上で、濱尾会長以下の幹部を刑事告発する」

鷲津の挑発に宮永は眉一つ動かさなかった。むしろリラックスしているように見える。

「前半はともかく、濱尾を刑事告発できたら痛快でしょうな」と宮永は話に乗ってきた。

人権派弁護士上がりの宮永が、濱尾を嫌っているという情報は正しかったようだ。

「残念ながら私が気になるのはお宅の方です」

「つまり、鷲津さんは国有化がお気に召さないと？」

「言語道断でしょう。事故を収束できず原発の信用を貶め、日本経済にも多大な損害を及ぼしたような会社は潰すべきです」

「面白いねえ。世間が、原発事故の対応にしか目が行っていないこの時期に、そこまで踏み込むとは」

「宮永先生、濱尾会長以下を刑事告発するおつもりなら、なおのこと国有化なんてやめるべきです」

「なら、君が代わりに買ってくれるのかね」

買えるものなら買ってみろと言いたげだ。

「一つだけ条件を呑んでいただければ、喜んで」

「どんな条件だね」

「原発事故によって生じた負の遺産のすべてを、政府が負担する」

宮永は声を出さずに笑った。

「それはまた、虫のいい話だ」

「そうでもありませんよ。事故の損害賠償の負担を切り離しても、今の首都電を買うなんて奇特な男など、私以外にはおりません」

「それはどうだろうね。原発事故の損害賠償の支払いを免除されたら、首都電なんてすぐに黒字転換するだろう」

今度は俺が笑う番だ。

「宮永先生は、企業経営のご経験はおありですか」

「ないよ。私は貧乏サラリーマン、貧乏弁護士を経て、貧乏国会議員をやってるからね」

「事故の損害賠償を免除する程度では、首都電は再生しません。あのマンモス企業は、根幹から体質改善をし、事業の見直しをする必要がある。何より、発電の主力である原発を、首都電は当分使えない。たとえ火力発電所に頼るとしても、燃料調達などのリスク管理などを考えると、そう簡単には再浮上しませんよ。それを可能にするのは、経営のプロだけです」

「つまり、君ならやれると」

「違います。私にしか出来ません」

「聞きしに勝る傲慢な男だな。アメリカ大統領に喧嘩を売ったという話も本当だったのか」

宮永に断ってタバコをくわえた。

「それもどうでもいい話です。重要なのは、日本の未来です。宮永先生や政権がなさろうとしていることは、この国をさらに破滅へと追いやるでしょう」

「君に首都電を任せる方が、日本を破滅させると思うが」

「私については、充分お調べになっておられるのでは？　過去に何度、私がこの国を救って差し上げていると思ってらっしゃるんですか」

「確かに、邪《よこしま》な連中と闘って日本の宝物のような企業を守ってくれたこともあるようだね。しかし、その見返りとして君はいくら懐に入れたんだ」

なるほど、貧乏自慢の政治家は、金儲けがうまい男が嫌いなわけだ。

「先生は、国会議員を無償でなさってるんですか」

「そんな話はしていない」

「先生が、国政に情熱を注いだ対価として受け取られる報酬と、私が企業を買収して得る報酬に、本質的な差はありません。それぞれが仕事に見合ったカネを得ているに過ぎない」

「つまり、首都電買収も金儲けのためなんだな」

「先程も申し上げましたが、日本の未来のために、私がお救いして差し上げると申し上げているんです。これはビジネスにするから、真剣になるんです。むしろ無償でやるとか言う奴の方が怪しい。ボランティアは、いつでも逃げられますからね」

「悪いが君のような火事場泥棒に助けてもらうほど、我が政権は落ちぶれていない」

質《たち》の悪いじいさんだな。

「宮永先生、政権の代理人的発言は、その程度にしましょう。私たちは、お互いになじり合うために会っているわけではない」

宮永はスーツのポケットからショートピースを取り出している。鷲津は話を進めた。

「可能な限り国家予算を使わずに、どん底で喘ぐ首都電を再生させることが、先生のご使命のはずです。だとしたら、首都電の再生を、経産省なんかに委ねてはいけない。彼らには経営能力がありません」

「じゃあ、教えてくれ。どうすればあの会社を黒字転換できる？」

「潰れかけた企業の劣化の速さをご存じですか」

宮永は答えず、タバコをふかしている。

「これから毎日、数千万単位で、いや、もしかしたら億単位で、首都電の価値は下がっていきます。それを止めるためには、一刻も早く解決の術を知るプロに委ねることです」

「君がそのプロだと、どうして分かる。確かに、過去に日本の大手企業の買収と再生に君が関わっていたのは知っている。だが、電力会社は特殊なんだ。具体案がない限り、交渉するつもりはないよ」

電力会社が特殊だと？　その意味が分かっているのか、この爺さんは。

「企業は、事業で利益を出せば黒字になります。首都電だって原理はそうでしょう。

特殊でも何でもない」

「首都電は、首都圏に電力を供給している唯一の企業なんだ。言ってみれば、半国営に近い。いくら君でもそんな企業に関わった経験はないだろ」

「では、伺いますが、そんな特殊な企業の経営経験が、日本政府にはおありなので？」

「屁理屈を言いなさんな。本当に首都電を再生するだけの経営能力があるのであれば、君を総理に強く推してもいい。だが、俺はプロだから任せろの一点張りじゃ、話にならんだろう」

「では、先生が、総理に強く推すために必要な条件をお教え下さい」

「可能な限り国費を使わない首都電の安定経営に尽きる。その方針を述べよ」

「可能な限りとは具体的に、いくらを指すんですか」

「見当もつかんね。だが、君は試算済みだろう」

ずるいかけひきだ。それに応じるつもりはないが、政権は計算できていないのではないかと予測していた。

「首都電をグッド・カンパニーとバッド・カンパニーに分け、私はグッド・カンパニーの再生に専念します。そちらには、国費なんぞ一切不要です」

「何を基準に仕分けするんだ」

「イチアイ、ニアイに関わるすべてを、バッド・カンパニーに移します。無論、そこには除染費用や避難対策費等、原発事故関係の損害賠償一切を含みます」

宮永は、せわしなくタバコを吸う。

「話にならんな」

「そんな即答をされると、後悔されますよ。私の提案がベストです。しかも、私が引き受けないと、必ず失敗します」

「その根拠なき自信には敬意を表するが、君の説明程度では、政権も政府も納得しないだろう」

「では、一週間以内に説得力のある提案書をお出ししましょう。そのための材料を戴きたい」

「何が必要なんだ」

「事故対応の予算、想定している除染区域の広さと費用、さらに廃炉のための予算額です」

生真面目にメモをしていた手が止まり、手帳が閉じられた。

「そんなものが、この段階で算定できると思うのかね」

「それくらいの数字も出せずに、国有化なんて笑止千万ですよ」

宮永は面白くなさそうだ。

「宮永先生、もしかして政権もエネ庁も、イチアイの事故の被害状況をまったく把握できていないのではないんですか。それどころか、事故がいつ収束するのかさえも見えていない？」

宮永が唸った。図星らしい。

「だとすれば、一刻も早く、事故調査委員会を立ち上げるべきです」

「君に言われなくても分かっているさ。だが、まだそんな余裕はない」

想像していた以上に、政権は混乱し機能不全に陥っているんだな。

「余裕がないからこそ、部外に事故調が必要なのでは。発生から一〇日も経過しているのに、事故の状況を把握していないなんて、政権の機能不全を世間にさらけ出しているのと同じですよ」

「言葉を慎みたまえ」

「もはや慎んでいる暇などありませんよ。先生もそう思ってらっしゃるから、私に会われたのでは？　私が前に出るのが問題なら、黒子に徹します。なので、一刻も早く事故調を立ち上げて、専門家の見解を集めるべきです」

宮永から大きなため息が漏れた。

「それが出来たら、苦労はせんよ。現状は、総理が選ばれた私的なアドバイザーの方々の意見を参考にするしかない」

「噂では、総理は大学のOB名簿を見て、原発の専門家という肩書きのある者に片っ端から声をかけているそうじゃないですか。しかも、原発とはまったく無縁の経営コンサルまで入っている。宮永先生が首都電対応の責任者であるなら、総理の無謀な行いを止めるのも、仕事のはずです」

政権を侮辱したにもかかわらず、宮永は怒るどころか考え込んでいる。

「もし、君が事故調を立ち上げるとしたら、どういう顔ぶれになるんだ」

喧嘩ごしの割に、あれこれ聞きたがるんだな。

「アメリカのスリーマイル島原発事故の経験者、チェルノブイリ事故の経験者、さらにはＩＡＥＡ（国際原子力機関）の専門家、そして、日本の電力会社の原発専門家」

宮永が鼻で笑った。

「無理だね」

「なにが無理なんです」

「海外の専門家に頼るなんて、恥だろ」

事故から一〇日も経過しながら、収束どころか現状把握も出来ない方が、もっと恥だろ。

「そんなことを気にされている場合ですか。すでに水素爆発が起きているんです。この先、水蒸気爆発や、放射性物質の流出や飛散が起きたりしないと断言できますか。宮永先生、あなた方には危機感がなさすぎる。専門家の見立てなくしては、国としての対策も立てようがないでしょう」

「君が提案した事故調だが、そういう関係者に伝手《つて》があるということかね」

あるわけない。やるのは総理だ。米ロ政府、さらにはＩＡＥＡに総理自らが頭を下げれば、いくらでも協力してくれるはずだ。

「伝手はありませんが、どうすれば彼らを呼び込めるのかのアドバイスは致します」

「その見返りに、首都電を渡せと」

「宮永先生、それとこれとは別の話です。原発事故は一国だけの問題ではないんです。世界中が恐怖を感じている。一刻も早く解決して欲しいトラブルに力を貸すのは、当然ではないですか」

言うまでもなく、政府に恩を売るための提案であるのは間違いない。だが、同時に、いち早く事故の正確な情報を収集して、買収で優位に立ちたいという思惑もある。だから、事故調には深く関わりたい。

とはいうものの、宮永を説得した言葉にウソはない。

「分かった、事故調の件は大至急、総理を説得する。その際、君は絶対に存在を隠して欲しい」

「もちろんです。事故調の委員長として最適の人物を知っています。彼がタクトを振るなら、反対する人も少ないと思います」

「誰だね」

「芝野健夫。事業再生の第一人者であり、最近では、ベトナム政府との原発プラント輸出交渉にも当たっていました」

宮永が再び手帳を開いた。

「その名前なら、聞いたことがあるな」

「明日の午後、彼と会う約束もしています。あの男は必ず引き受けてくれます。なので、先生は総理を説得して下さい」

世の中には、何事においてもきれい事しか言わない青くさい奴がいる。生理的には大嫌いだが、時と場合によってはそういう人物にしかできない案件がある。

事故調の委員長とはそういうものだ。

23

二〇一一年三月二三日午後三時四〇分　東京・新宿

東京の街は、どこもくすんでいた。

数日ぶりだったにもかかわらず、芝野には震災の暗い影がいっそう濃くなっているように思えた。

節電のせいだ。駅の構内は照明の大半を消している。春の日射しがあるとはいえ、施設全体に光が行き届かないためにグレーの霞が漂っているように見える。ネオンや電光表示も止まっていて、街から色彩が消えてしまった。どこに行ってもエスカレーターは止まっていて、街が機能不全に陥っている。

原子力発電所事故の影響で、電力不足となり、その対策としての節電が徹底されていた。同時に、都会の輝きは電力によって支えられているのだと改めて気づいた。

そういう意味では、東京は今や半分冬眠しているようなもので、この街が再び活気ある生命力を放つためには、震災前のように無尽蔵に供給される電力が必要なのかもしれない。

こういう経験を生かして、電力について考えるべきなのだ。

日本はエネルギー資源のない国だ。したがって発電のための原材料のほとんどを輸入に頼っている。そのため自ずとコスト高になる。そこで発電事業者が頼ったのが、原材料の値段が安定して安く、巨大な容量を発電できる原発だ。

原発があったからこそ、深夜でも街の隅々まで明るく、オール電化のタワーマンションも無数に誕生したのだ。

そんな恩恵に浴していたことをあっさり忘れて、まるで国や電力会社が国民を騙して原発を無理矢理稼働していたかのように、世間やメディアは糾弾した。

震災がもたらした悲劇は多々あるが、電力に関しての無知の露見と得体の知れない怒りの蔓延も、一つの悲劇だった。

昼過ぎに東京に着いてから、ずっとこの調子でマイナス思考が続いている。

街に活気がなくなると、人の思考までもがネガティブになるらしい、ほどほどが一番と言いながら、東京という街にはいつも輝いていて欲しいとも思うのだから、人間とは勝手なものだ。

すっかり暗い気分で、芝野は新宿を目指した。鷲津との約束の時刻が迫っていた。

中央線の快速電車に乗っても、乗客の顔がくすんで見える。

それにしても、鷲津は俺に何をさせる気だろう。

新宿駅南口から甲州街道を西に歩けば、待ち合わせのパークハイアット東京には一〇分余りで到着する。繁華街を過ぎ、副都心街を横目で見ながら、目的地に向かった。

昔のことを思い出しながら歩いていたら、いつの間にかパークハイアットに到着してしまった。

どうやらこのホテルだけは、節電とも無縁のようだ。高速エレベーターで上層階に上がり、芝野は鷲津に指定された客室のチャイムを鳴らした。

一人なのか、鷲津自身が応対した。

「どうも、ご無沙汰しております」

「やあ、君は元気そうだ」

目の前の男は若返ったのかと思うほど、初対面の頃と変わらない。

それに引き替え、白髪頭の自分は、すっかりしょぼくれオヤジだ。

「大阪から、いらして下さったんですよね」

鷲津に似合わない気遣いをされて戸惑ったが、「今日の昼過ぎに東京に戻ってきたんです」とだけ返した。

ソファに腰を下ろすと、酒を勧められた。断ると、コーヒーを出してくれた。

「いつ以来ですか」

「確か、アカマ自動車の買収の最中に、アカマの本社でお会いして以来だったと思いますな」

「じゃあ、三年ぶりか。もう随分長い間お会いしていない気がしますよ」

「それは、君が世界中で大活躍してたからじゃないかね」

「芝野さんだって、東大阪で大奮闘されたかと思うと、次はベトナムで政府代表を取り仕切ってらっしゃるし、私なんかよりずっと有意義なお仕事をされている」

嫌みな男だったことも思い出した。

「そんな世間話をするために呼んだわけじゃないでしょう。一体、こんなロートルに何を頼もうとしているんですか」

鷲津はコーヒーを味わって暫し間を取った。マイペース、マイゲームの男は、簡単に相手の催促になんて乗らない。

「原発のプラント輸出を担当されて、日本の原発に対するお考えは何か変わりましたか」

意外な球が飛んできた。

「いきなり難問だなあ。ベトナム政府との交渉の席で、日本の原発は世界で一番安全だと、我々は言い続けてきた。事故が起きた時もハノイでした。そしてベトナム政府には、こんな事故を起こしても安全なのかと詰め寄られました」

「それで、何とお答えになったのですか」

これも雑談の延長か。それとも本題なのか。

「構造物として、日本の原発が世界で一番安全だという認識は変わらない。だが、未《み》曾《ぞ》有《う》の大地震と津波に襲われた後の危機管理に問題があったことは真摯に受け止め、今後に生かしたいと返しましたよ」

ほんの一〇日ほど前の出来事なのに、遥か昔のことのように思えた。

「それは、本心ですか」

「まあ、今のところは。ただ、実際は事故の原因が定かではない状況ですから、しっかり見極める必要があるでしょうな。ところでこれが私を呼んだ理由ですか」

「まあ、そうです」

この男、日本の原発メーカーを買収する気か。事故を起こした原発と同タイプの沸騰水型《BWR》原子炉を製造するサクラ電機か茨城製作所のいずれかを狙っているのだろうか。あるいは、タイプが異なる加圧水型原子炉《PWR》を製造する日本最大の重電メーカー、大亜重工がターゲットなのか……。

「このどさくさに紛れて、原発メーカー買収でも考えてるのか？　あいかわらず君も大胆だな」

「いや、芝野さん、そうじゃない。もう少し我慢して話を聞いて下さい。あれだけの事故が起きても、世界中で日本製の原発が稼働し続けています。その理由を私は知りたい。つまり、事故が収束し、事故調査をきちんとすれば、日本でも原発は再稼働できるんでしょうか」

「私は専門家じゃないんで、それは分からないよ」

「日本の電力会社は、原発を主軸に据えて電力供給を続けてきたわけですが、原発を棄ててもやっていけるもんですか」

「今のところは、ほぼ休眠中だった火力発電所をフル稼働して、供給できているわけだから、物理的には大丈夫だろうね。ただ、燃料調達費がバカにならないし、長らく休眠中だった火力発電所がいつまで持つかは不明だから、原発ゼロを継続するのは、相当無理があるだろうな」

鷲津の質問を聞いている限りでは、彼の標的が絞れなかった。

「実は、首都電を支援しようと思っています」

なんだと！

腹の底から度肝を抜かれた。そうだ、この男といる時に何度も味わったあの衝撃だ。

「支援ではなく乗っ取る気なんだろ」

「芝野さん、私は今まで一度も企業を乗っ取ったことなんてありませんよ。ただ、救いの手を差し伸べているだけで」

「ご託は結構だ。しかし、さすがに首都電は無理だろう」

鷲津はいつもの薄ら笑いを浮かべている。自信の表れなのだろうか。

「政府首脳から、首都電救済に手を貸して欲しいと言われました」

「首脳とは誰を指すんですか」

「芝野さんのお友達がいらっしゃるエネ庁関係者ではありません」

では、官邸か。

「もしかして、総理直々に頼まれたんですか」

あのバカ総理なら、やりかねない。

鷲津は肩をすくめ、コーヒーを啜っている。

「具体的に誰に頼まれたかは、この際どうでもいい話です。とにかく、首都電を放置すれば近い将来、企業として破綻します。いや、すでに死に体とも言える。このままでは、日本経済全体を揺るがす大惨事を招いてしまう。しかし、現政権には首都電を立て直す能力がないことは、私以上に、芝野さんの方がご存じのはずだ」

それに異論はない。あの政権では、首都電は本当に潰れるかも知れない。

「だから、君が救って差し上げるわけか。しかし、あの会社は特殊だぞ。しかも、面倒な連中の利権も絡んでいる」

「ご安心を。電力事業の魑魅魍魎を退治して欲しいという厚かましいお願いを、芝野さんにはしませんよ。首都電支援を引き受けるかどうかに当たって、私から政府に条件提示をしました。その最大の条件があなたです」

「おいおい私を首都電再生に巻き込むのは無謀だよ」

「早急に事故調査委員会を立ち上げるべきだと進言しました。委員会には、米国スリーマイル島事故、チェルノブイリ事故に携わった専門家や、日本の電力会社の原発のエキスパートに参加してもらいます。彼らを束ねる役をお願いしたい」

一体、何を言ってるんだ。

「つまり、事故調の委員長になれと」

「あなたしかいません」

「冗談じゃない。私は原発の素人だよ。そんな人間が事故調委員長なんて冗談じゃない」

「原発の専門家は世界中から募ります。彼らの意見を聞いて理解し、判断する人物は原発の専門家でない方が望ましい。だが、最低限の知識は必要になる。そんな人物があなたをおいて他にいますか。しかも、あなたは日本一の事業再生家なんだ。種々雑多な専門家の意見をまとめ、分析も出来る」

この男はおだて上手なのだ。それも思い出した。同時に、芝野のやる気を刺激しているのも間違いない。だが、この話、きな臭い。

「事故調のトップというのは学術界の重鎮が常道だよ。私のような中途半端な男では、迷走するばかりだ」

「芝野さん、そんな形式だけの事故調に何の意味もないのはお分かりのはずです。それよりもイチアイで何が起きたのかを的確に探る作業が急務です。だとしたら、きれい事を並べる奴や、権威主義の権化は不要です。だから、あなたしかいないのです。ぜひ、引き受けて欲しい」

鷲津が頭を下げている。

「私を事故調に押し込んだら、君は首都電買収に走るんだろう。買収者として事故調に何を求めたいんだ」

「首都電の支援をするに当たり、しっかりとした事故調査をするのが最優先じゃないですか。したがって、今はそこから先なんて考えていません」

この大嘘つきめ！

おそらくは、経営者の責任を問う道具が欲しいのだろう。また、事故調設立をお膳立てした功績は、首都電奪取のためにも重い意味を持つだろう。

それが分かっていて、俺はどうする。

いや、どうしたい。

24

二〇一一年三月二二日午後七時二〇分　東京・永田町

今日は早めに引き上げようと湯河が腰を上げた時、デスクの電話が鳴った。行政担当特別顧問の宮永の秘書からで、今すぐ、宮永が会いたがっているという。

鋭い目つきの人権派弁護士上がりの宮永が、一体何の用だろう。だが、民政党の実力者の呼び出しを無視するわけにはいかない。

総理執務室から内廊下を歩いてすぐの所に、宮永の執務室はある。一度も訪れたことはないが、毎日大勢の官僚や政治家が、彼の部屋に呼びつけられているという噂は聞いた。

部屋を訪ねると、タバコの煙が充満していた。

「失礼します。湯河です」

「おお、お疲れさん。ちょっと、そこで座って待っててくれ」

窓際のデスクに陣取った宮永は、顔も上げずに返事をした。デスクだけでなく床にまで、膨大な資料や書籍が積み上がっている。大きめの余震でも来たら、一気に崩れ落ちるだろう。

宮永は「よし、これでいい」と独り言を呟くと、卓上インターフォンで秘書を呼んだ。すぐに秘書官が現れ、宮永が差し出したファイルを受け取った。

「経産大臣のハンコをもらってきてくれ」

秘書官は「承知しました」と早口に言うと、湯河を一瞥もせずに部屋を出て行った。

「さて、お待たせした。ところで君は芝野健夫をどう思う？」

思いがけない名前が飛び出してきた。

「どう、とおっしゃいますと」

「ベトナムへの原発プラント輸出で一緒に仕事をした仲だろ。彼をどう評価している」

芝野の何を知りたいのか分からぬまま答えた。

「図太い男という印象です。我々官僚にはいないタイプだと思います」

「図太いと、図々しいのとは違うのか」

違うだろ。

「粘り強く交渉する一方で、チャンスと見たら大胆な手を打ちます」

「ほう、君はあまり他人を褒めないと聞いていたんだが、絶賛だな」

確かに俺は滅多に人を褒めないが、誰がそんな情報をベラベラとしゃべったんだ。

「絶賛ではありません。客観的に見て、ハードネゴシエーターだと評価をしているんです」

「じゃあ、ベトナムのニントゥアン第二原発のプロジェクトを受注できたのは、芝野氏のおかげだというのも、あながち誇張ではないのだな」

「あの手の交渉は、一人の力でどうこう出来るものではありません。長年、ベトナムで若い電力マンを教育していた後藤氏の頑張りや、エネ庁や官邸の後方支援があってこその成果だと考えています」

一体、芝野の何を知りたいのだ。

まさか、このタイミングで、現在凍結している他国への原発プラント輸出を進めようとでも考えているのか。

「一つ質問してよろしいでしょうか。芝野氏の身上調査の目的は、何でしょう。具体的に教えて戴いた方が、的確にお答え出来ると思うのですが」

「その前に、イチアイが事故った理由は何だ」

なんだと。

「分かりません。私は、事故が発生した時には総理事務秘書官として官邸におりましたので」

「それでも、時々刻々と最新情報を聞いてたんだ。君なりの分析があるだろ」

「軽はずみにお話し出来るようなことでは」

「君はエネ庁きっての原発通だろうが。だから、聞いている。ここにいるのは私だけだ。正直に言いたまえ。事故の原因はどこにあると思う？」

これは、何だ。何を試されている。それとも、このオヤジは本当に俺の意見を聞きたいのか。

宮永は紫煙の向こうで目を細めてこちらを見ている。理由は分からないが、素直に答えるべきだと判断した。

「緊急停止《スクラム》後に全交流電源を喪失したのが、直接の事故原因です。自家発電機が水に浸かり、陸奥電力からの外部電源は、電線が震災で切れてしまいました。しかし、その後の対応にも、問題があったと思います」

「どんな問題だ」

「SBOが起き、手動での冷却水の注入も無理だと判断した段階で、即刻海水を注入すべきでした」

「そうだな」

驚いた。こんな話を総理の前でしたら八つ裂きにされる。なのに、与党の重鎮は冷静に非を認めるのか。

「また、米軍の支援、さらには自衛隊による決死隊の突入を拒否したことも、事故被害の拡大につながったと考えられます」

「つまり、責任は古谷総理にあると」

さすがにその通りだとは返せない。

「官邸、経産省、保安院、そして首都電を含めたすべての責任者にあると考えます」

「優等生の回答をありがとう。だが、しょせん君の想像に過ぎない。だとすれば、我々は事故原因について徹底的に調査すべきだな」

今はそれどころじゃない。不具合が続いていた各機にようやく電力が復旧したのも、ここ数日の話なのだ。冷温停止には長い時間を要する可能性が高い。

「教えてくれ、湯河君。君なら事故調査委員会をいつ立ち上げる？」

「ただちに立ち上げます。時間が経過すれば、原因究明は難しくなりますから」

「今そんなことをやる余裕があるのか」

ようやく宮永に呼ばれた理由が見えてきた。

彼は事故調を立ち上げようとしているのだ。

「特別顧問、事故調の発足は、政府や官邸に余裕があるかどうかの問題ではありません」

「君に事務局長を頼むと言ったら、受けるかね」

呆気にとられて返事が出来なかった。もっと上席の者が就かないと、事務局長としての権威が保てない。

「何だ、躊躇するのか」

「私では軽すぎます。エネ庁次長クラスの方が着任された方が……」

「この際、身分なんてどうでもいい。俺は原発に詳しく、信念を持って突き進むエキスパートが欲しいんだ。それは君しかいないと考えている」

これは、褒め言葉だろうか。

だが、事務局長を受けたら、湯河の将来はなくなる。総理、経済産業大臣のみならず、霞が関と電力会社すべての関係者から恨まれるだけの仕事だ。

「光栄ですが、私がやれるのは、事務局長を支える程度です」

「じゃあ、誰かいるかね。君よりも上席で、この危険を的確に把握した上で、原発のプロの説明を理解し分析出来る者が」

「エネ庁長官ならば」

「彼は泥をかぶったりはせんよ。そもそも電力業界と仲の良い奴に務まる仕事ではないのは、君も分かっているんだろう。だから、大抵の者は失格だ。それに引き換え、君は首都電の濱尾会長と特に親しいわけでもない」

むしろ、快くは思っていない相手だ。

だからといって、事故調事務局長なんか、やりたくない。

「芝野氏はいかがです。彼は政界とも霞が関とも距離がありますし、電力会社と深い関係もありません」

「彼には、事故調委員長をお願いする」

のけぞるほど驚いた。

「君は、芝野氏とも面識があるし、彼の長所と欠点も知っているだろ。だからこそ、君に事務局長を務めて欲しいんだが」

「先程のご質問は、そのためですか」

「他人の評価に厳しい君が、そこまでの高評価をしたのを聞いて、決断したんだ。芝野氏と君に、事故調を任せたい」

いきなり逃げ場のない袋小路に追い詰められた気分だ。

事故調を設立することには異論はない。

事故の原因が、構造物としての原子力発電所にあったのか、未曾有の大津波のせいなのか、設計段階での想定ミスか。それとも事故の対応を誤ったのか——。それを調べることこそが、原発大国ニッポンが、世界に対してなすべき義務なのだ。

それに、事故調のメンバーの一人として参画するのは吝かではない。現場責任者の任ぐらいまでは請け負う覚悟だってある。

しかし、芝野を委員長に据え、自分が事務局長をやるなんてあり得ない。

「なぜ、躊躇するんだね。最良の布陣だと思わないのか」

「最良かどうかの判断が出来ません。芝野さんはともかく、私には荷が勝ちすぎです。それに、総理事務秘書官としての役目を途中で放棄することは出来ません」

「残念ながら、さっき私が書いていたのは、経産省の事務次官に、新しい総理事務秘書官の選出を依頼する文書だ」

はったりだ！　と思ったが、宮永の表情はそれが事実だと告げている。

「総理は私の原発事故の分析を頼りにされています」

「その点は大丈夫だ。私が総理を説得したから。君をより適所に抜擢すべきだとね」

「しかし、このタイミングでの事故調立ち上げを、総理は許して下さるものでしょうか」

「この件については総理ご自身が前のめりなんだ」

バカか、あの男は。

その結果、事故の原因が、総理の指示ミスだったと判明したらどうするんだ。

「そういう男なんだよ。常に自分の瑕疵《かし》を棚に上げて、まっしぐらに突き進む。それがあの男の致命的欠点であり、圧倒的な邁進力の源なんだ。だから、君には選択肢がない。あるのは、委員長を芝野氏にするのか、それともどこぞの科学者を据えるのかの違いだけだ」

無性に腹が立ってきた。

一体、こいつらは何を考えている。

地震直後から、湯河はずっと官邸に棲む愚かな政治家どもに振り回されている。おまえが必要だと言うから的確なアドバイスをしているのに、すべて無視し、挙げ句は官邸から追い出された。なのに、再び総理から「俺のそばにいろ」と言われたかと思ったら、今度は無理難題だ。

「湯河君、世の中にはな、ずっと貧乏くじを引き続ける奴と、ひたすらラッキーだけで生き残る奴がいるんだ。だから、無駄なあがきはするな。それより早く教えてくれ。委員長は芝野氏に任せていいのか。それとも、どっかの大学の教授か」

大学の教授が、これほど大がかりな調査のトップに立って、委員会を操縦できるわけがない。おそらく事故調が立ち上がったら、関係者が口を揃えて自己正当性を訴える。

そういう雑音を撥ねのけ、可能な限り、あの日何が起きたのかを詳《つまび》らかにするのであれば、芝野は適任だった。彼なら人並みはずれた生真面目さで、真相究明に没頭するだろう。

それに貧乏くじを引き続けなければならないのが俺の運命ならば、せめて、責任を部下に転嫁する輩とは組みたくない。

芝野は適任かも知れない。

「失礼ですが、芝野さんは本当に委員長を受けたのですか」

「そう聞いている」

「ということは、特別顧問ご自身が、芝野さんに会われてはないんですね」

「ない」

呆れた。ならば、一体誰が、芝野を強く推したのだろう。

「それでは、本当に快諾されたかは分からないじゃないですか。それに、まず最初に芝野さんにお会いになるのが筋では」

宮永は苦笑いしながら顎を撫でた。無精髭が伸びている。

「午後八時から会食することになっている。君も同行してくれたまえ」

八時なら、あと一五分しかない。

湯河の返事を待たずに立ち上がった宮永は、使いこなした黒革の鞄を手にして、さっさと部屋を出て行った。

問答無用か。

湯河は、廊下を歩く宮永を追い越すと、秘書官室に戻って鞄を手にして、エレベーターホールで追いついた。

「私は、まだお返事をしておりません」

エレベーターの中には他に誰もいない。

「宮仕えの身である君には、選択の余地はないだろう」

「辞表を書く権利はあります」

嬉しそうに笑われた。

「良い度胸だ。いずれにしても、芝野氏に会ってから決めたまえ」

芝野は本当に事故調委員長を受けたのだろうか。

文字通り、尋常ならざるハードワークが待ち構えているのを、彼は分かっているのか。

山王パークタワーに向かう道すがら、湯河の頭の中で次々と疑問が湧いてきた。しかし何ひとつ答えを出せないうちにロビーに到着した。

「ところで、特別顧問は一面識もないのに、なぜ芝野さんが委員長にふさわしいと思われたんですか」

「私に、事故調を早く立ち上げろと進言した民間人がいてね。その男が、芝野氏を紹介してきたんだ」

だとすると、アイアン・オックスの加地あたりか。

25

二〇一一年三月二二日午後七時五〇分　東京・溜池山王

会わせたい人がいると鷲津に言われて、芝野は鷲津と共に、溜池山王にある聘珍樓《へいちんろう》に来た。

個室に通されると、上座に案内された。これから会うのは、首都電力再生で鷲津と組んだ政府首脳あたりだろうが、鷲津を上座に座らせる政府首脳なんているだろうか。

「湯河剛という人物をご存じですか」

「ええ、一緒にベトナムで汗を流したエネ庁のキャリアです。彼がどうかしましたか」

「エネ庁のキャリアなら、原発に詳しいんでしょうね」

「エネ庁関係者の話では、原発の専門家としては、彼が一番の実力者だと聞いている」

「なるほど。芝野さんとの相性は？」

「悪くはないよ。だが、彼は頑固でエリート官僚の典型だから、扱いにくいなあ」

「湯河氏を事故調の事務局長にしたいと先方が言っておりましてね。芝野さんがお嫌なら、蹴っ飛ばします」

「本気で事故原因を調査したいのであれば、彼ほどの適任者はいないでしょう」

連れの客が来たと店員が告げた。

「いやあ、お待たせしました」

耳ざわりなだみ声と共に、小柄な老人が入ってきた。宮永駿作――。なるほど、彼が黒幕か。

きれい事を振りかざす民政党内で、唯一人、汚れ仕事ができる政治家だという評判だ。原子力発電のプラント輸出にも積極的だったはずだ。

続いて入ってきたのが、湯河だった。暫く見ないうちに老け込んでいた。

「宮永特別顧問、芝野健夫さんです」

「どうも、宮永です。この度は、無理なお願いを快くお引き受け戴き、ありがとうございます」

「初めまして、芝野でございます。少し誤解があるようなので申し上げますが、鷲津氏からの依頼は伺いました。ただ、何分、原発の専門家ではない私に、原発事故調の委員長というような重責などとうてい担《にな》えるものではないと」

忙しなくおしぼりで顔を拭いていた宮永は、「ひとまず、飲みますか」とだけ言った。

「宮永先生、こちらの方を紹介して下さい」

生ビールとウーロン茶を宮永が頼むのを待って、鷲津が言った。

「そうだった。事故調の事務局長をお願いした湯河君だ。湯河君、芝野氏はよく知ってるな。そして、こちらの方も有名人だから知っているだろ」

「鷲津政彦さん、ですね。芝野さんはともかく、なぜ、企業買収者がこの席にいらっしゃるんですか」

ごもっともな指摘だった。鷲津は苦笑いを浮かべている。暫く気まずい時間が過ぎたところで、飲み物が運ばれてきて、宮永は「とにかく乾杯だ」とグラスを手にした。

「特別顧問、ご説明戴けませんか」

ビールに口をつけようともせずに、湯河が詰め寄った。

「事故の影響もあって、首都電の経営状態は悪化の一途を辿っている。政権としても、積極的な支援を考える必要があるだろ。そこで、彼にアドバイスを請うたわけだ」

「首都電を、この人に売るおつもりですか」

さすが湯河、呆れるほどに察しが良い。

「失礼だが湯河さん、あなたが首都電の社長なら、いくらでお売りになりますか」

いきなり、鷲津が挑発した。

「愚問に答える必要はないと思います。首都電は、あなたが普段買っているような企業ではない」

湯河が顔を歪めて鷲津を睨んでいる。

「ほう、では、首都電は買収できないと」

「当たり前でしょ」

鷲津は薄笑いを浮かべている。宮永はザーサイを肴にビールをぐいぐい飲むばかりで、間を取り持つ気などなさそうだ。

「断言なさるんですね。てことは、首都電には黄金株でもあるんですか」

黄金株とは拒否権を有する株で、株式の過半数が部外者に渡っても、経営に一定の影響力を及ぼすためにオーナー社長などが有している特別な株だった。日本の会社法でも、黄金株を認めるようになったが、東京証券取引所は、黄金株が株主平等の原則に反するとして、黄金株を導入した企業については、上場を拒否する姿勢を取っている。

「そんなものはありませんよ。しかし、首都電管内全域への電力の安定供給が責務の企業を、一個人に託すなど、常識的に考えて認められないでしょ」

「株式市場に上場している企業の株は、いつでも誰でも買える。それが資本主義の原則では？」

「首都電はそういう企業ではない」

「やめんか、湯河。日本が資本主義国である以上、理論上は、誰でも首都電を買えるんだ」

宮永の言う通りではあるが、現実には、首都電をはじめとする一〇電力会社には、簡単に買収できないよう様々な防衛策が張り巡らされていた。

「湯河さん、もう一度伺います。首都電の売値はおいくらですか」

「答えるに値しない」

　これでは話にならないので、芝野が「一〇兆円くらいかな」と代わりに答えた。

「冗談でしょ。タダでも誰も買いませんよ。原発事故の影響で、現在の首都電には負の遺産しかない。今回は政権の後押しもあって、支援金を無理矢理ぶんどっていますが、あんなことはたびたび出来るはずがない。そもそも今、首都電に融資するというのは、カネをドブに捨てるのと同じ意味だ」

　鷲津は当然のように言い放った。

　あまりの言われようで、湯河の顔は紅潮している。それでも反論しないのは、鷲津の言う通りだからだ。

「まあ、そういうことだ。湯河、そう熱くなるな。鷲津氏は、今後首都電を救済するスキームを考えるにしても、事故原因の徹底的な解明こそが最優先だと提案してくれたんだ。私も事故調の必要性を強く考えている。そこに異論はないだろ」

　宮永が、鷲津の尻馬に乗るなんて。湯河は大いに異論がありそうだったが、それを口にするほど愚かではなかった。

「で、委員長の適任者について鷲津氏に相談したら、芝野氏を紹介して下さったんだ」

ゼニゲバのハゲタカが俺をからかいやがる。

この際クビになってもいいから、湯河はさっさとこの場を離れてしまいたかった。何が「タダでも誰も買いませんよ」だ。首都電を何だと思っている！

芝野だって信用できない。こんな男と一緒になって事故調を運営すれば、ハゲタカ野郎に逐一情報が流れるじゃないか。そんなことをしたら、たとえ首都電が再生できても、最後はゼニゲバの手中に落ちるに違いない。

それこそ国家的犯罪だ。

なのに宮永の言葉を唯々諾々と受け入れてしまった。

「とにかく、湯河君は芝野氏をしっかり支えてくれ」

芝野とハゲタカ野郎が繋がっているのであれば、俺が防波堤になるしかないか。

「ちなみに鷲津さんは事故調に関わるんですか」

「そのつもりはないですよ。今日の同席は、単に芝野さんを宮永先生に紹介するためです」

「鷲津さん、申し訳ないんだが、私はあなたの約束なんてまったく信用していない。ここで念書を書いてもらえませんか。そして芝野さんも誓約書を書いて欲しい。事故調で知り得た情報を、鷲津さんに漏らさないと」

「湯河、調子に乗るな。そんな権利がおまえにあるのか」

「湯河さん、ちょっと落ち着きませんか。あなたが、鷲津氏を警戒するのは分かる。私自身、彼が首都電の将来を、本当に心配しているのかは懐疑的だ。だが、今ここで話し合われているのは、イチアイの事故調を立ち上げる話だ。なのに、君は鷲津氏のビジネスばかりを気にしている」

この男はベトナムでも、こういうことばかり言ってた。エセ聖人君子め。

「芝野さん、お言葉を返すようですが、鷲津氏はこれまでにも数え切れないほど企業を手に入れてきたんですよ。そのやり方がどれほど苛烈だったかは、芝野さんだってよくご存じでしょう。そんな人物に、事故調に関わって欲しくない」

ムキになりすぎていると分かっていたが、止まらなかった。どんないきさつがあろうとも、カネにたかりたいヤツが、ここにいてはいけないんだ。

「結構でしょう。念書でも何でも書きましょう。だから、しっかりと原発事故の原因を調べ尽くして下さい」

「鷲津さん、ウソはなしですよ」

鷲津はメモ帳を取り出すと、万年筆で何かを書き込んだ。そのページをちぎって湯河に差し出した。

念書

私、鷲津政彦は、古谷政権によって立ち上がる首都電力磐前第一原子力発電所事故調査委員会の調査に一切関与致しません。

二〇一一年三月二二日　鷲津政彦

「血判でも押しましょうか」

そうして欲しいが、さすがに諦めた。

「ありがとうございます」

「芝野さんが、調査結果を私的に漏洩するなんてことはあってはならない。でも、それは契約の際に秘密条項を並べた上でサインしてもらえば済む話です」

気分を害した様子もなく、鷲津が提案した。

「問題ありません。無礼をお許し下さい」

湯河は立ち上がって詫びた。

「ところで、湯河さんは、本当に原発事故調の事務局長を引き受けたんですか」

芝野が尋ねた。

「一時間ほど前に、特別顧問に呼ばれまして、事務局長に命じられました。総理事務秘書官は解任されてしまったようで、私には選択の余地すら与えられませんでした」

宮永に嫌みを言ったのだが、当人は美味しそうにフカヒレスープを啜っている。

「ということは、本音は不本意でいらっしゃる？」

「そんなことはありません。いまだに事故は収束していませんが、一刻も早く事故調を立ち上げて、現地での検証を行うべきだと思っています。私は、入省以来、原子力を中心に担当してきました。日本に原発は絶対必要だという信念は今も変わりません。だから、事故調には参加したいと思っていました」

「では、意欲的に受けてくれると解釈していいんでしょうか」

「もちろんです。しかし、事務局長という重責が務まるかどうか」

「そんなことを言ったら、私の方がお恥ずかしい委員長ですよ。でも、私はあなたが事務局長になってくれるというのであれば、お引き受けしてもいいかなと思っているんです」

自分がこんなに芝野に信頼されていたとは、驚いた。ベトナムでは、事あるごとに芝野のやり方に異を唱えたし、素人的で楽観主義的な芝野の手法とは相容れないとも思っていた。

「そこまでおっしゃって下さるなら、喜んでお引き受け致します」

「よし、決まりだ！　シャンパンで乾杯しよう」

まったく話を聞いていないと思った宮永がいきなり話をまとめた。

「いや、宮永先生、少しだけお時間を下さい。鷲津君、ちょっとよろしいかな」

芝野は鷲津を誘って部屋を出た。


湯河という男は、気に入らない。

鷲津は、本能的に感じた。

融通が利かないだけではなく、エリート官僚としてのこだわりが強すぎた。そもそも、あの敵意むき出しの態度は何だ。俺は救世主だぞ。

しかし、芝野は湯河がいなければ事故調の委員長を引き受けない気がした。ならば、ここはあのエリート野郎の好きにさせてやろう。

念書など、何の役にも立たない。しょせんは、言葉遊びに過ぎないのだから。

「部屋から引っ張り出してまで、いったい何事ですか」

「事故調の委員長を引き受けるに当たって、メンバーに入れて欲しい人物がいるんだが」

「誰です」

「キャンベル氏だ」

なんだと。

「イチアイで何が起きたかを徹底調査するには、彼が必要だと思わないかね」

実際にサムにも協力は要請している。だが、彼は目立たせたくなかった。

「今回の事故調では、サムライ・キャピタルの関係者を委員にしたくないんですよ」

「妙な勘ぐりを避けるためかね」

「まあ、そんなところです。サムの代わりになるような男を探します」

芝野は腕組みをして考え込んだ。

鷲津は待つ間、タバコをくわえた。ライターを手にしたが、やっぱり暫くは我慢しておこう。長引くようなら、再び禁煙の誓いを破ってやる。

「分かりました。いずれにしても、先程の念書の約束は守って下さいよ」

約束は破るためにある――。

俺は、この男に何度、そう言っただろうか。


（下巻に続く）

●本書は、二〇一八年八月に小社より単行本として刊行されました。文庫化にあたり改題し、一部を加筆・修正しました。

|著者|真山 仁　1962年、大阪府生まれ。同志社大学法学部政治学科卒業。新聞記者、フリーライターを経て、2004年に企業買収の壮絶な舞台裏を描いた『ハゲタカ』でデビュー。『ハゲタカ』『ハゲタカⅡ（「バイアウト」改題）』はNHK土曜ドラマになった後、2018年にもテレビ朝日系で連続ドラマ化。また、『レッドゾーン』も2009年に映画化されている。同シリーズはほかに『ハゲタカⅣ　グリード』『ハゲタカ2.5　ハーディ』『ハゲタカ4.5　スパイラル』がある。そのほかの著作として、『マグマ』『売国』『標的』『オペレーションZ』（いずれもドラマ化）、『プライド』『コラプティオ』『黙示』『そして、星の輝く夜がくる』『雨に泣いてる』『トリガー』『神域』など多数。

ハゲタカ5　シンドローム(上)
真山《まやま》 仁《じん》

2020年10月15日第1刷発行

講談社文庫
定価はカバーに
表示してあります

発行者——渡瀬昌彦
発行所——株式会社　講談社
東京都文京区音羽2-12-21　〒112-8001
電話　出版（03）5395-3510
販売（03）5395-5817
業務（03）5395-3615
Printed in Japan

デザイン—菊地信義
本文データ制作—講談社デジタル製作
印刷———凸版印刷株式会社
製本———加藤製本株式会社

ISBN978-4-06-521240-0

講談社文庫刊行の辞

二十一世紀の到来を目睫に望みながら、われわれはいま、人類史上かつて例を見ない巨大な転換期をむかえようとしている。

世界も、日本も、激動の予兆に対する期待とおののきを内に蔵して、未知の時代に歩み入ろうとしている。このときにあたり、創業の人野間清治の「ナショナル・エデュケイター」への志を現代に甦らせようと意図して、われわれはここに古今の文芸作品はいうまでもなく、ひろく人文・社会・自然の諸科学から東西の名著を網羅する、新しい綜合文庫の発刊を決意した。

激動の転換期はまた断絶の時代である。われわれは戦後二十五年間の出版文化のありかたへの深い反省をこめて、この断絶の時代にあえて人間的な持続を求めようとする。いたずらに浮薄な商業主義のあだ花を追い求めることなく、長期にわたって良書に生命をあたえようとつとめるところにしか、今後の出版文化の真の繁栄はあり得ないと信じるからである。

同時にわれわれはこの綜合文庫の刊行を通じて、人文・社会・自然の諸科学が、結局人間の学にほかならないことを立証しようと願っている。かつて知識とは、「汝自身を知る」ことにつきていた。現代社会の瑣末な情報の氾濫のなかから、力強い知識の源泉を掘り起し、技術文明のただなかに、生きた人間の姿を復活させること。それこそわれわれの切なる希求である。

われわれは権威に盲従せず、俗流に媚びることなく、渾然一体となって日本の「草の根」をかたちづくる若く新しい世代の人々に、心をこめてこの新しい綜合文庫をおくり届けたい。それは知識の泉であるとともに感受性のふるさとであり、もっとも有機的に組織され、社会に開かれた万人のための大学をめざしている。大方の支援と協力を衷心より切望してやまない。

一九七一年七月

野間省一

講談社文芸文庫

田岡嶺雲
数奇伝
著作のほとんどが発禁となったことで知られる叛骨の思想家が死を前にして語る生い立ちは、まさに「数奇」の一語。生誕一五〇年に送る近代日本人の自叙伝中の白眉。
解説・年譜・著書目録＝西田　勝
たＡＭ1
978-4-06-521452-7

中村武羅夫
現代文士廿八人
かつて文士にアポなし突撃訪問を敢行した若者がいた。好悪まる出しの人物評は大人気。花袋、独歩、漱石、藤村……。作家の素顔をいまに伝える探訪記の傑作。
解説＝齋藤秀昭
なＵ1
978-4-06-511864-1

講談社文庫　目録

2020年9月15日現在